inspire 3

Méthode de français B1

Joëlle BONENFANT

Guide pédagogique

hachette
FRANÇAIS LANGUE ÉTRANGÈRE

Rédaction des corrigés des préparations au DELF B1 et de l'épreuve DELF B1 en ligne : Anne-Marie Diogo

Couverture : Nicolas Piroux

Maquette intérieure : Studio ADN

Adaptation graphique et mise en pages : Mediamax

Secrétariat d'édition : Françoise Malvezin / Le Souffleur de mots

Photographies : Shutterstock.com

Production sonore : Quali'sons

978-2-01-713347-6

58, rue Jean Bleuzen, CS 70007, 92178 Vanves Cedex, France.

http://www.hachettefle.fr

Sommaire

Introduction

Exploitation des unités

DELF

Introduction

À la fin du niveau A2, l'apprenant n'est plus un débutant : il a acquis un certain nombre de savoirs et savoir-faire communicatifs, grammaticaux, lexicaux et phonétiques. Il n'a plus recours systématiquement à sa langue maternelle et possède une petite autonomie de travail. Mais, comme le précisent les descriptifs du CECRL, il connaît des notions et sait faire « simplement » : il sait raconter une expérience personnelle avec le passé composé et l'imparfait de façon chronologique ; il sait donner son point de vue sans avoir encore les moyens de le confronter à d'autres...

L'objectif du niveau B1 est de lui permettre d'aller au-delà de ces limites, de pouvoir nuancer, préciser, complexifier sa production, d'être encore plus autonome dans ses productions, bref de devenir utilisateur indépendant.

Ce chemin vers le B1 est une tâche enthousiasmante et complexe à la fois pour l'apprenant et pour l'enseignant. **L'apprenant** doit en effet accepter de réviser certains points déjà étudiés (qu'il pense parfois acquis) afin de les consolider et les complexifier ; il doit faire preuve de beaucoup de rigueur afin de gérer au mieux la liberté de produire et la qualité de ses productions ; il ne doit pas se contenter de ce qu'il sait mais toujours approfondir (notamment le lexique) pour plus de précision et de nuance. **L'enseignant**, quant à lui, se doit toujours de vérifier si tous les apprenants possèdent les mêmes acquis afin d'avoir la certitude que tous puissent réaliser les activités ; il se doit également d'encadrer les productions afin de permettre un équilibre entre liberté et qualité.

Ayant pris en compte ces contraintes, ***Inspire 3*** propose des activités et des parcours pour gérer l'hétérogénéité des classes. Il offre à l'enseignant cet outil clé en main qu'est le guide pédagogique où sont exposés les principes méthodologiques et développées des pratiques de classe privilégiées.

A PRÉSENTATION DE LA MÉTHODE ET DE SES PRINCIPES MÉTHODOLOGIQUES

Inspire est une méthode d'apprentissage du français langue étrangère sur quatre niveaux destinée à des adultes et grands adolescents. L'ensemble de la collection couvre les quatre niveaux A1 à B2 du Cadre Européen Commun de Référence pour les Langues (CECRL).

Inspire 3 vise l'acquisition des savoirs et des savoir-faire du niveau B1 décrits dans le CECRL et correspond à environ 120 à 150 heures d'activités d'enseignement complétées par les activités d'évaluation. Le contenu linguistique, communicatif et actionnel d'***Inspire 3*** est en adéquation avec le CECRL (du niveau B1) et permet d'obtenir le DELF B1.

La méthode *Inspire* a été pensée pour répondre aux besoins et aux demandes des enseignants grâce aux enquêtes effectuées dans différents pays, notamment sur les pratiques de classe (*cf.* Livre de l'élève pp. 4 et 5).

A.1 | Les composants et les outils complémentaires

Les composants pour l'étudiant

LIVRE DE L'ÉLÈVE
audio + vidéos + transcriptions
+ accès au Parcours digital®

CAHIER D'ACTIVITÉS
audio + transcriptions
+ corrigés

Parcours digital

PARCOURS DIGITAL®
250 activités autocorrectives offertes avec le Livre de l'élève

- Le **Livre de l'élève** : la structure est détaillée dans la partie A.2 « La structure du Livre de l'élève ».
- Le **Cahier d'activités** propose un travail de renforcement. Chaque leçon est constituée de quatre pages d'activités structurées en cinq rubriques : *Comprendre* (compréhension orale et écrite), *Vocabulaire*, *Grammaire*, *Communiquer*, *Phonétique*. Une double page intitulée *Bilan* est proposée à la fin de chaque unité avec une compréhension orale, une compréhension écrite, une production orale et une production écrite. Des activités un peu plus difficiles (signalées par le signe ⊕) sont destinées aux apprenants plus avancés et permettent de gérer l'hétérogénéité de sa classe. Trois annexes complètent le cahier : un portfolio permettant l'auto-évaluation, une épreuve de DELF B1 et les corrigés des activités et transcriptions des documents audio.
- Le **Parcours digital®** est offert avec le Livre de l'élève et accessible *via* le code au verso de la couverture. Il permet à l'élève de s'entraîner en autonomie grâce aux 250 activités autocorrectives (100 activités reprises des pages *S'entraîner* du livre et 150 activités inédites).

Le livre et le cahier sont aussi disponibles au **format numérique**. Toutes les informations sont sur ehachettefle.com.

> L'ACCÈS AUX MÉDIAS

LE SITE inspire.hachettefle.fr

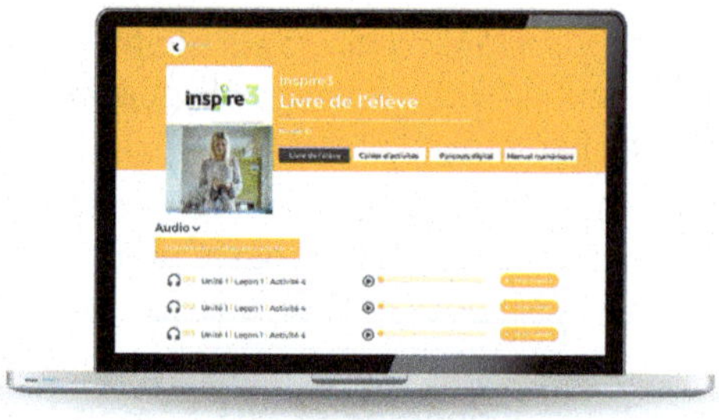

• Le **site inspire.hachettefle.fr** permet de consulter ou de télécharger les documents audio, vidéo et PDF (transcriptions, précis...) du Livre de l'élève et du Cahier d'activités.

L'APPLICATION MEDIA+

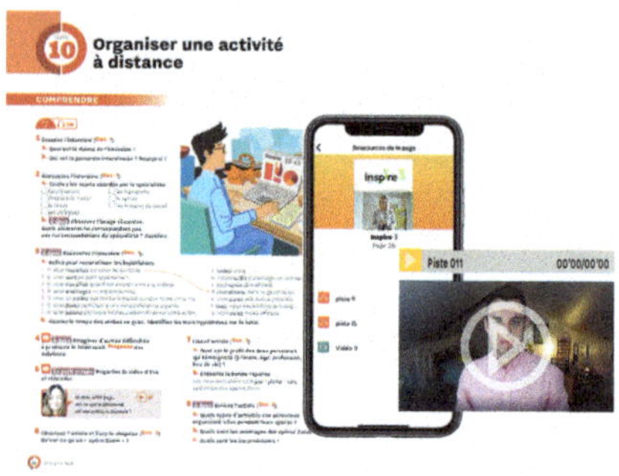

• L'application gratuite **MEDIA+** permet d'accéder aux audio et vidéos de la méthode en scannant les pages du livre avec un smartphone.

Le verso de la couverture du Livre de l'élève propose une explication illustrée à destination de l'apprenant.

Les composants pour l'enseignant

GUIDE PÉDAGOGIQUE
tests + fiches d'approfondissement
+ épreuve DELF B1

PARCOURS DIGITAL®
tableau de bord + messagerie

• Le **Guide pédagogique** est disponible au format papier ou téléchargeable depuis le site hachettefle.fr. Il s'accompagne de tests modifiables, de fiches d'approfondissement et d'une épreuve DELF B1 disponibles sur le site. Au-delà de l'accompagnement classique, ce guide se propose d'être également un outil de réflexion méthodologique (*cf.* **A. 3 |Les principes méthodologiques**, page 8, et **B. 1| Démarches pédagogiques privilégiées dans *Inspire 3***, page 12).

• Le **Parcours digital®** propose, en plus des activités autocorrectives, un tableau de bord permettant à l'enseignant de suivre les progrès de ses élèves et une messagerie pour communiquer avec la classe.

Le **manuel numérique pour la classe** réunit le Livre de l'élève, le Cahier d'activités et sa version corrigée, le Guide pédagogique ainsi que tous les médias associés. Il est disponible sur ehachettefle.com.

A. 2 | La structure du Livre de l'élève

> **Les pages 6 à 9** donnent le mode d'emploi de la méthode.

Des modèles et des fiches mémo pour guider la production

Des activités de production orale ou écrite

Des activités pour travailler la médiation

Une découverte et une analyse des documents de sources authentiques

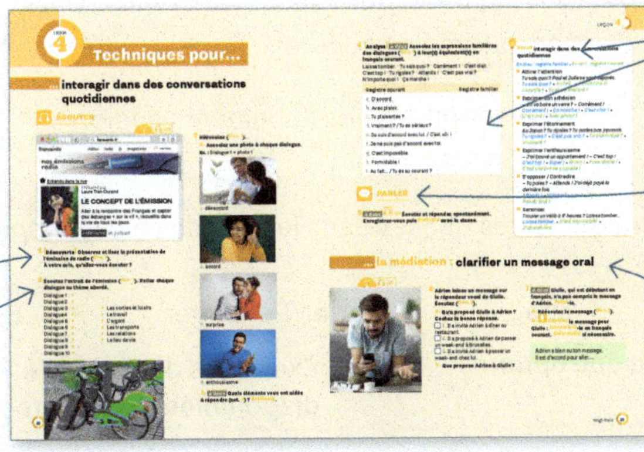

Extrait des pages *Techniques pour...* (p. 22-23) du Livre élève ***Inspire 3***.

> ***Inspire 3*** **est constituée de 9 unités d'apprentissage.**

• **Chaque unité** se compose de 14 pages et présente la même structure :

• **une page d'ouverture** avec un visuel et un inventaire des savoir-faire et contenus grammaticaux de l'unité par leçon constituant le contrat d'apprentissage.

• **3 leçons d'apprentissage**, chacune proposant une double page avec :

– un, deux ou trois documents déclencheurs écrits, oraux, iconographiques qui présentent en contexte les contenus langagiers et culturels, accompagnés d'activités de compréhension et de médiation (***Comprendre***), d'une ou deux tâches de production orale et/ou écrite (***Agir***) ; parfois des points ***Culture(s)*** et des capsules vidéo de productions d'étudiants permettant des activités de production intermédiaire sont également proposés.

La troisième leçon d'apprentissage de chaque unité est différente des deux premières : elle est enrichie d'un texte littéraire et d'une vidéo (***Culture(s) vidéo***). En outre, l'activité proposée dans la séquence *Agir* demande une réponse à la question titre de l'unité.

• **1 leçon *Techniques pour...*** demandant de produire des documents oraux ou écrits « authentiques » de la vie quotidienne (interagir dans des situations quotidiennes, présenter des statistiques, écrire une newsletter...) et proposant des activités de médiation (clarifier un message oral, expliquer une recette...).

• **2 doubles pages *Langue & S'entraîner*** proposant des encadrés synthétiques des points de grammaire, de lexique et de phonétique ainsi que des exercices pour pratiquer ces points linguistiques. La plupart de ces exercices sont également réalisables en version numérique et de manière autocorrective dans le Parcours digital®. Les corrigés sont donnés en annexes du livre pp. 186-190.

• **une page *Faites le point*** récapitulant les expressions communicatives de l'unité, classées par actes de parole, et proposant une auto-évaluation dont le corrigé est donné en annexe du livre pp. 186-190.

> **4 préparations au DELF B1** à la fin des unités 2, 4, 6 et 8 pour travailler les 4 activités langagières.

> **42 pages d'annexes** en fin de livre proposant :
- une épreuve DELF B1 complète ;
- un précis grammatical ;
- un précis de conjugaison ;
- un précis de phonétique ;
- les corrigés des activités des pages *S'entraîner* et des *Évaluez-vous* ;
- une carte de la France et son patrimoine culturel.

> **un livret** encarté avec les transcriptions des documents audio.

Voici la signification des symboles utilisés dans le Livre de l'élève ***Inspire 3*** :

Écouter	Lire	Parler/Échanger	Écrire	Regarder
Activités avec une option numérique		Exercices des pages « S'entraîner » également disponibles sur le Parcours digital®		

A. 3 | Les principes méthodologiques

Cette partie propose de présenter les sept principes pédagogiques développés dans ***Inspire*** pour répondre aux besoins des enseignants, recueillis lors des enquêtes (Livre de l'élève, pp. 4-5).

| Créer et encourager la motivation pour la langue et la culture avec :

- des documents écrits authentiques, ou de sources authentiques, et variés ;
- des documents audio stimulants conçus au plus près de la réalité ;
- des capsules vidéo mettant en scène de vrais apprenants qui donnent des modèles de production ;
- des vidéos authentiques et des encadrés *Culture(s)* qui offrent un éclairage culturel et des informations sur la France en rapport avec la thématique de l'unité ou de l'une des leçons ;
- des activités actionnelles (activités de production orale intermédiaire, rubrique *Agir*, *Techniques pour*).

Dans le guide :
- des rubriques Culture(s) + permettant au professeur d'enrichir l'information sur des éléments culturels ;
- des activités ludiques suggérées dans la rubrique *Astuce* ( ) pour animer la classe.

| Permettre la réflexion sur la langue avec :

- des étapes de découverte, d'analyse et de fixation des outils langagiers articulés dans des unités pédagogiques ;
- une présentation progressive des points de grammaire. Par exemple, le subjonctif présent est travaillé dans quatre leçons réparties dans la méthode : à la leçon 9 sont présentées la morphologie et l'expression de l'obligation ; à la leçon 26 est travaillée l'expression du but ; à la leçon 30 est vue l'expression du doute et à la leçon 35 l'expression des sentiments ;
- une approche inductive de la langue (du sens vers les formes) dans les activités de compréhension orale et écrite ;
- une sélection du vocabulaire important à mémoriser dans chaque leçon.

Dans le guide :

- des propositions de déroulé pédagogique insérant dans le déroulé d'une activité une réflexion grammaticale ou lexicale par le renvoi aux encadrés ou listes présents dans le Livre de l'élève. Exemples : *Profiter de ce moment pour...* ; *Amener les apprenants à...* ; *Avant de poursuivre l'activité, il est essentiel...* ;
- une visibilité donnée à l'approche inductive par les intitulés des différentes étapes (*Sensibilisation*, *Compréhension globale*, *Compréhension finalisée*, *Conceptualisation*) renforçant la notion d'unité pédagogique ;
- des suggestions dans la rubrique *Astuce* (💡) pour s'entraîner à la grammaire orale.

Placer l'apprenant au centre de l'apprentissage et encourager l'autonomie avec :

- les contenus grammaticaux, les savoir-faire et les savoir agir indiqués en début d'unité (*Vous allez apprendre à... ; Vous allez utiliser... ; Techniques pour...*) ;
- des consignes simples (*Cochez* ; *Entourez* ; *Complétez*) ;
- des outils cognitifs comme le code couleur dans les tableaux de langue ;
- des exemples fréquents pour aborder efficacement les activités ;
- les activités proposées dans les pages *S'entraîner*, les tests modifiables, les fiches d'approfondissement et les activités d'entraînement du Parcours digital® ;
- les médias pour l'élève accessibles sur le site Internet et le smartphone, les transcriptions des documents audio et des corrigés des pages *S'entraîner* pour travailler librement sur papier ou sur écran ;
- la reprise des *Expressions utiles* de la leçon en fin d'unité et la partie *Faites le point* pour développer l'autoévaluation.

Dans le guide :

- des suggestions pour réviser la leçon étudiée ou préparer la leçon suivante ;
- des suggestions pour que l'apprenant structure la prise de notes et ses réponses aux questions : *des canevas de réponse* ; *des grilles au tableau*.

Encourager la médiation[1] avec :

- les activités à faire à deux ou en petits groupes conçues pour la médiation dans la mesure où elles mettent en œuvre un travail de collaboration et d'entraide entre les élèves. Les consignes de ces activités sont signalées avec la couleur de l'unité (*Choisissez* ; *Expliquez* ; *Comparez*) ;
- 9 activités dédiées à la médiation dans la double page *Techniques pour* (une activité par unité).

Notes

1 La médiation : en février 2018, le CECRL a publié un volume complémentaire avec de nouveaux descripteurs pour préciser notamment le concept de « médiation » et insister sur son importance dans l'enseignement des langues. Le CECRL entend par « médiation » le fait de faire quelque chose pour quelqu'un d'autre. Dans l'apprentissage d'une langue, ce sont toutes les activités qui permettent à un apprenant de transmettre une information à un autre apprenant et de faire de lui un acteur social grâce à « la co-construction du sens dans l'interaction et le va-et-vient entre le niveau individuel et social dans l'apprentissage de la langue, principalement à travers la conception de l'utilisateur/apprenant comme acteur social. La médiation est particulièrement pertinente avec un petit groupe en classe, pour des tâches collaboratives qui peuvent être organisées de façon à ce que les apprenants partagent différentes données, les expliquent et travaillent ensemble pour atteindre un objectif » (p. 34-35).

Le CECRL distingue notamment :

- la **médiation de textes** consistant à transmettre oralement ou par écrit des informations lues ou entendues à une autre personne, à expliquer une notion.
- la **médiation de concepts** consistant à travailler de façon coopérative dans un groupe et à mener un groupe de travail.
- la **médiation de communication** consistant à favoriser l'accès au sens *via* l'image, les gestes, dans la communication et travailler la place de l'interculturel dans les échanges, la compréhension de l'autre.

La médiation peut se faire en langue cible ou en langue maternelle, par toute autre forme d'expression (schéma, dessin, gestes). L'enseignant, lui-même médiateur par essence, doit encourager la médiation entre apprenants et ne pas craindre qu'un apprenant puisse mieux faire passer une information que lui. Il est à noter qu'encourager la médiation conduit à développer de façon masquée mais bien réelle une compétence d'interaction orale. En effet, simultanément à la réalisation d'une tâche par exemple « Comparez vos réponses », les apprenants vont être amenés à produire des interactions comme « D'accord. / Pas d'accord. / Oui. / Non. ». Ces interactions, simples au début, se complexifieront et conduiront à développer une vraie compétence. C'est pourquoi, le professeur doit encourager ce travail de médiation et donner progressivement les outils langagiers nécessaires lorsqu'il circule de groupe en groupe pour aider les apprenants.

Dans le guide :

- Ce travail de médiation est explicité et mis en valeur *via* **la couleur mauve** afin d'en faciliter la mise en place entre les élèves et de voir concrètement comment elle est facilement réalisable en classe.
- Le travail de coopération et d'entraide est constamment encouragé dans le déroulement des activités lexicales, grammaticales ou de compréhension *(Faire un remue-méninges pour... ; Expliquer collectivement le sens des mots ; Inviter les apprenants à échanger)*.

| Permettre la souplesse pédagogique et l'hybridation des cours avec :

- les deux types de parcours possible selon le nombre d'heures de cours dont l'enseignant dispose :

> **le parcours essentiel** constitué des trois leçons d'apprentissage (les trois premières de chaque unité). À ce temps d'apprentissage, l'enseignant ajoutera des activités d'évaluation parmi celles proposées dans ***Inspire 3*** (tests, DELF).
La leçon *Techniques pour* (quatrième leçon de chaque unité) est facultative dans la mesure où elle n'est pas une leçon d'apprentissage linguistique mais un travail sur la forme discursive de documents authentiques. Les pages *S'entraîner* (et les activités du Parcours digital®) et la dernière page de l'unité *Faites le point* et *Évaluez-vous* peuvent être faites en dehors de la classe ;

> **le parcours complet** constitué de toutes les leçons d'***Inspire 3*** :

- le **Parcours digital®** : cet outil a été pensé pour s'intégrer aux cours hybrides ou à distance. Le tableau de bord permet à l'enseignant de visualiser la réussite de ses élèves avec lesquels il peut communiquer grâce à la messagerie ;
- la possibilité de pratiquer **la classe inversée**[2] en demandant aux apprenants de faire en amont, en dehors de la classe, un certain nombre d'activités pour consacrer le temps de classe aux priorités dégagées par l'enseignant.

Dans le guide :

- des prolongements d'activité suggérés dans les astuces 💡 ;
- des suggestions pour préparer la leçon suivante ;
- une frise au début de chaque leçon qui permet de visualiser le déroulé des activités de la leçon et suggère un minutage des activités et de la leçon complète. Cette estimation de durée a été conçue pour un public d'apprenants dont la langue est proche du français. Toutes les activités sont faites en classe sans préparation, les suggestions de prolongement dans les astuces ne sont pas prises en compte de même que les exercices de *S'entraîner* ne sont pas comptabilisés. Cette indication de minutage, si elle n'est pas à respecter de façon *stricto sensu*, permet néanmoins au professeur de construire sa propre estimation.

Les unités d'apprentissage ont une durée qui va de 3 h 20 à 4 h 30. Les unités les plus longues sont souvent les troisièmes unités qui incluent une vidéo culturelle et les unités qui proposent le travail de phonétique. La première tâche des *Techniques pour* dure en moyenne 1 heure et les activités de médiation entre 30 minutes et 1 heure. Le professeur peut évidemment ajuster le temps consacré à chaque leçon selon les besoins et le niveau de la classe. S'il décide de pratiquer la classe inversée, il pourra réduire d'un tiers le temps consacré à une leçon.

Tous les enseignants savent qu'une séance de classe présente toujours des imprévus. Il est néanmoins important de cadrer en temps cette séance en fixant des priorités (production orale, phonétique, grammaire) et en faisant en sorte qu'il y ait un début et une fin perceptibles à la séance.

Notes

2 On appelle « **classe inversée** » l'approche pédagogique inversant l'ordre traditionnel d'apprentissage qui consiste généralement à découvrir une notion dans la classe et à l'appliquer ensuite dans un devoir à la maison. Dans le cas de la classe inversée, il s'agit de demander aux apprenants de préparer des activités en amont de la leçon en dehors de la classe, pour faciliter le travail en classe. Il s'agit par exemple de travailler le lexique qui sera utile dans la leçon, de travailler un point phonétique, de faire une recherche, de découvrir un document.

L'hybridation du cours et la classe inversée offrent ainsi plusieurs atouts :

- l'ajustement du temps ;
- le respect des rythmes d'apprentissage ;
- une plus grande richesse du travail en classe dans la mesure où il y a préparation ;
- la priorité donnée à la production orale et non aux exercices de systématisation pouvant être faits en dehors de la classe ;
- une dynamique de groupe renouvelée.

| Permettre la pédagogie différenciée[3] avec :

- les nombreuses activités de groupe aidant à gérer les différences de progression et l'hétérogénéité des niveaux ;
- des activités aux niveaux de difficulté différents dans le Cahier d'activités pour appréhender l'hétérogénéité de la classe. Le symbole ⊕ signale les activités d'un niveau supérieur destinées aux apprenants progressant plus rapidement ;
- le **Parcours digital®** qui permet aux élèves de s'entraîner en autonomie et à leur rythme sur les contenus pour lesquels ils veulent s'améliorer.

Dans le guide :

- Dans la classe, l'aide individualisée est apportée par le professeur dans chaque activité de groupe. Exemple : *Le professeur circule et apporte son aide*.
- La pédagogie différenciée peut se réaliser aussi dans la constitution des groupes (*cf.* « Pratiques de classe » page suivante) qui permet au professeur de faire travailler ensemble des apprenants de même niveau et d'apporter ainsi une aide plus adaptée.

| Donner les outils de l'évaluation formative[4] et sommative[5]

- Les évaluations **formatives** sont faites à travers toutes les activités d'entraînement, les **auto-évaluations** des pages *Faites le point* à la fin de chaque unité, les **tests** modifiables et les **fiches d'approfondissement** du Guide pédagogique, les pages de **bilan** et le **portfolio** du Cahier d'activités, les activités d'entraînement et le **tableau de bord** du Parcours digital® et les activités de **remédiation.**
- Les évaluations **sommatives** sont permises par les quatre *Préparations au DELF* à la fin des unités 2, 4, 6 et 8 une **épreuve de DELF B1** complète dans le Livre de l'élève, une autre dans le Cahier d'activités et une autre encore associée au guide pédagogique et disponible sur le site.

---

3 **La pédagogie différenciée** est le fait de proposer des démarches pédagogiques différentes selon les niveaux des apprenants. Catherine David et Dominique Aubry dans *Classe multi-niveaux et pédagogie différenciée* (Hachette Livre, 2018) résument ainsi les propos de Christian Puren (2001 – Programme de formation européenne » LINGUA – A », *Formation à l'intervention en pédagogie différenciée dans les classes de langues)*. Les auteures reprennent et enrichissent les deux concepts novateurs proposés par Christian Puren pour aider à penser la différenciation pédagogique en classe de langue : la *variation* et la *différenciation*. La *variation* consiste à proposer à tous les apprenants les mêmes documents avec des tâches différentes selon les niveaux, des regroupements par niveaux, une aide et une attente plus ou moins importantes. En ce qui concerne la différenciation, « l'enseignant fait alors non seulement attention aux niveaux de ses élèves mais encore à leurs besoins, à leurs profils d'apprenants, à leurs stratégies d'apprentissage ». Par exemple, certains sont amenés à découvrir un point de grammaire de manière inductive avec des exercices de conceptualisation, quand d'autres se voient proposer une démarche déductive (corpus accompagné de la règle + exercices d'application). » (*Classe multi-niveaux et pédagogie différenciée,* p. 33*)*. Tout enseignant a également constaté lors de ses pratiques que certains apprenants sont rassurés lorsqu'un point grammatical complexe leur est proposé pas à pas (par exemple les pronoms relatifs) quand d'autres sont déstabilisés par cette approche et ont besoin de connaître le système avant de zoomer sur un point particulier.

4 **L'évaluation formative** consiste à proposer à l'apprenant des activités permettant de détecter ses difficultés et à lui fournir une aide pour y remédier et atteindre les objectifs visés. Elle est un outil de suivi et de perfectionnement.

5 **L'évaluation sommative** consiste à faire un diagnostic de niveau de connaissances à un moment donné de l'apprentissage et à certifier ses compétences.

B PRATIQUES DE CLASSE

L'enseignant joue un rôle important dans le processus d'apprentissage d'un groupe dans la mesure où il se trouve entre l'objet de l'apprentissage et les apprenants. Nous n'évoquerons pas ici tous les aspects d'ordre psychologique qu'il doit prendre en compte ; nous nous contenterons de souligner que notre expérience nous conduit à dire que les apprenants feront confiance à leur enseignant s'ils le trouvent impliqué, concerné par sa fonction (il aime ce qu'il fait) ; s'ils le pensent légitime (il sait de quoi il parle et il sait où il va) ; s'ils le considèrent comme un leader, un guide (il conduit ses élèves avec fermeté en leur laissant un espace de liberté).
Nous développerons dans cette partie B les démarches pédagogiques mises en œuvre pour réaliser les activités proposées et nous proposerons quelques pratiques de classe visant à aider méthodologiquement l'apprenant.

B.1 | Démarches pédagogiques privilégiées dans *Inspire 3*

| 1.1. Des modalités de travail en classe dynamiques

1.1.1. La pédagogie différenciée, l'autonomisation, le bonheur d'apprendre doivent être soutenus par une bonne dynamique de groupe.

Inspire 3 alterne les modalités de travail et de regroupement et propose dans le Livre de l'élève la modalité qui convient le mieux à l'activité proposée. La ou les première(s) activité(s) de compréhension sont volontairement laissée(s) libre(s) de choix pour permettre l'option de classe inversée.

› Le regroupement en **classe entière** permet la cohésion entre les apprenants et de faire vivre ce groupe classe. D'un point de vue pédagogique, il permet à l'enseignant de cadrer le travail. Il est notamment essentiel de commencer et de finir les activités en classe entière.
Avant l'activité, l'enseignant doit s'assurer que la consigne de l'activité a été comprise et donner une méthodologie de travail pour guider les apprenants. Ce guide donnera des pistes pour chaque activité.
La **phase de mise en commun** et **de correction** doit permettre aux apprenants d'échanger, de comparer leurs réponses, de valider ou non certaines réponses. Pour le niveau B1, il est impératif de leur demander de **formuler les réponses oralement** en les structurant, plutôt que de répondre avec une seule lettre (a, b, c...) ou un seul mot. L'enseignant doit également fournir des **réponses modèles** pour permettre aux apprenants de mémoriser des énoncés « corrects ». Les corrigés d'activité proposeront régulièrement des réponses modèles.
Il est également important de clore de façon formelle une activité et de ne pas laisser de questions en suspens : l'apprenant doit savoir ce qu'une activité lui a apporté. Ces phases peuvent paraître chronophages au début mais, à long terme, elles constitueront un gain de temps pour l'enseignant car les apprenants auront développé des stratégies d'autonomie et de rigueur.

› Le regroupement en **petits groupes** ou en **binômes** permet de développer l'autonomie, le partage, l'entraide et de décentrer l'attention de l'enseignant. L'enseignant, en se déplaçant, peut apporter de l'aide aux groupes et personnaliser ses interventions.
Ce regroupement permet aussi de développer des compétences interactives et communicatives sans qu'il y paraisse et dans une classe de langue, cela est essentiel. En effet, l'apprenant devient acteur et va développer deux types d'interaction :

- avec ses partenaires, il va devoir comparer ses réponses et se mettre d'accord avec des énoncés du type : *Tu as fini ? On compare ? Tu es d'accord avec moi ? Je (ne) suis (pas) d'accord. Tu es sûr(e) ?*, etc.
- avec le professeur, il va demander de l'aide ou un arbitrage avec des énoncés du type : *Je ne comprends pas. Comment on dit ? Est-ce que ce je peux dire ça ? Est-ce que c'est correct ? Qui a raison ?*

Dans ce type d'échanges, les apprenants ont tendance à utiliser leur langue maternelle ou une langue commune car ce n'est pas l'objectif déclaré de la leçon. Pour développer des automatismes en langue cible, l'enseignant devra convaincre les apprenants de leur utilité dans la vie réelle et donner régulièrement des énoncés appropriés aux situations d'échanges lorsqu'il circule dans les groupes par exemple.

1.1.2. Quand on fait travailler une classe en sous-groupes, deux questions se posent généralement : comment faire la répartition en termes de nombre et de choix de personnes et comment gérer les phases du travail.
Le choix de personnes se fait souvent soit par proximité (apprenants assis les uns à côté des autres), soit par affinités, soit par désignation de l'enseignant qui souhaite souvent varier les groupes pour diverses raisons. Il n'y a pas de règle, l'enseignant étant le mieux placé pour connaître sa classe. Attention toutefois à la productivité car « Un agrégat de personnes n'est groupe que si des liens de face à face se nouent entre les personnes, mettant de l'unité dans leur "être là ensemble". Le groupe est une réalité dans la mesure où il y a interaction entre les personnes, une vie affective commune, et une participation de tous. » (Robert Mucchielli, cité dans *Classe multi-niveaux et pédagogie différenciée*, p. 78). Par exemple, faire travailler des apprenants de niveaux différents peut ne pas avoir l'effet escompté de tutorat si les plus forts n'ont pas envie d'aider les plus faibles et sentent qu'eux-mêmes n'apprennent rien à leur contact. De même, faire travailler ensemble des personnes ne s'entendant pas peut être totalement improductif.
Le nombre de personnes dépend évidemment de l'activité mais l'expérience montre que les petits groupes (de trois ou quatre) sont plus propices à la production. La disposition du groupe est aussi un élément capital : un groupe n'est pas une ligne, les éléments du groupe doivent se voir pour se parler et donc se déplacer si nécessaire.

> Le **travail individuel** est constant dans toutes les activités : en classe, il y a toujours un moment de réflexion individuelle avant le partage avec les autres ; en dehors de la classe, c'est seul que l'apprenant fait ses révisions et toutes les activités de préparation et d'entraînement. Ce travail permet à l'apprenant de connaître son niveau, de développer son autonomie et de travailler selon son rythme et ses besoins.

1.2. Une démarche progressive pour la compréhension orale et écrite

Le travail des trois leçons d'apprentissage de chaque unité propose généralement deux unités didactiques, chacune commençant par la compréhension d'un document oral ou/et écrit.
Le parcours d'apprentissage de compréhension de l'oral et de l'écrit de ***Inspire 3*** s'inscrit dans la démarche **inductive** synthétisée par Emmanuelle Daill et Martine Stirman dans *Oral et gestion du tableau – de la compréhension à la production* (Hachette Livre, 2017) et *Écrit et gestion du tableau – de la compréhension à la production* (Hachette Livre, 2014) dans le schéma ci-contre.
Les étapes de travail de compréhension orale et écrite sont les mêmes mais varient dans certaines activités compte tenu de la différence de support.

1.2.1. La sensibilisation

Cette étape est une phase de préparation de l'écoute ou de la lecture. Elle doit se faire en **classe entière**. Cette étape a pour finalité de faire des hypothèses de contenu à partir d'indices visuels (photos, dessins, affiches...) et de faire émerger les représentations des apprenants. C'est un travail interactif entre l'enseignant qui pose des questions à la classe afin de guider les apprenants qui répondent librement et réagissent aux interventions. Cette phase permet aussi d'anticiper sur les difficultés et de mobiliser l'acquis.

Pour la **compréhension orale**, ce travail peut s'effectuer par l'observation et la description d'un visuel (logo d'une radio, photos ou dessins). La consigne de l'activité d'écoute peut également donner des indications sur le contenu (*Écoutez l'émission de radio* ; *Écoutez l'interview* ; *Écoutez la conversation*...). L'identification réelle du document se fera à la première écoute.

Les documents audio de ***Inspire 3*** proposent toujours des conversations informelles entre amis et des dialogues formels (réunion de concitoyens, débats d'experts...) pour travailler les interactions. Mais le niveau B1 exige aussi de développer une compétence de compréhension de ce que le CECRL nomme **monologue suivi**, c'est-à-dire des prises de parole longues d'une seule personne ; ***Inspire 3*** propose donc des chroniques radio, des interviews, des témoignages, des discours, des exposés...
Pour la **compréhension écrite**, il s'agit d'identifier le type d'écrit. L'identification du type de document se fera par la reconnaissance d'indices formels (titre, sous-titres, pour un article ; thème, indications de lieu et de date pour une affiche...) qui « sont au service des hypothèses de sens » car « chaque écrit correspond à un type d'organisation formel » (E. Daill, M. Stirman, *op. cit*, 2014, p. 162).

Les documents écrits d'***Inspire 3*** sont aussi diversifiés, avec par exemple : des pages de site web, des articles de presse, des textes littéraires, des infographies...
Les phases suivantes se font **par alternance de travail individuel** (écoute ou lecture et prise de notes), **de travail en petits groupes** (comparaison des réponses pour vérifier la bonne compréhension et orienter une autre écoute en cas de désaccord ou d'absence de compréhension) et **de travail en classe entière** (validation des réponses et réponses modèles).

1.2.2. La compréhension

La compréhension globale de l'oral se fait sur une ou deux écoutes et consiste à identifier le type de document (un dialogue, une publicité...) et la situation de communication. Il s'agit de répondre à des questions telles que : « Qui parle ? À qui ? Pourquoi ? *Via* quel canal ? Quelle est leur relation ? De quoi parlent-ils ? Où ? Quand ? » « Dès la première écoute – envisageable "sans consigne" (dans la mesure où elle se résume souvent à dire d'écouter pour laisser l'auditeur faire ses hypothèses) –, l'enseignant peut inciter les apprenants à prendre des notes, écrire des mots et des expressions ou noter des idées qui font sens pour eux » (E. Daill, M. Stirman, *op. cit*, 2017, p. 146).

La compréhension globale de l'écrit se fait à partir d'une lecture rapide du document et consiste à :

- identifier la situation de communication s'il s'agit d'un écrit faisant partie d'un échange (WhatsApp, Instagram, e-mail...) avec les questions : *Qui écrit ? À qui ? Pourquoi ? Quelle est leur relation ?* ;
- repérer l'information principale, l'objectif du document pour les écrits informatifs (affiche, page de site, page de blog, e-mail, article, tract, fiche de poste pour se présenter) : donner une information sur quelque chose, donner un conseil, raconter...

Comme le soulignent Emmanuelle Daill et Martine Stirman (*op. cit*, 2014, p. 162), cette lecture est un travail individuel et silencieux : L'« exercice scolaire » de lecture à haute voix, qui décode mot à mot et linéairement le texte, « n'a que de lointains rapports avec la compréhension des textes ». En phase d'apprentissage, la lecture compréhensive doit être silencieuse.

Elles rappellent également à la même page que « le texte est linéaire, mais les lectures qui en reconstruisent le sens ne le sont pas : elles sont finalisées par les objectifs du projet de lecture (terme emprunté à Sophie Moirand). Exemples : quand on lit une facture, on repère d'abord le montant à payer ; quand on lit une invitation, on repère d'abord qui invite et la date. »

La compréhension finalisée de sens est « une étape de compréhension d'un texte oral ou écrit qui suit celle de compréhension globale. Elle se réalise dans une tâche formulée dans une consigne ; elle dégage les idées principales et les fonctions spécifiques du contenu et s'intéresse aux indices qui servent l'objectif poursuivi. Elle est parfois appelée compréhension "détaillée", ce qui ne signifie pas que l'approche mène à la compréhension de tous les détails du texte » (E. Daill, M. Stirman, *op. cit*, 2017, p. 153).

Cette compréhension finalisée s'appuie souvent sur des prises de notes et des grilles de lecture. Il s'agit de relever des mots-clés, de faire des schémas qui seront oralisés lors de la mise en commun. À ce moment-là, le renseignement des grilles de compréhension peut être fait par l'enseignant ou par des apprenants.

N.B. : Au niveau B1, il est impératif de savoir justifier une réponse. Les apprenants doivent développer rigoureusement cette compétence en structurant des phrases à partir des notes, en reformulant. À ce niveau, les apprenants peuvent par exemple utiliser le discours indirect : « C'est la réponse b parce que la personne interviewée dit que... »

1.2.3. La compréhension finalisée linguistique ou conceptualisation

Le terme de « conceptualisation » désigne « le processus de découverte et de compréhension des règles développé par l'apprenant. L'observation d'énoncés, extraits d'un texte oral ou écrit, permet de construire une hypothèse aboutissant à la formulation de la règle. C'est une approche linguistique inductive » (E. Daill, M. Stirman, *op. cit*, 2017, pp. 153-154).

N.B. : Le travail de compréhension d'un document vidéo présente des similitudes avec celui d'un document audio mais l'image ajoute du sens en contextualisant davantage et donc enrichit la production et l'apport culturel.

Regarder et écouter de façon concomitante un document semble facile dans sa langue maternelle car aucun effort n'est à faire pour la compréhension mais cette tâche devient difficile en langue étrangère et demande une grande concentration sur l'écoute afin d'accéder au sens. Si la vidéo s'y prête, il est donc préférable, dans un premier temps, de la regarder sans le son pour que l'image donne des indices qui faciliteront la compréhension de l'audio et de la regarder ensuite avec le son pour finaliser la compréhension. Cette façon de procéder enrichit l'apport culturel, rend les apprenants plus actifs et ajoute un côté ludique à l'activité.

> Regarder la vidéo sans le son consiste à décrire (les personnes, la situation, les lieux), à lire et à interpréter les informations chiffrées, les schémas, les infogrammes qui apparaissent à l'écran et à faire des hypothèses sur la structure et le sens du document.

> La phase d'écoute qui suivra est donc facilitée par ce premier repérage visuel et permet de se concentrer sur ce qui est dit et de vérifier les hypothèses de sens faites au préalable.

1.2.4. La conclusion du travail de compréhension

Une fois ce travail de compréhension effectué, il est important de reprendre le document afin de travailler d'autres compétences tout aussi importantes dans le processus d'apprentissage.

Un document oral est un support de travail phonétique et intonatif : il s'écoute, se répète, se mémorise, se rejoue avec ou sans la transcription. On y entend des éléments extralinguistiques marquant les hésitations, les intentions (moquerie, tristesse...) fondamentales à la communication authentique.

Un document écrit peut être également lu à haute voix pour un pur entraînement phonétique et rythmique mais aussi pour se rapprocher de situations authentiques de lecture comme le fait de lire un message à quelqu'un d'autre, faire la lecture, lire un poème...

Ce travail se fait alternativement en classe et en autonomie en dehors de la classe : l'enseignant peut d'abord accompagner les apprenants dans ce travail puis les laisser travailler en autonomie.

Suivent quelques suggestions d'activités pour affiner la compréhension et travailler la phonétique et le rythme avec un document oral :

- Écouter le document avec la transcription, s'arrêter quand on ne comprend pas un mot, trouver la signification et continuer l'écoute. Réécouter le document sans la transcription ; la compréhension doit être plus limpide.
- Écouter avec la transcription et marquer avec un stylo les groupes rythmiques, puis réécouter et lire à haute voix simultanément.
- Écouter des segments, arrêter l'enregistrement et répéter le segment entendu.
- Écouter le document en portant son attention sur les éléments extralinguistiques (hésitations, sourire dans la voix...) et rejouer le document seul ou à plusieurs avec ou sans la transcription. Le guide pédagogique propose régulièrement un travail sur ce repérage.

| 1.3. Une démarche guidée pour la production

Les phases de production orale et écrite suivent généralement les phases de compréhension de sens et de conceptualisation. ***Inspire 3*** a prêté une attention toute particulière à cette étape essentielle de l'apprentissage qui permet de transférer les acquis de la leçon de façon motivante : les productions ont été envisagées comme des tâches accessibles, facilement réalisables et non chronophages, la formulation des consignes cadre bien les activités dont le déroulé sera détaillé dans le guide d'exploitation des unités.

N.B. : Une des principales compétences demandées au niveau B1 est de donner son opinion en argumentant. De nombreuses activités par exemple posent la question *Que pensez-vous de... ?, Pensez-vous que... ?, Êtes-vous d'accord avec... ?*. Pour aider les apprenants à être performants dans ces situations, il peut leur être proposé dès la première activité de ce type (leçon 6, activité 7) de créer une fiche-outil de vocabulaire intitulée « Opinion » qui sera progressivement renseignée au fur et à mesure des activités.

1.3.1. La production orale

La production orale en classe de langue se réalise de plusieurs façons :

- en classe entière, dans les interactions entre le professeur et les apprenants. Les productions sont souvent généralement courtes, peu structurées et n'exigent pas de la part du professeur une correction exhaustive. Par exemple, lors de la phase de compréhension globale, le professeur demande : *Qui parle ?* et les apprenants peuvent répondre en chœur : *Un homme et une femme* ;
- pendant le travail de groupe, dans les interactions de médiation. Les productions sont libres et non contrôlées par le professeur, sauf en cas de demande des apprenants ;
- en classe entière ou en groupe dans les activités intermédiaires de production de la partie *Comprendre*, lorsqu'il s'agit de reproduire ce qui vient d'être appris (notamment après les capsules vidéo des apprenants étrangers) ou dans les activités de la partie *Agir*. Ces activités sont indiquées par 💬. Ce sont des activités orales très ciblées qui s'inscrivent dans le processus d'évaluation formative et sommative.

Les suggestions suivantes concernent cette dernière catégorie de production qui comporte généralement trois phases :

- la phase de **préparation** en deux temps : en classe entière où l'enseignant cadre la tâche (consignes, lexique et structure de la production attendue au tableau, indication de minutage) et en sous-groupes où la production se prépare (élaboration, répétition) et au cours de laquelle l'enseignant circule pour apporter son aide et s'assurer que la tâche est comprise. La préparation d'une production orale ne doit pas se faire à l'écrit ; elle doit s'élaborer à l'oral, se répéter, s'enrichir et non être un exercice de lecture. Comme dit précédemment, il est fondamental que l'enseignant anticipe les productions demandées par l'activité et propose une matrice de production avec les éléments connus des apprenants pour encadrer les productions et ne pas laisser les apprenants trop s'éparpiller ;
- la phase de **production et/ou de présentation** (présentation d'une information...) par les différents groupes ou par un apprenant. Pour que la classe ait un rôle actif pendant l'écoute des productions des autres, l'enseignant doit proposer une tâche d'écoute permettant de s'assurer de la concentration de ceux qui écoutent ;
- la phase d'**évaluation** par le professeur se doit d'être constructive dans une évaluation formative et surtout objectivée. Un apprenant a besoin de savoir s'il a bien fait ou non, et surtout d'en connaître les raisons. Il est donc essentiel que l'enseignant prépare cette évaluation en amont et sélectionne les points qu'il va évaluer.
Par exemple, à l'activité 4 de la leçon 10, il est demandé de proposer des solutions aux difficultés du télétravail ; il s'agit d'une production cadrée qui demande de produire des structures exprimant l'obligation et des hypothèses (notions travaillées en amont). Le professeur portera son attention sur ces points pour évaluer la production.
Pour des productions plus longues et plus complexes, le professeur pourra préparer une petite grille d'évaluation du type de la grille du DELF qu'il remplira au fur et à mesure de la production, toujours en priorisant les points à évaluer. Il n'est pas productif de vouloir tout corriger. Cette grille sera ensuite commentée avec l'apprenant.

N.B. : Lorsque les apprenants sont linguistiquement plus avancés, il est possible de faire des coévaluations. Les grilles sont distribuées aux apprenants qui notent ce qui leur semble bien et ce qui leur semble fautif. Après chaque production, l'enseignant fait un tour de table pour rassembler les réponses aux questions de la grille, réponses qui sont notées dans le tableau. L'enseignant commente les notes prises au tableau. Si l'ambiance de la classe est constructive, il est possible de la faire voter pour la meilleure production.

1.3.2. La production écrite

La production écrite est l'activité privilégiée de travail individuel mais peut se faire également de façon collaborative : soit elle s'inscrit dans la perspective d'évaluation sommative et elle est notée, soit elle s'inscrit dans une perspective d'évaluation formative et elle demande plusieurs étapes décrites ci-dessous.

Inspire 3 concentre les activités de production écrite dans la partie *Agir* des leçons d'apprentissage et les leçons *Techniques pour...* qui insistent sur la matrice discursive des écrits proposés.

Au niveau B1, les activités de production écrite commencent à être structurées. Il y a généralement trois phases :

- la phase de **préparation** en classe entière où l'enseignant cadre la tâche (consignes, lexique et structure de la production attendue au tableau, durée de travail) ;
- la phase de **production** en petits groupes ou seul avec l'aide de l'enseignant qui circule dans la classe. La production finale doit être sans erreurs et propre (sans ratures). Soit les apprenants écrivent au crayon à papier et gomment les erreurs au fur et à mesure ; soit ils écrivent au stylo, barrent leurs erreurs mais doivent recopier leur texte pour présenter une version finale propre. Il est important d'habituer les apprenants à produire des écrits « présentables » : les inciter à rendre des écrits sur des feuilles sans ratures. L'enseignant peut préférer ramasser les productions et les corriger ;

N.B. : Il est tout à fait concevable également que les productions écrites soient faites sur l'ordinateur.

- la phase **d'évaluation et de correction** se fait également à l'écrit par la lecture silencieuse des productions des autres membres du groupe ; les apprenants ayant échangé leurs productions. Si l'enseignant a ramassé les productions pour les corriger, cette phase se fait lors de la séance suivante. Il est important aussi que l'enseignant donne un modèle de correction.

Lorsque la classe est équipée d'outils numériques, il est bon également d'encourager les apprenants à faire vivre le réseau social créé en début d'année par un échange de productions.

Chaque leçon *d'**Inspire 3*** demande des productions écrites se rapprochant d'écrits authentiques en donnant des clés de structuration, des matrices de rédaction. Le professeur peut ajouter régulièrement des activités brèves pour travailler l'orthographe et la ponctuation. La dictée est souvent très appréciée des apprenants car il s'agit d'une activité simple et structurée qui centre la réflexion sur les formes sans préoccupation de créer un contenu. Elle permet notamment de consolider le travail de phonie-graphie effectué dans les modules de phonétique. En voici quelques-unes :

- la **dictée traditionnelle** : le professeur dicte des mots ou un texte à la classe. Cette dictée offre des variantes selon l'objectif formatif ou sommatif : les apprenants peuvent poser des questions quand ils ont un doute sur l'orthographe ; avant la correction finale, une correction par binômes peut être faite ; pendant le travail de relecture, le professeur peut circuler et répondre aux questions ou signaler des erreurs que l'apprenant doit corriger lui-même ;
- la **dictée par binômes** soit face à face soit avec variante : deux ou trois textes sont affichés sur les murs de la classe, un membre du binôme se déplace pour lire une phrase ou partie de phrase, la mémorise et vient la dicter à son partenaire en corrigeant ses fautes au fur et à mesure. À chaque phrase, on change de rôle. Quand un binôme a terminé, il montre son texte au professeur qui pointe les erreurs que le binôme doit corriger en allant vérifier sur le texte. Le premier binôme présentant un texte correctement écrit remporte la victoire ;
- la **dictée enregistrée** par le professeur sur ordinateur (ou tout texte enregistré de la méthode) faite à la maison. Des dictées de ce type, réalisables en autonomie, sont proposées dans chaque leçon du Cahier d'activités.

| 1.4. Une démarche active pour la grammaire

Le travail grammatical est une pierre angulaire de l'apprentissage d'une langue dans la mesure où il se situe entre la compréhension de sens et la production. La réflexion sur la grammaire par la conceptualisation et la mémorisation de règles et de formes, puis l'entraînement par les exercices oraux ou écrits sont importants non seulement pour permettre la production de formes correctes mais aussi pour encourager les apprenants à développer leur propre compréhension du système de la langue cible en comparant ou non avec celui de leur langue maternelle.

Dans ***Inspire 3***, le travail de réflexion sur la grammaire est présent dans :

- les activités de conceptualisation linguistique faisant suite aux activités de compréhension de sens. Ce travail de conceptualisation est réalisé en contexte puisqu'il se fait à partir de corpus d'énoncés extraits des documents déclencheurs. Le guide d'exploitation des unités fait des suggestions pour animer la classe lors de ces étapes et amener les apprenants à observer, à réfléchir et à faire des hypothèses sur les règles ;
- les encadrés grammaticaux de chaque leçon zoomant sur deux ou trois points de grammaire illustrés dans les documents déclencheurs. Le guide fait des suggestions pour insérer ces encadrés dans les activités de classe ;
- le *Précis grammatical* en fin de livre qui propose des explications plus détaillées et permet une vision plus synthétique, plus systémique ;
- le *Précis de conjugaison* présentant lui aussi une vision plus systémique et regroupant pour chaque verbe les huit conjugaisons étudiées dans la méthode (le présent, l'impératif, le passé composé, l'imparfait, le plus-que-parfait, le futur simple, le conditionnel présent et le subjonctif présent).

Dans ***Inspire 3***, le travail **d'entraînement grammatical** se réalise avec :

- les activités de production orale de réemploi proposées ; le guide fera d'autres suggestions dans la rubrique *Astuce* ;
- les exercices des pages *S'entraîner*, exercices de réemploi des points étudiés dans la leçon ;
- les tests et fiches d'approfondissement présents sur le site inspire.hachettefle.fr ;
- les exercices du Cahier d'activités ;
- les exercices dans le Parcours digital®.

Cette présence plurielle permet à l'enseignant de choisir librement sa façon d'enseigner la grammaire : travail séquentiel en suivant la progression par leçon ou travail plus systémique en ayant recours au *Précis grammatical* en amont ou en synthèse.

Pour rappel, ***Inspire 3*** présente des points grammaticaux propres au niveau B1 mais reprend aussi des points appartenant au niveau A2. Pour ces points, une phase collective de mise en commun des connaissances est indispensable.

Pour les activités de **grammaire (conceptualisation ou entraînement), l'alternance entre travail en classe entière, travail individuel et travail de sous-groupe** est pertinente :

- le travail individuel est nécessaire pour lire un tableau ou faire un exercice ;
- le travail de groupe permet des échanges autour de la compréhension de la règle et une comparaison des réponses. Il est important de toujours demander aux apprenants d'oraliser les items afin qu'ils ne se contentent pas de comparer leurs réponses silencieusement. Les membres du groupe peuvent s'entraider et, en cas de désaccord, demander l'arbitrage de l'enseignant.
La constitution des groupes peut se faire avec des personnes de niveau homogène ou hétérogène ; si la classe est multilingue, préférer les regroupements par langue maternelle car cela permet la grammaire comparative.

Pour les activités de grammaire, la mise en commun en classe entière peut ne pas être nécessaire si tous les groupes ont compris la règle ou réussi les exercices. Le guide fera des suggestions sur les moments où les points de grammaire pourront s'insérer dans le parcours pédagogique.

Chaque leçon d'***Inspire 3*** présente un ou plusieurs points de grammaire mais il est évident que la mémorisation des règles et des formes nécessite des rappels constants. Il en va ainsi des conjugaisons. Il est bon que le professeur fasse régulièrement des entraînements ludiques de pure conjugaison avec un temps imparti. L'objectif étant de donner aux apprenants des réflexes et de les amener à produire les formes verbales de façon machinale en réduisant le temps entre la pensée et la parole. Lorsqu'au cours d'une activité un nouveau verbe se présente, il est nécessaire d'en demander rapidement la conjugaison aux temps étudiés.

1.5. Une démarche pédagogique méthodique pour le vocabulaire

L'apprentissage du vocabulaire est souvent au cœur des préoccupations des apprenants et ils ont raison car un mot seul peut suffire pour se faire comprendre, ce qui n'est pas le cas d'une structure de grammaire. D'où l'importance de l'apprentissage du vocabulaire. La compréhension et la richesse lexicale d'un apprenant dépend souvent de la proximité ou de l'éloignement avec sa langue maternelle, de sa curiosité et de son effort de mémorisation.

Dans ***Inspire 3***, le vocabulaire est présent dans :

- les listes des mots enregistrés de chaque leçon et travaillés dans les documents déclencheurs ;
- les activités de *S'entraîner* qui sont des exercices de réemploi des points étudiés dans les leçons ;
- les exercices du Cahier d'activités ;
- les exercices du Parcours digital®.

Le niveau B1 renforce le travail débuté en A2 : il insiste sur les nuances, sur la synonymie et l'antinomie voire le niveau de langue et propose une réflexion sur la notion de champ lexical et de formation des mots. Par exemple, la leçon 15 amènera à travailler sur les préfixes *multi-* et *dé-* ou *dés-*, la leçon 19, sur les mots tronqués.

Par ailleurs, comme pour les connaissances grammaticales, les acquis lexicaux au niveau B1 sont variables d'un apprenant à l'autre ; par conséquent, la réflexion collective et l'entraide sont de très bons moyens pour comprendre le lexique nouveau.

Le travail de mémorisation lexicale n'est pas simple et doit se faire de façon méthodique. Voici quelques pistes :

- pour l'apprentissage, la prise de notes est capitale : l'enseignant peut demander aux apprenants de noter des mots classés par unité thématique (la ville, le travail...) ou des phrases complètes classées par savoir-faire (exprimer une obligation, donner un conseil...). Cette structuration des notes est d'autant plus importante que certains champs sémantiques sont vus en plusieurs étapes : c'est ce qu'indiquent les numéros entre parenthèses dans le tableau des contenus. Par exemple le thème *Le travail* sera étudié à quatre leçons différentes *Le travail (1)* à la leçon 2, *Le travail (2)* à la leçon 5, *Le travail (3)* à la leçon 6 et *Le travail (4)* à la leçon 15.
Il est capital aussi de rappeler aux apprenants de noter quelques indications utiles d'ordre grammatical qui sont importantes en français : les noms avec leur article, les adjectifs avec la forme du masculin et du féminin, les verbes avec leurs prépositions ou avec l'indication d'un modèle de conjugaison... Le professeur doit attirer l'attention des apprenants et leur donner des exemples : *un handicap ; formateur / formatrice ; participer à quelque chose* ;

- pour la mémorisation, un travail formel de mémorisation seul en dehors de la classe est indispensable ; il est intéressant de confronter les méthodes utilisées par chacun. On peut aussi faire ce travail de mémorisation à deux. On peut passer par la traduction s'il y a une langue commune : l'un des deux membres donne un mot dans la langue commune et l'autre donne la traduction en français. On peut également utiliser des activités ludiques comme *Le petit bac,* des dessins, etc.

N.B. : Le lexique doit être mémorisé à l'écrit et à l'oral d'où l'enregistrement systématique de toutes les listes de vocabulaire d'***Inspire 3*** ;

- pour la production, les activités de production d'***Inspire 3*** encouragent la réutilisation du lexique étudié. Des bonus peuvent être attribués aux apprenants qui le réutilisent.

| 1.6. Une démarche pédagogique interactive pour la phonétique

Le travail phonétique au sens large (sons, rythme, intonation, continuité et phonie-graphie) est également au centre de l'apprentissage d'une langue. Il permet de comprendre et de se faire comprendre. Lié à la production écrite, il permet aussi de travailler l'orthographe en s'entraînant sur la phonie-graphie.

Dans ***Inspire 3***, la présentation des points de phonétique est proposée dans :

- les tutoriels vidéo de Jean-Thierry dans chaque unité. Ces tutos constituent une vraie originalité puisqu'ils permettent aux apprenants de comprendre et de s'entraîner de façon interactive et vivante. Ces tutos très simples et très précis permettent un travail en autonomie ;
- les encadrés de phonétique enregistrés, qui ont été conçus comme un mémo pour l'apprenant ;
- le *Précis de phonétique*, en annexes, qui permet une vision plus synthétique, plus systémique.

Dans ***Inspire 3***, l'entraînement phonétique est proposé dans :

- les activités des pages *S'entraîner*, exercices de réemploi du point étudié dans l'unité ;
- les exercices du Cahier d'activités ;
- les exercices du Parcours digital®.

Le travail de perfectionnement phonétique peut également être réalisé :

- après une compréhension orale : écoute de séquences du document audio et répétition mimétique, écoute et lecture concomitante de la transcription permettant la sensibilisation à l'écart phonie-graphie en français (*cf.* B 1.2.2 La compréhension, p. 14) ;
- par la correction des prononciations fautives gênant la compréhension lors des productions orales.

B. 2 | Aides méthodologiques pour l'apprenant

| 2.1. La gestion du tableau

L'enseignant doit s'efforcer d'organiser, de structurer, de donner du sens à ce qu'il écrit au tableau car ce dernier est une interface qui constitue une aide précieuse pour l'apprenant et lui permet de structurer ses propres prises de notes. « Il est important de penser son tableau en amont comme lieu et traces d'organisation de l'apprentissage » (*Oral et gestion du tableau*, Hachette Livre, 2017, p. 5).

Voici quelques pistes de gestion du tableau :

- soigner sa propre écriture pour qu'elle soit lisible et expliquer les abréviations utilisées ;
- noter la date et les objectifs de la leçon en début de séance ;
- écrire les grilles de compréhension avant une activité qui seront complétées au fur et à mesure du travail et lors de la mise en commun finale ; noter le scénario d'une production orale ou écrite ;
- noter le vocabulaire dans un espace dédié pour que l'apprenant l'ait toujours en vue notamment pour les productions. Le structurer quand c'est possible (verbes, noms, adjectifs, phrases...) ;
- utiliser les outils cognitifs comme les couleurs et les signes visuels (les accolades, les flèches, le soulignement, l'alignement, la numérotation... notamment en grammaire). Choisir à l'avance un code couleur et veiller à toujours utiliser le même pour faciliter la compréhension et la mémorisation. Des exemples de formulation au tableau sont proposés dans ce guide sous l'indication pour accompagner l'enseignant dans la concrétisation des contenus à mémoriser ;
- ne jamais effacer une partie du tableau sans s'assurer qu'elle ne servira plus pendant la séance ou que les apprenants ont noté les informations.

| 2.2. La prise de notes et le classement des documents

L'enseignant peut faciliter l'apprentissage en donnant des conseils sur la prise de notes et leur classement.

Le fait de structurer les informations permet en effet de transformer les notes en véritable outil d'apprentissage et de révision. Les apprenants ont l'habitude de prendre des notes de façon chronologique au fur et à mesure des séances de façon souvent illisible et d'une seule couleur compte tenu de la vitesse du cours. Selon les profils, certains apprenants auront tendance à prendre des notes succinctes voire aucune note et d'autres s'évertueront à noter tout ce que l'enseignant dit ou écrit de peur de passer à côté d'une information importante. Peu importe, si la méthode est efficace. Il est important cependant que l'enseignant garde un œil sur cet aspect et fasse le point régulièrement au cours de l'année sur les méthodes choisies et leur efficacité.

L'enseignant peut encourager les apprenants à :

- recopier et à structurer leurs notes après la séance ;
- chercher les traductions de certains mots pour affiner la compréhension ;
- travailler en binômes afin de comparer les notes ;
- s'aider d'outils cognitifs (couleurs, taille de caractère, pictos…).

Structure possible du classement des notes :

- faire des dossiers par unité et des sous-dossiers par leçon ;
- regrouper les notes par thèmes : vocabulaire, grammaire… ;
- bien dater les productions écrites pour voir la progression, les erreurs récurrentes… ;
- regrouper les tests et les évaluations.

| 2.3. Un cadre pour le suivi du travail

Cadrer le travail est un autre élément important de l'efficacité de l'apprentissage : le besoin de savoir où l'on en est. Pour le suivi du travail, on peut proposer au début de l'année une grille planning à réactualiser par le professeur à la fin de chaque séance par exemple :

Jour et date	Travail fait en classe	Travail à faire
Lundi 11 octobre	– Présentations – Présentation du travail – Présentation de la méthode – Début de l'unité 1 page 15.	Pour jeudi 14 octobre : – Leçon 1, page 16, activités 1 et 2.
Jeudi 14 octobre	Leçon 1 : – Parler de soi	Pour lundi 18 octobre : – Revoir la leçon (écouter, apprendre le vocabulaire) – Préparer la leçon 2 : page 18, activités 1 et 2.
Lundi 18 octobre		

Ce type de document est utile car :

- il cadre la progression du travail de l'année ;
- il précise le travail à faire pour la séance suivante ;
- il permet d'informer les absents à une séance du travail qui a été fait et de celui à faire.

Ce document peut par exemple :

- être imprimé à la fin d'une séance et affiché sur un mur de la classe ;
- être proposé sur une plateforme utilisée par l'enseignant ;
- être posté sur un réseau social ;
- être envoyé par mail au groupe de la classe.

MODE D'EMPLOI DU GUIDE D'EXPLOITATION DES ACTIVITÉS D'*INSPIRE 3*

Le principal outil de l'apprentissage est le Livre de l'élève. La suite de ce guide pédagogique a pour objectif d'accompagner l'enseignant dans le déroulé des différentes unités et leçons en partageant avec lui des expériences pédagogiques. En voici brièvement le mode d'emploi.

C.1 | Mode d'emploi pour les pages récurrentes

Trois étapes sont récurrentes dans chaque unité du Livre de l'élève :
- la page d'ouverture ;
- la double page *Techniques pour* ;
- la page *Faites le point*.

Nous proposons ci-après une démarche commune.

1.1. La page d'ouverture de l'unité

Pour chaque page d'ouverture de l'unité, voici une suggestion d'activité à faire en classe, d'une durée de dix minutes, permettant aux apprenants de prendre connaissance du contrat d'apprentissage de l'unité.

À partir de l'unité 2, cette découverte peut être faite en amont de la leçon.

Pour ce travail de décodage, l'enseignant proposera une démarche de production récurrente. Le guide pédagogique fait des propositions de réponses au début de chaque unité.

- Faire repérer le numéro de l'unité.
- Faire dire le titre de l'unité. Chaque titre est donné sous forme de question : c'est la problématique de l'unité à laquelle la dernière activité de l'unité (*Agir*) demandera de répondre. Il peut être intéressant en début d'unité de demander aux apprenants de répondre rapidement à la question ; les réponses seront comparées à celles données après le travail effectué dans l'unité.
- Faire décrire rapidement la photo. Toutes les photos d'ouverture représentent des personnes en action. Demander aux apprenants d'identifier le type d'action : *On voit... / Il y a un homme / une femme. Il/Elle...* ; et les inviter à dire s'ils pensent que la photo illustre bien la problématique de l'unité ; sinon, quelle photo auraient-ils choisie ?
- Montrer la zone des objectifs fonctionnels (*Vous allez apprendre à...*) et demander aux apprenants de lire silencieusement les actes de parole listés. Leur demander de feuilleter rapidement l'unité et faire observer que les objectifs fonctionnels se trouvent également dans les titres des trois premières leçons d'apprentissage.
- Montrer la zone des contenus grammaticaux (*Vous allez utiliser...*) et demander aux apprenants de lire silencieusement les points de grammaire listés.
- Montrer la zone concernant la dernière double page (*Techniques pour...*) et demander aux apprenants de prendre connaissance des deux tâches finales de l'unité.
- Lire le titre de la vidéo proposée pour illustrer le contenu de l'unité.

> À propos de l'utilisation de la vidéo de la partie « Culture(s) vidéo »

Dans chaque unité, ***Inspire 3*** propose une vidéo authentique d'une durée de une à trois minutes en relation avec l'une des thématiques de l'unité. Ces vidéos sont disponibles sur hachettefle.fr. Le visionnage de la vidéo culturelle authentique peut être proposé :

- au début de chaque unité en visionnage unique et sans activité pour confronter l'apprenant à une difficulté et à la fin de l'unité pour mesurer les progrès grâce au travail effectué dans l'unité ;
- à la fin de chaque unité comme « divertissement », comme point d'orgue ;
- à la fin de chaque unité, en dehors de la classe, grâce au parcours proposé en autonomie, avec la fiche pédagogique.

1.2. La leçon *Techniques pour*

Cette double page placée en fin d'unité propose deux tâches distinctes :

- la première consiste à découvrir et à créer des documents écrits et sonores utilisés dans la vie réelle privée ou professionnelle (interagir dans des conversations quotidiennes, présenter des statistiques, écrire un mail, faire un exposé oral, participer à un débat...). Les activités de cette page n'ont pas pour finalité d'enseigner un nouveau point linguistique, mais de décrypter la structure formelle des documents à créer. L'activité est structurée en trois étapes :
– l'étape *Découverte* propose un travail succinct sur le sens d'un document semi-authentique qui sert de modèle pour la production ;
– l'étape *Analyse* propose un travail pour identifier la structure, la matrice et les éléments formels du document. Les expressions utiles ainsi que certains conseils sur la forme sont récapitulés dans l'encadré mémo ;
– l'étape de production orale ou écrite demande d'utiliser la matrice étudiée et de réinvestir le contenu linguistique de l'unité ;
- la seconde est une tâche de médiation (*cf.* pp. 9-10 de cette introduction) dont l'objectif principal est de demander à un apprenant de transférer à un autre une information ; par exemple, lire ou écouter un document et en transmettre les informations principales à un autre à l'écrit ou à l'oral (leçons 4 et 16) ; ou encore, expliquer à un autre un mot ou une expression (leçon 12) ; comparer des techniques d'apprentissage (leçons 20 et 28).

Cette double page créative ne fait pas partie du parcours essentiel du travail de classe. Elle est toutefois importante car elle permet à l'apprenant de créer et de devenir un véritable acteur de la langue. Au niveau B1, pouvoir produire des écrits authentiques utiles est valorisant et motivant.

On peut suggérer à l'enseignant qui manque de temps de :

- sélectionner les tâches ;
- faire rapidement en classe les activités de découverte et d'analyse pour guider la production ;
- faire réaliser la tâche en autonomie en dehors de la classe ; la partie de production nécessite en effet du temps dans la mesure où elle demande parfois une réalisation technique (se filmer ou prendre des photos d'un lieu) ;
- consacrer un temps de classe pour prendre connaissance des productions afin de les valoriser.

Le guide d'exploitation propose pour chacune de ces *Techniques pour...* une démarche « tout en classe » avec des suggestions de classe inversée.

1.3. La double page *S'entraîner*

La double page *S'entraîner* propose des encadrés mémos des points de grammaire travaillés, des listes récapitulatives du lexique essentiel de la leçon et des points phonétiques ainsi que des activités de réemploi.
Ces exercices sont principalement conçus pour être faits individuellement en autonomie en dehors de la classe (chaque exercice possède un exemple et les corrigés sont en annexe du Livre de l'élève). Le professeur peut cependant en choisir certains à faire en classe pour consolider un point difficile ainsi que ceux de type collaboratif (à deux). Il peut également prévoir de consacrer un moment de la séance suivante à répondre à des questions concernant ces activités (une réponse mal comprise, une difficulté non maîtrisée).
Les activités signalées par le symbole 💻 sont disponibles également en version numérique autocorrective dans le Parcours digital®.

1.4. La page *Faites le point*

Cette page de fin d'unité intitulée *Faites le point* permet de conclure l'unité par une auto-évaluation. Elle est composée de deux parties : la première *Expressions utiles* liste les expressions les plus importantes de l'unité, classées par actes de parole ; la seconde *Évaluez-vous !* interroge l'apprenant sur quelques points lexicaux, grammaticaux ou communicatifs de l'unité.

La première partie de révision se fera de préférence en dehors de la classe.

La partie d'auto-évaluation peut être faite de plusieurs façons :

- elle peut être réalisée en dehors de la classe mais, pour que puisse être prise en compte la prononciation, on peut demander aux apprenants d'enregistrer leurs réponses et de les envoyer au professeur ;
- on peut constituer des binômes en classe dont l'un des membres jouera le rôle de l'apprenant et l'autre celui du professeur ;
- on peut constituer des binômes ou des petits groupes en classe ; chaque apprenant répond aux questions et le groupe met en commun ;
- elle peut également être réalisée sous forme de jeu. Écrire les questions sur des feuilles que l'on plie en deux. Diviser la classe en deux ou plusieurs équipes : à tour de rôle, un membre de chaque équipe tire une question au sort et répond (la même question peut revenir plusieurs fois au cours du jeu). Les équipes marquent un point par réponse correcte. L'équipe gagnante est celle qui a le score le plus élevé.

On peut alterner la manière de procéder d'une unité à l'autre. Quelle que soit la méthode utilisée, cette auto-évaluation a été pensée comme un outil d'apprentissage et est l'occasion d'échanger avec l'enseignant qui proposera des activités de remédiation pour les points non acquis.

Afin de conclure l'unité, on peut revenir à la page d'ouverture et s'assurer que le contrat d'apprentissage a été rempli.

C. 2 | Mode d'emploi pour les leçons d'apprentissage

| **2.1.** Dans le guide d'exploitation des unités, une frise présente au début de chaque leçon suggère un découpagedu travail de la leçon avec une indication de minutage ; nous rappelons que ce minutage n'est donné qu'à titre indicatif pour un travail « tout en classe » (*cf.* A.3 Permettre la souplesse pédagogique et l'hybridation des cours p. 10).

COMPRENDRE LES AUTRES 4 h 20

Savoir-faire et savoir agir : comparer des générations · donner des conseils · faire des prévisions

COMPRENDRE	DOC. 1						
	10'	10'	20'	30'	10'	20'	15'
	Act. 1	Act. 2	Act. 3	Act. 4	Vocabulaire 014-016	Act. 5 Grammaire	Act. 6
	· Identifier la structure d'un article de presse	· Comprendre le thème et l'idée principale d'un article	· Sélectionner une information	· Relever les caractéristiques des générations	· Le travail (1) · Le caractère (2)	· Le comparatif et le superlatif	· Parler de son caractère et de son attitude au travail · Donner son avis
COMPRENDRE	DOC. 2 003						
	15'	10'	20'	10'	10'	10'	15'
	Act. 7	Vocabulaire 012	Act. 8	Grammaire	Vocabulaire 013-015	Act. 9 01	Act. 10
	· Identifier l'organisation d'une émission de radio	· L'âge	· Exprimer des conseils	· Pour conseiller · Le conditionnel présent (1)	· Les relations (1) · Les indicateurs temporels	· Échanger sur la place des personnes âgées	· Faire des prévisions
AGIR	45'	Act. 11	· Créer un guide du travail collaboratif en classe				

| **2.2.** Pour chaque activité sont proposés :

- des modalités de travail tenant compte des différents publics (monoculturels ou pluriculturels) et des contextes d'enseignement (présence ou non d'équipements) ;
- des suggestions de techniques d'animation de classe, des astuces, signalées par ;
- des suggestions de gestion du tableau ;
- des suggestions pour aider les apprenants à structurer leurs réponses ;

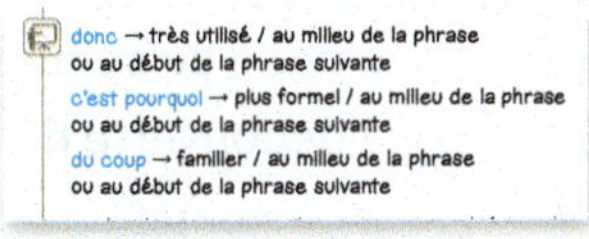

- des rubriques d'informations culturelles pour le professeur ;

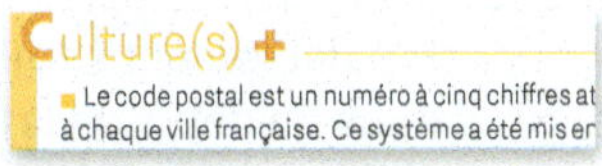

- un renvoi aux pages de renforcement *S'entraîner* ;

- les transcriptions des documents audio et des tutos de phonétique ;

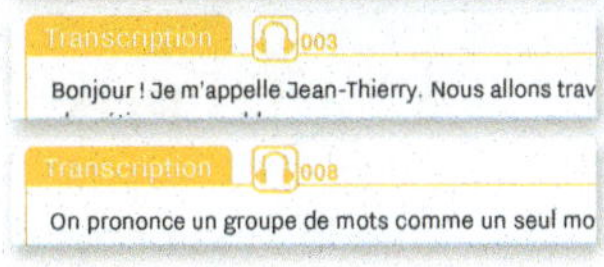

- les corrigés des activités avec des suggestions d'énoncés modèles structurant les réponses et des productions « attendues » pour les activités de production orale et écrite.

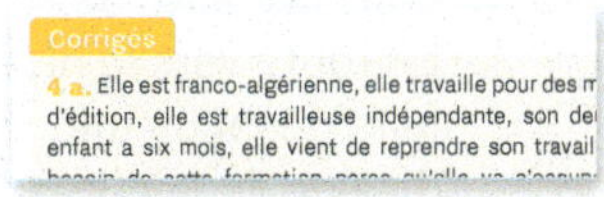

| **2.3.** À la fin de chaque leçon, sont proposées :

- une rubrique *Prolongement de la leçon* faisant des renvois aux activités du Parcours digital® auxquelles les apprenants ont accès librement ainsi qu'aux pages du Cahier d'activités ;

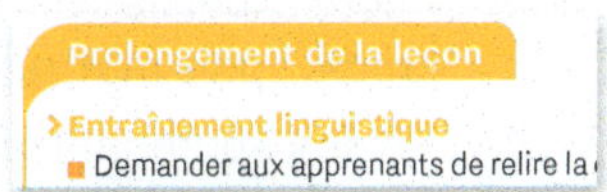

- une rubrique intitulée *Classe inversée* donnant des suggestions de tâches à faire en amont du travail de la leçon suivante afin de faciliter les activités.

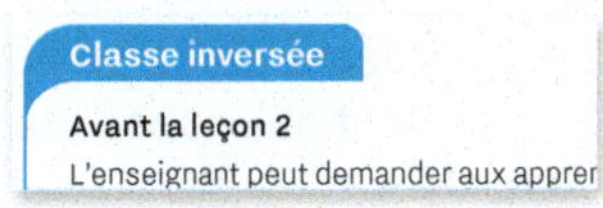

D PREMIER COURS

Le premier cours est important pour instaurer un bon état d'esprit dans la classe, une confiance mutuelle entre l'enseignant et les apprenants et pour échanger sur la collaboration commune. Les étapes suivantes sont incontournables :

- la **prise de contact** pour briser la glace et donner le ton ;
- la **découverte de l'outil d'apprentissage** pour impliquer l'apprenant dans son apprentissage ;
- la présentation de **quelques règles de vie de classe** pour s'inscrire dans une volonté de partage et de collaboration.

Préalablement à tout travail, on ne rappellera jamais assez l'importance de la disposition des tables dans un cours de langue. Le cours de langue n'est pas un cours magistral et il est évident que la disposition « scolaire » des tables les unes derrière les autres face au tableau n'est pas optimale. Une des meilleures configurations semble être de former un grand U avec la possibilité de déplacer les chaises voire les tables pour former des groupes lorsque cela est nécessaire.

D.1 | Prise de contact

Que les membres du groupe se connaissent ou non, ils sont peut-être réunis pour la première fois dans la classe de français d'où l'importance d'une prise de contact dans la langue qu'ils vont étudier. En route vers le niveau B1, les apprenants savent se présenter. Cette prise de contact peut donc se faire de façon informelle et rapide ; le professeur se présente rapidement puis il peut consacrer une dizaine de minutes à la prise de contact entre apprenants. Voici quelques suggestions :

- faire un tour de table rapide pour échanger les prénoms voire la nationalité si la classe est multiculturelle ;
- constituer des petits groupes et laisser une dizaine de minutes ces groupes échanger sans objectif précis ; puis mettre en commun en demandant à un membre du groupe d'en présenter un autre ;
- si les apprenants viennent de pays différents, demander à l'un d'entre eux de dire d'où il vient et ensuite demander si d'autres apprenants sont ses compatriotes ; les laisser se présenter ;
- demander à un apprenant de dire quelques mots en français et les autres peuvent deviner d'où il vient et lui poser des questions.

D.2 | Découverte du Livre de l'élève *Inspire 3*

L'objectif de cette phase de découverte est que les apprenants prennent en main l'outil avec lequel ils vont travailler. Voici une suggestion très simple à mettre en place :
Si les apprenants n'ont pas travaillé avec ***Inspire 1*** ou ***Inspire 2*** au début de l'apprentissage, constituer des petits groupes, leur demander de feuilleter le livre et les laisser réagir à leur guise entre eux. Pendant ce temps, le professeur peut écrire quelques questions au tableau pour sensibiliser la classe à la structure du livre : *Combien d'unités ? Quelles couleurs ? Combien de leçons ?* Mettre en commun les réponses.

Si les apprenants ont déjà travaillé avec ***Inspire 1*** et ***Inspire 2***, le professeur leur demandera de feuilleter le livre et de le comparer avec ces deux premiers niveaux. Les remarques seront mises en commun ; ils remarqueront certainement les similitudes : la même composition pour une unité (3 leçons, la leçon *Technique pour, Faites le point*) ; les corrigés en fin de livre ; la même structure pour une leçon (*Comprendre*, *Agir*,) ; les petites vidéos des étudiants étrangers ; et les différences : 9 unités au lieu de 8 ; les listes de vocabulaire et les encadrés de grammaire regroupés dans les pages *Langue & S'entraîner*.

Si la classe est composée d'apprenants connaissant la méthode et d'autres non, constituer des petits groupes mêlant les uns aux autres ; ceux qui connaissent la méthode la présenteront aux autres.

Une fois la prise de contact et la découverte de la méthode faites, l'enseignant peut commencer le travail proposé par ***Inspire 3*** en demandant aux apprenants d'ouvrir leur livre à la page 15.

Être différents et vivre ensemble, c'est possible ?

UNITÉ 1

> Livre de l'élève p. 15-28

Page d'ouverture

page 15

En classe entière 10 min

Suivre la démarche proposée en Introduction (C.1.1), page 22.

Corrigés

Exemples de production :

- C'est l'unité 1.
- Elle s'appelle *Être différents et vivre ensemble, c'est possible ?*
- Sur la photo, on voit deux jeunes (un couple ?) qui sont de tailles différentes ; elle est petite et doit monter sur un tabouret afin d'arriver à la hauteur de son partenaire. Cette photo illustre bien le thème de l'unité.
- Les objectifs sont : *parler de soi, comprendre les autres, expliquer des différences culturelles.*
- Les points de grammaire sont : le présent de l'indicatif ; le passé récent, le présent continu et le futur proche ; les pronoms relatifs *qui, que, où* et *dont* ; le comparatif et le superlatif ; le conditionnel présent ; le futur simple ; les expressions pour conseiller ; la cause ; la conséquence.
- Dans la leçon 4, on va travailler les *Techniques pour interagir dans des conversations quotidiennes* et la *Médiation* pour clarifier un message oral.
- La vidéo ▶ 02 a pour titre *Ma vie aux États-Unis*.

LEÇON 1 Parler de soi

pages 16-17

PARLER DE SOI 3 h 45

Savoir-faire et savoir agir : se présenter · parler de son caractère et de ses goûts · parler de ses activités

COMPRENDRE — DOC. 1 🎧 002

15'	5'	10'	10'	20'	25'	10'
Act. 1	Vocabulaire 🎧 008	Culture(s)	Act. 2	Act. 3	Act. 4 Grammaire	Act. 5
· Identifier les informations de la page d'accueil d'une mairie	· La ville (1)	· Échanger sur les fonctions d'un(e) maire	· Identifier une situation de communication	· Comprendre des personnes qui se présentent	· Le présent de l'indicatif	· Expliquer un choix

COMPRENDRE	DOC. 2				
	10'	30'	5'	30'	10'
	Act. 6	Act. 7	Vocabulaire 009	Act. 8 Grammaire	Phonétique 010 03
	· Identifier un type d'écrit et son objectif	· Parler de son caractère	· Le caractère (1)	· Les pronoms relatifs	· Le groupe rythmique
AGIR	45'	Act. 9	· Parler de soi à partir d'une photo		

La structure de cette leçon va être récurrente jusqu'à l'unité 9. Il est donc important que les apprenants en perçoivent la composition afin de comprendre comment elles fonctionnent toutes. L'enseignant pourra y consacrer une dizaine de minutes en début de séance.

Élément à mettre en évidence : les deux bandeaux **Comprendre** et **Agir**. Demander aux apprenants de faire des hypothèses sur le travail proposé dans ces deux parties. Il s'agit de travailler dans un premier temps (**Comprendre**) des documents de compréhension orale ou écrite afin d'accéder au sens et de décrypter le fonctionnement de la langue grâce à des activités d'accès au sens et de conceptualisation grammaticale. Ces activités de compréhension et de conceptualisation sont suivies de productions orales intermédiaires permettant une appropriation des formes linguistiques et des compétences interactionnelles. Dans un second temps (**Agir**), il s'agit de mettre en pratique, en action, les savoirs et savoir-faire étudiés.

Demander aux apprenants de se reporter aux pages 24 à 27 afin de leur montrer que des encadrés de grammaire, vocabulaire et phonétique ainsi que des exercices sont regroupés à la fin de l'unité pour leur permettre de travailler les notions repérées dans les activités.

COMPRENDRE

DOC. 1 002

Activité 1 15 min

→ **Identifier les informations de la page d'accueil d'une mairie**

Sensibilisation et compréhension

Seul puis **En classe entière** **a.** et **b.** Faire observer et identifier le document 1 de la page 16 en faisant les deux activités demandées. Procéder à la mise en commun et faire justifier la réponse à la question 2 (*Participation des habitants / Groupes de réflexion*).

Lors de la mise en commun :

– faire commenter les onglets du site et les thèmes des groupes de réflexion. Attirer l'attention sur l'expression « ville pilote » et la faire commenter collectivement.

– faire repérer le lexique ayant trait à la ville et l'expliquer collectivement.

ville pilote > un pilote, piloter (= guider, conduire).

La ville pilote = une ville qui expérimente quelque chose pour servir de modèle.

une mairie - un citoyen - la municipalité

Corrigés

1 a. La ville se nomme Loos-en-Gohelle et se situe dans la région Hauts-de-France. **b. 1.** C'est le site d'une mairie. **2.** La ville et les citoyens décident des actions pour la municipalité.

Profiter de cette activité pour faire observer plus attentivement la carte de France située à la fin du livre et échanger sur les régions de France : faire indiquer le nombre de régions (repérées par les différentes couleurs). Le professeur pourra aussi proposer une carte muette conçue au préalable et sur laquelle les apprenants devront situer les régions qu'ils connaissent. Donner ensuite la liste complète des régions qui permettra aux apprenants de compléter la carte. Lors des échanges, les apprenants expliqueront les raisons pour lesquelles ils connaissent telle ou telle région.

Culture(s) +

Lors du repérage de la ville et de la région sur la carte de France, rappeler que la France possède 13 régions métropolitaines et 5 régions ultramarines.
Les 13 régions métropolitaines sont par ordre alphabétique : Auvergne-Rhône-Alpes ; la Bourgogne-Franche-Comté ; la Bretagne ; le Centre-Val de Loire ; la Corse ; le Grand Est ; les Hauts-de-France ; l'Île-de-France ; la Normandie ; la Nouvelle-Aquitaine ; l'Occitanie ; les Pays de la Loire ; Provence-Alpes-Côte d'Azur.
Ces 13 régions ont été constituées lors de la réforme territoriale de 2016. Avant cette date, la France comptait 22 régions dont certaines ont fusionné. En 2016, soit la nouvelle région s'est vue attribuer un nouveau nom, c'est le cas des Hauts-de-France (qui regroupe les anciennes régions de la Picardie et du Nord-Pas-de-Calais) ; soit le nom de la nouvelle région a été composé avec ceux des anciennes régions.

Linguistiquement, il est intéressant de noter que toutes les régions sont précédées d'un article sauf deux régions. En effet, si les deux ou trois noms des anciennes régions étaient du même genre et du même nombre, la nouvelle région est de ce genre (la Bourgogne + la Franche-Comté = la Bourgogne-Franche-Comté). Les deux régions Auvergne-Rhône-Alpes et Provence-Alpes-Côte d'Azur n'ont pas d'article car les noms qui la composent ne sont pas du même genre ou nombre : L'Auvergne + Le Rhône + Les Alpes ou encore la Provence + les Alpes + la Côte d'Azur. On dit donc « la région Auvergne-Rhône-Alpes » et « la région Provence-Alpes-Côte d'Azur ».
Les 5 régions ultramarines sont par ordre alphabétique : la Guadeloupe ; la Guyane ; la Martinique ; Mayotte ; La Réunion.

Vocabulaire

008 5 min

La ville (1)

Se reporter à l'encadré de Vocabulaire, partie *La ville (1)* de la page 25 pour récapituler ce lexique.

Culture(s)

10 min

Échanger sur les fonctions d'un(e) maire

En classe entière Demander aux apprenants de lire l'encadré de Culture(s) de la page 16. Les inviter à échanger sur la fonction de maire et leur demander de répondre à la question. Les réponses pourront amener à distinguer le mariage civil du mariage religieux.

Activité 2

10 min

→ **Identifier une situation de communication**

Sensibilisation

En classe entière Dire aux apprenants qu'ils vont écouter un document audio en relation avec la page d'accueil du site de la mairie. Faire faire des hypothèses sur son contenu : *une réunion à la mairie dans un des groupes de réflexion…*

Compréhension globale

En classe entière Faire écouter le document 1 une première fois. Faire vérifier les hypothèses et choisir la phrase résumant le mieux la situation. Demander de justifier : *le maire introduit la réunion qui a pour objet d'accueillir les nouveaux habitants et les aider à choisir un groupe de réflexion.*

Pour préciser la situation de communication et préparer la compréhension finalisée proposée à l'activité 3, poser quelques questions d'ordre général : combien de personnes interviennent ? Que fait le maire ?

Transcription 002

Le maire : Bonjour à tous et merci d'être là. Pour ceux qui ne me connaissent pas encore, je suis Paul Bertrand, le maire de votre ville. Nous sommes réunis aujourd'hui pour accueillir nos nouveaux habitants – bienvenue à vous ! – et pour les aider à choisir un groupe de réflexion. Car, comme vous le savez, à Loos-en-Gohelle, les citoyens prennent part aux décisions de la municipalité. Je vous propose de faire un tour de table. Si vous voulez bien vous présenter et nous dire pourquoi vous vous êtes installés à Loos. Madame, vous voulez bien commencer ?
Caroline : Bonjour monsieur le maire. Merci de m'accueillir ! Alors, je m'appelle Caroline Lambert. J'ai 35 ans. Je suis divorcée et j'ai deux enfants de 3 et 5 ans. Je viens de m'installer à Loos pour reprendre la pharmacie de la Mairie. Je suis gérante de la pharmacie, je travaille du lundi au samedi. Et, comme vous l'imaginez, mes journées sont très chargées : je reçois les clients, je passe les commandes, je fais la comptabilité. Alors je n'ai pas beaucoup de temps. Mes enfants sortent de l'école à 18 heures parce qu'ils vont à la garderie mais moi je finis à 19 heures. Donc je ne les vois pas beaucoup. Et c'est difficile de trouver une baby-sitter. Il y a peut-être des choses à améliorer de ce côté-là. Le week-end, enfin… le dimanche, nous faisons des balades. J'essaie de faire du sport, je cours quand je peux, et parfois je prends des cours de yoga. Voilà !
Le maire : Merci beaucoup madame Lambert. Nous allons maintenant laisser la parole à votre voisine.
Maria : Bon, bah, bonjour tout le monde, je suis Maria Linares, je suis espagnole. J'ai vécu à Mons en Belgique pendant longtemps. Mais ma fille habite ici et je suis retraitée alors je me suis installée à Loos-en-Gohelle pour être près de mes petits-enfants. Je ne connais pas encore très bien la ville. Mais je trouve ça formidable de pouvoir parler des projets, d'échanger avec les autres. Je pratique le taï-chi depuis plus de trente ans. En ce moment, j'apprends à me servir d'un ordinateur avec mes petits-enfants. À part ça, je lis beaucoup. Et je couds ; j'aime bien partager mes techniques et aider les autres.
Le maire : Merci madame Linares. Monsieur ?
Philippe : Bonjour ! Alors, moi c'est Philippe Armand. Je viens d'emménager à Loos pour y vivre avec ma compagne. Je vais me marier cet été. Actuellement, je fais des études de marché, j'envoie des mails parce que je suis en train de monter une société spécialisée dans le tri des déchets. Pour moi, l'environnement, c'est une question importante et je veux participer à des projets écologiques. Je sais que la ville est sensible à ce sujet et c'est aussi pour ça que nous avons choisi de vivre ici. Je retape une vieille maison et j'écris aussi des livres de cuisine. En plus, j'ai la chance d'avoir un petit terrain et je vais me lancer dans le jardinage et créer un potager. Et puis, je joue au foot : je suis un grand passionné depuis que je suis petit.

Corrigés

2 b.

Activité 3 20 min

→ Comprendre des personnes qui se présentent

Compréhension finalisée

En petit groupe **a.** – Faire lire la consigne et demander aux apprenants de reproduire la grille de compréhension de la page 16 en agrandissant les cellules afin de pouvoir écrire. Le professeur reproduira également cette grille au tableau pour la phase de correction de ce travail sur le sens du document.

Cette première activité de compréhension orale peut être l'occasion de rappeler aux apprenants en quoi consiste une prise de notes : écrire des mots-clés (noms sans article, verbes à l'infinitif) sans rédiger des phrases ; ajouter des signes comme ⇛, =, (...) pour remplacer des mots ou donner des précisions. C'est lors de la mise en commun que des phrases seront structurées pour donner du sens à ces notes.

– Faire réécouter le document et faire réaliser l'activité par les petits groupes. Après l'écoute, laisser un temps de concertation pour que les membres du groupe se mettent d'accord sur les réponses et identifient les points de désaccord à vérifier. Faire réécouter si besoin.

– Procéder à la mise en commun. Faire venir un petit groupe au tableau : l'un des membres reporte les notes pour Caroline Lambert alors qu'un autre restitue à l'oral les informations sous forme de phrases. La classe peut apporter des précisions. Procéder de la même façon avec un autre groupe pour les deux autres habitants.

	Situation de famille	Motif de l'emménagement	Profession	Centres d'intérêt
Caroline Lambert	Divorcée / 2 enfants (3 et 5 ans)	Reprise pharmacie mairie	Pharmacienne	Balades, course, yoga
Maria Linares	Grand-mère (petits-enfants à Loos)	Famille	Retraitée	Couture, taï-chi (30 ans), lecture, ordinateur (petits-enfants)
Philippe Armand	Futur marié (été)	Vivre avec compagne / ville écolo	Crée société (tri déchets)	Bricolage maison / Cuisine (écrit livres) / Jardin (potager) / Foot

Exemples de restitution orale des notes :

Caroline Lambert est divorcée et a deux enfants de 3 ans et 5 ans. Elle s'est installée / Elle a emménagé dans cette ville parce qu'elle a repris la pharmacie de la mairie. Elle est pharmacienne et elle aime se balader avec ses enfants. Elle fait de la course à pied et elle prend des cours de yoga.

Maria Linares est espagnole ; elle est retraitée et elle est venue s'installer dans la ville pour vivre près de sa fille et ses petits-enfants. Elle s'intéresse à la couture, elle pratique le taï-chi depuis trente ans, elle aime la lecture et elle commence à utiliser l'ordinateur avec l'aide de ses petits-enfants.

Philippe Armand va se marier l'été prochain. Il vient à Loos pour vivre avec sa compagne ; il apprécie aussi les projets écologiques de la ville. Il est en train de créer sa société de tri des déchets. Il rénove sa maison, écrit des livres de cuisine. Il fait du jardinage et il joue au foot.

b. Les petits groupes se réunissent pour associer à chaque personne un groupe de réflexion. Procéder à la mise en commun : un groupe donne sa réponse en la justifiant ; la classe valide ou corrige.

Corrigés

3 a. *Voir la grille ci-contre.*

b. **Caroline :** *Petite enfance* ; elle dit qu'elle ne voit pas beaucoup ses enfants et que c'est difficile de trouver une baby-sitter. Elle dit aussi : « Il y a peut-être des choses à améliorer de ce côté-là. » **Maria :** *Ateliers et vie associative* ; elle fait beaucoup d'activités et dit qu'elle aime bien partager ses techniques et aider les autres. **Philippe :** *Écologie et développement durable* ; pour lui, « l'environnement, c'est une question importante » et il veut participer à des projets écologiques.

Activité 4 25 min

Grammaire

Le présent de l'indicatif

Conceptualisation

À deux **a.** – En guise de transition, demander aux apprenants à quel temps sont les verbes qu'utilisent les trois personnes pour se présenter. Rappeler que le présent de l'indicatif est l'une des conjugaisons les plus utilisées en français et qu'il y a des conjugaisons régulières et irrégulières. Dire que cette activité va servir de révision.

– Demander aux binômes de trouver l'infinitif des six verbes et de les conjuguer à l'écrit et à haute voix. Les partenaires du binôme se corrigent si besoin. Le professeur circule pour apporter son aide.

b. Rappeler si besoin, à l'aide de l'exemple, ce qu'est une base et faire faire l'activité par les binômes. Procéder de la même façon que l'exemple : demander aux apprenants de souligner sur leur feuille les bases de chaque verbe.

Corrigés

4 a. 1. *recevoir* : je reçois, tu reçois, il/elle/on reçoit, nous recevons, vous recevez, ils/elles reçoivent. 2. *apprendre* : j'apprends, tu apprends, il/elle/on apprend, nous apprenons, vous apprenez, ils/elles apprennent. 3. *envoyer* : j'envoie, tu envoies, il/elle/on envoie, nous envoyons, vous envoyez, ils/elles envoient. 4. *jouer* : je joue, tu joues, il/elle/on joue, nous jouons, vous jouez, ils/elles jouent. 5. *aller* : je vais, tu vas, il/elle/on va, nous allons, vous allez, ils/elles vont. 6. *venir* : je viens, tu viens, il/elle/on vient, nous venons, vous venez, ils/elles viennent. b. 2. *apprendre* : 3 bases (apprend-, appren-, apprenn-). 3. *envoyer* : 2 bases (envoi-, envoy-). 4. *jouer* : 1 base (jou-). 5. *aller* : 4 bases ; c'est le verbe irrégulier (vais, va-, all-, vont). 6. *venir* : 3 bases (vien-, ven-, vienn-).

En classe entière Selon les besoins de la classe et le temps imparti, le professeur pourra proposer un remue-méninges sur la conjugaison du présent en posant des questions telles que : *comment travaillez-vous les conjugaisons des verbes au présent ? Comment faites-vous pour les mémoriser ? Quels outils utilisez-vous ? Quels sont les verbes qui vous posent le plus de difficulté ?*

Inviter les apprenants à se reporter à la page 24 pour relire les quatre exemples donnés. Le professeur peut conseiller aux apprenants de faire le même travail de conjugaison que celui proposé à l'activité 4 de la page 16 à savoir, conjuguer entièrement un verbe qu'ils rencontrent. Indiquer la présence d'un *Précis de conjugaison* à la fin du livre et inviter les apprenants à réviser le passé récent, le présent continu et le futur proche.

> S'entraîner activité 1 page 24

Activité 5 10 min

→ **Expliquer un choix**

En petit groupe Laisser les groupes échanger sur la question. Circuler pour apporter de l'aide. À la fin des échanges, faire un tour de table pour identifier les groupes de réflexion choisis et faire un classement au tableau en notant le nombre de voix obtenu pour chaque thème. La classe essaiera de justifier ce choix collectif.

Corrigés

5 Production libre.

DOC. 2

Activité 6 10 min

→ **Identifier un type d'écrit et son objectif**

Sensibilisation

En classe entière Demander aux apprenants de lire la consigne de l'activité et de définir ce qu'est un atelier d'écriture (une activité collective où les membres s'entraînent à écrire avec des consignes spécifiques). Faire ensuite regarder les photos de la page 17. Demander de les décrire rapidement.

Compréhension globale

À deux a. et b. Faire lire les deux questions et demander aux binômes d'y répondre. Mettre les réponses en commun.

Pour répondre aux deux questions, il suffit de lire le début de chaque texte. Ce sera l'occasion de rappeler l'importance de la lecture rapide ciblée notamment quand on répond aux questions d'un examen comme le DELF. Soit le professeur choisit de donner la consigne aux apprenants de répondre aux questions le plus vite possible, soit il les laisse travailler à leur rythme et fait une synthèse méthodologique en fin d'activité.

Corrigés

6 a. Se présenter et illustrer son texte par une photo. b. La photo choisie par Ismaïl est la numéro 5 car il écrit : « Elle symbolise les amis, c'est-à-dire des personnes qui nous soutiennent et qu'on soutient. » La photo choisie par Lola est la numéro 4 car elle écrit : « Elle me fait penser à la maison où j'ai grandi. Elle représente le calme, les moments en famille, les longues balades dans la forêt. »

Activité 7 30 + 5 min

→ **Parler de son caractère**

Compréhension finalisée

À deux a. Avant de faire faire le relevé, bien définir ce qu'est le caractère : il s'agit des qualités et des défauts de la personne. Demander aux apprenants de formuler des mots en français exprimant le caractère. Leur demander de ne pas relever toutes les phrases mais seulement les adjectifs. Faire réaliser l'activité par les binômes puis mettre en commun au tableau.

Vocabulaire 009

Le caractère (1)

Conceptualisation lexicale

En classe entière – Noter les adjectifs relevés et faire repérer les deux structures syntaxiques permettant de présenter son caractère.

sociable	timide
attaché(e) à	ouvert(e)
de bonne humeur	réservé(e)
optimiste	à l'écoute
nostalgique	

être + adjectif

être quelqu'un de + adjectif masculin

– Inviter les apprenants à se reporter à la liste récapitulative *Le caractère (1)* de la page 25.

Compréhension finalisée (suite)

À deux b. Inviter les apprenants à tracer une grille afin de reporter les réponses et les phrases justificatives qui permettront la conceptualisation des phrases relatives. Demander de laisser de la place dans les cellules (pour l'activité suivante). Faire réaliser l'activité par les binômes. Reproduire la grille réponse au tableau. Procéder à la mise en commun.

	V/F	Justification
1	F	J'adore les sorties que je fais avec les copains. Je suis très attaché aux personnes qui m'accompagnent.
2	V	... des personnes qui nous soutiennent et qu'on soutient.
3	F	Je crée des playlists en relation avec le thème choisi pour l'occasion.
4	F	[Elle] me fait penser à la maison où j'ai grandi. Elle représente... les longues balades dans la forêt.
5	V	J'apprécie toujours ces moments... où nous nous réunissons.
6	V	C'est une chose dont je ne parle jamais...
7	V	Je fais un métier dont je suis fière.

Corrigés

7 a. **Ismaïl :** Je suis très sociable ; je suis très attaché aux personnes ; je suis toujours de bonne humeur ; je crois qu'ils apprécient mon optimisme ; je ne suis pas quelqu'un de nostalgique. **Lola :** j'étais très timide ; je suis plus ouverte ; je suis quelqu'un de réservé ; je suis toujours à l'écoute des gens. b. *Voir grille ci-dessus.*

Activité 8 30 min

Grammaire

Les pronoms relatifs

Conceptualisation

À deux puis **En classe entière** a. et b. Demander aux binômes de retrouver les phrases équivalentes dans la grille au tableau et de souligner les pronoms relatifs. Procéder à la mise en commun. Inviter les apprenants à repréciser quelle est la fonction d'un pronom relatif (relier deux phrases, éviter les répétitions).

c. Faire réaliser l'appariement et commencer la conceptualisation des pronoms *où* et *dont* en classe entière.

d. Demander à la classe de répondre à la question : *qui* et *que* seront certainement cités. Faire repérer dans la grille les autres phrases contenant un pronom relatif. Les binômes relèveront les autres phrases dans le texte A. Continuer la conceptualisation au tableau.

Justification
J'adore les sorties que je fais avec les copains. Je suis très attaché aux personnes qui m'accompagnent.
... des personnes qui nous soutiennent et qu'on soutient.
[Elle] me fait penser à la maison où j'ai grandi.
J'apprécie toujours ces moments... où nous nous réunissons.
C'est une chose dont je ne parle jamais...
Je fais un métier dont je suis fière.

où → indique le lieu (la maison où j'ai grandi) ou le temps (ces moments où nous nous réunissons)

dont → complément d'un verbe + *de* (une chose dont je ne parle jamais) ou d'un adjectif + *de* (un métier dont je suis fière)

qui → sujet (des personnes qui nous soutiennent)

que → COD (des personnes qu'on soutient)

À deux – Selon les besoins des apprenants et le temps imparti, demander aux binômes de synthétiser le travail fait à l'activité 8 dans un tableau récapitulatif qui reprendra toutes les phrases des textes. Les apprenants échangent leurs connaissances et le professeur circule pour apporter son aide.

Pronom relatif	Fonction	Exemples

– Les binômes se reportent ensuite à la page 24 pour lire les explications récapitulatives qu'ils comparent à leur propre grille.

Corrigés

8 a. et b. 1. Elle me fait penser à la maison où j'ai grandi. 2. J'apprécie toujours ces moments où nous nous réunissons. 3. C'est une chose dont je ne parle jamais. c. 1. *dont* remplace le complément d'un verbe. 2. *dont* remplace le complément d'un adjectif. d. *qui* (sujet) et *que/qu'* (COD) : ... des personnes qui nous soutiennent et qu'on soutient. J'adore les sorties que je fais avec les copains. Je suis très attaché aux personnes qui m'accompagnent. La musique, c'est quelque chose qui réunit les gens.

> S'entraîner activités 2 et 3 page 24

Phonétique

010 03 10 min

Le groupe rythmique

Faire travailler le point phonétique de la page 25 avec le tutoriel vidéo. Nous rappelons que l'enregistrement audio apporte les mêmes informations que le tutoriel vidéo mais n'est pas interactif. Il est bien sûr préférable de travailler avec le tutoriel vidéo. L'encadré phonétique et l'enregistrement audio servent de mémo.

Transcription 03

Bonjour ! Je m'appelle Jean-Thierry. Nous allons travailler la phonétique ensemble. Aujourd'hui : le groupe rythmique.
Écoutez. Observez les groupes rythmiques et les syllabes accentuées.
Bonjour monsieur le maire. Merci de m'accueillir ! Alors, je m'appelle Caroline Lambert. J'ai 35 ans. Je suis divorcée et j'ai deux enfants de 3 et 5 ans. Je viens de m'installer à Loos pour reprendre la pharmacie de la Mairie.
Vous avez remarqué ? On prononce un groupe de mots comme un seul mot. C'est le groupe rythmique. On ne s'arrête pas entre les mots : on prononce les syllabes de façon régulière, sauf la dernière qui est accentuée : elle est plus longue. Exemple : Bonjour Monsieur le maire !
Le groupe rythmique est un groupe de mots qui forment un sens, qui donnent une information. Il correspond à un groupe grammatical. Voilà ! Au revoir !

Transcription 010

Réécoutez Caroline (document 1 p. 16). Observez les groupes rythmiques et les syllabes accentuées soulignées.
Bonjour monsieur le maire. Merci de m'accueillir ! Alors, je m'appelle Caroline Lambert. J'ai 35 ans. Je suis divorcée et j'ai deux enfants de 3 et 5 ans. Je viens de m'installer à Loos pour reprendre la pharmacie de la Mairie.
→ On prononce un groupe de mots comme un seul mot. C'est le groupe rythmique. On ne s'arrête pas entre les mots : on prononce les syllabes de façon régulière, sauf la dernière syllabe qui est accentuée : elle est plus longue.

> S'entraîner > activité 4 page 25

AGIR

Activité 9 45 min

→ **Parler de soi à partir d'une photo**

Préparation

En classe entière Présenter la tâche aux apprenants, expliquer les différentes étapes de l'activité et en vérifier la bonne compréhension : les apprenants vont rédiger un texte afin de se présenter sur le modèle des textes d'Ismaïl et de Lola.

Production

Seul **a.** et **b.** Chaque apprenant choisit une photo de la page 17 ou une autre qu'il peut chercher sur Internet. Bien rappeler qu'il ne s'agit pas d'une photo de la personne mais d'une photo symbolisant son caractère et sa personnalité. Chacun rédige son texte (environ 100 mots) en utilisant le lexique travaillé sur le caractère et en formant des phrases avec des pronoms relatifs. Le professeur circule pour apporter son aide.

Le professeur peut aussi sélectionner au préalable quelques photos qu'il projettera à la classe.

À deux **c.** Les binômes **se lisent mutuellement** leurs textes et **les améliorent**.

Présentation

En classe entière **d.** Mélanger les feuilles de présentation et les redistribuer aléatoirement. Chaque apprenant lit alors le texte qu'il a sous les yeux et la classe essaie de **retrouver** son auteur en justifiant son choix.

Hors de la classe, deux apprenants créent le groupe de la classe sur un réseau social. Chaque apprenant y postera son texte.

Corrigés

9 Production libre.

Prolongement de la leçon

> Entraînement linguistique

- Demander aux apprenants de relire la double page et de réécouter les documents travaillés.
- Faire créer une fiche-lexique sur le thème *La ville* qui sera complétée aux leçons 17, 18 et 19.
- Faire créer une fiche-lexique sur le thème *Le caractère* qui sera complétée à la leçon 2.

> Évaluation formative

- Les activités du **cahier d'activités** correspondant à la leçon sont **aux pages 4 à 17**.
- Les activités du **Parcours digital®**.

Classe inversée

Avant la leçon 2 :

Demander aux apprenants de :
– lire le document 1 page 18 et faire les activités 1, 2 et 3a de la leçon 2 ;
– écouter le document 2 003 et faire l'activité 7 page 19 ;
– faire une recherche sur les notions de baby-boomer, génération X, génération Y et génération Z.

LEÇON 2 Comprendre les autres

COMPRENDRE LES AUTRES 4 h 20

Savoir-faire et savoir agir : comparer des générations · donner des conseils · faire des prévisions

COMPRENDRE	DOC. 1						
	10'	10'	20'	30'	10'	20'	15'
	Act. 1	Act. 2	Act. 3	Act. 4	Vocabulaire 014-016	Act. 5 Grammaire	Act. 6
	· Identifier la structure d'un article de presse	· Comprendre le thème et l'idée principale d'un article	· Sélectionner une information	· Relever les caractéristiques des générations	· Le travail (1) · Le caractère (2)	· Le comparatif et le superlatif	· Parler de son caractère et de son attitude au travail · Donner son avis
COMPRENDRE	DOC. 2 003						
	15'	10'	20'	10'	10'	10'	15'
	Act. 7	Vocabulaire 012	Act. 8	Grammaire	Vocabulaire 013-015	Act. 9 01	Act. 10
	· Identifier l'organisation d'une émission de radio	· L'âge	· Exprimer des conseils	· Pour conseiller · Le conditionnel présent (1)	· Les relations (1) · Les indicateurs temporels	· Échanger sur la place des personnes âgées	· Faire des prévisions
AGIR	45'	Act. 11	· Créer un guide du travail collaboratif en classe				

COMPRENDRE

DOC. 1

Activité 1 10 min

→ **Identifier la structure d'un article de presse**

Sensibilisation

Seul puis **En classe entière** **a.** et **b.** Faire observer et identifier le document 1 en répondant à la consigne.

Lors de la mise en commun, faire redéfinir collectivement les différentes parties d'un article notamment le *chapeau* : petit texte sous le titre résumant le propos de l'article ; ce texte est généralement rédigé dans un autre type de caractère pour le distinguer du corps de l'article. Demander aux apprenants quel mot est utilisé dans leur langue maternelle.

Corrigés

1 a. Entreprises. **b. 1.** la photo en haut à gauche. **2.** Le texte en italiques à droite de la photo. **3.** Quatre générations, quatre styles. **4.** Le texte sous le tableau. **5.** Il est sur fond vert.

Activité 2 10 min

→ **Comprendre le thème et l'idée principale d'un article**

Compréhension globale

Seul puis **En classe entière** **a.** et **b.** – Demander de lire rapidement tous les éléments de l'article et de répondre aux deux questions.

– Procéder à la mise en commun. Cette activité est destinée à aider les apprenants à repérer le thème et l'idée principale de l'article grâce notamment au titre et au chapeau.

Lors de la mise en commun :

– faire commenter la photo au regard du titre et des générations (quelle personne appartient à quelle génération ?) ;

– demander aux apprenants de faire part collectivement du résultat de leurs recherches sur les différentes générations ; si le travail de préparation n'a pas été demandé, le professeur peut donner quelques informations ;

– faire calculer l'âge de chaque génération au moment du travail de classe ;

– préciser que le journal qui publie cet article *Les Échos* traite de l'économie et du monde de l'entreprise, notamment du management.

Corrigés

2 a. La comparaison entre les caractéristiques de quatre générations. **b.** le rapport au travail.

Culture(s) +

Les générations

- **La génération** est un concept utilisé en démographie pour désigner un groupe vivant à la même époque dont les membres partagent un certain nombre de pratiques et de représentations du fait de ce même âge ou de cette même appartenance à une époque.
- **Les quatre générations** mentionnées dans le document font partie d'une théorie générationnelle inventée par deux historiens américains William Strauss et Neil Howe. Ils décrivent les générations qui se sont succédé au cours de l'histoire des États-Unis. Depuis sa création, elle couvre plus de 24 générations anglo-américaines. Chaque génération dure en moyenne de 20 à 22 ans. Ce modèle de génération est utilisé dans les médias, le marketing, le monde de l'entreprise et le management du monde occidental.
- **La génération des baby-boomers :** génération de l'après-guerre ayant connu le plein-emploi. En 2022, les personnes de cette génération ont entre 57 et 77 ans.
- **La génération X :** génération qui est née dans l'abondance et a découvert la crise avec les premières vagues de chômage ; on l'appelle parfois la génération sacrifiée. En 2022, les personnes de cette génération ont entre 42 et 57 ans.
- **La génération Y :** génération symbolisée par la lettre Y qui représente les écouteurs autour du cou ; génération qui a vu l'implantation du numérique. En 2022, les personnes de cette génération ont entre 27 et 42 ans.
- **La génération Z :** génération qui a toujours connu un monde avec une forte présence de l'informatique et d'Internet. C'est aussi la génération du zapping. En 2022, les personnes de cette génération ont moins de 27 ans.

On a donné le nom de **génération alpha** aux personnes nées après 2010.

Activité 3 (20 min)

→ Sélectionner une information

Compréhension finalisée

En classe entière a. Demander aux apprenants de se concentrer sur le tableau de l'article de journal et de répondre aux quatre questions oralement en donnant une justification. Ces premières questions de compréhension finalisée de sens permettent d'appréhender en détail la structure du tableau.

À deux b. Pour répondre à la question, inviter les binômes à lire et **s'expliquer mutuellement** le sens des adjectifs définissant les caractéristiques au travail. Autoriser l'utilisation du dictionnaire et circuler pour apporter son aide.

Corrigés

3 a. 1. La génération Z (ils ont vécu le réchauffement climatique). **2.** La génération X (l'objet est le CD). **3.** La génération Y (l'objectif professionnel est de s'épanouir en équipe). **4.** La génération des baby-boomers (nés entre 1945 et 1965). **b.** Productions libres.

Activité 4 (30 min)

→ Relever les caractéristiques des générations

Compréhension finalisée (suite)

À deux a. Inviter les apprenants à lire le corps de l'article afin de relever les autres caractéristiques de chaque génération. Attirer au préalable leur attention sur la phrase du chapeau : « Quels sont leurs points communs et leurs différences ? » afin de les avertir du fait que le corps de l'article va comparer les générations. Inviter à tracer une grille pour faire ce relevé. Afin que cette grille puisse servir au travail de conceptualisation sur les comparaisons, demander de relever ces comparaisons.

Les baby-boomers	- aussi optimistes - moins pragmatiques - plus idéalistes - souffrent de stéréotypes - moins de dynamisme - pas autant de disponibilité - travaillent autant ou plus que quand ils étaient jeunes - plus de difficultés d'adaptation aux nouveaux moyens de communication
Les générations X et Y	- plus ouverts - aiment l'organisation moins hiérarchique - cherchent un travail en accord avec leurs valeurs - séparent moins le temps de travail du temps de repos - multitâches - plus disponibles

Les générations X et Y (suite)	- aiment le télétravail - très flexibles - plus mobiles - aiment travailler à l'étranger - surdiplômés - ont commencé à travailler plus tard
La génération Z	- la plus créative - la plus exigeante - quittent plus facilement leur emploi pour un meilleur salaire - veulent vivre mieux - cherchent à donner du sens à leur vie

b. Pour répondre aux trois questions, demander aux apprenants de reformuler les phrases du texte.

Corrigés

4 a. *Voir la grille ci-dessus.* **b. 1.** Ils souffrent parfois de stéréotypes, on dit qu'ils ont moins de dynamisme et pas autant de disponibilité. Ce n'est pas justifié car ils travaillent autant que quand ils étaient plus jeunes, peut-être même plus. **2.** Ils vivent dans un monde hyperconnecté et séparent moins le temps de travail du temps de repos. **3.** C'est la plus créative et la plus exigeante. Ses membres veulent vivre mieux. Ils n'hésitent pas à quitter leur emploi pour un autre dans une autre entreprise ou un autre pays.

Vocabulaire

10 min

Le travail (1) 014

Le caractère (2) 016

Inviter les apprenants à se reporter aux listes récapitulatives *Le travail* (1) et *Le caractère* (2) de la page 26.

> S'entraîner activité 9 page 27

Activité 5

20 min

Grammaire

Le comparatif et le superlatif

Conceptualisation

À deux – Cette activité a pour objectif de rappeler les éléments de base des structures comparative et superlative. Faire faire l'activité par les binômes. Circuler pour apporter de l'aide. Procéder à la mise en commun.

– Selon le niveau de la classe et ses besoins, procéder à une révision des structures comparatives et du superlatif. Demander aux binômes de réunir leurs connaissances sur ces structures grammaticales soit à l'oral, soit à l'écrit dans un tableau en utilisant comme exemples les phrases relevées dans la grille faite à l'activité 4. Circuler pour apporter de l'aide.

– Une fois le travail terminé, inviter les apprenants à se reporter à l'explication page 25 pour vérifier les informations.

Corrigés

5 a. 1. superlatif. **2.** comparatif. **b.** bien/mieux – mauvais(e)/pire – bon(ne)/meilleur(e).

> S'entraîner activités 5 et 6 page 25

Activité 6

15 min

→ Parler de son caractère et de son attitude au travail – Donner son avis

En petit groupe Laisser les groupes échanger. À la fin des échanges, proposer un tour de table.

Corrigés

6 Production libre.

DOC. 2 003

Activité 7

15 min

→ Identifier l'organisation d'une émission de radio

Sensibilisation

En classe entière – Demander aux apprenants de regarder la photo située au bas de la page 19 et la faire décrire : *on voit deux femmes de générations différentes ; la jeune femme est certainement de la génération Z et la femme âgée de la génération née avant la Seconde Guerre mondiale ; elle semble avoir plus de 80 ans. On peut penser que la vieille dame est l'arrière-grand-mère de la jeune femme. Elles sont souriantes et la jeune femme enlace la vieille dame ; on les sent proches l'une de l'autre.*

– Dire aux apprenants qu'ils vont écouter une émission de radio en relation avec la photo. Faire faire des hypothèses sur son contenu. Exemple : *une émission sur la relation entre les générations avec des chiffres, des experts, des témoignages…*

Compréhension globale

Seul puis **En classe entière** **a.**, **b.** et **c.** – Faire lire les consignes et en vérifier la compréhension puis faire écouter le document 2 une fois. Préciser aux apprenants que l'objectif de cette première écoute est de répondre aux questions posées sans entrer dans les détails. Faire vérifier les hypothèses et répondre aux trois parties de l'activité.

– Lors de la mise en commun, préciser que l'IFOP est un institut de sondage et demander si les pourcentages ont été entendus. Faire commenter ces chiffres en demandant de trouver les raisons de chaque génération de vivre ou non ce type de colocation ; cet échange fera automatiquement apparaître des phrases comparatives. Noter les arguments au tableau. Demander à chaque apprenant sa position personnelle dans un rapide tour de table.

Intérêt pour la colocation intergénérationnelle : les personnes agées 22 % / les jeunes 46 %

Pour

- Les jeunes sont intéressés parce que le logement est moins cher.
- Les vieilles personnes peuvent parler plus.
- ...

Contre

- Ils n'ont pas le même rythme de vie et les mêmes intérêts.
- Les vieilles personnes ont trop d'habitudes et ne veulent pas être dérangées.
- ...

Transcription 003

Journaliste : Bonjour à tous. Comment améliorer les relations entre les jeunes et les seniors ? Parmi les pistes, il y a la cohabitation intergénérationnelle. Une enquête de l'IFOP montre que le contrat de colocation intergénérationnelle séduit plus les jeunes que les aînés. 46 % des jeunes se déclarent intéressés, mais seulement 22 % des personnes âgées se sentent prêtes à vivre avec un ou une jeune.
Francine bonjour ! Vous qui vivez avec une jeune étudiante, pourriez-vous donner à nos auditeurs quelques conseils pour vivre avec un ou une jeune ?
Francine : Oui, alors j'ai 84 ans. J'habite avec Charlotte qui a 20 ans et ça se passe bien. Je m'adresse aux grands-mères et grands-pères comme moi : je vous conseille de passer par un organisme. C'est préférable d'avoir un contrat de colocation très clair. Il faudrait aussi rencontrer plusieurs jeunes, pour avoir le choix et sentir si le contact est bon ou pas. Vous devriez prendre votre temps pour faire connaissance et, ensuite, signer le contrat. Avec les jeunes, il vaut mieux être patient parce qu'ils ne comprennent pas toujours nos habitudes. Ne soyez pas trop exigeants. Moi, je dis que si l'étudiant est sympathique, calme et s'il est là pour les repas, c'est bien. Les jeunes sont directs, donc n'hésitez pas non plus à parler franchement et à vous mettre d'accord sur les règles de vie. Avec Charlotte, nous avons discuté et nous avons décidé des règles ensemble. Par exemple, je ne dois pas occuper la salle de bains le matin, quand elle se prépare pour partir. Charlotte quitte la maison à 8 heures, alors moi j'y vais après elle. Et puis les soirées doivent être tranquilles. Moi, je regarde la télé et Charlotte travaille dans sa chambre. Voilà. Je suis très heureuse de ne pas être seule. Vraiment, je conseille à tous ce type de colocation parce que c'est le partage, l'échange, le soutien.
Journaliste : Merci Francine !
Qui sait, dans quelques années, la cohabitation intergénérationnelle sera peut-être un mode de vie normal et très courant ? On parle déjà de « coliving », ou colocation géante : dans peu de temps, nous pourrons partager des immeubles de 300 chambres, nous aurons de grands espaces de cotravail, une salle de sport commune, et nous ferons notre lessive dans la laverie de l'immeuble. C'est peut-être comme cela qu'on résoudra la crise immobilière ? Un jour, nous deviendrons des colocataires solidaires et nous recevrons nos amis dans « notre » café-bar commun. Alors, adieu la solitude ! Et vous, vous êtes prêts ?

Corrigés

7 a. Les relations entre jeunes et seniors/personnes âgées ; la cohabitation intergénérationnelle. Les intervenants sont le journaliste et Francine, une femme de 84 ans. **b.** 2, 3, 1. **c.** L'objectif est d'écouter l'avis d'une personne âgée qui a l'expérience de la cohabitation avec une jeune femme ; elle donne des conseils aux personnes de son âge pour cohabiter avec un(e) jeune.

Vocabulaire

10 min

L'âge 012

Conceptualisation lexicale

– Attirer l'attention sur les différents mots pour parler des personnes âgées en français : *les vieux, les seniors, les aînés, les personnes du troisième âge, les anciens*. Travailler sur les différences de sens, de niveaux de langue et de perception de la catégorie d'âge : l'adjectif *vieux/vieille* tend à devenir péjoratif dans certaines expressions comme *les vieux, il est vieux* mais reste bienveillant dans d'autres expressions comme *un vieux monsieur, une vieille dame*.

Culture(s) +

■ Les **seniors** (terme apparu suite à l'allongement de l'espérance de vie pour nommer les « jeunes personnes âgées » de 60-75 ans) sont encore très dynamiques. Ces personnes du baby-boom sont souvent en bonne santé, pratiquent du sport, voyagent, consomment et ont du mal à accepter les autres termes les classant dans une classe d'âge car ils ne se sentent pas vieux. Le terme *aînés* représente donc la catégorie suivante (au-delà de 80 ans) ainsi que celui de *troisième âge* ; l'expression *quatrième âge* a tenté une percée mais sans succès, l'expression *troisième âge* restant encore associée à l'extrême vieillesse.

– Demander aux apprenants comment sont nommées les personnes de cette génération dans leur propre langue.

– Inviter les apprenants à se reporter à la liste récapitulative *L'âge* de la page 26.

un vieux/une vieille
une personne âgée
un senior
le troisième âge

Activité 8

20 + 10 min

→ **Exprimer des conseils**

Compréhension finalisée

À deux a. – Faire réécouter le témoignage de Francine afin de noter précisément les conseils qu'elle donne aux personnes de son âge. Après l'écoute, les membres du binôme comparent leurs réponses ; une deuxième écoute, voire une troisième fois sera nécessaire pour faire ce relevé précis qui servira à la conceptualisation sur l'expression du conseil.

– Pour la mise en commun, demander à un ou deux apprenants de venir noter les phrases relevées au tableau.

Grammaire

Pour conseiller
Le conditionnel présent (1)

Conceptualisation

À deux puis **En classe entière** b. Une fois le relevé effectué, faire souligner les structures exprimant le conseil en s'aidant des modèles notés dans cette partie de l'activité. Ajouter l'expression *c'est préférable de* et indiquer la construction complète du verbe *conseiller* : *conseiller à qqn de faire qqch / conseiller qqch à qqn.*

Je vous conseille de passer par un organisme.
→ *conseiller à qqn de + infinitif*

C'est préférable d'avoir un contrat de colocation très clair. → *c'est préférable de + infinitif*

Il faudrait aussi rencontrer plusieurs jeunes, pour avoir le choix et sentir si le contact est bon ou pas. → *falloir au conditionnel + infinitif*

Vous devriez prendre votre temps pour faire connaissance et, ensuite, signer le contrat.
→ *devoir au conditionnel + infinitif*

Il (impersonnel) vaut mieux être patient. → *valoir mieux au présent + infinitif*

Ne soyez pas trop exigeants. → *impératif*

N'hésitez pas aussi à parler franchement et à vous mettre d'accord. → *impératif*

Je conseille à tous ce type de colocation.
→ *conseiller qqch à qqn*

En petit groupe ou **En classe entière** – Selon les connaissances, les besoins et l'autonomie des apprenants, procéder collectivement à une révision de la morphologie du conditionnel qui pourra également être utile pour l'activité 10 (révision du futur simple) et lister les verbes irréguliers. Noter au tableau les propositions.

Base de l'infinitif/du futur + terminaisons -ais, -ais, -ait, -ions, -iez, -aient

Verbes irréguliers : aller (ir-), avoir (aur-), courir (courr-), devoir (devr-), envoyer (enverr-), être (ser-), faire (fer-), falloir (faudr-), mourir (mourr-), pleuvoir (pleuvr-), pouvoir (pourr-), recevoir (recevr-), savoir (saur-), tenir (tiendr-), venir (viendr-), voir (verr-), vouloir (voudr-)

– Rappeler la présence du **Précis grammatical** (p. 160) et du **Précis de conjugaison** (p. 180).

– Pour le conditionnel présent et pour l'expression du conseil, inviter les apprenants à se reporter aux informations récapitulatives de la page 26.

– À la fin de ce relevé, revenir au sens des conseils donnés et les faire commenter en posant quelques questions ; si besoin, faire réécouter le témoignage pour que les apprenants prennent quelques notes :

Pourquoi Francine conseille-t-elle de passer par un organisme ? → *Pour avoir un contrat très clair.*

Pourquoi conseille-t-elle de rencontrer plusieurs jeunes avant de signer le contrat ? → *Pour voir si le contact est bon, si « le courant passe » et choisir le jeune avec qui la personne s'entend le mieux.*

Quels conseils donne-t-elle sur l'organisation du quotidien ? → *Il faut respecter les rythmes de chacun, s'organiser au mieux selon les obligations (partage de la salle de bains), privilégier certains moments (le repas)...*

c. Faire répondre collectivement à la question en se référant aux échanges réalisés à l'activité 7.

Corrigés

8 a. et **b.** *Voir les éléments listés au tableau.* **c.** Parce qu'on peut partager son quotidien avec quelqu'un, échanger sur différents sujets et s'entraider. (C'est le partage, l'échange, le soutien.)

> S'entraîner activités 7 et 8 page 26

Vocabulaire

10 min

Les relations (1) 013
Les indicateurs temporels 015

Inviter les apprenants à se reporter aux listes récapitulatives de la page 26.

Activité 9 01 10 min

→ Échanger sur la place des personnes âgées

En petit groupe – Faire visionner la vidéo de Raveena, l'étudiante indienne et lire la consigne.

– Constituer des groupes avec des nationalités différentes si possible pour avoir des échanges interculturels plus riches.

– À la fin des échanges, faire un tour de table pour voir si des différences ou des ressemblances émergent des différentes cultures représentées ou des cultures qu'ils connaissent.

Transcription 01

Bonjour, je m'appelle Raveena. Je suis indienne. Dans ma culture, les enfants, les parents et les grands-parents vivent souvent ensemble. Pour nous, la cohabitation intergénérationnelle, c'est naturel. Vivre seul, ce n'est pas normal. Et vous, dans votre culture, vous donnez quelle place aux personnes âgées ?

Corrigés

9 Production libre.

Activité 10 15 min

→ Faire des prévisions

Compréhension finalisée (suite)

À deux **a.** Faire réécouter la fin de l'émission en en rappelant le thème (voir activité 7) : « Prévisions sur les logements du futur » et faire réaliser l'activité.

En classe entière **b.** Faire réagir oralement aux prévisions. Les réactions feront automatiquement apparaître de nouvelles formes de futur simple. Le travail effectué sur le conditionnel à l'activité 8 servira pour la révision de la morphologie du futur simple.

Corrigés

10 a. 1. Nous aurons de grands espaces de cotravail, une salle de sport commune, et nous ferons notre lessive dans la laverie de l'immeuble. **2.** Nous recevrons nos amis dans « notre » café-bar commun. **3.** Il y aura des colocations géantes. On partagera des immeubles de 300 chambres. **b.** Le futur simple. La base est l'infinitif + les terminaisons *-ai*, *-as*, *-a*, *-ons*, *-ez*, *-ont*.

AGIR

Activité 11 45 min

→ Créer un guide du travail collaboratif en classe

Préparation

En classe entière Faire lire la consigne pour faire comprendre la finalité de l'activité et cadrer les échanges ; il s'agit de trouver le meilleur moyen de travailler en groupe. Ce travail fera émerger les représentations des apprenants et échanger sur l'utilité de collaborer pour mieux apprendre.

Se reporter à la partie A.2 de l'Introduction consacrée à ce point.

Production orale et écrite

En petit groupe **a.** Avant de laisser les groupes travailler, guider rapidement les échanges : il s'agit de **confronter les opinions** de chacun sur l'utilité du travail en groupe. *Aimez-vous travailler seul ou en groupe ? Pourquoi ? Quel est l'intérêt de travailler en groupe ? Quels sont les contraintes et les inconvénients ? Comment faut-il former les groupes ? Pourquoi ?*

b. et **c.** Les groupes **échangent** et rédigent les conseils à l'aide des expressions travaillées au cours de la leçon. Demander soit de varier les structures afin de travailler chacune d'entre elles (il s'agit alors d'une activité d'entraînement grammatical), soit à chaque groupe de choisir une unité rédactionnelle pour que les documents produits se rapprochent d'un document authentique : par exemple, privilégier l'utilisation des impératifs ou d'une autre structure. Écrire les structures au tableau.

Pour bien travailler ensemble, on vous conseille de… / impératifs / c'est préférable de… / il vaut mieux…

Présentation

En classe entière **d.** Chaque groupe **présente ses conseils à la classe qui sont commentés** ; les dix meilleurs conseils (un ou deux par compétence) seront **sélectionnés** et un document final sera produit et affiché sur le mur de la classe ou envoyé sur le groupe numérique.

Corrigés

11 Production libre.

Prolongement de la leçon

› Entraînement linguistique

- Demander aux apprenants de relire la double page et de réécouter les documents travaillés.
- Faire créer une fiche-lexique sur le thème *Les relations* qui sera complétée à la leçon 10.
- Faire compléter la fiche-lexique sur le thème *Le travail* créée à la leçon 1 *et* qui sera complétée aux leçons 5, 6 et 15.
- Faire compléter la fiche-lexique sur le thème *Le caractère* créée à la leçon 1.

› Évaluation formative

- Les activités du **cahier d'activités** correspondant à la leçon sont **aux pages 8 à 11**.
- Les activités du **Parcours digital®**.

Classe inversée

Avant la leçon 3

Demander aux apprenants de/d' :

– écouter le document 1 004 et faire l'activité 1a et b page 20 ;

– lire le document 2 page 20 et chercher le vocabulaire incompris ;

– faire l'activité 4 page 20.

LEÇON 3 Expliquer des différences culturelles pages 20-21

EXPLIQUER DES DIFFÉRENCES CULTURELLES 3 h 35

Savoir-faire et savoir agir : identifier des différences culturelles · donner des explications

COMPRENDRE — DOC. 1 · 004

20'	25'	20'
Act. 1	Act. 2 Grammaire	Act. 3 Grammaire
· Parler des stéréotypes	· Donner des explications · La cause	· La conséquence

COMPRENDRE — DOC. 2 (Act. 4 à 7) · DOC. 3 (Act. 8)

10'	20'	5'	20'	20'	15'
Act. 4	Act. 5	Vocabulaire 017	Act. 6	Act. 7	Act. 8
· Identifier un écrit et son idée principale	· Identifier des différences culturelles	· Le comportement	· Comprendre une expression imagée · Parler d'une expérience	· Donner son opinion sur des stéréotypes	· Classer des faits culturels

AGIR

30'	Act. 9	· Donner son opinion sur la question « Être différents et vivre ensemble, c'est possible ? »

CULTURE(S) VIDÉO

30'	02	· Ma vie aux États-Unis

COMPRENDRE

DOC. 1 · 004

Activité 1 20 min

→ **Parler des stéréotypes**

Sensibilisation

En classe entière Dire aux apprenants qu'ils vont écouter le témoignage d'un jeune homme, Miles. Faire faire des hypothèses sur son contenu au regard du titre de la leçon (et du document 2 s'ils l'ont préparé). Exemple : *Miles (qui est certainement anglophone) parle de son expérience dans un pays étranger.*

Compréhension globale

Seul puis **En classe entière** **a.** Faire écouter le document 1 une première fois. Faire vérifier les hypothèses et répondre à la question ; bien préciser qu'il s'agit d'une réponse courte qui résume le témoignage. Plusieurs réponses sont possibles (voir *Corrigés*).

Compréhension finalisée

Seul puis **En classe entière** **b.** Faire lire la consigne et demander collectivement de définir les mots *stéréotype* et *cliché* (*opinion toute faite que l'on se fait d'une personne ou d'un groupe de personnes ; cette opinion est une généralisation, elle ne tient pas compte des singularités, elle ne nuance pas*). Il ne s'agit pas dans un premier temps de relever les différentes structures de cause mais de juste se focaliser sur le sens, de relever les stéréotypes et d'essayer de les expliciter en posant à chaque fois la question *Pourquoi ?* Noter les réponses au tableau et faire oraliser.

Tous les Australiens aiment le sport.
→ Ils sont grands et forts.

Tous les Australiens sont blonds.
→ Dans les films, ils sont souvent blonds.

Tous les Australiens font du surf.
→ En Australie, il y a des plages.

Il y a des kangourous partout et des requins.
→ L'Australie est un continent sauvage.

Exemples de production orale :

Les Français pensent que tous les Australiens aiment le sport. *Pourquoi ?* Parce que les Français voient les Australiens grands et forts.

Les Français pensent que tous les Australiens sont blonds. *Pourquoi ?* Parce que les Australiens qu'ils voient dans les films sont souvent blonds.

Les Français pensent que tous les Australiens font du surf. *Pourquoi ?* Parce qu'en Australie, il y a des plages.

Les enfants français parlent toujours des kangourous. *Pourquoi ?* Parce qu'ils apprennent que l'Australie est un continent sauvage, etc.

À chaque énoncé de cliché, la classe peut répondre à la première question de la partie c. de l'activité et donner son avis.

En petit groupe puis **En classe entière** **c.** – Pour répondre à la seconde question, soit la classe est multiculturelle et les groupes se forment selon leur nationalité, soit la classe est constituée de personnes de même nationalité et les relevés de chaque groupe seront comparés. Faire utiliser la même structure d'énoncé que pour le travail réalisé dans la partie b. *Les gens pensent que… parce que…* Le professeur circule pour apporter son aide.

Inviter les apprenants à utiliser la fiche-lexique *Le caractère*.

– Procéder à une mise en commun en demandant à chaque groupe de présenter le résultat de ses échanges.

Transcription 004

Miles : J'habite en France depuis des années mais, à chaque fois, quand je fais connaissance avec des Français, quand je dis que je suis australien, ils me parlent de sport. C'est à cause de l'image qu'ils ont de l'Australie : la mer, les plages, le rugby… C'est vrai que, dans les médias, l'Australie est toujours associée au sport, donc les Français me demandent quel sport je préfère, ou ma réaction à un match récent. Ils pensent aussi qu'un Australien, c'est quelqu'un qui est grand et blond et qui fait du surf, puisqu'il y a beaucoup de plages en Australie ! Bon, ce n'est pas complètement faux. Le sport en Australie, c'est important. C'est le plus important dans notre culture. C'est pourquoi nous avons cette réputation. Mais moi, je n'ai jamais trouvé le sport intéressant. C'est pour ça que je ne sais pas quoi répondre quand quelqu'un me parle de football australien ou de rugby. C'est pas grave, bien sûr. Mais, à chaque fois, je suis obligé d'expliquer, encore, que je ne m'intéresse pas au sport.
Par contre, avec les enfants, c'est drôle. Comme ils apprennent à l'école que l'Australie est un continent sauvage, ils me demandent s'il y a des kangourous partout ! Si j'ai déjà vu un requin. Ils me font rire, ça j'aime bien !
J'ai un peu changé parce que j'habite en France depuis longtemps. Quand je suis arrivé ici, au début je trouvais que les gens étaient distants et un peu froids. Ils ne rigolaient pas. Dans les soirées, je m'approchais, je souriais, je posais des questions. Les gens se fermaient car ils me trouvaient bizarre. Ici, en France, on a besoin de plus de temps pour faire connaissance. En Australie, on est très familiers tout de suite. Maintenant, je fais comme les Français. Du coup, je suis moins direct.

Corrigés

1 a. Il parle de son intégration en France, des différences culturelles et des difficultés à les comprendre. Il parle de l'image que les Français ont des Australiens. **b.** Les Australiens aiment le sport et sont tous blonds, grands et font du surf. L'Australie est un continent sauvage. Les enfants parlent toujours des kangourous et des requins. **c.** Productions libres.

Activité 2 25 min

→ Donner des explications

Compréhension finalisée (suite)

À deux **a.** – Faire réécouter le témoignage de Miles, voire seulement la fin, pour répondre aux trois questions. Mettre en commun en notant les éléments de réponse au tableau.

1. Il était très ouvert, très familier. Il s'approchait des gens, il souriait, il leur parlait.

2. Ils étaient froids, distants, se fermaient, ne rigolaient pas. Pour eux, Miles était bizarre.

3. Parce qu'il veut faire comme les Français et s'adapter à leur façon d'être.

– Un fois les réponses notées, demander aux apprenants de produire oralement des phrases mettant en relation les éléments de réponse à la question 1 et ceux de la question 2. Les réponses feront certainement apparaître des structures de cause. Les noter.

Grammaire

La cause

Conceptualisation

L'expression de la cause est un travail amorcé au niveau A2 qui est complété ici par l'acquisition de nouvelles structures.

À deux puis **En classe entière** **b.** – Demander aux apprenants de lire les deux phrases extraites du document et de répondre aux questions. Mettre les réponses en commun et commenter collectivement les deux phrases en échangeant sur leur sens et la place des deux structures dans la phrase. Noter au tableau les propositions.

– Amener les apprenants à comprendre : *1)* qu'on utilise *puisque* quand une cause est évidente, connue ; dans la phrase 1, tout le monde sait qu'il y a beaucoup de plages en Australie ; *2)* qu'une phrase commençant par *Comme* insiste sur la cause ; pour cela, on peut comparer les phrases *Comme ils apprennent à l'école que l'Australie est un continent sauvage, ils me demandent s'il y a des kangourous partout* et *Ils me demandent s'il y a des kangourous partout parce qu'ils apprennent à l'école que l'Australie est un continent sauvage.*

En classe entière Pour compléter le travail sur la cause, faire réécouter le document avec ou sans la transcription afin de relever les phrases contenant une expression de cause. Les noter au tableau, mettre en valeur les expressions et compléter collectivement les informations sur le sens et l'utilisation syntaxique de ces expressions.

C'est à cause de l'image qu'ils ont de l'Australie : la mer, les plages, le rugby... → sens négatif / + nom

Ils pensent aussi qu'un Australien, c'est quelqu'un qui est grand et blond et qui fait du surf, puisqu'il y a beaucoup de plages en Australie ! → la cause est connue / au début ou au milieu de la phrase

Comme ils apprennent à l'école que l'Australie est un continent sauvage, ils me demandent s'il y a des kangourous partout ! → au début de la phrase

J'ai un peu changé parce que j'habite en France depuis longtemps. → répond à *Pourquoi ?* / au milieu de la phrase

Les gens se fermaient car ils me trouvaient bizarre. → = parce que (plus formel)

Demander aux apprenants s'ils connaissent d'autres structures exprimant la cause.

À deux Inviter les apprenants à se reporter aux informations récapitulatives de la page 27.

Corrigés

2 a. 1. Il était très ouvert, très familier quand il rencontrait une personne : il s'approchait des gens, il souriait, il leur parlait. **2.** Ils étaient froids, distants, se fermaient, ne rigolaient pas. Ils pensaient que Miles était bizarre. **3.** Il a changé pour faire comme les Français et s'adapter à leur façon d'être. **b. 1.** Non. C'est *parce que* qui répond à la question *Pourquoi ?* **2.** Au début de la phrase.

> S'entraîner activités 10 et 11 page 27

Activité 3 20 min

Grammaire

La conséquence

Conceptualisation

À deux **a.** Faire souligner les expressions et faire réfléchir les binômes sur le sens et l'utilisation syntaxique de ces expressions.

En classe entière **b.** – Noter au tableau les propositions. Expliquer que l'expression de la cause est souvent associée à celle de la conséquence et donner un exemple : *Je parle français parce que je suis français. Je suis français donc je parle français.*

donc → très utilisé / au milieu de la phrase ou au début de la phrase suivante

c'est pourquoi → plus formel / au milieu de la phrase ou au début de la phrase suivante

du coup → familier / au milieu de la phrase ou au début de la phrase suivante

– Inviter les apprenants à se reporter aux informations récapitulatives de la page 27.

Corrigés

3 a. 1. donc ; **2.** c'est pourquoi ; **3.** du coup. **b.** Production libre.

> S'entraîner activité 12 page 27

DOC. 2

Activité 4 10 min

→ Identifier un écrit et son idée principale

Sensibilisation

Seul puis **En classe entière** Faire observer et identifier le document 2 : il s'agit d'un extrait de l'essai de Nancy Huston *Nord perdu*.

Compréhension globale

Seul puis **En classe entière** Inviter les apprenants à lire rapidement le texte sans s'arrêter aux détails ni aux mots inconnus et demander de choisir le meilleur résumé.

Corrigés

4 b.

Activité 5 20 min

→ Identifier des différences culturelles

Compréhension finalisée

À deux puis **En classe entière** **a.** et **b.** Demander aux apprenants de relire le texte et de faire les deux parties de l'activité en notant sur une feuille les exemples donnés sur les différences culturelles. Mettre en commun oralement et expliquer collectivement le lexique si besoin. Parmi les mots ou expressions qui poseront des difficultés ou que le professeur estimera intéressants de commenter afin d'enrichir les connaissances lexicales, on peut noter :

au fond (l. 1) = finalement.

le verbe *jurer* (l. 3) = être très différent. Le repérage de ce verbe peut amener à faire un travail sur la polysémie. Demander aux apprenants de regarder ce verbe dans le dictionnaire pour constater ses différentes significations.

être hors de soi (l. 10) = en colère. Image qui montre que l'on ne se maîtrise plus, qu'on sort du cadre du calme et de la tranquillité.

ajuster (l. 19) = adapter.

censurer (l. 19) = interdire.

inapproprié (l. 20) = qui ne convient pas.

Si le temps imparti le permet, un échange oral peut suivre l'activité afin d'expliciter l'analyse que Nancy Huston fait de son expérience.

Exemples de questions que l'enseignant peut poser :

Nancy Huston dit que sa façon de vivre comparée à celle des Français du sud de la France et des Italiens lui paraît puritaine. Par quel mot, opposé à *puritanisme*, peut-on résumer ce mode de vie ? Noter les propositions au tableau : *laisser vivre, tranquillité, prendre son temps, vivre au rythme de la nature*.

Quels sentiments a-t-elle ressentis au début ? Elle était choquée, cela la mettait *hors d'elle* (= en colère), cette façon de vivre ne lui semblait pas sérieuse…

S'est-elle adaptée facilement ? Non, *j'ai mis longtemps à… ; petit à petit…*

Pourquoi, d'après vous, on commence à censurer les gestes et les attitudes inappropriés ? Pour s'intégrer, pour ne pas être jugé…

Êtes-vous d'accord avec la première phrase ? N'apprend-on vraiment à se connaître que lorsque ses traits culturels sont très différents de ceux des autres ? Comment comprenez-vous l'expression *dans le théâtre de l'exil* ? Quand on est à l'étranger, on joue un rôle, on apprend à être quelqu'un de différent…

Corrigés

5 a. 1. Elle a découvert son puritanisme. **2.** En vivant en France (en Provence) et en Italie. **b.** Le temps : le rythme de vie, les transports en retard. L'atmosphère : le soleil, le sable, la musique, la mer, la douceur, la sensualité, la beauté. L'alimentation : le type de nourriture (les figues, le poisson). Les vêtements : la façon différente de s'habiller. Les comportements : le *farniente*, la façon de bouger, de réfléchir, de rire, les gestes, les attitudes.

Vocabulaire

5 min

Le comportement

017

Inviter les apprenants à se reporter à la liste récapitulative de la page 27.

Activité 6

20 min

→ **Comprendre une expression imagée – Parler d'une expérience**

Compréhension finalisée (suite)

À deux puis **En classe entière** **a.** Demander aux binômes de travailler sur l'expression. Mettre en commun et demander à la classe d'expliquer l'image. Au sens littéral, l'expression signifie que l'on ne sait pas où se trouve le Nord, indiqué normalement par une boussole (un instrument qui permet de se repérer dans l'espace en indiquant les quatre points cardinaux). Au sens figuré, cela signifie que l'on est perdu.

b. Demander à la classe de justifier le titre de Nancy Huston en expliquant le sens de l'expression dans le cadre du roman.

c. Laisser les binômes échanger sur leurs expériences de dépaysement. Le récit d'expérience entraînera inévitablement une utilisation des temps du passé et une structure cadrée telle que *Je me souviens la première fois que je suis allé(e) en… j'étais assez inquiet/inquiète… Pendant quelques mois, je n'ai pas pu… et enfin après une année, j'ai réussi…* Avant de laisser les groupes échanger, rappeler aux apprenants de se concentrer sur la qualité grammaticale de leurs productions.

Corrigés

6 a. 1. **b.** Le titre du livre signifie que Nancy Huston a perdu ses repères canadiens (le Nord) en vivant dans le Sud. On voit d'ailleurs une boussole sur la couverture de son livre. **c.** Production libre.

Activité 7

20 min

→ **Donner son opinion sur des stéréotypes**

En classe entière Avant de laisser les groupes échanger, amener les apprenants à résumer collectivement ce que disent les deux personnes sur les Français.

Miles : les Français sont froids et distants au premier abord ; il leur faut du temps pour sympathiser et parler de choses intimes.

Nancy : les Français sont très décontractés, ils prennent le temps de vivre. Parfois, les services publics ne sont pas efficaces (trains en retard, bureaux de poste inefficaces).

En petit groupe – Laisser les groupes échanger librement et dire s'ils sont d'accord avec ce que disent Miles et Nancy Huston des Français. Demander également d'ajouter quelques autres clichés que les apprenants connaissent sur les Français.

– Pour la mise en commun, chaque groupe donne la liste des traits de caractère ou comportements supplémentaires qu'ils attribuent aux Français. La classe **donne son avis** à chaque fois.

Corrigés

7 Production libre.

DOC. 3

Activité 8 15 min

→ Classer des faits culturels

Sensibilisation

En classe entière Faire observer l'iceberg de la culture de la page 21 et lire l'introduction. Répondre à la question lexicale.

Compréhension

En petit groupe a. et b. – Les groupes se mettent d'accord pour compléter l'iceberg. Préciser aux apprenants que l'ordre des étiquettes n'a pas d'importance.

– Lors de la mise en commun, inviter les apprenants à expliquer pourquoi les éléments sont classés dans l'une ou l'autre partie de l'iceberg. Les éléments classés dans la partie émergée (visible) sont faciles à identifier car on les voit ou on les entend dans les films, sur des photos, quand on se promène dans le pays. Les éléments de la partie immergée (cachée) de l'iceberg sont assimilés par les natifs dès le plus jeune âge et donc ne peuvent être compris par les étrangers qu'après un long apprentissage au contact de ces natifs.

Corrigés

8 Partie émergée/visible : le sport, l'art, les vêtements. Partie immergée/invisible : les règles de politesse, les goûts, les divertissements, les rythmes de vie.

AGIR

Activité 9 30 min

→ Donner son opinion sur la question « Être différents et vivre ensemble, c'est possible ? »

Préparation

En classe entière Présenter la tâche aux apprenants, expliquer les différentes étapes de l'activité et en vérifier la bonne compréhension. Inviter les apprenants à lister les documents de l'unité 1 et à indiquer la relation de chacun d'eux avec la question posée par l'unité.

Être différents et vivre ensemble, c'est possible ?

Leçon 1 : avoir des centres d'intérêt différents / avoir un caractère différent

Leçon 2 : vivre avec une personne de génération différente

Leçon 3 : vivre à l'étranger avec une autre langue et une autre culture

Production

En petit groupe a. Les membres du groupe **échangent sur les documents** de l'unité 1 et indiquent celui qu'ils ont préféré. Dire aux apprenants qu'une activité de ce type sera proposée à la fin de chaque unité afin de répondre à la question posée dans le titre de l'unité.

b. Le groupe **échange sur la question** et nomme un membre pour prendre des notes afin de partager son opinion avec la classe. D'autres exemples de différences que celles présentées dans les documents peuvent illustrer les propos : la différence de religion, la différence de couleur de peau, la différence de milieu social… À la fin de l'échange, accorder quelques minutes à chaque groupe pour classer les idées et structurer la prise de parole devant la classe.

Présentation

En classe entière c. Les groupes **présentent leur vision** de façon structurée qui sera **commentée par la classe**.

Exemple de production : *Nous pensons qu'il est possible de vivre ensemble quand on est différents mais les différences ne doivent pas être trop importantes. Par exemple, il est possible que deux personnes de caractère différent, d'âge différent, de nationalité différente vivent ensemble avec quelques adaptations mais nous pensons que deux personnes qui n'ont pas les mêmes opinions politiques ou croyances religieuses auront du mal à vivre ensemble sans se disputer.*

Pour prolonger l'échange partagé, amener les apprenants à réfléchir sur ce qui est échangé par tout le monde, aux points communs, voire aux valeurs universelles qui permettent de se comprendre au-delà des différences. Par exemple, un certain nombre de cultures s'expriment à travers l'art (musique, peinture, architecture…), connaissent toutes la notion de compétition à travers le sport…

Corrigés

9 Production libre.

CULTURE(S) VIDÉO 02 30 min

Ma vie aux États-Unis

Durée de la vidéo : 2'15

Sensibilisation

En classe entière Dire aux apprenants qu'ils vont regarder une vidéo dont le titre est « Ma vie aux États-Unis » et faire faire des hypothèses sur son contenu.

Compréhension

En classe entière 1. Pour répondre à cette première question, on peut faire visionner la vidéo sans le son une trentaine de secondes. Le fait de voir ce jeune homme face caméra dans un univers statique entraînera une réponse immédiate.

Corrigé

1. C'est une vidéo de youtubeur. L'homme est seul face à la caméra, dans un décor naturel ; il est très statique, sans maquillage.

En classe entière 2. Faire observer le titre de l'épisode qui s'affiche pendant le générique et répondre collectivement à la question. Faire traduire l'expression dans les langues représentées dans la classe.

Corrigé

2. Mon pays me manque.

En classe entière 3. Faire visionner à nouveau le début de la vidéo mais cette fois, avec le son jusqu'à « ... comment faire face à cette épreuve, en douceur. » Faire répondre aux trois questions. Yoann parle assez vite ; plusieurs écoutes seront peut-être nécessaires. Insister sur le fait qu'il ne faut pas tout comprendre. Noter les deux mots suivants au tableau et les faire expliquer.

remédier à qqch : apporter un remède, guérir...

faire face à une épreuve : gérer une situation difficile ou compliquée.

Corrigé

3. Il est dans sa chambre. Il s'adresse à ses abonnés qui ont été, sont ou seront dans la même situation que lui. Il a créé sa chaîne pour raconter son expérience de vie d'expatrié. Dans cette vidéo, il va précisément parler du *homesickness* (le mal du pays) et donner quelques conseils pour le surmonter.

À deux 4. et 5. Faire lire les consignes des deux activités et faire visionner la vidéo en entier avec le son. Les binômes prennent des notes pour répondre à la question 5, échangent leurs notes avant une autre écoute. Mettre en commun. Noter au tableau les mots suivants et les faire expliquer :

une lune de miel : voyage des jeunes mariés ; l'expression signifie que c'est une période de bonheur absolu.

bisounours : (mot-valise *bisou + ours*) nom français d'une gamme américaine de jouets en peluche (en anglais, *The Care Bears*). En référence à la douceur des peluches, le mot est associé à la vie sans problème, où tout va bien : *On vit dans un monde de bisounours.*

rigolo : amusant (terme familier).

un antidépresseur : médicament pour soigner le mal-être, la dépression nerveuse.

Pour aller plus loin :

En petit groupe Les groupes échangent sur une expérience similaire et disent s'ils sont d'accord avec Yoann.

Seul Chaque apprenant écrit sur le blog de Yoann pour raconter une expérience similaire et dit s'il est d'accord avec lui.

Corrigés

4. Elles servent à faire sourire, à illustrer une expression, à faire découvrir le lieu. La première scène montre combien on est infantile parfois devant la nouveauté ; il écarquille les yeux et pense que les choses évidentes sont plus belles qu'ailleurs, originales. La deuxième scène illustre l'incompréhension dans la langue : Yoann ne comprend pas ce que lui dit la femme et répond autre chose ; il est effrayé, il s'enfuit.

5. **Étape 1 :** « la lune de miel bisounours » ; tout va bien, on découvre le nouveau pays comme un touriste. **Étape 2 :** « la période "anti-dépresseur" » ; tout va mal, on critique tout, on se sent étranger, on a le mal du pays, on veut rentrer. **Étape 3 :** « l'adaptation » ; tout s'éclaire, on comprend mieux la nouvelle culture.

Transcription ▶ 02

Yoann : Salut à tous, *what's up* ? J'espère que vous allez bien. Moi, c'est Yoann et vous êtes sur ma chaîne « Ma vie aux États-Unis ».
Si, vous aussi, vous étudiez à l'étranger, vous avez étudié à l'étranger, ou vous allez étudier à l'étranger, ou que vous êtes à l'étranger pour du travail, enfin bref , si vous êtes à l'étranger pour une période de temps assez longue, il y a quelque chose de souvent inévitable, que tout le monde rencontre au moins une fois, c'est le mal du pays ou ce qu'on appelle en anglais *homesickness*. C'est cette période qu'on rencontre où tout le monde nous manque, où notre expérience nous paraît négative, où on a juste envie de rentrer.
Donc, aujourd'hui, on va parler du mal du pays, *homesickness*, donc le mal du pays. Comment ça se passe et quelques conseils pour comment y remédier, ou comment faire face à cette épreuve, en douceur.
La première étape, c'est l'étape que j'appelle « lune de miel bisounours », l'étape où tout va bien. On arrive dans le pays et, là, on est sous le charme des lieux. La culture est différente, tout nous paraît exotique. Enfin, tout nous plaît. Une rue américaine ! Un arbre américain ! Une voiture américaine !
La deuxième étape, c'est moins rigolo, c'est ce que j'appelle la période « antidépresseur », l'étape noire, enfin c'est l'étape où tout va mal. C'est l'étape où vous commencez à critiquer la culture, les différences culturelles du pays dans lequel vous êtes. Vous doutez de vos choix. Vous avez envie de rentrer chez vous. Votre famille vous manque.
Une incompréhension dans la langue, avec la langue étrangère, vous avez parfois du mal à vous sentir compris, vous avez parfois du mal à comprendre les gens.
Femme : *I'm so glad to see you, welcome to our home. How was your trip? Are you ready to live in Madison?**
Yoann : Euh... *Hello! My name is Yoann!***
Femme : *Yoann? Yoann? Good to see you! Please, come back!****
Yoann : Mais, évidemment, après cette période noire, il y a la période... La lumière arrive enfin. La période, l'étape, la période d'adaptation, c'est la période où enfin les différences culturelles ne sont plus aussi pesantes. Vous vous êtes intégré, vous avez des amis, la langue n'est plus aussi compliquée. Vous vous adaptez vraiment à la culture autour de vous.

* Je suis si contente de te voir, bienvenue chez nous. Tu as fait bon voyage ? Es-tu prêt à vivre à Madison ?
** Bonjour ! Je m'appelle Yoann !
*** Yoann ? Contente de te voir ! S'il te plaît, reviens !

Prolongement de la leçon

> Entraînement linguistique

- Demander aux apprenants de relire la double page et de réécouter les documents travaillés.
- Faire créer une fiche-lexique sur le thème *Le comportement*.

> Évaluation formative

- Les activités du **cahier d'activités** correspondant à la leçon sont **aux pages 12 à 15**.
- Les activités du **Parcours digital®**.

Classe inversée

Avant la leçon 4 :

Demander aux apprenants de/d' :
– observer et lire le document 1 page 22 ;
– faire l'activité 1 page 22.

Avant la leçon 5 :

Demander aux apprenants de :
– regarder la page d'ouverture de l'unité 2 page 29 ;
– lire le document 1 page 30 et faire les activités 1 et 2 de la leçon 5 ;
– faire le test du document 1 page 30.

LEÇON 4 Techniques pour... pages 22-23

... interagir dans des conversations quotidiennes 1 h

Le travail proposé dans cette première tâche, notamment dans la phase d'analyse (activité 4) et l'activité 5, et les expressions répertoriées dans l'encadré mémo de la page 23 ont pour finalité de mettre en évidence des énoncés courts et familiers utilisés dans les interactions quotidiennes pour réagir à un propos ou une proposition.

ÉCOUTER

DOC. 1 005

Activité 1 5 min

[Découverte]

Seul puis **En classe entière** Faire observer la page d'accueil du site de France Info de la page 22 et répondre à la question. Les indices qui permettront de répondre : « Entendu dans la rue », « aller à la rencontre », « capter (= saisir) des échanges sur le vif » (des échanges sans préparation, spontanés).

Corrigés

1 *Propositions de réponse :* un micro-trottoir, des enregistrements « volés » dans la rue.

Activité 2 10 min

Seul puis **En classe entière** – Faire écouter les dix micro-dialogues et vérifier les hypothèses. Il ne s'agit pas d'un micro-trottoir (le journaliste ne pose pas de question) mais des extraits de conversations de tous les jours ; le micro a été caché et les personnes ne savent pas qu'elles sont enregistrées.

– Faire réécouter et relier les dialogues aux thèmes. Dire aux apprenants que le même thème peut être relié à plusieurs dialogues et qu'un dialogue peut être relié à plusieurs thèmes. On peut demander de noter un mot-clé de chaque dialogue pour justifier les réponses. Mettre en commun. Si le mot *vélib'* pose problème, attirer l'attention sur la photo de la page 22 et expliquer qu'il s'agit du système parisien de vélo en libre-service.

Transcription 005

Journaliste : Pour finir la saison de la chronique, voici la dernière sélection des « Entendu dans la rue ». À bientôt !

Dialogue 1
Homme : On y va comment ?
Femme : En Velib ?
Homme : Trouver un Velib à 17 heures ?? Laisse tomber !

Dialogue 2
Homme : Tu sais quoi ? Paul et Julie se sont séparés.
Femme : Euh... Ils étaient ensemble ?

Dialogue 3
Femme 1 : J'ai beaucoup, beaucoup travaillé cette semaine !
Femme 2 : Moi aussi.
Femme 1 : Bon, on va boire un verre ?
Femme 2 : Carrément !

Dialogue 4
Homme 1 : Pour dîner en terrasse, il faut absolument réserver.
Homme 2 : C'est clair.

Dialogue 5
Homme : J'ai trouvé un appartement de 35 m^2, commerces et métro à côté.
Femme : C'est top !

Dialogue 6
Homme : L'année prochaine, je m'installe au Japon.
Femme : Au Japon ? Tu rigoles ? Tu parles pas japonais !

Dialogue 7
Femme : Voilà l'addition. Tu paies ?
Homme : Attends ! J'ai déjà payé la dernière fois.

Dialogue 8
Femme : Cette année, le premier janvier tombe un dimanche !
Homme : C'est pas vrai ?!

Dialogue 9
Femme : Le yoga, c'est pas fait pour toi. Tu es trop agité.
Homme : N'importe quoi !

Dialogue 10
Femme : On y va comment ?
Homme : En taxi ?
Femme : Ça marche !

Corrigés

2 Les sorties et les loisirs : 3 (boire un verre), 4 (dîner en terrasse), 7 (l'addition), 9 (le yoga). Le travail : 3 (*j'ai beaucoup travaillé*), 8 (on parle d'un jour férié). L'argent : 7 (*tu paies ?*). Les transports : 1 (en vélib'), 10 (en taxi). Les relations : 2 (*Paul et Julie se sont séparés*). Les lieux de vie : 5 (un appartement), 6 (au Japon).

Activité 3 — 15 min

En classe entière Afin de préparer l'activité, demander aux apprenants s'ils ont perçu une structure commune à chaque dialogue : une des personnes dit ou propose quelque chose et l'autre réagit. Faire regarder les quatre photos et le type de réaction qui y est associé.

Seul puis **À deux** **a.** et **b.** Faire réécouter et identifier la réaction à chaque dialogue en demandant de noter l'élément linguistique ou intonatif justifiant la réponse. Demander aux apprenants de cacher la page 23 afin de ne pas dévoiler les expressions. Les binômes **se mettent d'accord** et **s'expliquent mutuellement** le lexique noté. Il s'agit principalement d'expressions idiomatiques familières qui poseront peut-être des problèmes de compréhension. Lors de la mise en commun, le sens des expressions peut être donné collectivement.

Corrigés

3 a. et **b.** Dialogue 1/Photo 1 : le désaccord est marqué par l'intonation descendante qui marque la résignation et l'expression *Laisse tomber* (= abandonne, renonce) ; Dialogue 2/Photo 3 : la surprise est marquée par l'élément *Euh...* et l'intonation de la question montrant que la personne ne savait pas. Dialogue 3/Photo 4 : l'enthousiasme est marqué par la voix souriante, joyeuse et l'expression *Carrément !* (= absolument). Dialogue 4/Photo 2 : l'accord est marqué par l'expression *C'est clair* (= c'est évident). Il ne s'agit pas d'enthousiasme car l'intonation et l'expression utilisée sont neutres. Dialogue 5/Photo 4 : l'enthousiasme est marqué par la voix souriante, joyeuse et l'expression *C'est top !* (= c'est super). Dialogue 6/Photos 3 et 1 : la première question *Au Japon ?* peut être associée à la photo 3 exprimant la surprise et la suite exprime le désaccord qui est marqué par l'intonation descendante et l'expression *Tu rigoles ?* (= tu plaisantes, tu n'es pas sérieux). Dialogue 7/Photo 1 : le désaccord est marqué par l'intonation descendante montrant le mécontentement et l'expression *Attends !* (= Non, je ne suis pas d'accord). Dialogue 8/Photo 3 : la surprise est marquée par la question *C'est pas vrai ?!* dont l'intonation montre que la personne ne savait pas ; on entend également de la déception dans sa réaction. Dialogue 9/Photo 1 : le désaccord est marqué par l'intonation descendante et l'expression *N'importe quoi !* (= ce n'est pas sérieux) ; Dialogue 10/Photo 2 : l'accord est marqué par l'expression *Ça marche !* (= on y va, c'est OK). Il ne s'agit pas d'enthousiasme car l'intonation et l'expression utilisée sont neutres.

Activité 4 — 15 min

[Analyse]

À deux À la lumière de l'activité 3, faire faire les associations par les binômes et mettre en commun.

En classe entière Faire lire et commenter l'encadré mémo de la page 23 pour récapituler ces expressions utilisées dans les interactions quotidiennes. Bien préciser que ces expressions n'ont véritablement de force qu'associées à l'intonation adaptée. Avec l'aide du professeur, les binômes travailleront l'intonation de chaque expression pour lui donner du sens et une force communicative.

Demander aux apprenants de chercher quelles expressions idiomatiques seraient utilisées dans leur langue maternelle pour chaque dialogue.

Corrigés

4 a. Ça marche ! b. Carrément ! c. Tu rigoles ? d. C'est pas vrai ? e. C'est clair. f. N'importe quoi ! Attends ! g. Laisse tomber ! h. C'est top ! i. Tu sais quoi ?

PARLER

Activité 5 006 15 min

À deux Dans la mesure du possible, chaque binôme s'isole ou utilise des écouteurs pour réaliser l'activité. Chacun des partenaires réagit à la phrase entendue et s'enregistre.

En petit groupe Plusieurs binômes se réunissent pour partager leurs productions.

Transcription 006

a. On va au cinéma ce week-end ?
b. C'est toi qui fais les courses.
c. Tu as trouvé un appartement dans le centre-ville ?
d. Lyon est la capitale de la France.
e. Je suis allée chez Farida : champagne et macarons toute la soirée !
f. Tu m'appelles demain ? Mais pas trop tôt.
g. Le jean est le vêtement le plus porté au monde !
h. Tu sais quoi ? Je me marie en juin.
i. Cinq semaines de vacances, c'est bien !
j. L'année prochaine, j'arrête de travailler.

Corrigés

5 Proposition de réponse : a. Carrément ! – D'accord ! – Avec plaisir ! b. Tu rigoles ? Attends, c'est toujours moi qui les fais. c. Laisse tomber ! – C'est impossible ! – J'abandonne ! – Tu rigoles ? C'est trop cher. d. N'importe quoi ! – Mais non ! – Pas du tout ! e. Top ! – Super ! – Formidable ! – Vraiment ? f. D'accord. g. C'est clair ! – Vraiment ? – Mais non ! h. Tu rigoles ? – Tu plaisantes ? – C'est pas vrai ? – Vraiment ? – Top ! – Super ! – Bravo ! – Formidable ! – C'est une bonne nouvelle ! i. Carrément ! – C'est clair ! – N'importe quoi ! – Pas du tout ! – Mais non ! j. Tu rigoles ? – Tu plaisantes ? – C'est pas vrai ? – Vraiment ? – Top ! – Super ! – Bravo ! – Formidable ! – C'est une bonne nouvelle !

... la médiation : clarifier un message oral

30 min

DOC. 2 007

Le travail de médiation est privilégié dans ***Inspire*** et a été défini et commenté dans l'Introduction (page 23) expliquant qu'***Inspire 3*** renforçait ce travail de coopération entre les apprenants.

Cette première tâche de médiation consiste à clarifier un message oral pour aider quelqu'un à mieux le comprendre. C'est ce que fait un professeur auprès de ses élèves, un parent auprès d'un enfant, par exemple. Ici, il s'agit d'aider un non-natif en français à comprendre un message exprimé en langue familière. Dans ces situations, la personne aidante reformule et utilise du vocabulaire et une syntaxe adaptés et tend généralement à utiliser une langue plus courante, plus transparente afin de faciliter la compréhension. Ce travail active une autre compétence : celle de sélectionner l'information importante à transmettre.

Activité 6 007 10 min

En classe entière a. et b. Faire lire la consigne et les deux questions. Pour faciliter le travail, bien préciser la situation : Giulio a proposé quelque chose à Adrien qui lui répond sur son répondeur téléphonique. Mettre en commun.

Transcription 007

Adrien : Salut Giulio ! C'est Adrien. J'ai bien eu ton message. Écoute, un week-end à Bruxelles ? Carrément ! Mais ce week-end, laisse tomber ! Mon patron a besoin de moi samedi matin. Le vendredi, d'accord, mais travailler le samedi… c'est n'importe quoi ! La semaine prochaine, j'ai trois jours. Donc, si ça marche pour toi, c'est top ! Bises.

Corrigés

6 a. 2. b. Il lui propose de reporter le week-end à la semaine suivante.

Activité 7 20 min

En classe entière puis **À deux** **a.** et **b.** – Pour le travail de médiation proprement dit, faire lire la consigne de l'activité et en vérifier la compréhension : Giulio, qui ne parle pas bien français, n'a pas compris la réponse d'Adrien qui parle vite et utilise un français familier. Il vous demande de l'**aider à comprendre**. Bien préciser qu'il ne s'agit pas de retranscrire mot pour mot le message mais de sélectionner l'information essentielle pour Giulio. Inviter les apprenants à commencer leur message par l'amorce donnée à la page 23 (bulle verte).

– Faire lire tous les messages à la classe et choisir le(s) plus adapté(s) en justifiant les choix. Ce travail permettra d'**échanger** sur les options prises par chaque binôme (sélectionner les informations essentielles, utiliser des mots faciles, faire des phrases courtes...).

Corrigés

7 *Exemple de production :* Adrien a bien eu ton message. Il est d'accord pour aller à Bruxelles mais pas ce week-end car il travaille samedi. Il propose le week-end prochain.

S'entraîner pages 24-27

Cf. Introduction (C.1.3), page 23.

– **Corrigés** des activités 1 à 12 : page 186 du livre de l'élève.

– **Parcours digital®** : toutes les activités des pages 24 à 27 sont proposées en version autocorrective.

Faites le point page 28

Cf. Introduction (C.1.4), page 23.

Évaluez-vous ! page 28

Corrigés

- *Exemple :* Je suis timide donc je n'aime pas beaucoup parler. Je suis créative : j'adore créer des objets. Je suis perfectionniste !
- Rémi présente un projet dont il est très satisfait. J'ai rencontré Léa le jour où je suis arrivée à Nice.
- *Exemple :* Quand on est étudiant, on peut se lever plus tard et on a moins de travail. Au travail, on déjeune plus souvent avec ses collègues. On sort moins que pendant ses études. La vie étudiante est la période la plus agréable.
- *Exemple :* L'année prochaine, je continuerai à prendre des cours de français.
- *Exemple :* Tu devrais apprendre à connaître les gens. / Il faudrait apprendre la langue du pays. / Je te conseille de tester la colocation.
- – J'ai beaucoup travaillé cette semaine **alors** je pars en week-end. Je vais à la campagne **car** j'ai besoin de calme. J'ai loué une grande maison.
  – Je peux venir avec toi **puisque** la maison est grande.

Classe inversée

Avant la leçon 5

Demander aux apprenants de :

– regarder la page d'ouverture de l'unité 2 page 29 ;

– lire le document 1 page 30 et faire les activités 1 et 2 de la leçon 5 ;

– faire le test du document 1 page 30.

Peut-on combattre les inégalités ?

UNITÉ 2

> Livre de l'élève p. 29-42

Page d'ouverture page 29

En classe entière

Suivre la démarche proposée en Introduction (C.1.1), page 22.

Corrigés

Exemples de production :

- C'est l'unité 2.
- Elle s'appelle *Peut-on combattre les inégalités ?*
- Sur la photo, on voit un jeune homme en train de jardiner. Il a un handicap physique : sa jambe droite est artificielle. Cette photo illustre le thème de l'unité car elle évoque la différence et l'inégalité.
- Les objectifs sont *raconter un engagement, donner son avis, parler des inégalités.*
- Les points de grammaire sont : l'opposition ; l'imparfait et le passé composé ; l'accord du participe passé ; la mise en relief ; la formation des adverbes en *-ment* ; la place de l'adverbe.
- Dans la leçon 8, on va travailler les *Techniques pour* présenter des statistiques à l'écrit et la *Médiation* pour illustrer des statistiques.
- La vidéo ▶ 05 a pour titre *Une Idée Folle.*

LEÇON 5 Raconter un engagement pages 30-31

RACONTER UN ENGAGEMENT 3 h 50

Savoir-faire et savoir agir : exprimer une opposition · faire un test · raconter un fait d'actualité · faire un récit au passé

COMPRENDRE — DOC. 1

10'	20'	5'	20'	20'
Act. 1	Act. 2	Vocabulaire 022	Act. 3	Act. 4 Grammaire
• Identifier un type d'écrit et son objectif	• Définir des mots en relation avec l'engagement • Classer des engagements	• L'engagement	• Répondre aux questions d'un test de magazine et commenter les réponses	• L'opposition

COMPRENDRE			DOC. 2 018			DOC. 3
	20'	5'	10'	15'	30'	15'
	Act. 5	Vocabulaire 021-023	Act. 6	Act. 7	Grammaire	Act. 8
	• Réagir à une information	• Le travail (2) • L'immigration	• Identifier une situation de communication • Sélectionner une information	• Comprendre un récit de vie au passé	• L'imparfait et le passé composé • L'accord du participe passé	• Réagir à une information

AGIR	1 heure	Act. 9	• Raconter un engagement dans une chronique radio

COMPRENDRE

DOC. 1

Activité 1 10 min

→ **Identifier un type d'écrit et son objectif**

Sensibilisation et compréhension globale

Seul puis **En classe entière** – Faire observer le test de la page 30 et faire rapidement définir ce que sont un test de magazine et son objectif (*une liste de questions sur un thème dont les réponses informent sur le comportement d'une personne* ; le titre du test est généralement une question).

– Demander à la classe de lire l'introduction du test et de faire le repérage demandé. Mettre en commun.

Corrigés

1 Le thème : l'engagement (pour lutter contre les problèmes sociétaux : l'écologie, les inégalités...). **L'objectif :** connaître son niveau d'engagement.

L'environnement	Les inégalités sociales	L'action politique
- Nettoyer la plage - Faire du tourisme responsable	- Passer le réveillon de Noël avec des SDF - Participer à une collecte d'aliments dans un supermarché	- Manifester dans la rue

Corrigés

2 a. 1. e ; 2. f ; 3. d ; 4. a ; 5. c ; 6. b. **b.** *Voir la grille ci-dessus.*

Vocabulaire 022 5 min

L'engagement

Inviter les apprenants à se reporter à la liste récapitulative *L'engagement* de la page 39.

> S'entraîner activité 4 page 39

Activité 2 20 min

→ **Définir des mots en relation avec l'engagement – Classer des engagements**

Compréhension finalisée

À deux puis **En classe entière** **a.** Cette première partie de l'activité peut se faire sans lire le test ; il s'agit de mobiliser les connaissances lexicales des apprenants afin d'aider à la compréhension de ce test. Mettre en commun oralement et expliquer collectivement les mots incompris.

b. Demander aux binômes de lire le test et de procéder au classement demandé.

Activité 3 20 min

→ **Répondre aux questions d'un test de magazine et commenter les réponses**

Compréhension finalisée (suite)

Seul puis **En petit groupe** **a.** Demander à chaque apprenant de faire le test et de lire les résultats le concernant.

b. Les membres du groupe **comparent** leurs résultats et les commentent.

Faire un tour de table pour définir le profil de la classe et réunir les commentaires sur la correspondance ou non des résultats avec ce que chacun pense de son propre engagement. La phase orale peut se conclure par un avis sur le sérieux de ce type de test et l'objectif des magazines qui le proposent.

Activité 4 20 min

Grammaire

L'opposition

Conceptualisation

À deux puis **En classe entière** **a.** et **b.** Demander aux binômes de répondre à la question posée, de noter les connecteurs utilisés et de repérer les deux phrases dans le texte. Lors de la mise en commun, demander à la classe de relever dans le paragraphe des résultats trois autres phrases exprimant l'opposition. Noter les phrases au tableau et souligner les connecteurs.

Nous ne pouvons pas résoudre tous les problèmes, par contre, nous pouvons agir pour plus de solidarité.

Vous restez focalisé(e) sur vos projets personnels alors que d'autres veulent changer le monde.

Vous n'êtes pas engagé(e) mais vous acceptez parfois de vous mobiliser pour une cause.

Vous faites un don de temps en temps. En revanche, vous ne serez jamais bénévole dans une association.

Vous agissez toujours pour le bien de la collectivité, mais n'oubliez pas de garder du temps pour vous et votre famille !

En classe entière Demander aux apprenants de se reporter à l'encadré récapitulatif de la page 38. Faire lire les phrases et demander de faire des commentaires sur les expressions données. Faire préciser notamment que *en revanche* est plus formel.

Corrigés

4 a. L'opposition. **b.** par contre ; alors que.

> S'entraîner activité 1 page 38

DOC. 2 018

Activité 5 20 min

→ Réagir à une information

Sensibilisation

En classe entière **a.** Faire lire l'accroche de la chronique et répondre à la question. Vérifier de façon collective que tous les apprenants ont compris le sens de la phrase. Demander à la classe de réfléchir sur la signification du mot *expulsion* (*expulser* = faire sortir). Poser des questions telles que : *Qui peut expulser qui ? Pourquoi ?* (Un propriétaire peut expulser un locataire qui ne paie pas son loyer ; un État peut expulser un étranger en situation irrégulière.) Interroger sur le fait que si le boulanger proteste de façon si forte contre cette expulsion, c'est qu'elle doit être injuste.

Une grève de la faim → protestation très forte contre une injustice

Expulser → faire sortir

En classe entière **b.** Dans un premier temps, demander aux apprenants de regarder les cinq émoji et d'en expliciter le type de réaction symbolisée ; poser une question du type : *Quand vous utilisez cet émoji, que voulez-vous dire ?* Les différences culturelles et les utilisations variées de ces émoji entraîneront des **échanges animés**. Demander ensuite de réagir à la nouvelle par un de ces émoji.

😱 Ce n'est pas possible. Je n'y crois pas…
😢 Je suis triste. Dommage…
😠 Je ne suis pas d'accord. Je suis en colère…
😍 C'est super. Je suis content(e)…
😮 Je suis surpris. Ah bon ?…

À deux **c.** Laisser les binômes répondre à la question ; leur demander d'argumenter. Mettre en commun les réponses.

Culture(s) +

- Le mot **émoji** est issu du japonais pour désigner les pictogrammes utilisés dans les messages électroniques et les pages web qui symbolisent une émotion ou un état d'esprit. Il signifie littéralement « image » + « lettre ». En français, on utilise également le mot *émoticône* (= émotion + icône).

Corrigés

5 a. Le patron d'une boulangerie fait une grève de la fin pour protester contre l'expulsion de son apprenti. **b.** Réponses libres. **c.** *Exemple de production :* Je pense que oui car le gouvernement ne peut pas laisser le boulanger risquer sa vie.

Vocabulaire

021-023 5 min

Le travail (2)

L'immigration

À deux Inviter les apprenants à se reporter aux listes récapitulatives *Le travail (2)* et *L'immigration* de la page 39. Vérifier la bonne compréhension du verbe *régulariser* (= mettre en règle) afin de faciliter la compréhension de la chronique et permettre de répondre à la question de l'activité 6.

Activité 6 10 min

→ Identifier une situation de communication – Sélectionner une information

Sensibilisation (suite)

En classe entière Faire des hypothèses sur le contenu de la chronique qui va être écoutée : *elle va raconter l'histoire de l'apprenti, donner les raisons de l'expulsion, expliquer si cette grève a servi à quelque chose.*

Compréhension globale

En classe entière Faire écouter le document 1 une première fois. Faire vérifier les hypothèses sur son contenu et sélectionner la phrase qui permet de dire si l'expulsion a pu être évitée.

Transcription 018

La chronique du jour, Nicolas Morel.
Le journaliste : Voici une histoire qui n'a laissé personne indifférent.
Comme il n'arrivait pas à trouver un apprenti en boulangerie, Stéphane Ravacley a choisi un jeune réfugié. C'est ainsi qu'il y a un an et demi, le patron de « La Huche à Pain », à Besançon, a accueilli Laye Fodé Traoré dans sa boulangerie. Quand Laye est arrivé en France en 2018, il était mineur et ne parlait pas français.
Stéphane l'a pris en apprentissage en août 2019. Laye s'est bien adapté : il travaillait dur, se levait à 3 heures tous les matins et faisait beaucoup d'efforts. Il a très vite appris le français et s'est intégré sans problème. Début janvier, Laye est devenu majeur, c'est pourquoi la préfecture a souhaité l'expulser. Le 4 janvier, Stéphane Ravacley a commencé une grève de la faim pour protester contre l'expulsion de son apprenti. Il a aussi lancé une pétition. Huit jours après, il a dû être hospitalisé pour cause de malaise. Une mobilisation nationale s'est mise en place ; plusieurs associations se sont rassemblées pour le soutenir. Dix jours après le début de sa grève de la faim, la préfecture a régularisé Laye. La nouvelle s'est répandue sur les réseaux sociaux. La maire de Besançon, Anne Vignot, s'est réjouie de cette bonne nouvelle. Aujourd'hui, Stéphane Ravacley espère bien faire bouger l'État français sur la situation des jeunes migrants et migrantes qui sont en apprentissage. « Ce n'est pas de la politique, dit le boulanger, c'est juste de la logique. »

Corrigés

6 Oui, il a réussi à éviter l'expulsion : *Dix jours après le début de sa grève de la faim, la préfecture a régularisé Laye.*

Activité 7 15 + 30 min

→ Comprendre un récit de vie au passé

Compréhension finalisée

À deux **a.** Constituer les binômes, faire lire les trois questions et faire réécouter la chronique afin que les apprenants puissent prendre des notes. Les binômes se mettent d'accord sur les éléments de réponse. On peut préciser aux apprenants que généralement, une prise de notes rapide se fait au présent. Après la première écoute, la classe pourra collectivement trouver l'orthographe du nom du jeune apprenti. Faire réécouter une autre fois si besoin. Mettre les réponses en commun en demandant à différents apprenants de structurer leurs notes au passé (*voir Corrigés*), ce qui permet d'introduire la conceptualisation grammaticale de la suite de l'activité.

1. Ne trouve pas d'apprenti
2. Laye Fodé Traoré / arrivé en France / mineur / ne parle pas français / s'adapte bien / courageux / apprend le français / s'intègre bien / majeur
3. Courageux / donne satisfaction

Grammaire

L'imparfait et le passé composé – L'accord du participe passé

Conceptualisation

À deux puis **En classe entière** **b.** Faire pendre connaissance de la frise temporelle et de la tâche. Pour faciliter le travail, faire reproduire une grille à compléter. Faire réécouter et demander de rédiger des phrases au passé pour résumer l'information demandée. Arrêter régulièrement l'enregistrement pour laisser le temps d'écrire aux apprenants. Faire souligner le temps des verbes. Mettre en commun en demandant aux apprenants de raconter le fil du récit : *En 2018, Laye est arrivé en France. En août 2019, Stéphane, le boulanger...*

Date	Événement
En 2018	Laye est arrivé en France.
En août 2019	Stéphane a pris Laye en apprentissage ; il s'est bien adapté.
Début janvier	Laye est devenu majeur. La préfecture a voulu l'expulser.
Le 4 janvier	Stéphane Ravacley a commencé une grève de la faim et a lancé une pétition.
Huit jours après	Il a dû être hospitalisé pour cause de malaise.
Dix jours après le début de sa grève de la faim	La préfecture a régularisé Laye.

c. Faire lire les informations, ajouter une colonne au tableau afin de noter les informations liées aux événements et donner un titre à cette colonne. Faire souligner les verbes.

Date	Événement	Circonstances/ Situation/Habitude
En 2018	Laye est arrivé en France.	Laye était mineur et ne parlait pas le français.
En août 2019	Stéphane a pris Laye en apprentissage ; il s'est bien adapté.	Il n'arrivait pas à trouver un apprenti en boulangerie. Il travaillait dur, se levait à 3 heures tous les matins et faisait beaucoup d'efforts.

Date	Événement	Circonstances/ Situation/Habitude
Début janvier	Laye est devenu majeur. La préfecture a voulu l'expulser.	
Le 4 janvier	Stéphane Ravacley a commencé une grève de la faim et a lancé une pétition.	
Huit jours après	Il a dû être hospitalisé pour cause de malaise.	
Dix jours après le début de sa grève de la faim	La préfecture a régularisé Laye.	

d. – Terminer cette conceptualisation grammaticale en répondant à la question.

– Selon les besoins des apprenants et le temps imparti, faire faire une synthèse collective des connaissances sur la formation et l'utilisation de ces deux temps. La mise en commun permettra de reporter toutes les informations au tableau.

Le passé composé	L'imparfait
avoir ou *être* + participe passé Accord participe passé avec le sujet quand il est formé avec ***être*** Pas accord avec le sujet quand il est formé avec ***avoir*** Utilisé pour les événements d'un récit	Base : présent avec *nous* + terminaisons -ais, -ais, -ait, -ions, -iez, -aient Utilisé pour décrire, parler des circonstances, des habitudes

– Les binômes seront invités à se reporter aux encadrés récapitulatifs *L'imparfait et le passé composé pour faire un récit au passé* et *L'accord du participe passé* de la page 38.

Corrigés

7 a. 1. Parce qu'il n'arrivait pas à trouver d'apprenti. **2.** Il s'appelle Laye Fodé Traoré. À son arrivée en France, il était mineur et ne parlait pas français. Il s'est bien adapté et est très courageux. Il a appris le français et s'est intégré. Maintenant, il est majeur. **3.** Parce que Laye était courageux et donnait satisfaction. **b.** *Voir la grille ci-dessus.* **c.** *Voir la grille ci-dessus.* **d.** Le passé composé est utilisé pour raconter les faits ponctuels ; l'imparfait est utilisé pour décrire les circonstances et les habitudes.

> S'entraîner activités 2 et 3 page 38

DOC. 3

Activité 8 (15 min)

→ **Réagir à une information**

En classe entière **a.** Faire lire le tweet et les réactions et répondre à la question. Notez les propositions au tableau.

Seul **b.** Chaque apprenant rédige un tweet. Mettre en commun en faisant lire tous les tweets.

Corrigés

8 a. *Réponses possibles :* la joie, la satisfaction, la fierté. **b.** Production libre.

AGIR

Activité 9 (1 heure)

→ **Raconter un engagement dans une chronique radio**

Préparation

En classe entière Présenter la tâche aux apprenants, expliquer les différentes étapes de l'activité et en vérifier la bonne compréhension : les apprenants vont devoir faire une chronique à la façon de celle de France Inter (doc. 2), à savoir rédiger un texte et l'enregistrer.

Production

À deux **a.** et **b.** Laisser les binômes faire des recherches sur Internet afin de trouver un cas d'engagement. Demander de prendre des notes afin d'avoir la possibilité de raconter ce qui s'est passé (événements chronologiques et circonstances). Chaque binôme rédige sa chronique en respectant les consignes. Le professeur circule pour apporter son aide.

c. Une fois le texte rédigé, l'un des partenaires l'enregistre sur un téléphone.

Présentation

En classe entière **d.** Chaque binôme présente son travail à la classe : il fait écouter sa chronique, répond aux questions et **explique** son choix. La classe réagit.

Les chroniques sont postées sur le réseau social de la classe.

Corrigés

9 Production libre.

Prolongement de la leçon

> Entraînement linguistique

- Demander aux apprenants de relire la double page et de réécouter les documents travaillés.
- Faire créer une fiche-lexique sur le thème *L'engagement et l'immigration*.
- Faire compléter la fiche-lexique sur le thème *Le travail* créée à la leçon 1 et qui sera complétée aux leçons 6 et 15.

> Évaluation formative

- Les activités du **cahier d'activités** correspondant à la leçon sont **aux pages 18 à 31**.
- Les activités du **Parcours digital®**.

Classe inversée

Avant la leçon 6

Demander aux apprenants de :

– lire le document 1 page 32 et faire les activités 1 et 2 ;

– lire l'encadré *Culture(s)* sur le Service civique et préparer une réponse à la question finale en faisant quelques recherches si nécessaire.

LEÇON 6 Donner son avis

pages 32-33

DONNER SON AVIS 3 h 25

Savoir-faire et savoir agir : mettre en valeur une information · parler de son parcours professionnel · exprimer une opinion (1)

COMPRENDRE — DOC. 1

20'	5'	10'	20'	5'	15'	10'
Act. 1	Culture(s)	Act. 2	Act. 3	Vocabulaire 024	Grammaire	Act. 4 04
· Identifier des informations	· Le Service Civique	· Sélectionner des informations dans un parcours professionnel	· Mettre en valeur une information · Exprimer un état d'esprit	· L'état psychologique	· La mise en relief	· Mettre en valeur un élément de son parcours professionnel

COMPRENDRE — DOC. 2 / DOC. 3 019

15'	10'	10'	30'	10'
Act. 5	Vocabulaire 027-028	Act. 6	Act. 7	Vocabulaire 025-026
· Déduire information	· L'État · Le travail (3)	· Déduire une information	· Exprimer une opinion	· L'opinion · Le handicap

AGIR

45'	Act. 8	· Donner son avis sur l'obligation de rendre accessibles les espaces publics aux personnes handicapées

COMPRENDRE

DOC. 1

Activité 1 25 min

→ **Identifier des informations**

Sensibilisation

Seul puis **En classe entière** **a.** et **b.** Faire observer et identifier le document 1 en répondant à la consigne. Lors de la mise en commun, faire commenter les différents logos et le point *Culture(s)*.

Corrigés

1 a. **L'adresse du site :** service-civique.gouv.fr. **Les logos :** le drapeau français et le S. **Le hashtag :** #LePouvoirDetreUtile. **La rubrique :** Témoignages. **b. 1.** Aline Honoré ; elle est animatrice culturelle. **2.** Réponse libre.

Activité 2 10 min

→ **Sélectionner des informations dans un parcours professionnel**

Compréhension globale

Seul puis **En classe entière** **a.**, **b** et **c.** Faire lire le témoignage et répondre aux trois questions.

Donner un temps imparti (5 minutes) afin que la lecture soit rapide et aille à l'essentiel.

Corrigés

2 a. Elle s'est engagée en 2019 pendant huit mois (*pour une mission de huit mois*). **b.** Au service jeunesse de la mairie de sa ville, Fresnes. Elle s'occupait des enfants, organisait des sorties, des jeux et des rencontres sportives. **c.** Elle a été très positive (*Cette mission a changé ma vie. J'ai vécu des expériences humaines et professionnelles extraordinaires*). Elle est plus sûre d'elle, plus confiante.

Activité 3 20 + 5 + 15 min

→ **Mettre en valeur une information – Exprimer un état d'esprit**

Compréhension finalisée

À deux **a.** Faire relire le texte et remplir la grille qui aura été reproduite par chacun sur une feuille et au tableau par le professeur. Lors de la mise en commun, faire commenter l'utilisation des temps verbaux : l'imparfait pour décrire l'état d'esprit avant et pendant la mission qui est terminée et le présent pour décrire son état d'esprit au moment où elle parle.

Avant la mission	Pendant la mission	Après la mission
J'avais vingt ans et je me sentais un peu perdue. Je voulais m'occuper des autres, trouver ma vocation, entrer dans le monde du travail. Je ne savais pas ce que je voulais faire comme métier.	Je me sentais utile ; j'étais plus sûre de moi.	Maintenant je suis confiante, motivée. Je suis heureuse dans mon travail.

Vocabulaire 024

L'état psychologique

À deux Inviter les apprenants à se reporter à la liste récapitulative *L'état psychologique* de la page 40.

Grammaire

La mise en relief

Conceptualisation

À deux puis **En classe entière** **b.** et **c.** – Inviter les binômes à faire les deux activités et mettre en commun.

– Faire échanger les apprenants sur la structure de mise en relief qu'ils viennent de conceptualiser et leur demander s'ils en connaissent d'autres. Mettre en commun et les inviter à se reporter à l'encadré récapitulatif de la page 39. Faire lire à haute voix et pratiquer les trois structures présentées.

Corrigés

3 a. *Voir la grille ci-dessus.* **b.** 1. d ; 2. a ; 3. c ; 4. b. **c.** 1. b ; 2. c ; 3. a.

> S'entraîner activité 5 page 39

Activité 4 04 10 min

→ **Mettre en valeur un élément de son parcours professionnel**

À deux Faire visionner le témoignage d'Étienne, l'étudiant canadien et demander aux binômes de répondre à sa question en utilisant les procédés de mise en relief. Si les apprenants ne sont pas encore dans la vie active, ils peuvent parler d'un stage qu'ils ont fait pendant leurs études.

Transcription ▶ 04

Étienne : Au Canada, faire du bénévolat, c'est super important pour entrer dans certaines universités, et plus tard pour trouver un emploi. C'est ce qui fait la différence entre les CV. Moi, j'ai participé à un chantier international en Inde, et j'ai aussi travaillé pour une association environnementale en Ontario. Et vous ? Qu'est-ce qui a le plus compté dans votre CV ?

Corrigés

4 Production libre.

DOC. 2

Activité 5 15 min

→ Déduire une information

Compréhension

Seul puis **En classe entière** **a.** Demander à chaque apprenant de lire l'extrait du Code du travail français et de répondre aux deux questions. Mettre en commun et écrire les calculs au tableau.

45 × 6 % = 2,7 → 2 ou 3 personnes
2 × 4 000 ou 3 × 4 000 = 8 000 € ou 12 000 €

Cette activité peut être l'occasion de faire oraliser le calcul et exprimer le raisonnement. Demander à un ou plusieurs apprenants d'expliquer à voix haute les réponses.

Exemples de production :

– Puisque l'entreprise compte plus de 20 salariés, elle doit employer des personnes handicapées. 6 pour cent de 45, cela fait 2,7, soit 2 ou 3 employés handicapés.

– Comme l'État donne 4 000 euros par employé handicapé, l'entreprise recevra 8 000 euros si elle en emploie 2 ou 12 000 euros si elle en emploie 3.

À deux **b.** Faire réaliser le travail lexical et mettre en commun.

Corrigés

5 a. Deux ou trois personnes ; 8 000 ou 12 000 euros. **b.** CDI : contrat à durée indéterminée ; CDD : contrat à durée déterminée ; 35 heures : temps plein ; 24 heures : temps partiel.

Vocabulaire 027-028 10 min

- **L'État**
- **Le travail (3)**

À deux Inviter les apprenants à se reporter aux listes récapitulatives *L'État* et *Le travail (3)* de la page 40.

> S'entraîner activité 7 page 40

DOC. 3 019

Activité 6 10 min

→ Déduire une information

Sensibilisation et compréhension globale

En classe entière Rappeler ce qu'est un micro-trottoir (l'interview de personnes dans la rue) et faire écouter le document dans son intégralité afin de répondre à la question. Demander à chaque apprenant de faire une hypothèse sur la question posée par le journaliste. Pour la mise en commun, chaque apprenant lit la question qu'il a notée. Toutes les questions sont écrites au tableau et la classe choisit la meilleure en justifiant son choix. Ce sont les personnes 1 et 3 qui donnent les meilleurs indices au début de leur réponse (*c'est une bonne loi. Heureusement que cette loi existe !*)

Transcription 019

Personne 1 : Oui. C'est bien, c'est une bonne loi, c'est juste. Tout le monde a le droit travailler, donc les personnes handicapées aussi. Mais bon… dans mon entreprise, c'est un peu compliqué… Employer une personne en situation de handicap, je pense qu'avec tous les escaliers qu'il y a dans le bâtiment, c'est trop difficile. Là où je travaille, les employés doivent être super mobiles.
Personne 2 : C'est une excellente idée. Mais, pour moi, il y a un problème : l'aide financière de l'État ne suffit pas. Je crois que l'État doit payer la totalité du salaire de l'employé handicapé. Les entreprises ont trop d'obligations. Pour nous, ça coûte trop cher. Je trouve qu'il faut demander ça aux multinationales mais pas aux petites entreprises.
Personne 3 : Heureusement que cette loi existe ! Mais il me semble que les autres pays font plus et mieux que nous. Moi, je suis le seul employé en fauteuil roulant dans mon entreprise. Quand je voyage en Europe, je vois beaucoup de personnes en fauteuil partout, dans les musées, les services publics. En France, il y a un problème d'accessibilité, dans le métro par exemple. Les ascenseurs dans le métro, ça devrait être obligatoire. À mon avis, l'État devrait faire un effort.
Personne 4 : Je ne sais pas… Je trouve que c'est compliqué, je crois que c'est difficile d'embaucher une personne malvoyante ou non-voyante par exemple. L'entreprise doit repenser le bureau, acheter du matériel, ça demande beaucoup d'argent. D'après moi, ce ne sont pas les entreprises qui doivent employer les personnes handicapées, ce sont les services publics qui doivent le faire.
Personne 5 : Moi, je pense que c'est normal de faire travailler des personnes en situation de handicap. J'ai une collègue malentendante et il n'y a pas de problème, nous parlons lentement et elle lit sur nos lèvres. Pour les fauteuils roulants, il faut un ascenseur, il faut faire des portes plus larges, installer des toilettes. Et puis il faut supprimer les marches. C'est le devoir de la collectivité. Je crois qu'on peut imaginer beaucoup de solutions, mais on n'y pense pas.

Proposition de corrigé

6 Que pensez-vous de la loi sur l'embauche de personnes handicapées dans les entreprises ?

Activité 7 30 min

→ **Exprimer une opinion**

Compréhension finalisée

À deux **a.**, **b.**, **c.** et **d.** Faire écouter plusieurs fois le micro-trottoir et répondre aux questions l'une après l'autre en mettant en commun à chaque fois.

Selon le degré d'autonomie de la classe et dans le souci de développer les échanges de médiation, cette activité de compréhension peut être une occasion de laisser les apprenants gérer de façon plus libre le travail de compréhension en leur demandant de réaliser eux-mêmes la grille de compréhension et de repérer différents éléments en même temps.

– Faire lire à la classe les quatre étapes de l'activité et demander aux binômes de réaliser une grille de compréhension qui puisse leur permettre de noter toutes les informations demandées. Faire réécouter le micro-trottoir plusieurs fois afin que chaque binôme renseigne sa grille. Un temps d'échange sera laissé entre chaque écoute pour que les membres du binôme se mettent d'accord et préparent la prochaine écoute afin de compléter leurs réponses ou trancher les éventuels désaccords.

– À la fin du travail, plusieurs binômes peuvent comparer leurs grilles et leurs réponses.

– Échanger ensuite en classe entière sur l'efficacité de chaque grille proposée.

– Terminer l'activité en demandant à chaque apprenant avec quelle personne il est le plus d'accord.

Proposition de grille :

	Opinion (++, +, –)	Handicap	R (responsabilité) C (coût) A (Accessibilité)	Expression pour donner son avis
Personne 1	*+ c'est une bonne loi / c'est juste… Mais bon…*	Fauteuil (avec tous les escaliers)	**A** *avec tous les escaliers… c'est difficile*	*Je pense que*
Personne 2	*+ c'est une excellente idée. Mais… il y a un problème.*		**C** l'aide financière de l'État insuffisante / État doit payer tout le salaire / *ça coûte trop cher*	*Je crois que* *Pour nous,* *Je trouve que*
Personne 3	*++ Heureusement que cette loi existe !*	Fauteuil	**R** ascenseurs devraient être obligatoires dans métro / effort de l'État **A** France : problème d'accessibilité (métro)	*Il me semble que* *À mon avis,*
Personne 4	*– Je ne sais pas… Je trouve que c'est compliqué…*	Mal voyant Non-voyant	**R** responsabilité, pas entreprise mais services publics **C** ça demande de l'argent	*Je trouve que* *Je crois que* *D'après moi,*
Personne 5	*++ Moi, je pense que c'est normal…*	Malentendant Fauteuil	**R** devoir de la collectivité **A** il faut des ascenseurs, des portes larges	*Je pense que* *Je crois que*

Corrigés

7 a. Ce sont des handicaps physiques : les personnes en fauteuil roulant, les personnes malvoyantes ou mal entendantes, les personnes non voyantes. **b.** Personne 3, favorable : *Heureusement que cette loi existe !* Personne 5, favorable : *Moi, je pense que c'est normal de faire travailler des personnes en situation de handicap.* Personne 1, assez favorable : *C'est une bonne loi, c'est juste.* Personne 2, assez favorable : *C'est une excellente idée. Mais, pour moi, il y a un problème.* Personne 4, défavorable : *Je trouve que c'est compliqué, je crois que c'est difficile d'embaucher une personne malvoyante ou non-voyante, par exemple.* **c.** **1.** La responsabilité : personnes 3 et 4. **2.** Le coût : personnes 2 et 4. **3.** L'accessibilité : personnes 1, 3 et 5. **d.** Je pense que ; Je crois que ; Pour nous ; Je trouve que ; Il me semble que ; À mon avis ; D'après moi.

Vocabulaire

10 min

- **L'opinion** 025
- **Le handicap** 026

À deux Inviter les apprenants à se reporter aux listes récapitulatives *L'opinion* et *Le handicap* de la page 26. Les autres handicaps connus des apprenants peuvent être évoqués ici et ajoutés à la liste.

> S'entraîner > activité 6 page 40

AGIR

Activité 8

45 min

→ **Donner son avis sur l'obligation de rendre accessible les espaces publics aux personnes handicapées**

Préparation

En classe entière Faire lire la consigne pour faire comprendre la finalité de l'activité : débattre sur la question.

En petit groupe **a.**, **b.**, et **c.** Les groupes échangent pour préparer le débat.

Débat

En classe entière **d.** Organiser le débat. Plusieurs apprenants sont nommés ou se proposent pour animer le débat. Ils devront :
– poser la question initiale du type : faut-il rendre accessibles tous les espaces publics aux personnes handicapées ? ;
– donner la parole aux membres souhaitant intervenir ;
– cadrer les échanges, poser des questions ;
– conclure.

Les animateurs peuvent être choisis avant le travail en groupes et constituer un groupe de travail à part ; ils se mettront d'accord sur la façon d'animer le débat à suivre.

Corrigés

9 Production libre.

Prolongement de la leçon

> Entraînement linguistique

- Demander aux apprenants de relire la double page et de réécouter les documents travaillés.
- Faire créer des fiches-lexique sur le thème de *L'état psychologique, Le handicap* et *L'État*.
- Faire créer une fiche-lexique sur le thème de *L'opinion* qui sera complétée au fur et à mesure des activités invitant à donner son avis.
- Compléter la fiche-lexique sur le thème *Le travail* créée à la leçon 1 et qui sera complétée à la leçon 15.

> Évaluation formative

- Les activités du **cahier d'activités** correspondant à la leçon sont **aux pages 22 à 25**.
- Les activités du **Parcours digital®**.

Classe inversée

Avant la leçon 7

Demander aux apprenants de :
– regarder et lire le document 1 page 34 ;
– faire l'activité 1 page 34.

LEÇON 7 Parler des inégalités

pages 34-35

PARLER DES INÉGALITÉS 3 h 55									
Savoir-faire et savoir agir : commenter un sondage • nuancer un propos									
COMPRENDRE	DOC. 1		DOC. 2 020						
	15'	10'	20'	30'	5'	10'	15'	5'	15'
	Act. 1	Act. 2	Act. 3	Act. 4	Vocabulaire 030-031	Act. 5	Grammaire	Vocabulaire 032	Act. 6
	• Décrypter une affiche	• Exprimer une opinion	• Comprendre la présentation d'une émission	• Repérer les informations dans un commentaire de sondage	• Les statistiques • L'égalité	• Nuancer un propos	• Les adverbes en *-ment* • La place de l'adverbe	• L'intensité	• Exprimer son opinion

COMPRENDRE	DOC. 3				
	5'	20'	5'	10'	10'
	Act. 7	Act. 8	Vocabulaire	Act. 9	Phonétique 033 06
	• Comprendre le contexte d'un récit	• Comprendre un récit	• Le registre familier	• Comprendre l'implicite d'une expression	• Voyelles nasales et dénasalisation

AGIR	30'	Act. 10	• Donner son opinion sur la question « Peut-on combattre les inégalités ? »
CULTURE(S) VIDÉO	30'	05	• Une Idée Folle

COMPRENDRE

DOC. 1

Activité 1 15 min

→ **Décrypter une affiche**

Compréhension globale et finalisée

Seul puis **En classe entière** **a.** Faire observer l'affiche et répondre à la consigne. Rappeler qu'un festival est une manifestation à caractère festif, organisée à époque fixe et récurrente, autour d'une activité liée au spectacle, aux arts, aux loisirs, d'une durée d'un ou plusieurs jours. Faire définir collectivement le mot *solidarité* (= entraide entre personnes favorisées et moins favorisées). Attirer l'attention sur les dessins en bas d'affiche illustrant la solidarité (les personnes se donnant la main, une personne âgée marchant avec une canne aidée par une autre, des personnes de couleur de peau différente) et tous les logos des partenaires soutenant l'initiative.

b. Chaque apprenant relève et classe les slogans. Mettre en commun en les explicitant collectivement.

Corrigés

1 a. L'événement : Le Festival des solidarités. **Les dates :** du 13 au 29 novembre 2020. **b. Écologie :** Agir pour le climat c'est respecter nos droits – Pas de nature pas de futur – Exigeons la justice climatique. **Égalité femmes-hommes :** Mon corps, mon choix. **Société et politique :** Transformons notre monde – Nos vies valent plus que vos profits – On se lève et on se bat – Fin du monde, fin du mois, même combat. **Immigration :** Solidarité avec les réfugié.e.s – Des ponts pas des murs.

Activité 2 10 min

→ **Exprimer une opinion**

En petit groupe Chaque groupe **échange** pour répondre à la question. Ensuite, faire un tour de table pour savoir quels engagements sont plébiscités par la classe.

Corrigés

2 Production libre.

DOC. 2 020

Activité 3 20 min

→ **Comprendre la présentation d'une émission**

Sensibilisation

En classe entière Faire lire la présentation et répondre aux trois questions.

Corrigés

3 a. On parle du Forum Génération Égalité de 2021 qui se déroule au premier semestre 2021. **b.** L'égalité entre les femmes et les hommes. **c.** Mathilde Renould, fondatrice du club « Future, au féminin » et François Gradvohl, professeur de sociologie à l'université Jean-Jaurès de Toulouse.

Activité 4 30 min

→ **Repérer les informations dans un commentaire de sondage**

Compréhension globale

En classe entière **a.** Faire écouter le document une ou deux fois afin de repérer les réponses.

Pour répondre correctement à la première question, il faut attendre la fin du document (*Quelle est la situation au niveau mondial selon les personnes sondées ?*) et ne pas se contenter de la première question du journaliste (*Quelle est la situation en France ?*). La réponse à la seconde question se trouve dans la première intervention de François Gradwohl (*les hommes sont de plus en plus conscients des différences et qu'ils sont vraiment prêts à s'engager pour plus d'égalité*).

Compréhension finalisée

À deux **b.** et **c.** Faire réécouter le document afin de repérer les trois thématiques et les pourcentages associés ainsi que pour prendre quelques notes résumant les informations. Mettre en commun en oralisant les informations.

1. Effet des inégalités femmes-hommes sur la pauvreté	50 % Français : inégalités entre les sexes → pauvreté → problèmes liés à l'éducation, la faim et la santé 55 % femmes / 67 % hommes : France doit soutenir lutte pauvreté monde
3. Inégalités dans le monde professionnel	64 % Français : femmes salaires plus bas
4. Parité au niveau politique et professionnel	69 % femmes : il faut la parité car hommes trop dominants

Transcription 020

Journaliste : Nous recevons aujourd'hui Mathilde Renould, fondatrice du club « Future, au féminin » et François Gradvohl, professeur de sociologie à l'université Jean-Jaurès de Toulouse, pour commenter les résultats d'une étude qui vient de paraître : « Que pensent les Françaises et les Français des inégalités femmes-hommes ? »
Pour commencer, Mathilde Renould, quelle est la situation en France ?
Mathilde Renould : Cette étude montre que les inégalités sont toujours présentes. Dans le monde du travail par exemple, 64 % des Français pensent que les femmes touchent des salaires plus bas. Donc les Français reconnaissent majoritairement les différences de salaires entre les femmes et les hommes.
Journaliste : François Gradvohl ?
François Gradvohl : Ce que dit Mathilde Renould est vrai. Et ce sondage montre aussi que les hommes sont de plus en plus conscients des différences et qu'ils sont vraiment prêts à s'engager pour plus d'égalité.
Journaliste : Mathilde Renould, que révèlent les réponses au sondage sur la place des femmes dans la société ?
Mathilde Renould : Eh bien, les femmes veulent jouer un rôle dans les décisions car les hommes sont trop fréquemment dominants. Aux postes de pouvoir, on trouve une majorité d'hommes. Les femmes arrivent très difficilement à des postes de direction ! C'est pourquoi 69 % d'entre elles pensent qu'il faut appliquer la parité, c'est-à-dire le même nombre de femmes et d'hommes, dans les entreprises et en politique.
Journaliste : Et quelle est la situation au niveau mondial selon les personnes sondées ? François Gradvohl ?
François Gradvohl : 53 % des Françaises et des Français pensent que l'égalité hommes-femmes a plutôt progressé dans le monde ces vingt-cinq dernières années. Mais près de la moitié des Français ont compris que les inégalités entre les sexes créent de la pauvreté. En effet, quand les inégalités hommes-femmes sont fortes, il y a beaucoup de problèmes liés à l'éducation, la faim et la santé. Et sur ce point, les hommes et les femmes sont assez d'accord pour que la France apporte son soutien à la lutte contre la pauvreté dans le monde, avec respectivement 55 et 67 % de réponses favorables.

Corrigés

4 a. 1. en France et dans le monde. 2. Les femmes et les hommes. b. 1, 3, 4. c. 1. 50 %, 55 % et 67 % ; 2. 64 % ; 3. 69 %.

Vocabulaire

5 min

Les statistiques 030

L'égalité 031

À deux Inviter les apprenants à se reporter aux listes récapitulatives *Les statistiques* et *L'égalité* de la page 41.

Activité 5

10 + 15 min

→ **Nuancer un propos**

À deux a. Demander aux binômes d'entourer les mots qui leur semblent correspondre aux commentaires de l'émission et faire réécouter le document si besoin pour confirmer les réponses. Mettre en commun.

Grammaire

Les adverbes en *-ment*

La place de l'adverbe

Conceptualisation

En classe entière Proposer aux apprenants de donner le nom grammatical de ces mots qui permettent de nuancer un propos et rappeler le rôle d'un adverbe : modifier, préciser un adjectif, un adverbe ou un verbe.

À deux puis **En classe entière** b. – Faire faire l'appariement et demander de proposer d'autres adverbes connus des apprenants. Cette phase de conceptualisation grammaticale permet de revoir la formation des adverbes en *-ment* ainsi que la place des adverbes.

– Selon le temps qu'il est possible de consacrer à cette révision grammaticale, le professeur peut, soit demander à la classe de donner la règle de formation des adverbes en *-ment* ainsi que celles concernant la place des adverbes, soit inviter les apprenants à se reporter aux encadrés grammaticaux récapitulatifs des pages 40-41 et répondre à leurs questions.

Corrigés

5 a. 1. plutôt. 2. difficilement. 3. fréquemment. 4. assez. b. 1. c ; 2. a ; 3. b.

> S'entraîner activités 8 et 9 pages 40 et 41

Vocabulaire

5 min

L'intensité 032

À deux Inviter les apprenants à se reporter à la liste récapitulative *L'intensité* de la page 41.

Activité 6

15 min

→ **Exprimer son opinion**

En petit groupe Les groupes échangent en réponse à la question. Encourager les apprenants à utiliser des adverbes pour nuancer leurs propos.

Corrigés

6 Production libre.

DOC. 3

Activité 7

5 min

→ **Comprendre le contexte d'un récit**

Sensibilisation

En classe entière a., b. et c. Faire lire la présentation de l'extrait et répondre aux trois questions. Attirer l'attention des apprenants sur les références en fin d'extrait indiquant le titre complet du livre, le nom de l'auteur, l'éditeur et la date.

Corrigés

7 a. Lucien Marbœuf, enseignant dans une école primaire. Il raconte des histoires vécues dans sa classe. b. Non, ce n'est pas une fiction mais le témoignage d'une histoire vécue. c. Après la visite du musée du Louvre avec les enfants de sa classe.

Activité 8

20 min

→ **Comprendre un récit**

Compréhension

En petit groupe a., b., c. et d. Demander aux groupes de lire l'extrait et de répondre aux quatre questions. Mettre en commun les réponses.

En classe entière, reprendre l'extrait pour en analyser l'expression stylistique et attirer l'attention sur le langage familier. Poser des questions telles que :

Qui est le narrateur ? Qui raconte ? → l'instituteur / utilisation de « je » dans les parties de récit.

Comment qualifier le style, l'écriture ? → il écrit comme il parle, son récit est vivant ; il se parle à lui-même (*Tu fais ce boulot… Rappelle-toi…*). Les phrases ne sont pas toujours correctes grammaticalement (*Ça parle…*).

Comment qualifier le vocabulaire ? → c'est du vocabulaire familier (voir tous les mots expliqués sous l'extrait).

Faire lire à haute voix l'extrait et s'arrêter à chaque expression familière ou intéressante pour en expliquer collectivement le sens.

Au tableau	Commentaires
ça parle dans tous les sens (= les élèves parlent de façon désordonnée)	Syntaxe orale : *ça*, pronom neutre.
finaud (= fin, rusé)	Mot un peu vieilli qu'on utilise souvent de façon péjorative pour dire que quelqu'un n'est pas très intelligent.
vachement (= beaucoup)	
Mon père, il dit que y a que des conneries là-dedans.	Syntaxe orale : reprise du nom *mon père* par le pronom *il*. *y a* : forme orale et familière de *il y a*. *là-dedans :* forme familière de *dedans*, *à l'intérieur de*. *une connerie* = une bêtise, une idiotie, une chose inintéressante ; c'est un mot plus que familier considéré comme grossier, vulgaire. Phrase syntaxiquement correcte : *Mon père dit qu'il n'y a rien d'intéressant au musée.*
avoir à cœur de + inf. = désirer	Expression imagée.
au plus profond = très profondément	Expression familière ; utilisation de l'adjectif avec un sens d'adverbe.
cet âne = cet idiot	L'âne est un animal considéré comme peu intelligent. On utilise aussi l'expression *avoir le bonnet d'âne* lorsqu'un élève n'a pas de bons résultats scolaires.
le boulot = le travail	
garde-le au chaud	Expression familière signifiant *se souvenir* ; expression imagée faisant référence à un plat cuisiné qu'on ne laisse pas refroidir pour pouvoir le manger.
galérer = avoir des difficultés *galérer sur le complément de nom* = avoir des difficultés à expliquer la règle	Expression imagée faisant référence à la galère (bateau) romaine dont les rameurs étaient des esclaves. L'instituteur veut dire que son travail n'est pas inutile même s'il est parfois compliqué.

Corrigés

8 a. Il parle avec l'un de ses élèves, Kevin. **b.** Kevin parle beaucoup en classe mais reste silencieux, pensif à la sortie du musée. **c.** Son père n'aime pas les musées car il les trouve inintéressants. **d.** Il est ému.

Vocabulaire

5 min

Le registre familier

Conceptualisation lexicale

En classe entière Inviter les apprenants à se reporter à la liste *Registre familier* de la page 41. Faire une synthèse de ce qui caractérise la langue familière : le lexique familier voire grossier, l'utilisation d'expressions imagées et une syntaxe pas toujours correcte.

> S'entraîner activité 10 page 41

Activité 9

10 min

→ Comprendre l'implicite d'une expression

À deux puis **En classe entière** – Laisser les binômes **s'expliquer mutuellement** l'expression et mettre en commun.

– Lors de la mise en commun et **l'échange avec la classe**, demander pourquoi l'extrait qu'ils viennent de lire est en rapport avec le thème de la leçon. Le récit de l'instituteur évoque l'inégalité sociale, socioculturelle : certains enfants vivent dans un milieu familial qui ne leur permet pas de découvrir toutes les formes de culture.

Corrigés

9 *Proposition de production :* le travail de l'enseignant est de proposer une ouverture sur le monde en plus des savoirs théoriques. Le désir de Kevin de visiter d'autres musées malgré le refus de son père et alors qu'il n'en a pas l'habitude donne un sentiment de satisfaction, de devoir accompli à l'instituteur.

Phonétique

033 ▶ 06 10 min

Voyelles nasales et dénasalisation

Faire travailler le point phonétique de la page 41 avec le tutoriel vidéo. Nous rappelons que l'enregistrement audio apporte les mêmes informations que le tutoriel vidéo mais n'est pas interactif. Il est bien sûr préférable de travailler avec le tutoriel vidéo. L'encadré phonétique et l'enregistrement audio servent de mémo.

Transcription ▶ 06

Bonjour ! Aujourd'hui : les voyelles nasales et la dénasalisation.
Écoutez-les mots suivants et classez-les selon les sons que vous entendez : [ɛ̃], [ɑ̃] ou [ɔ̃].
faim, françaises, féminin, fondatrice, Jean, vient, exemple, nombre, point, réponse, commenter, sondage.
On vérifie ?

Faim, *féminin*, *vient*, *point* contiennent le son [ɛ̃]. Le son [ɛ̃] est souriant, aigu, tendu : [ɛ̃].
Françaises, *Jean*, *commenter*, *exemple* contiennent le son [ɑ̃]. Le son [ɑ̃] est ouvert, grave, relâché : [ɑ̃].
Fondatrice, *nombre*, *réponse*, *sondage* contiennent le son [ɔ̃]. Le son [ɔ̃] est arrondi, fermé, grave : [ɔ̃].
Attention ! Devant une voyelle ou devant un double *n* ou double *m* + voyelle, on ne prononce plus [ɛ̃], [ɑ̃], [ɔ̃] mais on prononce le « n » ou le « m », par exemple : *université, inégalité, coréenne, pleine, année, reconnaissant, homme*.
Maintenant, observez les quatre façons d'écrire le son [ɛ̃], les quatre façons d'écrire le son [ɑ̃] et les deux façons d'écrire le son [ɔ̃].
[ɛ̃] s'écrit « aim » comme dans *faim*, « in » comme dans *féminin*, « ien » comme dans *vient*, « oin » comme dans *point*. Il peut aussi s'écrire « un » comme dans *un*, « éen » comme dans *coréen*, « ein » comme dans *plein* ou « ain » comme dans *bain*.
[ɑ̃] s'écrit « an » comme dans *françaises*, « ean » comme dans *Jean*, « en » comme dans *commenter*, « em » comme dans *exemple*. Il peut aussi s'écrire « am » comme dans *jambe*, « aon » comme dans *paon*.
[ɔ̃] s'écrit « on » comme dans *fondatrice*, « om » comme dans *nombre*.
Voilà ! À bientôt !

Transcription 033

Réécoutez le document 2 page 34 avec la transcription. Repérez quatre façons d'écrire le son [ɛ̃], quatre façons d'écrire le son [ɑ̃] et deux façons d'écrire le son [ɔ̃]. Connaissez-vous d'autres graphies pour ces sons ?
[ɛ̃] (ou [œ̃]) est souriant, aigu, tendu : un, féminin, bien, point, faim, coréen, plein, bain.
[ɑ̃] est ouvert, grave, relâché : françaises, s'engager, Jean, exemple.
[ɔ̃] est arrondi, fermé, grave : monde, nombre.
Devant une voyelle ou devant un double *n* ou *m* + voyelle, on ne prononce plus [ɛ̃], [ɑ̃] ou [ɔ̃] mais on prononce le *n* ou le *m* : université, inégalité, coréenne, pleine, année, reconnaissant, homme.

> S'entraîner activité 11 page 41

AGIR

Activité 10 30 min

→ **Donner son opinion sur la question « Peut-on combattre les inégalités ? »**

Préparation

En classe entière Présenter la tâche aux apprenants, expliquer les différentes étapes de l'activité et en vérifier la bonne compréhension.

Production

En petit groupe **a.** et **b.** Les membres du groupe **échangent** sur la question posée et les pistes données. On peut désigner deux membres du groupe pour prendre des notes que le groupe classera en fin d'échange.

Présentation

En classe entière **c.** Les groupes **présentent** leur vision de façon structurée qui **sera commentée** par la classe.

Corrigés

10 Production libre.

CULTURE(S) VIDÉO 05 30 min

Une Idée Folle

Durée de la vidéo : 1'57

Sensibilisation

En classe entière Dire aux apprenants qu'ils vont regarder la bande-annonce d'un documentaire dont le titre est « Une Idée Folle ».

Compréhension

En classe entière **1. a.** et **b.** Faire visionner la vidéo sans le son et laisser les apprenants noter ce qu'ils voient ; guider les observations en demandant de décrire les images, de lire les inscriptions, d'identifier les intervenants (profession pour les adultes)... Mettre en commun et faire des hypothèses sur le contenu du documentaire. Demander d'expliciter le titre : *pourquoi une idée folle* ?

Corrigé

1. a. Les images : une classe d'enfants avec une disposition de tables adaptée aux travaux collectifs, à l'interaction ; une création de visages sur des cailloux ; des enfants qui sortent de l'école, qui dansent, qui jardinent, qui s'occupent d'animaux ; une cour de récréation ; une lecture d'histoire en groupe. **Les intervenants :** des enseignants, des directeurs/directrices d'école et des enfants. **b.** *Exemple de production :* le documentaire va parler de l'école, de l'éducation. L'inscription indique que neuf établissements scolaires ont un projet de société commun : un changement de programme, une pédagogie différente, une expérimentation, d'autres activités...

À deux **2.** Faire regarder le document avec le son pour que les binômes répondent aux deux questions. Mettre en commun.

Corrigé

2. a. À quoi ça sert l'éducation ? À quoi sert l'école ? **b.** *Exemple de production :* les intervenants se posent des questions sur le rôle de l'école et proposent un projet pour répondre à ces questions. Le documentaire va parler de ce projet éducatif.

En petit groupe **3. a.** et **b.** Faire visionner à nouveau la vidéo pour que les groupes fassent les repérages demandés. Mettre en commun en justifiant par les propos entendus. Noter les phrases clés au tableau ou faire souligner dans la transcription afin de les commenter à la partie **c**.

La solidarité et le vivre ensemble :

- On a vraiment, vraiment besoin de permettre l'émergence de citoyens épanouis, responsables, qui contribuent à une réelle évolution de l'humanité.

- Les enfants d'aujourd'hui, en gros, il faut leur apprendre à la fois à être bien avec eux-mêmes, de façon à donner le meilleur de ce qu'ils peuvent être, et il faut leur apprendre à faire avec l'autre. Et c'est pas l'un ou l'autre, c'est les deux en même temps.

- On aide les petits, s'ils ont besoin d'aide.

- Si on veut mettre au défi l'école d'hier de répondre aux questions d'aujourd'hui, mais on est totalement à côté de la plaque (= on se trompe).

- Si on est dans un monde qui est toujours plus fou, s'adapter à ce monde en changement, ça suppose de mettre une école en changement et de faire des enseignants comme des élèves des acteurs du changement.

- En fait, c'est fait pour s'éduquer dans la vie. Voilà.

En petit groupe puis **En classe entière** **c.** – Laisser les groupes commenter les phrases relevées et **échanger** sur la question : guider les échanges en reprenant les questions initiales posées au début du document et en en posant d'autres : *À quoi ça sert l'éducation ? À quoi sert l'école ? L'école doit-elle servir à former des citoyens ou à enseigner un savoir (mathématiques, littérature, sciences, histoire, géographique) ? L'éducation n'est-elle pas le rôle des parents ? L'école d'aujourd'hui est-elle la même que celle de vos parents ou de vos grands-parents ?*

– Répondre enfin à la question *L'école peut-elle réduire les inégalités ?* et demander à la classe de justifier de nouveau le titre : *c'est très compliqué de vouloir changer l'école, ça demande beaucoup de temps et d'énergie.*

Corrigé

3. a. la solidarité, le vivre ensemble. **b.** Répartition des enfants dans les salles de classe ; les enfants qui se prennent dans les bras ; les enfants qui s'entraident pour le compost ; lecture d'une histoire collective ; « aider les petits ». **c.** Production libre.

Transcription ▶ 05

Homme : Qui a compté les oisillons ? Et qui peut dire…
Jérôme Salter : Il y a souvent une question qu'on ne se pose pas qui est la question des objectifs de l'éducation. À quoi ça sert l'éducation ? À quoi sert l'école ?
François Taddei : On est dans un monde qui change extrêmement vite et dans lequel il y a plein de défis individuels et globaux.
Caroline Sost : On a vraiment, vraiment besoin de permettre l'émergence de citoyens épanouis, responsables, qui contribuent à une réelle évolution de l'humanité.
Constance : Même si on est tout petits, faut quand même essayer de faire quelque chose.
Isabelle Peloux : Les enfants d'aujourd'hui, en gros, il faut leur apprendre à la fois à être bien avec eux-mêmes, de façon à donner le meilleur de ce qu'ils peuvent être, et il faut leur apprendre à faire avec l'autre. Et c'est pas l'un ou l'autre, c'est les deux en même temps.
Elouan : On aide les petits, s'ils ont besoin d'aide.
Homme : Si on veut mettre au défi l'école d'hier de répondre aux questions d'aujourd'hui, mais on est totalement à côté de la plaque.
Isabelle Peloux : Est-ce qu'on peut rire de tout ?
Véronique de Tilly : Je le vois, les enfants peuvent arriver en courant à l'école et, le jour où ils sont malades, être désespérés.
Florian Loupiac : Je me sens vivant.
François Taddei : C'est vraiment une idée folle d'inventer l'école et c'est probablement une idée folle de vouloir changer l'école, mais en même temps, si on est dans un monde qui est toujours plus fou, s'adapter à ce monde en changement, ça suppose de mettre une école en changement et de faire des enseignants comme des élèves des acteurs du changement.
Élève : En fait, c'est fait pour s'éduquer dans la vie. Voilà.

Prolongement de la leçon

> Entraînement linguistique

- Demander aux apprenants de relire la double page et de réécouter les documents travaillés.

> Évaluation formative

- Les activités du **cahier d'activités** correspondant à la leçon sont **aux pages 26 à 29**.
- Les activités du **Parcours digital®**.

Classe inversée

Avant la leçon 8 :

Demander aux apprenants de :

– regarder et lire le document 1 de la page 36 et faire l'activité 1 ;

– lire le document 2 de la page 36 et faire l'activité 2.

Avant la leçon 9 :

Demander aux apprenants de :

– regarder la page d'ouverture de l'unité 3 page 45 ;

– regarder et lire le document 1 de la page 46 et faire les activités 1 et 2 ;

– lire l'encadré Culture(s) de la page 46 et répondre à la question.

... présenter des statistiques à l'écrit

1 h 00

Le travail proposé dans cette leçon est d'observer des graphiques présentant des données chiffrées et d'analyser les commentaires interprétant ces données. Ce type de document est très présent dans le monde professionnel et se lit fréquemment également dans la presse. Il s'agira pour l'apprenant d'apprendre à commenter à l'écrit et à l'oral les résultats de ces informations chiffrées.

LIRE DOC. 1 et DOC. 2

Activité 1 10 min

[Découverte]

Seul puis **En classe entière** Faire observer le tableau et répondre aux questions. Rappeler que l'INSEE est l'Institut national des statistiques et études économiques.

Afin de préparer l'activité 2, demander à la classe de tirer quelques conclusions de ce tableau : *la plupart des personnes (hommes et femmes) travaillent à temps complet ; plus de femmes que d'hommes travaillent à temps partiel ; les chiffres sont assez stables entre 2015 et 2019...*

Corrigés

1 a. 1. Le thème de l'étude : le temps de travail. **2.** Les périodes concernées : 2015 et 2019. **3.** Les catégories de la population : les hommes et les femmes. **4.** Les temps de travail : le temps plein et le temps partiel dont le mi-temps. **b.** Les chiffres sont exprimés en pourcentages.

Activité 2 10 min

Seul puis **En classe entière** Faire lire le texte de présentation et mettre en valeur les pourcentages dans le tableau. Comparer les conclusions tirées par l'analyse du sondage à celles émises à l'activité 1.

	2015			2019		
	femmes	hommes	total	femmes	hommes	total
temps complet	69,6	92,1	80,8	71,6	91,7	81,6
temps partiel	30,4	7,9	19,2	28,4	8,3	18,4
dont mi-temps	4,6	1,5	3,0	3,8	1,7	2,7
TOTAL	100	100	100	100	100	100

Corrigés

2 *Voir la grille ci-dessus.*

Activité 3 10 min

[Analyse]

À deux **a.** et **b.** Faire faire les appariements demandés et cocher la réponse qui convient puis mettre en commun.

Corrigés

3 a. 1. E ; 2. B ; 3. D ; 4. C ; 5. A. **b.** Les informations sont classées de la plus générale à la plus précise.

Activité 4 15 min

À deux Faire faire le travail lexical et inviter les apprenants à se reporter à l'encadré mémo de la page 37 afin de lire la liste récapitulative des expressions utiles pour présenter les statistiques.

Corrigés

4 Résumer l'information générale : une tendance générale, en moyenne. Indiquer une proportion : un taux, 3,8 % des femmes. Indiquer une variation : diminuer, une baisse, reculer de, augmenter. Comparer des chiffres précis : passer de... à, contre, par rapport à.

ÉCRIRE

Activité 5 15 min

En petit groupe Les groupes suivent les étapes proposées et rédigent un article présentant les statistiques sur le thème choisi et sur le modèle du document 2. Ils pourront accompagner leur texte d'un tableau chiffré. Le professeur circule pour apporter son aide. Les groupes s'échangeront leurs textes.

Corrigés

5 Production libre.

... la médiation : illustrer des statistiques
45 min

DOC. 3

Activité
15 min

À deux **a.** et **b.** – Faire réaliser les deux tâches de l'activité par les binômes et mettre en commun.

– Lors de la mise en commun, amener les apprenants à nommer les différents types de graphiques et les mots qui leur sont associés.

Graphique 1 : un diagramme circulaire, un camembert

Graphique 2 : un diagramme en bâtons, un histogramme ; une légende

Graphique 3 : une courbe, l'abscisse, l'ordonnée

Corrigés

6 a. a. 2 : on oppose les hommes et les femmes sur cinq points symbolisés par les couleurs. b. 3 : on compare trois années différentes. c. 1 : le graphique fait apparaître une proportion de 25 % et 75 %. **b. Graphique 1 :** Nombre de chercheurs en 2020 / 74 % (hommes) / 26 % (femmes). **Graphique 2 :** Temps passé aux tâches ménagères (femmes : 3 heures ; hommes : 2 heures) / carré rose : cuisine ; carré jaune : ménage ; carré bleu : courses ; carré orange : lessive ; carré vert : bricolage. **Graphique 3 :** Les femmes parlementaires / 2010, 2015, 2020.

Activité 7
30 min

À deux Chaque binôme prépare un graphique de son choix et le présente à la classe.

Corrigés

7 Production libre.

S'entraîner pages 38-41

Cf. Introduction (C.1.3), page 23.

– **Corrigés** des activités 1 à 11 : pages 186-187 du livre de l'élève.

– **Parcours digital® :** toutes les activités des pages 38 à 41 sont proposées en version auto-corrective.

Faites le point page 42

Cf. Introduction (C.1.4), page 23.

Évaluez-vous !

Corrigés

› Le vote n'est pas obligatoire en France. **En revanche,** il est obligatoire en Belgique.
Le vote n'est pas obligatoire en France **alors qu'**il est obligatoire en Belgique.

› *Exemple de production* : Hier, je rentrais chez moi quand j'ai vu un homme glisser sur le trottoir. Il a essayé d'attraper le bras de sa femme mais elle a glissé aussi. Ils sont tombés tous les deux ! Heureusement, ils n'étaient pas blessés.

› Ce que j'adore, c'est le travail en équipe. Ce qui me passionne, c'est la communication. Ce dont je suis fier, ce sont nos résultats.

› *Réponse libre.*

› courageusement • patiemment • étonnamment

› Exemple de production : Le français est une langue **très / trop / plutôt / assez / vraiment** difficile.

› Je regarde **très / trop / assez** souvent des films en français.

Classe inversée

Avant la leçon 9 :

Demander aux apprenants de :

– regarder la page d'ouverture de l'unité 3 page 45 ;

– regarder et lire le document 1 de la page 46 et faire les activités 1 et 2 ;

– lire l'encadré Culture(s) de la page 46 et répondre à la question.

Préparation au DELF B1

Corrigés des pages 43-44 du manuel

COMPRÉHENSION DE L'ORAL

13 points

Comprendre une interaction entre locuteurs natifs

6 points

035 **Transcription**

Léo : Tiens, salut Margot ! Ça fait longtemps ! Comment vas-tu ?

Margot : Salut Léo ! Ça va bien, merci. Je viens de faire six mois de stage en Italie, à Milan, dans une société informatique.

Léo : Dis donc, c'est super ! Ça s'est bien passé ?

Margot : Oui, très bien mais au début c'était difficile, j'ai eu du mal à m'adapter.

Léo : Ah bon, pourquoi ?

Margot : Là-bas, les gens sont très accueillants mais aussi parfois très informels… Même mon directeur voulait que je lui dise « tu »… Je n'étais pas habituée ! En France, ce n'est pas comme ça !

Léo : Oui, nous, au début on est plus formel et la hiérarchie c'est très important… Tu as eu des problèmes ?

Margot : Oui, je ne savais pas comment me comporter. Je n'arrivais pas à être aussi souriante et détendue que les autres. Et puis, les gens sont très bavards et, dans la journée, ils font plein de pause-café : on a l'impression qu'ils ne travaillent pas beaucoup… Mais ce n'est pas vrai !! C'est même le contraire !

Léo : Oui, c'est un peu l'idée qu'on a de l'Italie, en France… Mais j'imagine que tu as sympathisé avec quelqu'un, non ?

Margot : Non, en tout cas, pas les premiers jours. Je n'étais pas sûre de tenir six mois. Et puis, deux semaines après mon arrivée, une collègue, Giulia, m'a proposé de sortir. Elle avait compris que je me sentais seule. Elle m'a donné des conseils et m'a expliqué qu'en Italie, les relations au travail sont moins formelles qu'en France mais que ce n'est pas un manque de respect… Alors, tout a été plus simple et, à la fin de mon stage, je ne voulais plus repartir…

Léo : Tu as gardé des contacts là-bas ?

Margot : Oui, et du coup, cet été, je vais y retourner. Giulia m'a invitée dans sa famille, à Venise.

Léo : Super, on dit que c'est une ville magnifique ! Tu m'enverras des photos ?

Margot : Oui, promis !

1. a (1 point) ; 2. c (1 point) ; 3. b (1 point) ; 4. c (1 point) ; 5. a (1 point) ; 6. b (1 point)

Comprendre des émissions de radio et des enregistrements

7 points

036 **Transcription**

Journaliste : Aujourd'hui, nous allons parler de l'association Unis-Cité, en deux mots, hein : « unis » au pluriel et « cité » au singulier…
Cette association a été fondée en 1994 par un groupe de jeunes étudiantes. Les fondatrices de l'association pensent que les jeunes doivent consacrer une étape de leur vie au service des autres : c'est comme ça, par des actions solidaires, que les jeunes prennent confiance en l'avenir et qu'ils participent à la construction de la société de demain. En 30 ans, 25 000 jeunes se sont engagés dans des missions variées : soutien aux personnes âgées, aux sans-abri, aux personnes handicapées, aux enfants…
Nous sommes donc aujourd'hui à Marseille où nous avons découvert la mission « Intergénéreux » d'Unis-Cité. Ce sont des jeunes de 16 à 25 ans, en service civique, qui donnent de leur temps pour lutter contre l'isolement des personnes âgées et rapprocher les générations. Ils vont les voir à leur domicile ou dans des résidences spécialisées. Ils discutent, organisent des jeux, des activités, des sorties. Nous avons rencontré Zahia : elle nous a raconté son expérience.

Zahia : J'avais envie de donner de mon temps. Je me suis dit que, bah, c'est bien de s'engager socialement. J'essaye d'apporter des sourires et de la bonne humeur. C'est important ce qu'on fait parce qu'il y a beaucoup de personnes isolées. On les aide à retrouver un contact avec l'extérieur. Et elles portent aussi un regard plus positif sur la jeunesse. Pour nous, c'est très enrichissant : elles nous racontent leur vie ! Ça nous apporte plus de maturité et aussi une expérience professionnelle utile pour l'avenir… Moi, je me sens utile à la société. Et le petit salaire que je gagne va m'aider à me lancer dans la vie !

Journaliste : Mais comment ces jeunes sont-ils choisis ? Nous avons interrogé la responsable de la mission « Intergénéreux » d'Unis-Cité à Marseille, Florence Lellouche.

Florence Lellouche : Alors, c'est sans condition de diplômes ou d'expérience. Ils sont tous volontaires et, avant leur mission, ils participent à plusieurs journées de formation civique et citoyenne. Ils ont aussi un accompagnement individuel et collectif constant. Enfin, ils participent à un Forum régional qui présente les opportunités de travail et les offres d'emploi dans l'assistance aux plus âgés, après le service civique.

1. a (1 point) ; 2. a (1 point) ; 3. c (1 point) ; 4. c (1 point) ; 5. b (1 point) ; 6. a (1 point) ; 7. a (1 point)

Peut-on tout faire en ligne ?

UNITÉ 3

› Livre de l'élève p. 45-58

Page d'ouverture

page 45

En classe entière 10 min

Suivre la démarche proposée en Introduction (C.1.1), page 22.

Corrigés

Exemples de production :

- C'est l'unité 3.
- Elle s'appelle *Peut-on tout faire en ligne ?*
- Sur la photo, on voit un homme en tenue de ville sur une planche de paddle ; il porte des lunettes de réalité virtuelle. Cette photo illustre bien le thème de l'unité : le paradoxe entre le fait de faire une activité sportive en pleine nature et de percevoir l'environnement de façon non réelle.
- Les objectifs sont : *donner des renseignements, organiser une activité à distance, parler de ses expériences.*
- Les points de grammaire sont : l'obligation ; le subjonctif (1) ; l'hypothèse (1) ; le souhait ; les pronoms COD et COI ; les pronoms toniques.
- Dans la leçon 12, on va travailler les *Techniques pour* écrire un e-mail de réclamation et la *Médiation* pour expliquer un terme.
- La vidéo ▶ 08 a pour titre *Présentation d'un Mooc.*

LEÇON 9 Donner des renseignements

pages 46-47

DONNER DES RENSEIGNEMENTS 3 h 30

Savoir-faire et savoir agir : exprimer une obligation • parler d'un service en ligne

COMPRENDRE — DOC. 1

5'	10'	5'	15'	5'	20'	15'	20'
Act. 1	Culture(s)	Act. 2	Act. 3	Vocabulaire 041-043	Act. 4 Grammaire	Grammaire	Act. 5
• Identifier le thème d'une page de site	• L'assurance maladie	• Repérer le point commun à plusieurs questions	• Comprendre les conditions pour faire une télé-consulltation	• la santé (1) • L'équipement (1)	• L'obligation	• La formation du subjonctif (1)	• Donner son avis sur la consultation médicale en ligne

COMPRENDRE	DOC. 2 037					
	15'	5'	15'	10'	20'	5'
	Act. 6	Act. 7	Act. 8	Act. 9 Grammaire	Act. 10	Vocabulaire 042
	• Décrire et commenter un dessin	• Identifier une situation de communication	• Comprendre la progression d'une communication téléphonique	• La formation du subjonctif (1)	• Donner des informations sur une application de sport en ligne	• Les activités en ligne (1)
AGIR	45'	Act. 11	• Donner des renseignements sur un service en ligne			

COMPRENDRE

DOC. 1

Activité 1 5 min

→ **Identifier le thème d'une page de site**

Sensibilisation

Seul puis **En classe entière** – Demander aux apprenants d'observer le site de l'Assurance maladie et faire répondre à la question. Préciser le sens de l'acronyme FAQ (Foire aux questions) et demander aux apprenants comment il est traduit dans leur propre langue. Il est à noter que cet acronyme vient de l'anglais *Frequently Asked Questions*.

– Échanger sur l'objectif de ces FAQ : *faire gagner du temps aux institutions questionnées en regroupant les questions les plus fréquemment posées et ainsi éviter un afflux de demandes individualisées.*

Le professeur peut faire travailler les apprenants quelques minutes sur le préfixe *télé* qui vient du grec, et signifie « au loin, à distance ». Ce préfixe entre dans la composition de mots où il ajoute une valeur d'éloignement, par exemple *télésurveillance, télétravail, téléphonie, télécommande*, etc.

Corrigés

1 Elle parle de la téléconsultation ou consultation médicale en ligne.

Culture(s) 10 min

L'assurance maladie

En classe entière Demander aux apprenants de lire l'encadré Culture(s) de la page 46. Le professeur peut apporter des informations supplémentaires afin de permettre aux apprenants de répondre à la question.

Corrigés

Réponse libre.

Culture(s) +

■ **Le numéro de Sécurité sociale** est composé de 13 chiffres construits à partir de l'état civil de la personne assurée. Exemple : 1 99 05 75 218 775 :
– le premier chiffre indique le sexe de la personne (1 pour les hommes, 2 pour les femmes) ;
– les deux chiffres suivants indiquent l'année de naissance ;
– les deux chiffres suivants indiquent le mois de naissance ;
– les deux chiffres suivants indiquent le département de naissance ;
– les six chiffres suivants indiquent un numéro d'ordre du registre d'état civil.
Ainsi, le numéro donné en exemple indique que la personne est un homme né en mai 1999 à Paris.

■ **L'Assurance maladie** est une branche de la Sécurité sociale créée en 1945 avec pour objectif de garantir la protection sociale aux salariés et à leur famille. L'Assurance maladie prend en charge les soins des Français quels que soient leurs ressources, leur situation ou leur état de santé. Pour avoir cette gratuité de soins, une cotisation est prélevée sur le salaire. Pour les personnes à faibles ressources, les soins sont totalement gratuits.

■ **Le site ameli.fr** permet à chaque assuré d'avoir son espace personnel sécurisé pour accéder à tous les services depuis un ordinateur, un mobile ou une tablette : consulter les remboursements, télécharger les attestations, obtenir une carte européenne, contacter un conseiller par e-mail…

■ **La carte vitale** est une carte qui permet au médecin ou au pharmacien de transmettre directement par voie informatique à l'Assurance maladie qu'un patient a consulté un médecin, a payé ou non sa consultation ou a acheté des médicaments. Sur cette carte sont mentionnés le nom et le prénom de la personne assurée et son numéro de Sécurité sociale.

Activité 2 5 min

→ Repérer le point commun à plusieurs questions

Compréhension globale

Seul puis **En classe entière** Demander aux apprenants de lire seulement les questions posées et d'entourer la réponse.

Corrigés

2 Les questions concernent **les conditions** de la téléconsultation.

Activité 3 15 min

→ Comprendre les conditions pour faire une téléconsultation

Compréhension finalisée

Seul puis **À deux** **a.**, **b.** et **c.** Laisser les binômes repérer dans le texte les éléments de réponse puis mettre oralement en commun en structurant les phrases. Pour rendre compte des réponses **a.** et **c.**, il est probable que les apprenants utiliseront la structure fondamentale de l'expression de l'obligation *il faut* + infinitif, ce qui préparera la conceptualisation grammaticale proposée à l'activité 4.

Corrigés

3 a. Il faut prendre un rendez-vous avec le secrétariat, en ligne ou à partir d'une application. **b.** On peut la faire chez soi, dans des maisons de santé ou dans des pharmacies. **c.** Il faut être assuré, c'est-à-dire avoir un numéro de Sécurité sociale.

Vocabulaire

041-043 5 min

La santé (1)

L'équipement (1)

En classe entière Inviter les apprenants à se reporter aux listes récapitulatives *La santé (1)* et *L'équipement (1)* de la page 55.

Activité 4 20 min

Grammaire

L'obligation

Conceptualisation

À deux puis **En classe entière** **a.** Demander aux binômes de relever les phrases exprimant les obligations des patients et celles des médecins. Procéder à la mise en commun au tableau.

b. Pour cette étape, demander de souligner les obligations générales et d'encadrer les obligations personnelles. Inviter les apprenants à expliquer oralement les structures correspondantes.

c. – La classe complète les deux phrases afin de finaliser la conceptualisation de ce qui a été observé.

Obligations à respecter par les patients	Équipement : [Il faut que vous possédiez] un ordinateur, une tablette ou un smartphone. Remboursement : <u>Il est indispensable de présenter</u> un numéro de Sécurité sociale pour obtenir un remboursement. Rendez-vous : <u>Il faut prendre</u> rendez-vous au secrétariat ou en ligne. Choix de l'application : [Il faut que vous vérifiiez] que l'application est bien sécurisée.
Obligations à respecter par les médecins	[Il doit opter] pour une prise en charge médicale à distance plutôt qu'en face à face. [Il faut que le médecin téléconsultant vous connaisse.]

Obligation personnelle : il faut que + subjonctif / devoir + infinitif

Obligation générale : il faut / il est indispensable + infinitif

– La classe se reportera ensuite à la page 54 pour lire l'encadré récapitulatif sur l'expression de l'obligation.

d. Demander à la classe de faire l'appariement demandé.

Corrigés

4 a. *Voir la grille ci-dessus.* **b.** *Voir la grille ci-dessus.* **c. 1.** Pour exprimer une obligation générale : *il faut / il est indispensable* + infinitif. **2.** Pour exprimer une obligation personnelle : *il faut que / Il est nécessaire que* + sujet + subjonctif ; sujet + *devoir* + infinitif. **d.** que je voie – ils voient ; que vous preniez – nous prenons.

Grammaire

15 min

La formation du subjonctif (1)

Conceptualisation

En classe entière – Faire un remue-méninges pour rappeler la formation du subjonctif présent. Noter toutes les informations données par les apprenants au tableau.

N. B. : À cette étape de révision du subjonctif, le professeur peut se limiter à revoir la formation régulière du subjonctif puisque l'activité 10 abordera les verbes irréguliers.

– La classe se reporte ensuite à l'encadré récapitulatif de la page 54 et au *Précis de conjugaison* des pages 180-185 pour vérifier les conjugaisons du subjonctif.

> S'entraîner activité 1 page 54

Activité 5 20 min

→ Donner son avis sur la consultation médicale en ligne

En classe entière Faire un tour de table préalable pour connaître les opinions spontanées des apprenants (*êtes-vous pour ou contre ?*) et noter le résultat.

En petit groupe Chaque groupe échange et liste les arguments pour et contre la téléconsultation.

En classe entière – Chaque groupe donne les arguments qui sont notés au tableau et discutés.

– Faire un second tour de table et comparer le résultat avec le précédent. La classe réagit à la stabilité ou à l'évolution de l'opinion.

Corrigés

5 Production libre.

DOC. 2 037

Activité 6 15 min

→ Décrire et commenter un dessin

En petit groupe **a.** Les groupes échangent pour répondre à la question.

b. Les apprenants concernés par la pratique du sport en ligne racontent leur expérience. Circuler pour aider à la bonne production des temps du passé.

En classe entière, demander à des volontaires de raconter leur expérience et de donner leur avis sur ce type de pratique.

Corrigés

6 a. Production libre. **b.** Production libre.

Activité 7 5 min

→ Identifier une situation de communication

Sensibilisation

En classe entière Dire aux apprenants qu'ils vont écouter une conversation téléphonique entre deux amies en relation avec le dessin. Faire faire des hypothèses sur son contenu : *l'une d'entre elle fait du sport en ligne et en parle à son amie…*

Compréhension globale

En classe entière Faire écouter la conversation une première fois pour vérifier les hypothèses puis faire répondre aux questions.

Corrigés

7 a. Une application de sport en ligne. **b.** La gymnastique (*Je fais de la gym*).

Transcription 037

Nina : Salut Émilie !
Émilie : Coucou Nina !
Nina : Comment vas-tu ?
Émilie : Ça va, j'ai pas mal de travail en ce moment mais ça va. Et toi ?
Nina : Je me sens en pleine forme ! Je viens de tester un nouveau truc.
Émilie : Ah oui ? C'est quoi ?
Nina : Une appli de sport en ligne. Je fais de la gym à la maison !
Émilie : Ah vraiment ? Je croyais que tu n'aimais pas le sport ?
Nina : Oui mais j'ai pris un peu grossi ces derniers temps. Il faut que je fasse de l'exercice pour perdre du poids !
Émilie : Ah ! C'est sûr, le sport va t'aider ! Et puis, c'est important d'avoir une activité physique pour se sentir bien… mais tu pourrais aller courir, aller à la piscine, je ne sais pas, il y a plein de choses à faire !
Nina : Oui mais il faut se déplacer et je n'ai pas le temps.
Émilie : Oui, enfin, faire du sport derrière un écran… Il faut que tu sois motivée !
Nina : Attends mais je suis carrément accro ! On se retrouve deux fois par semaine et le prof, Nicolas, est trop cool…
Émilie : Mmm… Ça doit être bizarre !
Nina : Non mais pas du tout, je t'assure ! C'est comme dans une salle de sport, Nicolas nous montre les exercices et on les fait !
Émilie : Oui d'accord, mais comment il fait pour voir tout le monde ? Et puis comment il fait pour corriger vos positions ?
Nina : Ben en fait, il peut sélectionner certains écrans et il nous voit en gros plan. Et pour nous, c'est pareil, on peut regarder les autres ou simplement voir le prof !
Émilie : OK, pourquoi pas ! Et vous êtes nombreux ?
Nina : Non, c'est des petits groupes de 8 personnes maximum.
Émilie : Ça, c'est pas mal, c'est vrai. Mais ça doit coûter cher, non ?
Nina : Pas du tout ! C'est 10 euros la séance d'une heure quinze. Tu payes sur une application et tu reçois le lien le jour du cours.
Émilie : Il faut payer un abonnement ?
Nina : Non, non, c'est sans engagement, tu viens quand tu veux ! Il y a une séance d'essai gratuite ! Tu peux même avoir la séance en replay si tu n'es pas disponible.
Émilie : Ah ça, c'est vraiment intéressant ! Et quels types de cours ils proposent ?
Nina : Attends, je t'envoie le lien tout de suite !
Émilie : Merci. Ah oui… tu as raison, je vais m'inscrire je crois.

Activité 8 15 min

→ Comprendre la progression d'une conversation téléphonique

Compréhension globale (suite)

En classe entière **a.** et **b.** Demander aux apprenants de lire toutes les questions posées et d'éventuellement donner les réponses qu'ils seraient capables de proposer suite à la première écoute. Faire réécouter le document et mettre les réponses en commun. Demander pour chaque réponse de justifier par un élément entendu.

Les questions **a1** et **b3** qui demandent de comprendre les réactions d'Émilie sont une occasion de travailler le lexique exprimant des sentiments. Au début, Émilie est sceptique et à la fin elle est plutôt convaincue. Faire un remue-méninges afin de faire émerger du vocabulaire utile :

être convaincu(e) / ne pas être convaincu(e)

être sceptique, dubitatif/dubitative

ironiser

douter de (l'efficacité).

Profiter de cette parenthèse lexicale pour faire repérer également dans le document les mots tronqués utilisés par les jeunes femmes (*appli, prof, accro*) et les expliciter.

Corrigés

8 a. 1. Pour perdre du poids (*j'ai un peu grossi / Il faut que je fasse de l'exercice pour perdre du poids*). **2.** Elle est sceptique ; elle n'est pas convaincue. **b. 1.** gagner du temps (*il faut se déplacer, je n'ai pas le temps*). **2.** le fonctionnement. **2.** réussit (*je vais m'inscrire je crois*).

Activité 9 10 min

Grammaire

La formation du subjonctif (1)

Conceptualisation (suite)

À deux Le repérage a pour objectif de mettre en évidence le subjonctif des verbes irréguliers. Inviter les binômes à revoir ensemble la conjugaison des verbes irréguliers puis à se reporter à l'encadré récapitulatif de la page 54 et au *Précis de conjugaison* des pages 180 à 185 pour vérifier les conjugaisons des verbes irréguliers.

Corrigés

9 a. fasse : faire ; sois : être.

› S'entraîner › activités 2, 3 et 4 pages 54 et 55

Activité 10 20 min

→ Donner des informations sur une application de sport en ligne

Compréhension finalisée

À deux Afin de réaliser cette activité de compréhension finalisée de sens, demander aux apprenants de tracer une grille de compréhension pour noter les informations. Avant de réécouter, ils pourront commencer à la renseigner grâce aux deux écoutes précédentes. Cette troisième écoute servira à compléter et préciser. Mettre en commun.

Fréquence	2/semaine
Durée	Séance d'1 h 15
Nombre de personnes	8 maximum
Prix	10 euros
Accès	Paiement appli + lien pour accès
Autres	Prof corrige avec écrans Pas abonnement / pas engagement Séance essai gratuite Replay possible

Pour la restitution orale des informations en classe entière, proposer un contexte : *un(e) employé(e) répond aux questions d'un(e) client(e) éventuel(le), un(e) employé(e) fait la promotion de ce cours, un(e) adepte du cours essaie de convaincre quelqu'un...* Chaque binôme choisit une situation et la joue devant la classe.

Corrigés

10 *Voir la grille ci-dessus.*

Vocabulaire 042 5 min

Les activités en ligne (1)

En classe entière Inviter les apprenants à se reporter à la liste récapitulative *Les activités en ligne (1)* de la page 55.

› S'entraîner › activité 5 page 55

AGIR

Activité 11 45 min

→ Donner des renseignements sur un service en ligne

Préparation

En classe entière Présenter la tâche aux apprenants, expliquer les différentes étapes de l'activité et en vérifier la bonne compréhension : les apprenants vont rédiger le descriptif d'une application proposant un service en ligne.

Production

À deux a. et **b.** Chaque binôme **choisit** un service en ligne et rédige le descriptif de l'application.

Hors de la classe, les descriptifs sont publiés sur le groupe de la classe.

Présentation

En classe entière d. Les applis sont **présentées** et **expliquées**.

Corrigés

11 Production libre.

Prolongement de la leçon

> Entraînement linguistique

- Demander aux apprenants de relire la double page et de réécouter les documents travaillés.
- Faire créer une fiche-lexique sur le thème *Les services en ligne* regroupant tout le lexique lié aux nouvelles technologies, à l'équipement informatique, aux réseaux sociaux, à la vente en ligne qui sera complétée aux leçons 10 et 11.
- Faire créer une fiche-lexique sur le thème *La santé* qui sera complétée aux leçons 14, 23 et 26.

> Évaluation formative

- Les activités du **cahier d'activités** correspondant à la leçon sont **aux pages 32 à 35**.
- Les activités du **Parcours digital®**.

Classe inversée

Avant la leçon 10 :

Demander aux apprenants de/d' :

– écouter le document 1 038 et faire les activités 1 et 2 page 48 ;

– lire le document 2 page 49.

LEÇON 10 Organiser une activité à distance pages 48-49

ORGANISER UNE ACTIVITÉ À DISTANCE 3 h 25

Savoir-faire et savoir agir : faire des recommandations • faire des hypothèses (1) • exprimer un souhait

COMPRENDRE – DOC. 1 038					
10'	30'	5'	20'	20'	10'
Act. 1	Act. 2	Vocabulaire 045-047	Act. 3 Grammaire	Act. 4	Act. 5 07
• Identifier le thème d'une interview	• Formuler des conseils	• Les relations (2) • L'équipement (2)	• L'hypothèse (1)	• Faire des recommandations	• Échanger sur le télétravail

COMPRENDRE – DOC. 2					
10'	10'	20'	5'	25'	10'
Act. 6	Act. 7	Act. 8	Vocabulaire 046	Act. 9 Grammaire	Phonétique 048 09
• Sélectionner une information dans un article	• Sélectionner des informations dans un article	• Sélectionner des informations dans un article	• Les activités en ligne (2)	• Le souhait	• Les liaisons

AGIR		
30'	Act. 10	• Organiser un apéritif à distance

COMPRENDRE

DOC. 1 038

Activité 1 10 min

→ Identifier le thème d'une interview

Sensibilisation

Seul puis **En classe entière** Demander aux apprenants de regarder rapidement le dessin de la page 48 et de faire des hypothèses sur le contenu de l'interview qu'ils vont écouter. Le titre de la leçon et le dessin les amèneront sur la piste du thème du télétravail. On peut imaginer qu'une personne en télétravail a été interviewée.

Compréhension globale

a. et **b.** Faire écouter l'introduction du journaliste et répondre aux deux questions.

Transcription 038

Journaliste : Travailler chez soi, c'est le rêve de beaucoup. On s'imagine gagner de l'argent sans bouger de son canapé, on dit adieu à la circulation et au temps de transport quotidien... Mais c'est facile de se laisser perturber quand on est à la maison ! Nous accueillons aujourd'hui un spécialiste qui va nous donner quelques conseils pour optimiser le télétravail. Thibault Baheux, bonjour !
Thibault Baheux : Bonjour !
Journaliste : Alors Thibault, vous êtes l'auteur du blog « Réinventer son travail » et spécialiste en management.
Thibault Baheux : C'est exact.
Journaliste : Pour commencer Thibault, est-ce qu'on peut télétravailler en pyjama ?
Thibault Baheux : Le pyjama, ça n'est vraiment pas une bonne idée ! S'habiller comme au bureau, c'est se préparer mentalement ! Et puis, si vous devez participer à une visioconférence urgente, vous serez prêt à vous présenter devant vos interlocuteurs !
Journaliste : Et question espace, est-ce qu'il y a des choses à faire pour bien travailler à la maison ?
Thibault Baheux : Oui, c'est essentiel ! Si vous vous aménagez un espace bureau, vous serez plus efficace. L'idéal, c'est d'avoir une pièce dédiée au travail. Mais pas de panique ! Si vous avez un petit appartement, il vous suffit d'aménager un coin bureau, ou de vous réserver un bout de table.
Journaliste : Et dites-nous, est-ce qu'il faut un équipement particulier en plus de l'ordinateur et de la webcam ?
Thibault Baheux : Non, c'est suffisant... Mais pour plus de confort, je vous conseille d'avoir un bon siège de bureau et d'utiliser un clavier et une souris ergonomiques ! Et si vous travaillez sur votre PC portable, investissez dans un grand écran pour reposer vos yeux !
Journaliste : Souvent, les personnes qui pratiquent le télétravail se plaignent de travailler plus. Vous confirmez ?
Thibault Baheux : C'est vrai en partie ! Le problème, c'est que quand on travaille à la maison, on a l'impression d'être plus flexible dans ses horaires. On peut prendre un rendez-vous chez le médecin en plein après-midi, ou aller faire du shopping par exemple ! Mais au final, on passe beaucoup de temps à faire autre chose, on est moins concentré. Et résultat, on risque de travailler très tard le soir !
Journaliste : Alors justement, comment faire pour séparer vie perso et vie pro ?
Thibault Baheux : Eh bien, si vous ne voulez pas laisser le travail occuper toute votre vie, fixez-vous des horaires de travail sur la journée... et éteignez votre ordinateur à la fin de la journée !
Journaliste : On doit donc éviter de faire des pauses ?
Thibault Baheux : Non, surtout pas ! C'est important de faire des pauses. Parce que, si vous passez plusieurs heures consécutives sur votre écran, vous serez moins efficace ! Mais il faut que les pauses soient courtes ! Et puis, il faut penser à prendre le temps de déjeuner sainement et éviter de manger devant son écran.
Journaliste : Et comment faire si on a des enfants ?
Thibault Baheux : Eh bien, si vous travaillez quand vos enfants sont à la maison, isolez-vous autant que possible !
Journaliste : Mais on risque aussi de se sentir isolé, justement...
Thibault Baheux : C'est vrai, c'est pour ça que c'est important de maintenir du lien social avec vos collègues ou avec votre équipe. Prenez de leurs nouvelles, et si vous le pouvez, travaillez ensemble à distance !
Journaliste : Merci Thibault pour tous vos conseils.
Thibault Baheux : Merci à vous !

Corrigés

1 a. Le télétravail **b.** Thibault Bayeux, auteur d'un blog « Réinventer son travail » et spécialiste en management ; il donne des conseils pour optimiser le télétravail.

Activité 2 30 min

→ Formuler des conseils

Compréhension finalisée

Seul puis **En classe entière** **a.** Faire écouter l'intégralité de l'interview et tracer une grille pour prendre des notes justifiant les réponses. Réécouter une autre fois si besoin et mettre les réponses en commun au tableau et à l'oral. Pour cette restitution orale, on peut passer par le discours indirect *(le journaliste parle de..., demande... ; l'expert parle de..., dit que...., conseille de...)* et l'expression de l'obligation générale : *il dit qu'il faut avoir un bon siège, qu'on doit avoir un espace réservé au travail...*

L'équipement	confort / bon siège / clavier et souris ergonomiques / PC portable / grand écran
L'espace de travail	*Et question espace...* aménager espace bureau / idéal, pièce dédiée au travail / coin bureau ou bout de table (appartement)
La tenue	le pyjama, pas une bonne idée / s'habiller comme au bureau : se préparer mentalement
Les collègues	maintenir lien social avec collègues ou avec équipe
Les transports	adieu à la circulation et au temps de transport quotidien...
Le salaire	
Les horaires de travail	plus flexible / travailler tard / se fixer horaires de travail / éteindre l'ordi le soir

À deux **b.** Faire observer le dessin et lister les éléments ne correspondant pas aux recommandations.

Corrigés

2 a. Tous les sujets sont abordés sauf celui du salaire *(voir grille ci-dessus)*. **b.** Il n'a pas d'espace de travail propre *(il vous suffit de vous aménager un coin bureau)* : il semble travailler sur une table de cuisine (restes de repas, corbeille à pain, verre, carafe d'eau) ; son siège n'a pas l'air confortable, ce n'est pas un bon siège de bureau ; il n'a pas fait de vraie pause déjeuner *(évitez de manger devant votre écran)* : son assiette est à moitié vide près de lui ; il travaille au milieu de l'appartement (*Isolez-vous*) : on voit une petite fille posant son jouet sur la table où le père travaille ; ses horaires sont flexibles (*fixez-vous des horaires de travail*) : il est 20 h 47, il travaille tard.

Vocabulaire

045-047 — 5 min

Les relations (2)

L'équipement (2)

Inviter les apprenants à se reporter aux listes récapitulatives *Les relations (2)* et *L'équipement (2)* de la page 56.

Activité 3

20 min

Grammaire

L'hypothèse (1)

Conceptualisation

À deux puis **En classe entière** **a.** et **b.** – Demander aux binômes de faire l'appariement et de repérer les temps utilisés. Mettre en commun. Faire expliciter que les hypothèses *si* + présent + impératif ou présent sont utilisées pour donner des conseils et que les hypothèses *si* + présent + futur portent sur le futur.

si + présent + impératif ou présent → conseils

si + présent + futur → hypothèse sur le futur

– Demander à la classe de se reporter à l'encadré récapitulatif de la page 55 pour synthétiser les informations.

Corrigés

3 a. 1. d ; 2. b ; 3. a ; 4. c ; 5. f ; 6. e ; 7. g. **b.** Dans les phrases commençant pas *si*, les verbes sont au présent de l'indicatif ; dans les secondes parties de phrase, les verbes sont au présent (b), au futur simple (c, e, g) ou à l'impératif (a, d, f). Les trois hypothèses sur le futur sont les phrases : *Si vous vous aménagez un espace bureau, vous serez plus efficace* ; *Si vous devez participer à une visioconférence urgente, vous serez prêt à vous présenter* ; *Si vous passez plusieurs heures consécutives sur votre écran, vous serez moins efficace.*

> S'entraîner activité 6 page 55

Activité 4

20 min

→ Faire des recommandations

À deux Faire lire la consigne et guider le travail. Demander dans un premier temps de lister les difficultés *: En télétravail, on est moins concentrés, on peut être dérangé, on n'a pas le matériel adapté...* Dans un second temps, proposer de formuler des solutions avec des expressions d'obligation : *il faut éteindre son téléphone personnel, il suffit de...*

Corrigés

4 Production libre.

Activité 5

07 — 10 min

→ Échanger sur le télétravail

En petit groupe – Faire visionner la vidéo d'Eva, l'étudiante brésilienne et lire la consigne.

– Constituer des groupes avec des nationalités différentes si possible, pour avoir des échanges interculturels plus riches.

– À la fin des échanges, faire un tour de table pour voir si des différences ou des ressemblances émergent des différentes cultures représentées ou des cultures qu'ils connaissent. Il est probable que la période de crise sanitaire due à la Covid-19 alimentera les échanges puisque certains gouvernements ont imposé aux entreprises de faire pratiquer le télétravail à leurs employés.

Transcription 07

Je m'appelle Eva. Dans mon pays, le Brésil, on pratique régulièrement le télétravail. Enfin... dans les bureaux surtout ! On propose aux salariés au moins une journée par semaine où ils restent à la maison. Et dans votre pays, est-ce que le télétravail est une pratique courante ?

Corrigés

5 Production libre.

DOC. 2

Activité 6 10 min

→ Sélectionner une information dans un article

Sensibilisation

Seul puis **En classe entière** – Faire observer et identifier le document 2, et demander de répondre à la question. Le nom d'« apéro Zoom » vient du nom du logiciel Zoom traduit de l'anglais *Zoom Meetings*, logiciel de visioconférence. Ce logiciel a été très utilisé pendant les premières périodes de confinement dues à la Covid-19 en 2020 en France et a donc donné son nom à ce type de réunion à distance.

– Si besoin, rappeler également ce qu'est un apéro (mot tronqué du mot *apéritif*) puisque cette pratique n'existe pas dans toutes les cultures. Il s'agit d'une période conviviale plus ou moins longue avant un repas où les convives boivent une boisson, grignotent des « gâteaux apéritifs » et discutent. Ces apéros sont destinés à ouvrir l'appétit.

Corrigés

6 C'est un apéritif à distance. Chaque participant est chez lui et communique par une application vidéo.

Activité 7 10 min

→ Sélectionner des informations dans un article

Compréhension globale

Seul puis **En classe entière** **a.** et **b.** Demander de parcourir l'article afin de répondre aux deux questions. Donner un temps limité. Mettre en commun oralement en demandant de justifier la réponse **b**. Les deux femmes aiment ces apéros Zoom mais elles pensent qu'il y a quand même des inconvénients : *Diane est assez contente de son expérience. […] Mais elle reconnaît les limites de l'application* ; le dernier paragraphe exprime les quelques inconvénients soulevés par Audrey.

Corrigés

7 a. Diane, 41 ans, photographe ; elle habite à Houilles (Yvelines) en région parisienne. Audrey, 34 ans, commerciale dans l'immobilier ; elle vit à Vaison-la-Romaine (Vaucluse) dans le sud-est de la France. **b.** Les deux personnes sont **plutôt** satisfaites des apéros Zoom.

Activité 8 20 min

→ Sélectionner des informations dans un article

Compréhension finalisée

À deux **a.**, **b.** et **c.** Demander aux apprenants de lire plus attentivement l'article et de faire les trois tâches demandées. Pendant la mise en commun, noter au tableau la liste des avantages et des inconvénients en justifiant avec des éléments du texte.

Avantages	rester en contact avec personnes habitant loin pratique / ça évite les déplacements réunir simplement beaucoup de personnes (*je souhaite que tous mes amis soient présents*) ça ressemble aux soirées dans les bars
Inconvénients	Si trop de monde parle en même temps, on n'entend plus rien. → cacophonie / brouhaha (= bruits indistinct quand tout le monde parle en même temps) On ne sait pas quand on peut parler : il faut que tout le monde se taise (*il peut y avoir des blancs* = des moments de silence). Pas les même interactions → on peut s'ennuyer, en avoir assez.

Demander à la classe son opinion sur les aspects relevés : *Êtes-vous d'accord ? Pouvez-vous donner d'autres avantages ou inconvénients ?*

Corrigés

8 a. Elles organisent des soirées spéciales (anniversaires, fête de la Saint-Patrick), elles se racontent des blagues, elles jouent de la musique, elles jouent à des jeux de société ou à des jeux en ligne. **b.** C'est pratique car cela évite de se déplacer ; cela permet de retrouver des amis qui habitent très loin ; ça ressemble à des soirées dans les bars. **c.** C'est parfois cacophonique *(Il faut que tout le monde se taise avant de prendre la parole)* et les interactions ne sont pas aussi naturelles car on ne voit pas tout le monde *(Il peut donc parfois y avoir des blancs)* ; les apéros Zoom durent moins longtemps et on n'interagit pas de la même façon ; on peut s'ennuyer.

Vocabulaire 5 min

Les activités en ligne (2) 046

Inviter les apprenants à se reporter à l'encadré récapitulatif *Les activités en ligne (2)* de la page 56.

Activité 9 25 min

Grammaire

Le souhait

Conceptualisation

À deux **a.** Inviter les apprenants à relire l'article afin de relever les phrases exprimant les souhaits de Diane et d'Audrey. Écrire les deux phrases au tableau.

b. Souligner l'élément de réponse dans la phrase au tableau.

Je veux passer un bon moment et je souhaite que tous mes amis soient présents.

Un de mes amis aimerait qu'on fasse des jeux de société ou des jeux en ligne la prochaine fois.

c. Faire faire la tâche demandée et mettre en commun.

d. – Relever les autres souhaits de l'article et conceptualiser oralement. Demander de souligner les souhaits exprimés pour soi-même et d'encadrer les souhaits exprimés pour d'autres.

Je veux passer un bon moment et je souhaite que tous mes amis soient présents.

Un de mes amis aimerait qu'on fasse des jeux de société ou des jeux en ligne la prochaine fois.

Ils voudraient que ça dure plus longtemps !

On voulait fêter la Saint-Patrick.

– Inviter les apprenants à se reporter à l'encadré récapitulatif de la page 56 pour synthétiser les informations.

Corrigés

9 a. 1. Audrey : Je veux passer un bon moment et je souhaite que tous mes amis soient présents. **2.** Ami de Diane : Un de mes amis aimerait qu'on fasse des jeux de société ou des jeux en ligne la prochaine fois. **b.** Je veux passer un bon moment. **c. 1.** Quand on fait un souhait pour soi-même, les sujets sont **identiques** et le verbe est **à l'infinitif**. **2.** Quand on fait un souhait pour d'autres, les sujets sont **différents** et le verbe est **au subjonctif**. **d.** *Ils voudraient que ça dure longtemps* : souhait pour un autre, on utilise le subjonctif ; *On voulait fêter la Saint-Patrick* : souhait pour soi-même, on utilise l'infinitif.

> S'entraîner activité 7 page 56

Phonétique

048 09 10 min

Les liaisons

Faire travailler le point phonétique de la page 56 avec le tutoriel vidéo. Nous rappelons que l'enregistrement audio apporte les mêmes informations que le tutoriel vidéo mais n'est pas interactif. Il est bien sûr préférable de travailler avec le tutoriel vidéo. L'encadré phonétique et l'enregistrement audio servent de mémo.

Transcription 09

Bonjour ! Aujourd'hui, nous allons parler des liaisons.
Écoutez. Indiquez par ce signe (‿) s'il y a une liaison et par ce signe (X) s'il n'y a pas de liaison entre les mots soulignés.
On dit adieu à la circulation et au temps de transport quotidien.
Si vous avez un petit appartement, investissez dans un grand écran.
Réécoutez et regardez pour vérifier.
On dit adieu à la circulation et au temps de transport quotidien.
Si vous avez un petit appartement, investissez dans un grand écran.
Parfois, on doit faire la liaison, elle est obligatoire. Parfois, on ne doit pas faire la liaison, elle est interdite !
Les règles sont simples ; elles dépendent de la grammaire et des groupes rythmiques !
La liaison est obligatoire devant une voyelle ou un *h* muet entre l'article et le nom, et entre l'adjectif et le nom : *un espace, un horaire, un petit appartement.*
La liaison est obligatoire entre un pronom et un verbe : *vous avez ; je les aime*.
La liaison est obligatoire après une préposition : *dans un*.
La liaison est interdite entre deux groupes rythmiques : *on dit adieu*.
La liaison est interdite après *et* : *et au temps*.
Elle est interdite après un nom singulier : *la circulation et*.
Enfin, elle est interdite avant un *h* aspiré : *un harcèlement*.
Bon ! On avance ! Au revoir !

Transcription 048

Écoutez les extraits du document 1 page 48. Indiquez s'il y a une liaison (‿)ou pas de liaison (X) entre les mots surlignés.

On dit adieu à la circulation et au temps de transport quotidien.
Si vous avez un petit appartement...
Investissez dans un grand écran.
→ La liaison est obligatoire devant une voyelle ou un *h* muet :
– entre l'article et le nom, et entre l'adjectif et le nom : un‿espace, un‿horaire, un petit‿appartement
– entre un pronom et un verbe : vous‿avez ; je les‿aime
– après une préposition : dans‿un
→ La liaison est interdite :
– entre deux groupes rythmiques : on dit X adieu
– après « et » : et X au temps
– après un nom singulier : la circulation X et
– avant un h aspiré : un X harcèlement

> S'entraîner activité 8 page 56

AGIR

Activité 10

30 min

→ Organiser un apéritif à distance

Préparation

En classe entière Faire lire la consigne pour faire comprendre la finalité de l'activité et cadrer les échanges : il s'agit d'organiser un apéro Zoom en proposant des activités.

Production orale

En petit groupe **a.** et **b.** Laisser les groupes échanger et décider des modalités et des activités de leur apéro Zoom.

Présentation

En classe entière **c.** Les groupes partagent leurs propositions et leurs recommandations.

Chaque groupe poste son invitation sur le groupe de la classe.

Corrigés

10 Production libre.

Prolongement de la leçon

> Entraînement linguistique

- Demander aux apprenants de relire la double page et de réécouter les documents travaillés.
- Faire compléter la fiche-lexique sur *Les services en ligne* créée à la leçon 9 et qui sera complétée à la leçon 11.

> Évaluation formative

- Les activités du **cahier d'activités** correspondant à la leçon sont **aux pages 36 à 39**.
- Les activités du **Parcours digital®**.

Classe inversée

Avant la leçon 11

Demander aux apprenants de :
– lire le document 1 et faire les activités 1 et 2 page 50 ;
– lire le document 3 et faire l'activité 7 page 51.

LEÇON 11 Parler de ses expériences

pages 50-51

PARLER DE SES EXPÉRIENCES 3 h 35

Savoir-faire et savoir agir : décrire un problème • exprimer un jugement

COMPRENDRE	DOC. 1						
	10'	20'	10'	10'	20'	10'	20'
	Act. 1	Act. 2	Vocabulaire 051	Act. 3	Grammaire	Grammaire	Act. 4
	• Identifier un écrit et son idée principale	• Comprendre un récit d'expérience	• La vente en ligne	• Identifier des informations	• Les pronoms COD et COI	• Les pronoms toniques	• Raconter une expérience

COMPRENDRE	DOC. 2 039		DOC. 3		
	15'	10'	10'	5'	15'
	Act. 5	Act. 6	Act. 7	Act. 8	Act. 9
	• Sélectionner des informations	• Analyser un phénomène de société	• Identifier des informations sur le site marchand d'un éditeur	• Comprendre le résumé d'un roman	• Faire un relevé lexical

AGIR	30'	Act. 10	• Donner son opinion sur la question « Peut-on tout faire en ligne ? »
CULTURE(S) VIDÉO	30'	08	• Présentation d'un Mooc

COMPRENDRE

DOC. 1

Activité 1 10 min

→ **Identifier un écrit et son idée principale**

Sensibilisation

Seul puis **En classe entière** Faire observer et identifier le document 1 : il s'agit d'un forum du site *Que choisir*. Rappeler que *Que choisir* est non seulement un organisme de presse numérique mais aussi une association de défense des consommateurs qui donne des conseils et propose des services d'aide personnalisée en cas de litige.

Compréhension globale

Seul puis **En classe entière** **a.** et **b.** Inviter les apprenants à lire l'en-tête de la page et à répondre aux questions. Pour identifier le thème des échanges, les apprenants ont besoin de connaître la signification du mot *arnaque* ; le professeur peut donner un sens général en disant que les clients ne sont pas contents et le sens du mot sera affiné après les deux premières activités (activité **2c**).

Corrigés

1 a. Rubrique : vente en ligne. **Thème :** le mécontentement des clients. **b.** *Proposition de réponse :* L'objectif est de donner la parole à des consommateurs sur leurs expériences de vente en ligne. Les expériences de chacun, bonnes ou mauvaises, doivent aider les futurs consommateurs.

Activité 2 20 min

→ **Comprendre un récit d'expérience**

Compréhension finalisée

Seul puis **En classe entière** **a.** et **b.** Demander aux apprenants de lire le forum et de répondre aux questions. Mettre en commun oralement.

c. – Faire préciser le sens du mot en guidant les apprenants à expliciter ce que pensent Luc et Paulo du site *TenueChic*. Les deux témoignages montrent que le site marchand n'est pas très honnête vis-à-vis de ses clients car les articles ne correspondent pas aux commandes, qu'il dissuade les clients de renvoyer les articles pour procéder à un remboursement total et que son service client ne prend pas en charge les frais postaux.

– Inviter les apprenants à proposer des synonymes et les écrire au tableau. Bien préciser qu'on parle d'arnaque en français lorsqu'il y a volonté de tromper. Paulo parle d'ailleurs de *vente mensongère*.

Corrigés

2 a. Production libre. **b. 1.** Luc : un manteau ; Paulo : une chemise. **2.** Luc : le manteau était mal coupé et le tissu ne correspondait pas au modèle ; Paulo : la chemise était trop grande. **3.** Les deux options sont : soit le client garde l'article et reçoit un remboursement de 15 %, soit il renvoie l'article et reçoit un remboursement intégral. Luc : le remboursement de 15 % du prix ; Paulo : le renvoi et le remboursement intégral. **c.** Une tromperie, une escroquerie, une fraude.

Vocabulaire 10 min

La vente en ligne 051

Conceptualisation lexicale

Inviter les apprenants à se reporter à la liste récapitulative de la page 57 et expliquer certains mots spécifiques du domaine de la vente. Ces termes peuvent être traduits dans la langue des apprenants, ce qui leur permettra de connaître les équivalents en français d'expressions très courantes utilisées sur les sites marchands.

une commande / commander : demande d'achat / demander d'acheter

en solde : avec un tarif réduit proposé à des périodes précises de l'année

le service client ou SAV (service après-vente) : le service qui s'occupe des réclamations des clients

un remboursement / rembourser : rendre l'argent

l'expédition : l'envoi

les frais de port : le coût du transport des marchandises

la livraison / livrer : la remise de l'objet à la personne qui l'a acheté / remettre l'objet

Activité 3 10 + 20 + 10 min

→ **Identifier des informations**

Compréhension finalisée (suite)

En classe entière **a.** Demander à la classe de répondre aux deux questions.

Grammaire

Les pronoms COD et COI

Conceptualisation

À deux **b.** – Demander aux binômes de repérer dans les messages ce que remplacent les pronoms en gras et mettre en commun.

– Demander ensuite aux apprenants de justifier la forme des pronoms. Ce travail sur les pronoms personnels est une révision du niveau A2. L'objectif est de mettre en commun les connaissances de la classe à savoir la notion de COD, de COI et les formes de chaque système de pronom. Les partenaires des binômes s'entraident avant la mise en commun qui récapitulera le point grammatical.

Je l'ai reçu le 3 avril. → le manteau (*recevoir qqch*)
le est COD (3e personne du singulier)

J'ai décidé de leur renvoyer le produit.
→ les personnes du service client (*envoyer à qq'un*)
leur est COI (3e personne du pluriel)

L'employé m'a proposé un remboursement.
→ Luc (*proposer à qq'un*)
me est COI (1re personne du singulier)

Ils m'ont remboursé. → Paulo (*rembourser qq'un*)
me est COD (1re personne du singulier)

En classe entière Demander à la classe de lister les deux systèmes de pronom et leur emploi. Les points importants à rappeler sont les suivants :
– la forme du pronom dépend de la construction du verbe ;
– les pronoms COD remplacent des personnes ou des choses ;
– les pronoms COI remplacent des personnes ;
– les formes des pronoms sont identiques sauf à la troisième personne du singulier et du pluriel ;
– les formes *les*, *lui*, *leur* représentent les deux genres ;
– les pronoms se placent devant le verbe (*je l'envoie*), devant l'auxiliaire (*je l'ai envoyé*), entre un verbe et l'infinitif (*je vais l'envoyer*).

COD (relation directe avec le verbe)	COI (relation indirecte avec le verbe - à qq'un)
me	me
te	te
le / la	lui
nous	nous
vous	vous
les	leur

En classe entière Inviter les apprenants à se reporter à l'encadré récapitulatif de la page 57 pour synthétiser les informations.

Grammaire

les pronoms toniques

Conceptualisation

Par deux puis **En classe entière** **c.** – Demander aux binômes de lire les trois phrases et de répondre à la question. Mettre en commun et rappeler que ces pronoms se nomment *pronoms toniques*.

– Demander à la classe de lister les formes de ce pronom tonique et d'en rappeler les utilisations qu'ils connaissent.

Formes :

moi
toi
lui / elle
nous
vous
eux / elles

Emploi :

- après une préposition
- pour opposer (*moi, je crois que... et toi ?*)
- dans les structures de comparaison (*plus grand que lui*)

– Inviter les apprenants à se reporter à l'encadré récapitulatif de la page 57 pour synthétiser les informations.

Corrigés

3 a. 1. Faux. Il l'a reçu un mois après (commande le 2 mars / livraison le 3 avril). 2. Vrai. (*le temps d'expédition était très long*). **b.** l' = le manteau ; leur = les personnes du service client ; m' = Luc (il parle de lui-même) ; m' = Paulo (il parle de lui-même). **c.** Ils sont introduits par des prépositions.

> S'entraîner activités 9 et 10 page 57

Activité 4 20 min

→ **Raconter une expérience**

En petit groupe Avant de laisser les groupes raconter leurs expériences, rappeler de faire attention à l'utilisation des temps du passé et de bien structurer chronologiquement son récit afin qu'il soit le plus clair possible.

Corrigés

4 Production libre.

DOC. 2 039

Activité 5 15 min

→ Sélectionner des informations

Sensibilisation

En classe entière Dire aux apprenants qu'ils vont écouter une conférence en relation avec le thème de l'unité. Faire faire des hypothèses sur son contenu : *quelqu'un raconte une mauvaise expérience…*

Compréhension globale

En classe entière **a.** Faire écouter le début de la conférence où François Saltiel en présente le sujet. Faire vérifier les hypothèses et répondre à la question. Faire préciser qu'il s'agit d'une conférence en ligne et que François Saltiel a écrit un livre intitulé *La société du sans contact* dans lequel il se demande pourquoi les gens plébiscitent de plus en plus ce type de relations. On peut aussi faire des hypothèses sur sa profession : psychologue, sociologue… et sur son opinion *(Est-il d'après vous plutôt pour ou contre l'évolution de notre société ?).*

Compréhension finalisée

Seul puis **En classe entière** **b.**, **c.** et **d.** Faire lire les consignes, faire écouter la conférence et prendre des notes. Faire réécouter une seconde fois si besoin avant la mise en commun. Lors de celle-ci, demander aux apprenants s'ils font eux-mêmes toutes ces activités, s'ils se reconnaissent dans la description des utilisateurs du sans contact et si c'est le cas, le font-ils pour gagner du temps ou avec un autre objectif ?

Transcription 039

Bonjour à tous. Ravi de vous retrouver derrière vos écrans ! Alors, justement, je vais vous parler de mon livre : *La société du sans contact*. Dans ce livre, je m'interroge sur les différentes situations du quotidien qui nous poussent à éviter les interactions avec les autres. Par exemple, pourquoi un spectateur va aller voir un film au cinéma s'il peut le regarder en streaming en trois clics depuis son canapé ? Et les occasions d'éviter le contact sont nombreuses !
Pour commencer, pourquoi on passe autant de temps sur son téléphone ? De plus en plus, les jeunes surtout, ne l'utilisent plus pour téléphoner ! Ils envoient des SMS, ils font des vocaux, c'est-à-dire des messages audio, si vous ne connaissez pas le terme ! Ils vont sur les réseaux sociaux. Et on remarque que la communication avec les amis ne se passe plus en direct. Aujourd'hui, on reçoit des notifications, on veut des informations rapides. Par exemple, je vous parlais des films tout à l'heure, eh bien on fait même du « speed watching », on accélère la lecture des vidéos pour perdre moins de temps ! En réalité, on n'a plus de patience, on est dans l'urgence… Une autre chose : comme tout le monde, j'aime bien raconter ma vie sur Facebook ou sur Instagram. Sur les réseaux, on montre une partie de nous-mêmes. On veut montrer la piscine de nos vacances, on veut publier les plats qu'on mange. On veut dire qu'on est heureux. On veut connaître les informations sur nos comptes, les likes, les commentaires… Et parfois ça peut créer un sentiment de solitude, et même de la dépression, quand on ne reçoit pas les réactions attendues. Au final, on passe du temps sur les outils numériques mais on ne vit plus vraiment le moment. La société du sans contact ne laisse plus de place à la magie, à la rencontre. Lorsque vous utilisez votre GPS pour vous indiquer la route à suivre, vous ne demandez plus votre chemin dans la rue. Alors vous gagnez du temps, peut-être, mais vous perdez la surprise. Par exemple, quand on cherchait un bar, la personne disait : « Non mais ce bar a fermé, allez plutôt au bar d'en face parce qu'il est plus sympa ». Aujourd'hui, on ne vit plus ces rencontres parce qu'on a les yeux sur notre téléphone portable.

Corrigés

5 a. *Proposition de réponse :* Les activités sans contact, l'évolution de la société. **b.** Regarder un film en streaming, utiliser le téléphone pour envoyer des SMS, faire des vocaux, aller sur les réseaux sociaux, lire des notifications, liker, faire du speed watching, utiliser le GPS. **c.** On cherche à gagner du temps. **d.** Les jeunes *(les jeunes surtout)*.

Activité 6 10 min

→ Analyser un phénomène de société

Compréhension finalisée (suite)

À deux **a.** et **b.** Faire lire les deux questions et demander aux binômes de commencer à répondre avec les éléments entendus à la première écoute. Faire réécouter pour compléter les réponses et mettre en commun. Demander à la classe de réagir et lister d'autres avantages ou inconvénients. Le professeur pourra alimenter la réaction en donnant le sous-titre du livre de François Saltiel : *Selfie d'un monde en chute*.

Corrigés

6 a. Les avantages : gagner du temps, partager sa vie avec un grand nombre de personnes instantanément. **Les inconvénients :** perdre le contact avec le réel, le vivant ; aller trop vite (*On ne vit plus vraiment le moment* – on perd l'inattendu – on est dans l'urgence). **Les exemples :** au lieu d'aller au cinéma voir un film, on le regarde chez soi ; on fait même du *speed watching*. Au lieu de demander son chemin dans la rue, on suit les instructions du GPS. **b.** La solitude et la dépression.

DOC. 3

Activité 7 10 min

→ Identifier des informations sur le site marchand d'un éditeur

Sensibilisation

En classe entière Ce dernier document est la présentation d'un roman dont le titre est *Comme elle l'imagine*. Faire observer la photo de la couverture du livre et faire faire des hypothèses sur le contenu du roman : *un roman d'amour (un couple en train de s'embrasser), une relation virtuelle (le titre)...*

Seul puis **En classe entière** Faire réaliser l'activité et mettre en commun.

L'activité demandant d'annoter le document, la mise en commun orale pourra mobiliser du lexique adapté à la description et à la localisation dans l'espace : *la photo à droite, l'onglet bleu sous la photo, le texte en italiques sous le titre, le prix indiqué dans le rond bleu, l'indication* E-book *sous le prix...*

Corrigés

7 De gauche à droite : d (la photo) ; f (l'indication *Feuilleter*) ; c (le texte en italiques sous le titre) ; a (le texte de *Laure à doute*) ; b (16,00 €) ; e (E-book, 11,99 €).

Activité 8 (5 min)

→ **Comprendre le résumé d'un roman**

Compréhension globale

Seul puis **En classe** **a.**, **b.** et **c.** Faire lire le document et répondre aux trois questions. Mettre en commun.

Corrigés

8 a. L'amour. **b.** Laure et Vincent. **c.** Ils se sont rencontrés sur Facebook ; ils échangent de façon virtuelle en s'envoyant des SMS. Ils ne se sont jamais rencontrés.

Activité 9 (15 min)

→ **Faire un relevé lexical**

Compréhension finalisée

À deux **a.** et **b.** Les binômes font le repérage demandé. Permettre l'utilisation du dictionnaire. Mettre en commun.

c. Laisser les binômes **échanger**.

Corrigés

9 a. des mots d'amour ; une rencontre (amoureuse) ; tomber amoureuse ; une histoire d'amour ; le sentiment amoureux ; aimer ; l('éveil du) désir. **b.** l'incertitude : *Laure avait des mots d'amour mais pas les preuves ; ils rendaient aussi la distance plus palpable* (concrète) *; est-ce le début d'une histoire d'amour ou bien une illusion qui se brise* (se casse) ? ; l'impatience : *elle s'inquiète, s'agace* (s'énerve), *glisse de l'incertitude à l'obsession ; ce décalage* (écart) *entre les paroles et les actes la perturbait*. **c.** Production libre.

AGIR

Activité 10 (30 min)

→ **Donner son opinion sur la question « Peut-on tout faire en ligne ? »**

Préparation

En classe entière Présenter la tâche aux apprenants, expliquer les différentes étapes de l'activité et en vérifier la bonne compréhension. Il s'agit de débattre sur les avantages et les inconvénients des activités en ligne.

En petit groupe **a.** – Inviter les apprenants à lister dans un nuage de mots les activités en ligne évoquées dans l'unité 3 et en ajouter si besoin.

commander des articles - voyager - payer - faire une téléconsultation - écrire un e-mail - faire du sport - télétravailler - faire une réunion - faire un apéro Zoom - envoyer des photos - regarder un film - se connecter aux réseaux sociaux - utiliser le GPS - suivre un cours...

Production

En petit groupe Les membres du groupe **échangent** sur les activités listées dans le nuage de mots en prenant position sur chacune d'elles et en donnant des exemples personnels.

b. Le groupe **échange** sur la question et nomme un membre pour prendre des notes afin de **partager** son opinion avec la classe. D'autres exemples de différences que celles présentées dans les documents peuvent illustrer les propos : la différence de religion, la différence de couleur de peau, la différence de milieu social... À la fin de l'échange, accorder quelques minutes à chaque groupe pour classer les idées et structurer la prise de parole devant la classe.

Présentation

En classe entière **c.** Organiser **le débat**.

Corrigés

10 Production libre.

CULTURE(S) VIDÉO (08, 30 min)

Présentation d'un MOOC

Durée de la vidéo : 2'34

Sensibilisation

En classe entière Dire aux apprenants qu'ils vont regarder une vidéo dont l'objectif est de présenter et de promouvoir un Mooc. Faire lire la note en bas de page 51 et demander aux apprenants s'ils ont déjà suivi ce type de cours. Ne pas entamer de discussion, cela pourra se faire à la fin de l'activité.

Compréhension

En classe entière puis **À deux** **1. a.** et **b.** Montrer le tout début de la vidéo sans le son et faire répondre aux questions. Laisser la classe échanger pour faire les hypothèses. Préciser qu'Abilways est une société française intervenant dans le domaine de la formation professionnelle.

Corrigé

1. a. Le titre : Savoir convaincre, ça s'apprend. **L'objectif :** apprendre à être persuasif (incrustation : *être persuasif, ça s'apprend*). **L'auteur de cette formation :** Jean-Philippe Doux, ambassadeur Abilways. **b.** Il téléphone. Il semble mal à l'aise au début, les gestes sont proches du corps, il bouge beaucoup. Puis il fait des gestes plus amples, moins rapides. Il donne un exemple d'une attitude qui n'est pas efficace.

En classe entière **2. a.** Montrer le même début de vidéo avec le son afin de vérifier les réponses faites à l'activité 1.

À deux **b.** Faire lire la consigne et les titres proposés pour chaque partie de la présentation du MOOC. Les binômes peuvent déjà faire des hypothèses sur l'ordre de ces parties. Faire visionner la vidéo en entier et mettre en commun.

Corrigé

2. a. L'objectif est d'apprendre les clés de la communication verbale et non verbale pour convaincre son interlocuteur. Le Mooc est fait par Éric Goulard, expert en communication non verbale et crédibilité. Cette introduction montre une situation habituelle qui n'est pas satisfaisante. Le MOOC permet de ne plus subir ces situations et de convaincre son interlocuteur, d'apprendre des techniques pour être convaincant. **b.** Présentation générale – Organisation et contenus de la formation – Information sur les outils mis à disposition – Récapitulatif des informations (partie finale sans le son).

En petit groupe **3.** Laisser les échanges se faire librement. On peut également demander aux apprenants ce qu'ils pensent de cette introduction au MOOC. Est-elle efficace ? Donne-t-elle envie de suivre le MOOC ?

Corrigé

3. Production libre.

Transcription ▶ 08

Oui, non mais je sais, je sais, mais moi ça m'arrange pas du tout. Oui, je sais pour vous que… oui, non, non. Ah ?… Bon, d'accord, bon d'accord, très bien, excusez-moi, hein. Mer… Merci.

Bon. Bonjour et bienvenue dans ce MOOC mobile « Savoir convaincre, ça s'apprend ». Et on en a tous besoin. Enfin tous, non, parce que certains obtiennent toujours tout ce qu'ils veulent. Mais, qu'est-ce qu'ils ont de plus que vous ? Que moi ? Eh bien en fait, ils n'ont rien de plus. Être persuasif, c'est scientifique, ça s'apprend. Et c'est Éric Goulard, expert en communication non verbale et crédibilité qui va vous aider à transposer les principales clés de la communication d'influence dans votre quotidien. Dans quatre semaines, vous aurez musclé votre force de persuasion et persuader sera presque une seconde nature, et guider vos interlocuteurs vers la bonne décision, un jeu d'enfant. Mais comment atteindre ce but ? Première étape : un questionnaire vous aidera à établir votre profil d'influenceur. En bonus, vous suivrez une vidéo très ludique, vous verrez : comment transformer un simple échange en une communication performante ? Ensuite, vous entrez dans votre parcours de formation seulement dix minutes par jour, une heure par semaine pendant un mois. Chaque semaine se compose de cinq vidéos avec des interventions de notre expert bien évidemment et des interviews. Chaque semaine, dans une webcast, Éric répondra à vos questions posées le plus souvent sur le forum. Le forum, le lieu d'échange entre vous les mookers et nos experts. À la fin de chaque vidéo, ce sera à vous de jouer, notre expert vous lancera un challenge, une mise en pratique des concepts que vous aurez découverts. À vous ensuite de partager votre expérience avec la communauté, vous savez, les autres mookers, sur le forum. La quatrième et dernière semaine sera entièrement dédiée à l'étude d'un cas pratique avant de recevoir la certification de votre formation. Un peu comme un golfeur qui avant de se lancer sur un dix-huit trous frappe la balle sur le practice. En tout cas, un conseil : allez jusqu'au bout de ce parcours car c'est à l'issue de cette quatrième et dernière semaine que vous obtiendrez le graal, la recommandation LinkedIn qui vous permettra de montrer au monde entier que désormais plus rien ni personne ne vous résiste. Savoir convaincre, ça s'apprend, tout de suite.

Prolongement de la leçon

› Entraînement linguistique

- Demander aux apprenants de relire la double page, de réécouter les documents travaillés.
- Faire compléter la fiche-lexique sur *Les services en ligne* créée à la leçon 9.

› Évaluation formative

- Les activités du **cahier d'activités** correspondant à la leçon sont **aux pages 40 à 43**.
- Les activités du **Parcours digital®**.

Classe inversée

Avant la leçon 12 :

Demander aux apprenants de :

– lire le document 1 et faire l'activité 1 page 52 ;

– lire le document 2 et faire l'activité 6a page 53.

Avant la leçon 13 :

Demander aux apprenants de :

– regarder la page d'ouverture de l'unité 4 page 59 ;

– lire le document 1 page 60 et faire l'activité 1 de la leçon 13.

... écrire un e-mail de réclamation

1 h 00

Les deux documents proposés dans cette leçon relèvent du domaine commercial et sont destinés à donner des clés à des apprenants étrangers pour comprendre des termes propres à la communication commerciale (commande, facture, TTC, TVA) et rédiger un e-mail ou une lettre de réclamation afin d'obtenir réparation.

LIRE DOC. 1

Activité 1 5 min

[Découverte]

Seul puis **En classe entière** Faire observer l'e-mail et répondre aux questions.

Corrigés

1 Sébastien Thomen écrit au service client de l'entreprise *Meublez-vous* pour faire une réclamation suite à une commande.

Activité 2 15 min

À deux **a.** et **b.** Faire lire l'e-mail et réaliser l'activité. Mettre en commun.

Corrigés

2 a. Commande : le 18/09/2022. **Demande de retour :** le 25/09/2022 (même jour que réception de la commande). **Renvoi du produit :** le 27/09/2022 (le livreur est venu chercher le produit). **Demande de nouvelles :** le 17/11/2022 *(J'ai appelé le service retour)*. **Mail de réclamation :** le 03/12/2022. **b.** Il a renvoyé le produit (une table de jardin) car il était cassé. Il n'est pas satisfait car il n'est toujours pas remboursé après un mois et demi.

Activité 3 10 min

[Analyse]

À deux **a.** et **b.** Faire repérer les différentes parties de l'e-mail et mettre en commun.

Corrigés

3 1. c ; 2. e ; 3. f ; 4. g ; 5. a ; 6. d ; 7. b ; 8. h.

Activité 4 15 min

À deux Faire repérer les formulations demandées et mettre en commun. Ce repérage met en évidence des expressions très utilisées dans les courriers commerciaux. Les noter au tableau et commenter. Le professeur pourra expliquer plus précisément la formule *Je vous prie de...* qui, sous une forme très polie, est l'expression d'une demande très forte voire d'un ordre ; deux autres expressions ont la même valeur : *Je vous serais reconnaissant(e) de...* et *Merci de...* (qui contrairement aux apparences ne remercie personne !)

Je tiens à + infinitif = je veux absolument

à ce jour = aujourd'hui

Je vous prie de... = je veux que...

soit (un total de) = à savoir, autrement dit

En classe entière Lire et commenter l'encadré mémo de la page 53 pour récapituler ces expressions utilisées dans les e-mails ou les lettres de réclamation.

Corrigés

4 a. Je tiens à vous faire part de mon mécontentement... Cette situation est inadmissible... **b.** Nous sommes aujourd'hui... et à ce jour,... **c.** Je vous prie de me rembourser... **d.** soit un total de...

ÉCRIRE

Activité 5 15 min

À deux Chaque binôme rédige un e-mail de réclamation selon la matrice du document 1 et les expressions du mémo. Rappeler aux apprenants que la rédaction d'un courrier commercial ou administratif ne requiert pas d'imagination ou d'originalité mais répond à une structure attendue afin que le message soit clair et efficace.

Corrigés

5 Production libre.

... la médiation : expliquer un terme

50 min

Cette tâche de médiation consiste à expliquer à quelqu'un des mots qu'il ne comprend pas en ayant recours à différentes techniques : la traduction, la synonymie, l'explication. Ce travail renforce les expériences de médiation encouragées dans la méthode.

LIRE

DOC. 2

Activité 6

10 min

Seul puis **En classe entière** **a.** et **b.** Faire lire la facture, faire les appariements et demander d'y associer les techniques d'explication.

Corrigés

6 a. et **b.** 1. c (traduction) ; 2. a (synonymie) ; 3. b (explication d'un sigle) ; 4. d (explication d'un sigle et définition) ; 5. e (définition).

Activité 7

20 min

Seul puis **En classe entière** **a.** Faire annoter la facture et, pour la mise en commun, procéder de la même façon que pour l'activité 7 de la page 51 : *les frais de livraison sont indiqués au bas de la facture* (Shipping et Handling) *; le prix de chaque article est indiqué sous le nom de l'article...*

À deux **b.** Un des partenaires du binôme explique à l'autre. Pour la mise en commun, demander à un apprenant d'expliquer à la classe qui validera ou corrigera. Parvenir à une formulation commune.

Corrigés

7 a. Frais de livraison : Shipping et Handling ; prix de chaque article (195 euros et 39 euros) ; montant total (245,68 euros) ; suivi du colis (suivez votre commande) ; réduction (remise 15 %) ; récapitulatif de la commande (articles commandés).
b. *Proposition de production :* Le montant total de 245,68 euros correspond au prix des articles (234 euros) moins la remise de 15 % ce qui donne un prix de 198,90 euros auquel il faut ajouter la TVA et les frais de livraison soit 39,78 euros plus 7 euros.

Activité 8

20 min

En petit groupe Chaque apprenant sélectionne la page d'un site marchand de son pays dans sa langue maternelle et explique en français les différentes informations qui s'y trouvent.

Corrigés

8 Production libre.

S'entraîner pages 54-57

Cf. Introduction (C.1.3), page 23.

– **Corrigés** des activités 1 à 10 : page 187 du livre de l'élève.

– **Parcours digital®** : toutes les activités des pages 54 à 57 sont proposées en version autocorrective.

Faites le point page 58

Cf. Introduction (C.1.4), page 23.

Évaluez-vous !

Corrigés

› *Exemple de production :* Il est nécessaire que tu t'inscrives pour écrire sur le forum. Il faut être poli. Tu dois saluer les autres internautes. Il ne faut pas que tu utilises un registre trop familier.

› *Production libre.*

› *Exemple de production :* Je souhaite aller en France. Je voudrais que nous discutions plus souvent avec les autres étudiants.

› *Exemple de production :* Si ta connexion Internet ne fonctionne pas, fais un partage de connexion avec ton téléphone. Si je dois travailler chez moi, je m'organise pour faire garder mes enfants. Si j'ai du temps ce week-end, je suivrai un cours de yoga et j'irai au théâtre.

› Mes amis sont très importants. Je passe du temps avec **eux**. Je **les** vois souvent. Je **leur** téléphone toutes les semaines.

Classe inversée

Avant la leçon 13 :

Demander aux apprenants de :

– regarder la page d'ouverture de l'unité 4 page 59 ;

– lire le document 1 page 60 et faire l'activité 1 de la leçon 13.

Profitons-nous de notre temps libre ?

UNITÉ 4

> Livre de l'élève p. 59-72

Page d'ouverture

page 59

En classe entière 10 min

Suivre la démarche proposée en Introduction (C.1.1), page 22.

Corrigés

Exemples de production :

- C'est l'unité 4.
- Elle s'appelle *Profitons-nous de notre temps libre ?*
- Sur la photo, on voit une jeune femme en train de s'occuper d'un vélo. Est-ce son travail ou une activité de loisir ? On ne sait pas.
- Les objectifs sont : *s'informer sur les loisirs, découvrir un fait de société, imaginer.*
- Les points de grammaire sont : l'hypothèse (*si* + imparfait + conditionnel présent) ; le conditionnel présent ; l'interrogation ; le pronom personnel sujet *on* ; la négation (*personne, rien, ni... ni*).
- Dans la leçon 16, on va travailler les *Techniques pour* écrire une newsletter et la *Médiation* pour expliquer une recette.
- La vidéo ▶ 11 a pour titre *Les congés payés*.

LEÇON 13 S'informer sur les loisirs

pages 60-61

S'INFORMER SUR LES LOISIRS 3 h 35

Savoir-faire et savoir agir : parler des pratiques de loisirs • faire des prévisions (1) • répondre à un sondage • faire des hypothèses (2)

COMPRENDRE — DOC. 1 (livre) (audio) 054

10'	20'	15'	5'	40'	10'	5'
Act. 1	Act. 2 (oral)	Act. 3 ▶ 10	Act. 4	Act. 5 (oral)	Vocabulaire (audio) 058-059	Vocabulaire
• Identifier le thème d'un sondage	• Répondre à un sondage	• Parler de ses loisirs	• Identifier le thème d'une interview	• S'informer sur les loisirs • Faire des prévisions	• Les loisirs • L'équipement (3)	• Le préfixe *multi-*

COMPRENDRE	DOC. 2				
	10'	10'	10'	5'	15'
	Act. 6	Act. 7	Grammaire	Vocabulaire 060	Act. 8
	• Identifier le thème et l'objectif d'un sondage	• Faire des hypothèses	• L'hypothèse (2) • Le conditionnel présent (rappel)	• Le temps	• Répondre aux questions d'un sondage • Faire des hypothèses
AGIR	1 heure	Act. 9	• Créer un sondage		

COMPRENDRE

DOC. 1 054

Activité 1 10 min

Compréhension globale

→ Identifier le thème d'un sondage

Seul puis **En classe entière** **a.**, **b.** et **c.** Faire regarder le sondage et laisser quelques minutes aux apprenants pour répondre aux trois questions. Préciser qu'ils doivent chercher rapidement les informations sans s'attarder sur les résultats du sondage.

Corrigés

1 a. Les loisirs des Français. **b.** En septembre 2020. **c.** Opinionway.

Activité 2 20 min

Compréhension finalisée

→ Répondre à un sondage

En classe entière **a.** Inviter la classe à expliquer les quatre mots par tous les moyens à sa disposition (définition, dessin, mime...) puis demander aux apprenants de se mettre d'accord sur une définition.

À deux **b.** Avant de laisser les binômes répondre au sondage, demander aux apprenants de lire rapidement les propositions et expliquer des mots qui seraient inconnus.

le foyer : la famille.

au sein de : à l'intérieur de.

activités de plein air : activités faites en extérieur.

En classe entière Mettre les résultats en commun afin d'établir le profil de la classe et le comparer aux résultats du sondage. Pour chaque activité, les apprenants se prononcent l'un après l'autre et l'on calcule le pourcentage atteint.

Corrigés

2 a. La pêche : activité consistant à attraper des poissons dans une rivière, un lac, la mer. Le pêcheur peut rejeter le poisson à l'eau ou le garder pour le manger. **La chasse :** activité consistant à poursuivre un animal (sauvage) pour le tuer et le manger. **La gastronomie :** activité de manger des produits de qualité et de les cuisiner avec art. **L'œnologie :** l'étude et la connaissance des vins. **b.** Production libre.

Activité 3 10 15 min

→ Parler de ses loisirs

En petit groupe Faire visionner la vidéo d'Enrique, l'étudiant mexicain et répondre à sa question. Faire définir collectivement au préalable l'expression « se changer les idées ».

se changer les idées : penser à autre chose que le travail, oublier ses préoccupations.

Transcription 10

À la fin de la semaine, je suis très fatigué. Donc je commence par me reposer et faire une bonne grasse matinée. En été, j'aime me promener, faire des photos pour les partager. L'hiver, je vais plus au cinéma ou chez des amis. La plupart du temps, j'écoute de la musique à la maison ou je vais sur Internet. Je passe beaucoup de temps sur mon téléphone. Et vous ? Comment vous changez-vous les idées ?

Corrigés

3 Production libre.

Activité 4 5 min

→ Identifier le thème d'une interview

Sensibilisation et compréhension globale

En classe entière Dire aux apprenants qu'ils vont écouter une interview dont le thème est en relation avec le document 1. Faire faire des hypothèses sur son contenu : *on va commenter le sondage, l'analyser...* Faire écouter l'interview et répondre à la question pour vérifier les hypothèses. Amener les apprenants à bien identifier les deux parties de l'intervention d'Ali Pernoud : il fait un bref commentaire du sondage et s'attarde plutôt sur la relation entre temps libre et travail dans l'avenir *(Et voici les prévisions des chercheurs)* : verbes au futur, dates citées (2030, 2035).

Transcription 054

Voix off : L'édito socio, Ali Pernoud.
Léa : Bonjour Ali. Aujourd'hui, vous vous interrogez sur le lien entre loisirs et organisation du temps de travail, et sur son évolution dans les prochaines décennies.
Ali Pernoud : Bonjour Léa. Oui, alors tout d'abord, quels sont aujourd'hui les loisirs des Français ? Selon un sondage Opinionway, eh bien il n'y a pas de véritable surprise : la télévision reste en tête, suivie de l'ordinateur, mais pour combien de temps encore ? Bien sûr, ce sont les loisirs dits « passifs » qui sont les plus populaires. J'entends par « loisir passif » le fait qu'il n'y a pas d'interaction : on est devant sa télé ou son ordinateur et on consomme des images. Dans les prochaînes années, on peut penser que l'ordinateur remplacera la télévision, qui disparaîtra complètement. L'étude montre qu'évidemment nous ne faisons pas assez de sport. Ça, on le savait. Les jeux vidéo, quant à eux, arrivent en dixième position. On peut imaginer que les Français vont continuer à faire peu de sport, mais que la popularité des jeux vidéo va augmenter.
Léa : D'accord. Mais la question à se poser aujourd'hui n'est pas de savoir quels loisirs on pratiquera mais plutôt quelle sera la relation entre le travail et le temps libre à l'horizon 2030, 2035 ? N'est-ce pas Ali ?
Ali : Tout à fait. Et voici les prévisions des chercheurs : tout d'abord, il y aura une baisse de la durée du travail de 10 %. Ce n'est pas énorme. Ensuite, les modalités de travail seront plus diversifiées : deux ou trois jours sur place, deux ou trois jours en télétravail, selon les secteurs. Et puis on prendra ses jours de repos par demi-journée. On pourra aussi cumuler ces demi-journées. Enfin, le smartphone sera encore plus présent dans nos vies, et nous serons multiconnectés grâce à la généralisation de la 5G. Le téléphone sera une extension de notre cerveau, on pourra commander un café avec un nuage de lait, réserver sa salle de travail, changer son planning et prévenir son boss. Un casque de réalité virtuelle, sans fil, permettra de suivre un cours de yoga.
Léa : Eh bien quel programme ! Merci Ali.

Corrigés

4 Il commente brièvement le sondage et parle des loisirs et du temps de travail dans le futur.

Activité 5 40 min

→ S'informer sur les loisirs – Faire des prévisions

Compréhension finalisée

À deux a. Faire réécouter le début de l'interview où Ali Pernoud commente le sondage et faire répondre à la question.

À deux b. Faire définir le terme « loisir passif » puis faire réaliser le classement par les binômes ; inviter les apprenants à renseigner la grille en utilisant des verbes à l'infinitif. Lors de la mise en commun, laisser la classe réagir à chaque proposition et justifier les réponses données car il pourra y avoir désaccord sur le classement de certaines activités : par exemple, regarder un film sur son ordinateur peut être considéré comme un loisir passif alors que surfer sur Internet pour faire une recherche peut être considéré comme un loisir actif.

Loisirs passifs	Regarder la télé Regarder un film sur un ordi Écouter de la musique Regarder le sport (assister à un match)
Loisirs actifs	Surfer sur Internet Voir des amis/des proches Aller au cinéma, au théatre Lire Pêcher, faire du camping, chasser, jardiner, faire de la rando Jouer d'un instrument Cuisiner Apprendre l'œnologie Faire du sport Jouer aux jeux vidéo Faire du shopping Faire du bénévolat dans une association Peindre, sculpter, danser Faire de la photo Avoir une activité scientifique

À deux c. Revenir à l'éditorial et le faire réécouter pour noter les prévisions faites par les chercheurs. Il est demandé de relever une prévision pour chaque thème qui fera apparaître les formes de futur simple (travaillé à la leçon 2). La mise en commun révèlera l'ensemble des prévisions.

Durée du temps de travail	il y aura une baisse de la durée du travail de 10 %.
Organisation du travail	les modalités de travail seront plus diversifiées : deux ou trois jours sur place, deux ou trois jours en télétravail.
Jours de congé	- on prendra ses jours de repos par demi-journée. - on pourra cumuler ces demi-journées.

Communication	- le smartphone sera encore plus présent dans nos vies. - nous serons multiconnectés grace à la généralisation de la 5G. - le téléphone sera une extension de notre cerveau. - on pourra commander un café avec un nuage de lait, réserver sa salle de travail, changer son planning et prévenir son boss. - un casque de réalité virtuelle, sans fil, permettra de suivre un cours de yoga.

Selon le niveau de connaissances du groupe, le professeur notera la phrase suivante au tableau : *On peut imaginer que les Français vont continuer à faire peu de sport, mais que la popularité des jeux vidéo va augmenter* ; et invitera les apprenants à réfléchir à l'utilisation du futur proche dans cette phrase alors que toutes les prévisions sont au futur simple.
Le futur proche s'explique car il s'agit ici d'une projection hypothétique, d'une supposition alors que les prévisions au futur simple sont des quasi-certitudes.

En classe entière **d.** La classe réagit à ces prévisions et les élèves échangent entre eux.

À deux puis **En classe entière** **e.** Faire répondre à la question, expliquer le sens du préfixe et noter au tableau les propositions en expliquant les mots notés.

multiconnecté : qui a de nombreuses connexions.

multi- : beaucoup.

multiple, multiplier : qui contient plusieurs fois le même nombre.

multisport : avec beaucoup de sports (une salle multisport).

multicolore : avec beaucoup de couleurs.

Corrigés

5 a. Il reprend les résultats concernant la télévision, l'ordinateur, le sport et les jeux vidéo. **b.** Un loisir passif consiste à consommer en ne faisant rien d'autre (*J'entends par « loisir passif » le fait qu'il n'y a pas d'interaction : on est devant sa télé ou son ordinateur et on consomme des images*). Ali Pernoud cite la télévision et l'ordinateur comme exemples de loisirs passifs. On peut imaginer qu'il considère aussi qu'écouter de la musique en fait partie. Selon sa définition, toutes les autres activités citées dans le sondage sont des loisirs actifs puisqu'on fait quelque chose, on ne se contente pas de consommer. **c.** *Voir la grille ci-dessus.* **d.** Production libre. **e.** *Voir les éléments au tableau ci-dessus.*

Vocabulaire

058-059 — 10 min

Les loisirs

L'équipement (3)

En classe entière Inviter les apprenants à se reporter aux listes récapitulatives *Les loisirs* et *L'équipement (3)* de la page 68.

> S'entraîner activité 3 page 68

Vocabulaire

5 min

Le préfixe *multi-*

En classe entière Inviter les apprenants à se reporter à l'encadré concernant *Le préfixe multi-* de la page 68 et faire pratiquer quelques mots composés à partir de ce préfixe.

> S'entraîner activité 4 page 69

DOC. 2

Activité 6

10 min

→ **Identifier le thème et l'objectif d'un sondage**

Compréhension globale

Seul puis **En classe entière** **a.**, **b.** et **c.** Demander aux apprenants de regarder le sondage et de répondre aux questions. Mettre en commun.

Corrigés

6 a. Elle est cheffe de produits pour l'entreprise *Loisirenville*. *Proposition de réponse :* une entreprise qui propose des activités de loisirs en ville. **b.** *Proposition de réponse :* l'organisation de son temps hebdomadaire, son idéal de répartition entre toutes les activités. **c.** 2.

Activité 7

20 min

→ **Faire des hypothèses**

Compréhension finalisée

À deux **a.** et **b.** Avant de faire faire les deux repérages, vérifier que les expressions *temps physiologique* (temps accordé aux soins du corps) et *temps domestique* (temps accordé aux activités de la maison, aux tâches ménagères) sont comprises. Demander aux binômes de classer les questions et mettre en commun.

Grammaire

L'hypothèse (2)

Le conditionnel présent (rappel)

Conceptualisation

En classe entière **c.** Faire répondre à la question et justifier : *ce sont des hypothèses car elles commencent par* Si *; on utilise l'imparfait et non le présent car les situations proposées n'existent pas.*

d. – Noter la phrase au tableau et faire la tâche demandée collectivement. Amener les apprenants à conceptualiser la structure et expliquer que cette phrase indique une situation qui n'est pas réelle, qu'on imagine quelque chose qui n'existe pas.

Si j'avais plus de temps, = **condition / *Si* + imparfait**

je ferais du sport = **conséquence / conditionnel présent**

– La classe se reportera ensuite à la page 68 pour lire l'encadré récapitulatif *L'hypothèse (2)* et réviser si besoin la formation du conditionnel présent (travaillé à la leçon 2).

> S'entraîner > activités 1 et 2 page 68

Corrigés

7 a. Le travail : 3, 4. Le temps personnel : 1, 2. **b.** a : 1, 3, 4, 6, 8. b : 2, 5, 7. **c.** 1. **d.** 1. *Si j'avais plus de temps :* la condition ; *je ferais du sport :* la conséquence. 2. *j'avais :* imparfait (mode indicatif) ; *je ferais :* conditionnel présent.

Vocabulaire

060 5 min

Le temps

En classe entière Inviter les apprenants à se reporter à la liste récapitulative *le temps* de la page 68.

Activité 8

15 min

→ Répondre aux questions d'un sondage – Faire des hypothèses

En petit groupe Laisser les groupes répondre aux questions, comparer leurs réponses et réagir.

Corrigés

8 Production libre.

AGIR

Activité 9

1 h

→ Créer un sondage

Préparation

En classe entière Présenter la tâche aux apprenants, expliquer les différentes étapes de l'activité et en vérifier la bonne compréhension : les apprenants vont rédiger des questions de sondage sur le modèle de celles du document 2.

Production

À deux **a.**, **b.** et **c.** Chaque binôme prépare son sondage. Circuler pour apporter de l'aide.

Hors de la classe, les sondages sont postés et les apprenants sont invités à répondre à quelques-uns des sondages. Donner une date limite de réponse afin que chaque binôme puisse analyser les résultats et construire un graphique.

Présentation

En classe entière **d.** Les binômes présentent leurs graphiques.

Corrigés

9 *Exemple de production :* Vous êtes fatigué ? Vous voulez rêver ? Imaginez votre vie si vous aviez du temps et de l'argent. Répondez spontanément aux quatre questions.
Si vous pouviez voyager pendant 6 mois… vous iriez dans un seul pays et vous vivriez comme les habitants / vous feriez du tourisme dans plusieurs pays / vous vous installeriez dans un hôtel de luxe et ne feriez rien.

Prolongement de la leçon

> Entraînement linguistique

- Demander aux apprenants de relire la double page et de réécouter les documents travaillés.
- Faire compléter la fiche-lexique sur le thème *Les activités en ligne* regroupant tout le lexique lié aux nouvelles technologies, à l'équipement informatique, aux réseaux sociaux, à la vente en ligne qui a été créée à la leçon 9.
- Faire créer une fiche-lexique sur le thème *Les loisirs*.

> Évaluation formative

- Les activités du **cahier d'activités** correspondant à la leçon sont **aux pages 46 à 49**.
- Les activités du **Parcours digital®**.

Classe inversée

Avant la leçon 14 :

Demander aux apprenants de :

– regarder le document 1 et faire l'activité 1 page 62 ;

– faire des recherches sur l'auteur du livre, Georges Vigarello.

DÉCOUVRIR UN FAIT DE SOCIÉTÉ 3 h 20

Savoir-faire et savoir agir : poser des questions • expliquer une pratique sociale • demander des renseignements

COMPRENDRE	DOC. 1	DOC. 2 055				
	15'	30'	20'	20'	10'	5'
	Act. 1	Act. 2	Act. 3	Grammaire	Vocabulaire 065-066-067	Act. 4 Grammaire
	• Décrire et interpréter une couverture de livre	• Repérer des informations dans une interview	• Formuler des questions • Analyser le champ lexical de la fatigue	• L'interrogation	• Les sciences humaines • La santé (2) • L'analyse	• Le pronom personnel sujet *on*

COMPRENDRE	DOC. 3						
	10'	10'	20'	15'	5'	5'	5'
	Act. 5	Act. 6	Act. 7	Grammaire	Grammaire	Vocabulaire 068	Phonétique 063 012
	• Identifier le contenu d'une page Internet	• Sélectionner des informations	• Demander des renseignements	• L'interrogation (suite)	• Le pronom personnel sujet *on* (suite)	• Les activités	Les voyelles [ø], [œ] et [ə]

AGIR	30'	Act. 8	• S'exprimer sur le stress et la fatigue

COMPRENDRE

DOC. 1

Activité 1 15 min

→ Décrire et interpréter une couverture de livre

Sensibilisation

En classe entière **a.** Demander aux apprenants d'observer la couverture du livre et de la décrire. Les encourager à interpréter la relation entre le titre et l'image.

b. Faire un remue-méninges afin de noter en nuage de mots tous les termes que les apprenants associent au mot *fatigue* et les expliquer collectivement.

N. B. : Garder ce nuage de mots dans un coin du tableau pour le compléter à l'activité **3c**.

Corrigés

1 a. On voit une jeune femme au milieu d'un champ. Elle est appuyée sur une fourche et semble dormir. Les vêtements de la femme indiquent que la photo a été prise à la fin du XIXe siècle ou au début du XXe siècle. La photo illustre le titre d'un livre *Histoire de la fatigue du Moyen Âge à nos jours* de Georges Vigarello. **b.** *Proposition de réponse :* travail, repos, sommeil, dormir, effort, épuisement, burn-out, surmenage...

DOC. 2 055

Activité 2 30 min

→ Repérer des informations dans une interview

Sensibilisation (suite)

En classe entière Demander à la classe de regarder la page du site de France Inter (radio française) et de faire des hypothèses sur le thème du « Grand entretien » et la raison pour laquelle Georges Vigarello en est l'invité. Il est probable que les réponses seront unanimes : *l'auteur du livre, Georges Vigarello a été invité pour parler de son livre.*

Compréhension globale

En classe entière **a.** Faire écouter la présentation de la journaliste et répondre aux questions. Si les apprenants ont fait des recherches sur Georges Vigarello, échanger les informations. Sinon donner quelques informations complémentaires sur cet homme.

Culture(s) +

■ **Georges Vigarello** est né en 1941. Il a une formation originale : il fait d'abord des études pour être professeur d'éducation physique puis obtient des diplômes d'histoire et de philosophie. Il enseigne à l'université et se spécialise dans le domaine de l'histoire de l'hygiène, de la santé, des pratiques corporelles et des représentations du corps. Outre le livre présenté dans la leçon 14, il a écrit : *Le Propre et le Sale : L'hygiène du corps depuis le Moyen Âge* (1987) ; *Histoire du viol* (2000) ; *Le Sentiment de soi. Histoire de la perception du corps* (2014).

Compréhension finalisée

Seul puis **En classe entière** **b.**, **c.** et **d.** Selon le niveau de la classe et son degré d'autonomie, les trois parties de l'activité peuvent être faites de façon concomitante ou l'une après l'autre. Faire tracer une grille de réponse avant l'écoute puis faire écouter l'interview dans son intégralité une ou deux fois. Mettre ensuite les réponses en commun en invitant les apprenants à les commenter pour affiner la compréhension de ce qui est dit (voir la colonne *Commentaires/Échanges oraux* ci-dessous).

			Commentaires/ Échanges oraux
1	V	on en parle +	Difficile de dire qu'actuellement on est plus fatigué qu'avant mais on en parle plus, surtout les jeunes (blogs). Commenter l'idée que l'on est plus ou moins fatigué selon la classe sociale à laquelle on appartient.
2	F	stés individualistes	On fait attention à ce qu'on éprouve (= ressent) ; on s'écoute. Éprouver = ressentir (de l'amour, de la fatigue).
3	F	la 2e moitié du 20e / informatique	L'informatique et Internet produisent un flux très important d'infos.
4	V	combien d'infos on peut gérer / si flux informationnel impossible à gérer	La fatigue psychologique due aux nombres d'informations reçues. On dit souvent que la fatigue physique, c'est de la bonne fatigue.
5	V	la femme : charge mentale + forte (profession + travail domestique)	Vous êtes d'accord ?

Les lettres / correspondances du 18e.

Être en mesure de : pouvoir, être capable de.

Culture(s) +

■ **Le Siècle des Lumières**

Georges Vigarello dit qu'au 18e siècle, les individus commencent à exister pour eux-mêmes, qu'on laisse plus de place à l'autonomie, au citoyen, etc. Il fait allusion au fait que ce 18e siècle, en France et en Europe, est appelé *le Siècle des Lumières* et est caractérisé par le fait que les philosophes mettent l'Être humain, l'individu au centre du monde et non plus Dieu.

■ **Genres littéraires au 18e siècle**

Deux phénomènes littéraires se développent beaucoup lors de ce siècle : *le roman épistolaire* (roman sous formes de lettres) et les *Correspondances* (échanges de lettres d'amour ou d'idées).

Transcription 055

Carine Bécard : L'invité du grand entretien, ce matin, est un historien, agrégé de philosophie, professeur à l'École des hautes études en sciences sociales et il s'est intéressé à l'histoire de la fatigue. Pourquoi, en cette fin d'année, nous nous sentons de plus en plus fatigués, d'ailleurs soyons précis : physiquement épuisés ? Ce qui est certain, c'est que la fatigue prend de plus en plus de place dans nos vies : burn-out, charge mentale dont on parle de plus en plus. Georges Vigarello, bonjour.

Georges Vigarello : Bonjour Carine Bécard.

Carine Bécard : Merci d'avoir accepté notre invitation. Alors j'aimerais qu'on commence par dresser un constat. Est-ce qu'on est aujourd'hui effectivement plus fatigués qu'hier ? Est-ce que c'est une réalité ? Est-ce qu'on peut même la mesurer ?

Georges Vigarello : Alors, pour tout vous dire, constat impossible. En revanche, ce qui est intéressant, c'est de constater que l'on en parle davantage. Autrement dit, dans les sociétés d'aujourd'hui qui sont, ne l'oublions pas, des sociétés individualistes, les individus s'écoutent davantage, ils sont plus attentifs à ce qu'ils éprouvent.

Carine Bécard : Est-ce que la fatigue touche toutes les classes sociales de la même façon ?

Georges Vigarello : Ah, bien sûr que non.

Carine Bécard : Est-ce que les jeunes sont aujourd'hui plus fatigués que les générations précédentes ?

Georges Vigarello : Une fois encore, la société d'aujourd'hui, c'est une société où les individus parlent d'eux-mêmes. Vous voyez... Ils disent et ils écrivent sur eux-mêmes ; les blogs, c'est un exemple magnifique où les gens se mettent finalement à transmettre par écrit ce qu'ils éprouvent. Et indiscutablement, bien sûr, ils ont tous le sentiment qu'ils sont confrontés à des difficultés dont ils parlent et ces difficultés se traduisent par de la fatigue, et en particulier de la fatigue psychologique.
Carine Bécard : Est-ce que la fatigue psychologique, psychique, est moins bonne que la fatigue physique ? C'est souvent ce qui est dit. Est-ce que c'est vrai ou est-ce que c'est faux ?
Georges Vigarello : Ah c'est indiscutable. Historiquement, ce type d'inquiétude, ce type de malaise grandit avec le temps. Un des premiers exemples à mes yeux, ce sont les correspondances du 18e siècle, où les individus commencent à exister pour eux-mêmes : plus de place à l'autonomie, au citoyen, etc. Et vous avez dans les lettres des individus qui vous disent : « Je me sens brusquement fatigué, je ne peux plus faire ce que je voulais faire. » Donc, il y a une écoute là, et cette écoute, elle va grandir parce qu'on va prendre davantage le temps.
Carine Bécard : Est apparu ce mot de « charge mentale ». Alors j'imagine bien que ça existait avant. D'ailleurs, ça apparaît quand ? La charge mentale, depuis quand on en parle ?
Georges Vigarello : La charge mentale, ça apparaît dans la deuxième moitié du 20e et c'est lié à l'informatique. Qu'est-ce que c'est que la charge mentale ? Regardez votre écran, votre écran vous pose la question suivante : combien d'informations êtes-vous en mesure de gérer ? Et dans certains cas, le flux informationnel est si chargé que vous n'arrivez plus à le gérer.
Carine Bécard : Donc la charge mentale, elle existe aussi bien pour les hommes que pour les femmes ? Parce qu'on avait un petit peu tendance à dire que c'était que pour les femmes.
Georges Vigarello : Bien entendu, simplement, il se trouve que dans les années récentes, l'insistance est mise sur le fait que la femme est victime d'une charge mentale plus forte que les hommes parce qu'elle a à la fois son métier, elle a à la fois le fait de s'occuper de ses enfants, elle a le repas, que l'homme partage peu.
Carine Bécard : Est-ce qu'il serait pas grand temps, par exemple, de réapprendre à prendre le temps de prendre son temps ?
Georges Vigarello : Je pense que c'est très important. Il y a d'ailleurs beaucoup de textes qui sont sortis à ce sujet qui sont des éloges de la lenteur. C'est-à-dire qu'il faut savoir à la fois gérer le repos, gérer le sommeil, il faut à la fois savoir s'adapter et en même temps savoir se mesurer, je crois que c'est très important.
Carine Bécard : Je vous remercie infiniment, je rappelle...
Georges Vigarello : C'est moi qui vous remercie.
Carine Bécard : ... le titre entier de votre livre, *Histoire de la fatigue du Moyen Âge à nos jours*, et c'est aux éditions du Seuil.

Corrigés

2 a. L'invité est un historien, agrégé de philosophie, professeur à l'École des hautes études en sciences sociales. **Le sujet de l'interview :** Le livre qu'il a écrit sur l'histoire de la fatigue. **b.** *Voir la grille page précédente.* **c.** Il parle de lettres (correspondance) du 18e siècle. **d.** Il faut savoir prendre son temps : non seulement gérer les besoins personnels *(gérer le repos, le sommeil)* mais aussi adapter son rythme et savoir se mesurer.

Activité 3 40 min

→ Formuler des questions – Analyser le champ lexical de la fatigue

Compréhension finalisée (suite)

En petit groupe **a.** Faire relever les questions à partir de la transcription.

Grammaire

L'interrogation

Conceptualisation (1)

En petit groupe puis **En classe entière** **b.** Faire classer les questions et mettre en commun (ne pas travailler sur l'introduction). Il s'agit d'un travail de révision sur la question intonative et avec *est-ce que* ; le travail sur la question avec inversion sera proposé à l'activité 7 ; le renvoi au mémo se fera à ce moment-là.

Questions avec intonation	Questions avec *est-ce que*
D'ailleurs, ça apparaît quand ? La charge mentale, depuis quand on en parle ? Donc, la charge mentale, elle existe aussi bien pour les hommes que pour les femmes ?	Est-ce qu'on est aujourd'hui effectivement plus fatigués qu'hier ? Est-ce que c'est une réalité ? Est-ce qu'on peut même la mesurer ? Est-ce que la fatigue touche toutes les classes sociales de la même façon ? Est-ce que les jeunes sont aujourd'hui plus fatigués que les générations précédentes ? Est-ce que la fatigue psychologique, psychique, est moins bonne que la fatigue physique ? Est-ce que c'est vrai ou est-ce que c'est faux ? Est-ce qu'il ne serait pas grand temps, par exemple, de réapprendre à prendre le temps de prendre son temps ?

En classe entière Selon le niveau du groupe, des rappels plus ou moins importants seront faits. Faire un remue-méninges pour rassembler toutes les informations utiles sur ce point de grammaire : la question intonative est familière, principalement utilisée à l'oral ; la question avec *est-ce que* est la question courante ; il y a des questions auxquelles on répond oui/non (question fermée) ; il y a des questions ouvertes avec des mots interrogatifs : *qui, pourquoi, où…*

En petit groupe **c.** Toujours avec la transcription, faire relever le lexique en relation avec la fatigue et compléter le nuage de mots réalisé à l'activité **1b** ; mettre en commun en commentant le sens des mots.

épuisé : très fatigué.

le burn-out : extrême fatigue physique et mentale due à une surcharge de stress et de travail.

Prolonger le travail sur le champ lexical de la fatigue en demandant aux apprenants de lister tous les synonymes de l'adjectif *fatigué* qu'ils connaissent comme :
– des adjectifs très imagés appartenant à la langue familière : *être à plat, crevé(e), HS (hors service), vid(é)e, mort(e) de fatigue* ;
– des adjectifs d'un registre plus soutenu : *las(se), éreinté(e).*

En petit groupe **d.** Laisser les groupes échanger sur la question.

Corrigés

3 a. et **b.** *Voir la grille page précédente.* **c.** Quatre mots sont utilisés : fatigué, épuisé, le burn-out et la charge mentale. **d.** *Proposition de production :* quand je fais du sport, quand je me couche très tard, quand je suis stressé(e), quand je travaille trop…

Vocabulaire

065-066-067 — 10 min

- **Les sciences humaines**
- **La santé (2)**
- **L'analyse**

À deux Inviter les apprenants à se reporter aux listes récapitulatives *Les sciences humaines*, *La santé (2)* et *L'analyse* de la page 70.

Activité 4 — 5 min

Grammaire

- **Le pronom personnel sujet *on***

Conceptualisation (1)

En classe entière Faire lire la phrase et choisir ce que remplace le pronom personnel sujet *on*. Demander à la classe si ce pronom remplace toujours « les gens » et écrire au tableau les réponses. Il est probable que sera donnée l'utilisation la plus courante de ce pronom : *nous*.

N. B. : L'activité **7d** attirera l'attention sur une troisième utilisation de *on* moins fréquente ; le renvoi au mémo se fera à ce moment-là.

On = les gens
nous

Corrigés

4 a.

DOC. 3

Activité 5 — 10 min

→ Identifier le contenu d'une page Internet

Sensibilisation et compréhension globale

En classe entière **a.** et **b.** Faire observer le document 3 de la page 63 et faire les repérages demandés. Demander aux apprenants s'ils connaissent le mot *retraite* et le cas échéant avec quel sens. Les amener au sens utilisé dans le document.

prendre sa retraite : arrêter de travailler à un certain âge / se retirer du monde du travail.

faire une retraite : se retirer provisoirement de la vie active, de la société ; vivre à l'écart.

retraite < (se) retirer.

Corrigés

5 a. Le site d'un club de yoga. Une retraite de yoga. **b.** Phoebe Jones et Sanjay Rampal.

Activité 6 — 10 min

→ Sélectionner des informations

Compréhension finalisée

À deux Faire le repérage demandé et mettre en commun.

Corrigés

6 La retraite se passe dans un ancien monastère à Majorque ; il y a un potager, une piscine et une vue sur la mer. Il faut partager les chambres. On fait de la méditation, du yoga et du chant. Le séjour dure 7 jours et 6 nuits du 18 au 23 septembre. La cuisine est végane.

Activité 7 — 40 min

→ Demander des renseignements

Compréhension finalisée (suite)

En classe entière **a.** Faire lire les questions (encadré à droite du document 3) et déterminer les thèmes.

Grammaire

L'interrogation

Conceptualisation (2)

À deux **b.** Ce travail sur la structure interrogative fait suite à l'activité **3a**. La question avec inversion a été étudiée au niveau A2 lorsque le sujet est un pronom. Le travail de cette activité zoome sur l'interrogation complexe, structure utilisée lorsque le sujet est un nom. Faire faire le classement demandé par les binômes et mettre en commun en faisant observer particulièrement la question avec inversion. Récapituler collectivement les informations concernant cette structure. Attirer notamment l'attention sur la phrase à inversion complexe : *Les cours sont-ils en français ?*

Registre familier	Registre courant	Registre formel
Le soir, on mange ensemble ? On peut payer en plusieurs fois ? On fait quoi le soir après le dîner ?	Est-ce qu'on vient nous attendre à l'aéroport ? Qu'est-ce qu'il y a à manger ? Est-ce que les ingrédients sont affichés ?	Quels vêtements dois-je apporter ? Ai-je besoin d'un certificat médical ? Y a-t-il un accès à Internet ? Les cours sont-ils en français ? Comment nous déplacerons-nous ? Comment peut-on se préparer ?

Question avec inversion :

- on inverse le verbe et le pronom sujet / trait d'union ;
- un -t- entre 2 voyelles : *Y a-t-il.*
- verbe pronominal / place des pronoms : *Comment nous déplacerons-nous ?*

Les cours sont-ils en français ? → le sujet est un nom.

~~Sont les cours en français ?~~ (phrase impossible)

Nom + verbe + pronom sujet

En classe entière Demander à la classe de se reporter à l'encadré de la page 69 pour récapituler les informations sur ce point de grammaire travaillé aux activités 3 et 7. On pourra aussi se reporter au *Précis grammatical* pages 164-165 pour compléter les informations sur ces structures.

Grammaire

Le pronom personnel sujet *on*

Conceptualisation (2)

En classe entière **c.** Faire répondre à la question.

En classe entière **d.** – Faire observer les deux phrases et répondre aux questions. Compléter au tableau la conceptualisation sur le pronom sujet *on* débuté à l'activité 4.

On = les gens
nous
quelqu'un

– Demander à la classe de se reporter à l'encadré récapitulatif de la page 70.

En classe entière **e.** Faire répondre la question.

Corrigés

7 a. Les questions sont d'ordre pratique ; elles portent sur la nourriture, les vêtements, l'arrivée, la prise en charge médicale, les documents à apporter, la préparation, les cours, les modalités de paiement. **b.** *Voir la grille ci-contre.* **c.** Parce que les personnes ne se connaissent pas et que les questions sont écrites et ont donc un caractère plus formel. **d.** 1. *On* remplace *nous*, c'est-à-dire Phoebe et Sanjay. 2. *On* remplace *quelqu'un*. **e.** *Proposition de réponse :* Le besoin de repos.

> S'entraîner activités 5, 6 et 7 pages 69-70

Vocabulaire

068 5 min

Les activités

À deux Inviter les apprenants à se reporter à la liste récapitulative *Les activités* de la page 70.

Phonétique

063 12 10 min

Les voyelles [ø], [œ] et [ə]

Faire travailler le point phonétique de la page 70 avec le tutoriel vidéo. Nous rappelons que l'enregistrement audio apporte les mêmes informations que le tutoriel vidéo mais n'est pas interactif. Il est bien sûr préférable de travailler avec le tutoriel vidéo. L'encadré phonétique et l'enregistrement audio servent de mémo.

Transcription 12

Bonjour ! Aujourd'hui, nous allons travailler le son /Œ/. Et plus particulièrement, les voyelles [ø], [œ] et [ə].
Écoutez les mots suivants et classez-les selon la prononciation de la voyelle soulignée : [ø] comme dans *deux* ou [œ] comme dans *sœur*.
le burn-out ; d'ailleurs ; on peut ; eux ; mes yeux ; les jeunes ; le seuil
Vous avez trouvé ? Vérifions !
le burn-out, on entend [œ].
d'ailleurs, on entend [œ].
on peut, on entend [ø].

eux, on entend [ø].
mes yeux, on entend [ø].
les jeunes, on entend [œ].
le seuil, on entend [œ].
Maintenant, complétez le classement avec les mots suivants. Observez bien la graphie et la structure de la syllabe qui contient /Œ/ ! Elle finit par /Œ/ ou par une consonne prononcée ? Vous avez 1 minute !
Voici la solution :
un œil, on entend [œ].
un vœu, on entend [ø].
une start-up, on entend [œ].
il cueille, on entend [œ].
un pub, on entend [œ].
une nurse, on entend [œ].
Vous avez entendu ?
Le son [ø] est arrondi, tendu ; la bouche est fermée : [ø]. Il s'écrit eu (ceux) ou œu (des œufs). En général, il est situé en fin de syllabe (sauf [ø] + [z] : chanteuse).
Le son [œ] est arrondi, relâché : la bouche est ouverte : [œ]. Il s'écrit eu (seul), œu (un œuf), œ (un œil), ue (cueille), u dans les mots anglais (un bug). En général, il est suivi par une consonne prononcée.
Le son [ə], lui, est arrondi. Il peut se prononcer comme [ø] ou [œ] : *je* ou *je*. Il s'écrit *e* en fin de syllabe (*est-ce que, simplement*). Parfois, il n'est pas prononcé : *en ce moment* ou *en c~~e~~ moment.*
Voilà ! C'est fini. À la prochaine fois !

Transcription 063

Réécoutez le document 2 page 62.

a. Classez les mots suivants selon la prononciation de la voyelle soulignée : [ø] comme dans *deux* ou [œ] comme dans *sœur*.
le burn-out – d'ailleurs – on peut – eux – mes yeux – les jeunes

b. Complétez le classement avec ces mots : un œil – un vœu – une start-up – il cueille – un pub irlandais – une nurse.

→ Le son [ø] s'écrit eu (ceux) ou œu (des œufs). En général, il est situé en fin de syllabe (sauf [ø]+ [z] : chanteuse).

→ Le son [œ] s'écrit eu (seul), œu (un œuf), œ (un œil), ue (cueille), u dans les mots anglais (un bug). En général, il est suivi par une consonne prononcée.

→ Le son [ə] s'écrit e en fin de syllabe (est-ce que, simplement). Il peut se prononcer comme [ø] ou [œ]. Parfois, il n'est pas prononcé : *en ce moment* ou *en c~~e~~ moment*.

> S'entraîner > activité 8 page 70

AGIR

Activité 8 30 min

→ **S'exprimer sur le stress et la fatigue**

Préparation

En classe entière Faire lire la consigne pour faire comprendre la finalité de l'activité et cadrer les échanges : il s'agit de s'exprimer sur son état de fatigue, de lister les activités stressantes ou fatigantes et de trouver des solutions pour lutter contre cette fatigue.

Pour guider les échanges de la partie **a.** Demander aux apprenants de varier les questions (intonative, avec *est-ce que* ou inversion) ; le professeur peut aussi imposer la question avec inversion.
Pour guider les échanges de la partie **c**, faire un remue-méninges préalable pour lister les structures utiles à l'échange demandé.
- Décidez des activités que vous pourriez supprimer ou modifier :
  – *Je pourrais* + inf.
  – *Ce serait bien que je* + subj.
  – *Il faudrait que je* + subj.
- Proposez à votre camarade des solutions :
  – *Tu pourrais* + inf.
  – *Tu devrais* + inf.
  – *Ce serait bien que tu* + subj.
  – *Il faudrait que tu* + subj.
  – *À ta place, je* + cond.

Production orale

À deux **a.**, **b.** et **c.** Laisser les binômes échanger.

Présentation

En classe entière **d.** Les binômes partagent le résultat de leurs échanges avec la classe.

Corrigés

8 Production libre.

Prolongement de la leçon

> Entraînement linguistique

- Demander aux apprenants de relire la double page et de réécouter les documents travaillés.
- Faire compléter la fiche-lexique sur *La santé* créée à la leçon 9 et qui sera complétée aux leçons 23 et 26.
- Faire créer une fiche-lexique sur *Les activités*.

> Évaluation formative

- Les activités du **cahier d'activités** correspondant à la leçon sont **aux pages 50 à 53**.
- Les activités du **Parcours digital®**.

Classe inversée

Avant la leçon 15

Demander aux apprenants de :
– regarder le document 1 et faire l'activité 1 page 64 ;
– lire le document 2 et faire l'activité 2 page 64.

LEÇON 15 Imaginer

IMAGINER 3 h 55

Savoir-faire et savoir agir : rédiger un court texte de fiction • parler du temps libre

COMPRENDRE	DOC. 1	DOC. 2				
	10'	10'	10'	30'	5'	30'
	Act. 1	Act. 2	Culture(s)	Act. 3	Vocabulaire 069-070	Act. 4
	• Décrire et interpréter un tableau	• Décrire la forme d'un texte littéraire	• Philippe Delerm	• Analyser le style d'un texte littéraire	• Le jardin • Les sensations	• Écrire un court texte littéraire

COMPRENDRE	DOC. 3			DOC. 4 056	
	20'	15'	15'	15'	15'
	Act. 5	Vocabulaire 071	Act. 6	Act. 7	Grammaire
	• Comprendre une analyse de sondage	• Le travail (4) • Le préfixe *dé-* (ou *dés-*)	• Comprendre une analyse de sondage	• Sélectionner des informations	• La négation

AGIR	30'	Act. 8	• Donner son opinion sur la question « Profitons-nous de notre temps libre ? »
CULTURE(S) VIDÉO	30'	11	• Les congés payés

COMPRENDRE

DOC. 1

Activité 1 10 min

→ **Décrire et interpréter un tableau**

Compréhension

Seul puis **En classe entière** **a.** Décrire le tableau en interprétant, en donnant un sens à ce que l'on voit.

b. Faire répondre à la question et justifier la réponse.

À deux **c.** Les binômes choisissent trois mots en expliquant leur choix. La mise en commun fera émerger les trois mots qui auront le plus de suffrages.

En classe entière **d.** Faire un tour de table pour répondre à la question. Laisser la classe réagir à chaque intervention.

Si le professeur souhaite consacrer davantage de temps à l'échange proposé en **1d**, voici un questionnaire permettant un échange sur le thème de la lecture. Ce travail peut être aussi proposé à l'écrit.

1. Aimez-vous lire ?
2. Lisez-vous beaucoup ?
3. Quel type de livres préférez-vous ?
4. Aimez-vous relire un livre ? Pourquoi ?
5. Rangez-vous vos livres et comment ?
6. Aimez-vous prêter vos livres ?
7. Empruntez-vous les livres que vous voulez lire ou préférez-vous les acheter ?
8. Griffonnez-vous, annotez-vous vos livres ? Pourquoi ?
9. Quand vous achetez un livre, comment le choisissez-vous : regardez-vous la couverture, lisez-vous le résumé, lisez-vous la première page... ?
10. Un de vos livres est-il lié à un souvenir particulier ?
11. Où aimez-vous lire ? Trouvez-vous qu'il y a des endroits privilégiés ?

12. Quand vous commencez un livre, vous obligez-vous à le finir même s'il ne vous plaît pas ?
13. Avez-vous un livre préféré ? Si oui, lequel ?

Corrigés

1 a. On voit une femme assise sur un fauteuil ; elle lit et tourne le dos à celui qui regarde (elle a besoin d'intimité, de secret). Elle a une position très décontractée : jambes repliées sur elle-même, pieds nus, une épaule découverte. Le décor suggère un salon ou une chambre confortable (rideaux, meubles, couleurs chaudes). **b.** *Proposition de réponse :* Elle lit peut-être un roman d'amour ou d'aventures compte tenu de sa position très détendue. Elle a l'air très absorbée, très concentrée. **c.** *Proposition de réponse :* temps (elle a du temps) ; histoires (elle lit une fiction) ; calme (l'atmosphère de la pièce semble tranquille) ; paresse (elle a une attitude décontractée) ; confort (le fauteuil, les rideaux, les couleurs chaudes) ; rêve (le livre encourage l'imagination) ; silence (elle semble être seule) ; farniente (elle se repose). **d.** Production libre.

DOC. 2

Activité 2 10 min

→ Décrire la forme d'un texte littéraire

Compréhension globale

Seul puis **En classe entière** **a.** Demander à la classe de lire le texte et de répondre à la question sur la forme de celui-ci.

b. Faire répondre à la question et justifier la réponse. Amener les apprenants à résumer le propos du texte : l'auteur imagine ce qu'on ferait le matin d'une journée où on déciderait de ne rien faire. Inviter les apprenants à imaginer la scène : on voit un homme ou une femme dans son lit qui vient de se réveiller un matin d'été ; il/elle reste un moment dans son lit avant de se lever.

Corrigés

2 a. L'auteur va à la ligne après chaque virgule et chaque point ; il saute une ligne après chaque phrase. C'est présenté comme un poème. **b.** L'auteur imagine une matinée de paresse (il utilise des phrases hypothétiques : *si* + imparfait + conditionnel présent).

Culture(s) 10 min

▸ Philippe Delerm

Faire lire l'encadré sur Philippe Delerm et répondre à la question.

Culture(s) +

■ Parmi les auteurs contemporains français les plus connus, on peut citer : Joël Dicker, Jean Échenoz, Annie Ernaux, Pierre Lemaître, Michel Houellebecq, Amélie Nothomb, Marie Ndiaye...

Activité 3 30 min

→ Analyser le style d'un texte littéraire

Compréhension finalisée

Le sens du texte ayant été perçu à l'activité 2, il s'agit dans cette activité d'observer et de décrire les procédés stylistiques utilisés.

À deux **a.** et **b.** Laisser les binômes faire l'activité. Circuler pour apporter de l'aide et guider dans le décryptage des procédés stylistiques. Pour la mise en commun, amener les apprenants à analyser les procédés relevés pour chacun des repérages :

a. Pourquoi l'auteur utilise-t-il le pronom *on* pour s'adresser au lecteur ? → *Il imagine que le lecteur et lui ressentent la même chose ; il généralise.*

b. Quand vous lisez les phrases que vous avez relevées, qu'entendez-vous ? Que voyez-vous ? Quelle sensation ressentez-vous ? Est-ce agréable ? *(Voir la grille ci-dessous.)*

L'ouïe	*On entendrait un rateau dehors, sur le gravier...* → un bruit de petits cailloux, un bruit familier de jardinage. *On entendrait juste quelques voix tranquilles qui parleraient loin...* → des voix familières presque indistinctes mais qui indiquent une présence humaine sécurisante.
Le toucher	*L'oreiller serait tout chaud... un coin d'oreiller frais.* *Ça serait comme si on devenait la fraîcheur de l'oreiller...* → quand il fait trop chaud, on cherche la fraîcheur, c'est agréable.
La vue	*Il y aurait des rayons de soleil par les persiennes et une petite poussière blonde.* → le soleil n'est pas trop fort, il est filtré par les volets ; il apporte une lumière douce ; la poussière éclairée par les rayons du soleil prend une couleur blonde.

À deux **c.** Faire lire la phrase à haute voix et répondre à la question. Faire lire ensuite le texte entier à voix haute et amener les apprenants à remarquer que cette sonorité est très présente dans tout le texte : les verbes à l'imparfait et au conditionnel (f**ai**s**ai**t, réve**i**ller**ai**t, entendr**ai**t, aur**ai**t, ser**ai**t, trouver**ai**t, deven**ai**t, ét**ai**t, penser**ai**t, entendr**ai**t, parler**aie**nt) + or**ei**ller, fr**ai**s, fr**aî**cheur, r**e**ste, qu**e**lques. Demander si cela produit un effet particulier.

À deux puis **En classe entière** **d.** Faire un tour de table : chaque apprenant répond, justifie et échange avec la classe.

Corrigés

3 a. Il dit *on* = *nous* ; les lecteurs et lui forment un groupe. **b.** *Voir la grille ci-dessus.* **c.** Il y a une allitération en [ɛ] : aur**ai**t, r**a**yons, sol**ei**l, p**e**rsiennes, pouss**iè**re. **d.** Production libre.

Vocabulaire

069-070 — 5 min

- Le jardin
- Les sensations

À deux Inviter les apprenants à se reporter aux listes récapitulatives *Le jardin* et *Les sensations* de la page 71.

Activité 4

30 min

→ Écrire un court texte littéraire

À deux Les binômes rédigent un court texte, sorte de pastiche du texte de Philippe Delerm. Circuler pour apporter de l'aide. Les textes pourront être lus à la classe ou postés sur le réseau de la classe.

Corrigés

4 Production libre.

DOC. 3

Activité 5

20 min

→ Comprendre une analyse de sondage

Compréhension globale

En petit groupe – Demander aux groupes de lire l'article et d'en imaginer un titre. Les titres seront comparés et le professeur pourra donner le titre d'origine *Vacances. 67 % des Français n'arrivent pas à décrocher de leur travail. Plus de 50 % des Français continuent à travailler pendant les vacances.*

– Pour expliquer l'expression *avoir les doigts de pied en éventail*, demander à un apprenant volontaire de s'allonger comme s'il était à la plage. La position détendue entraînera les jambes et les pieds à s'écarter et les orteils à prendre la forme d'un éventail ; l'apprenant croisera probablement les bras derrière la tête pour compléter l'attitude de relaxation. Demander aux apprenants de donner l'équivalent dans leur propre langue pour comparer les images utilisées.

un orteil : un doigt de pied.

avoir les doigts de pied en éventail : paresser, se reposer, être très détendu.

Corrigés

5 Production libre.

Vocabulaire

071 — 5 min

- Le travail (4)

À deux Inviter les apprenants à se reporter à la liste récapitulative *Le travail (4)* de la page 71. Leur demander quelle différence ils font entre les mots *vacances* et *congés* (plus administratif, officiel).

Vocabulaire

10 min

- Le préfixe *dé-* (ou *dés-*)

Conceptualisation lexicale

En classe entière Faire expliquer le sens du préfixe *dé-* et chercher des mots formés avec ce préfixe et leur contraire.

dé- / dés- (devant voyelle) = l'éloignement, la négation, la privation, la séparation

déconnecté ≠ connecté

désorganisé ≠ organisé

décroché ≠ accroché

défaire ≠ faire

désintéresser ≠ intéresser

désobéir ≠ obéir

déshabiller ≠ habiller...

> S'entraîner activité 11 page 71

Activité 6

15 min

→ Comprendre une analyse de sondage

Compréhension finalisée

À deux **a.** et **b.** Les binômes répondent aux questions. Mettre en commun.

En classe entière **c.** Laisser les groupes répondre aux questions et échanger.

Corrigés

6 a. 7 sur 10 soit 70 %. **b.** Pour faire comme tout le monde *(parce que tout le monde le fait)* ou parce qu'ils s'ennuient. **c.** Production libre.

DOC. 4 — 056

Activité 7

30 min

→ Sélectionner des informations

À deux **a.** Expliquez aux apprenants qu'ils vont écouter deux textes courts, extraits de deux genres littéraires différents : l'un des deux est extrait d'un roman policier ; ils devront le repérer et justifier leur réponse. Faire écouter les textes une ou deux fois afin que les binômes prennent des notes. Mettre les réponses en commun et demander de définir le genre de l'autre texte.

Texte 1 : roman policier
scène d'interrogatoire (policier et suspect)
au moment du crime, l'inspecteur, innocent, la victime

Texte 2 :
texte romantique, un roman d'amour ; c'est une scène de dispute entre les deux partenaires d'un couple ; l'homme déclare son amour *(mon amour. Vous savez que c'est vous que j'aime).*

En classe entière **b.** Faire un tour de table pour répondre à la question. La réponse « cliché » attendue est qu'elle lit le texte 2, le roman d'amour *(c'est une femme, elle est dans une position de paresse...)* ; mais elle peut tout aussi bien lire le roman policier. Laisser la classe **échanger** notamment sur les idées reçues et les clichés.

Grammaire

La négation

Conceptualisation

À deux puis **En classe entière** **c.** – Demander aux binômes de faire l'activité grammaticale sur la négation et conceptualiser en classe entière : mettre en évidence les structures négatives et les réponses puis rassembler les informations sur ces trois négations en donnant des exemples. Insister davantage sur la structure *ne... ni... ni... / ni... ni... ne.*

– Demander aux apprenants de se reporter à l'encadré récapitulatif de la page 71 pour résumer les informations.

Il n'y a personne d'autre que vous. → Il y a quelqu'un d'autre que vous.

Vous ne me dites jamais la vérité. → Vous me dites toujours la vérité.

Ne revenez pas, ni ici, ni à la campagne. → Revenez, ici et à la campagne.

personne... ne / ne... personne ≠ quelqu'un / tout le monde

ne... jamais (= pas une seule fois) ≠ toujours, souvent, quelquefois, déjà

ne... ni... ni... / ni... ni... ne... ≠ et, ou + nom ou infinitif

J'aime lire et danser. → je n'aime ni lire ni danser.

La lecture et la danse me plaisent. → Ni la lecture ni la danse ne me plaisent.

Le professeur peut utiliser cette activité pour demander à la classe de lister toutes les structures négatives connues : *ne... rien, rien... ne, ne... pas encore, ne... plus, ne ... que.*

Transcription 056

Texte 1
Homme 1 : Où étiez-vous au moment du crime ? demanda l'inspecteur Sacrebleu.
Homme 2 : J'étais chez moi, monsieur l'inspecteur. Je lisais le journal.
Homme 1 : Vous avez vu quelqu'un ?
Homme 2 : Non, personne ! Je suis innocent !
Homme 1 : Mais sur la victime on a trouvé une photo de vous et votre adresse...

Texte 2
Femme : Où étiez-vous ? Vous ne m'avez rien dit ! demanda Catherine, en colère.
Homme : J'étais chez Lord Marchmain, mon amour. Vous savez que c'est vous que j'aime, il n'y a personne d'autre que vous.
Femme : Vous ne me dites jamais la vérité ! Je ne veux plus vous revoir. Ne revenez pas, ni ici, ni à la campagne.

Corrigés

7 a. C'est le texte 1 ; la situation est explicite ; il s'agit d'une scène d'interrogatoire : un policier interroge un suspect. Le lexique utilisé appartient à ce genre : *au moment du crime, l'inspecteur, innocent, la victime.* **b.** Production libre. **c.** 1. Il y a quelqu'un d'autre que vous. 2. Vous me dites toujours la vérité. 3. Revenez, ici et à la campagne.

> S'entraîner > activités 9 et 10 page 71

AGIR

Activité 8 30 min

→ **Donner son opinion sur la question « Profitons-nous de notre temps libre ? »**

Préparation

En classe entière Présenter la tâche aux apprenants, expliquer les différentes étapes de l'activité et en vérifier la bonne compréhension. Il s'agit de parler de son temps libre.

Production

a. et **b.** Inviter les apprenants à lister dans un nuage de mots les activités de loisirs mentionnées dans l'unité 4 et laisser les groupes **échanger**.

Présentation

Faire un tour de table final pour connaître le profil de la classe : hyperactif ou amoureux de la paresse ?

Corrigés

8 Production libre.

CULTURE(S) VIDÉO 11 30 min

Les congés payés

Durée de la vidéo : 1'31

Sensibilisation

En classe entière Dire aux apprenants qu'ils vont regarder une vidéo dont le titre est *Les congés payés*. Faire faire des hypothèses sur son contenu.

Compréhension

En classe entière **1. a.**, **b.** et **c.** Faire lire les trois questions, montrer la vidéo sans le son plusieurs fois et faire répondre aux questions. Mettre en commun. La datation précise des images dépendra de l'âge des apprenants ou de leur habitude à regarder des images d'archives : les indices (noir et blanc, habillement, coiffure, usine) leur permettront de dater les événements dans la première moitié du 20e siècle. Sans le son, les apprenants ne pourront évidemment pas parler de l'été 1936 s'ils ne connaissent pas l'histoire de cette époque en France. L'écoute du commentaire aidera à préciser les réponses.

Corrigé

1. a. Les années 1930. **b.** Des usines, des rues parisiennes, une gare, la plage. **c.** Au début, les gens ont les têtes baissées, ils semblent tristes : ils travaillent de façon mécanique. À la fin de la vidéo, ils s'amusent, ils dansent et sourient. *Proposition de réponse :* Au début on les voit au travail ; à la fin, ils sont en vacances ou pendant leurs loisirs.

À deux **2. a.** et **b.** Montrer la vidéo avec le son afin de vérifier les réponses faites à l'activité 1. Noter quelques phrases clés au tableau et les commenter afin de comprendre le bouleversement de cette époque. Donner quelques informations historiques et demander à la classe si un événement similaire a eu lieu dans leur pays.

Depuis le début du siècle, les ouvriers sont asservis (= esclaves) à leurs machines.

Travailleurs sans droits ni loisirs aux gestes mécaniques (= répétitifs).

Juin 1936 : de réelles victoires sociales ; les quarante heures, les congés payés, enfin reconnu le droit au loisir.

Émotions : bouleversé, être ému, heureux...

Corrigé

2. a. Le début de la vidéo explique que les ouvriers n'avaient pas de loisirs, de congés ; ils travaillaient très dur (*Depuis le début du siècle les ouvriers sont asservis à leurs machines ; travailleurs sans droits ni loisirs, aux gestes mécaniques.*) La suite de la vidéo montre ces mêmes travailleurs au moment de leurs premières vacances. **b.** 1936. Les gens sont bouleversés, émus, heureux.

En petit groupe **3.** Laisser les échanges se faire librement.

Corrigé

3. Production libre.

Transcription ▶ 011

Depuis le début du siècle, les ouvriers sont asservis à leurs machines. Industrialisation, taylorisation, travailleurs sans droits ni loisirs, aux gestes mécaniques. Symbole familier des temps modernes.
Juin 1936, l'illusion lyrique certes, mais aussi de réelles victoires sociales : les quarante heures, les congés payés, enfin reconnu le droit au loisir. Émotion du premier départ, en moto, en vélo, en tandem, des ouvriers qui ne connaissent ni la Marne ni Joinville, de ceux qui, bouleversés, allaient découvrir la mer.
Il faut se souvenir de l'été 36, pour être ému par cet hymne naïf aux congés payés : « Heureux temps des vacances où chacun, fuyant la ville, s'évade des soucis quotidiens. Exode vers l'espace, l'air, le soleil régénérateur. Cette détente est principalement nécessaire à la jeunesse. Et c'est le départ vers la campagne où ils trouveront le repos de l'esprit en prenant des forces nouvelles. »

Culture(s) +

■ Les congés payés

L'année 1936 appartient à la mémoire collective des Français car elle marque un tournant dans le domaine des avancées sociales. Le Front populaire est une coalition de partis de gauche qui gouverna la France de mai 1936 à avril 1938. Cette coalition gagne les élections législatives le 3 mai 1936 avec à sa tête Léon Blum (que l'on voit dans la vidéo) qui devient Président du Conseil*. Près de 2 millions d'ouvriers se mettent spontanément en grève afin de faire pression pour que soient prises des décisions en leur faveur. Les 7 et 8 juin 1936, à la demande de Léon Blum, des négociations sont ouvertes entre les patrons et les syndicats qui aboutissent à la signature des accords de Matignon qui prévoient notamment une amélioration des conditions de travail à savoir :
- l'augmentation de 7 % à 15 % des salaires ;
- la liberté syndicale ;
- 40 heures de travail hebdomadaire au lieu de 48 ;
- les congés payés (15 jours à ne rien faire en étant payé).

La durée des congés payés en France a régulièrement augmenté : accord en 1965 puis loi en 1968 pour 4 semaines ; 5 semaines en 1982.

* Sous la IIIe République, il n'y a pas de Président de la République comme actuellement. Le rôle du Président du Conseil est équivalent.

Prolongement de la leçon

> Entraînement linguistique

■ Demander aux apprenants de relire la double page et de réécouter les documents travaillés.

■ Faire compléter la fiche-lexique sur *Le travail* créée à la leçon 2.

> Évaluation formative

■ Les activités du **cahier d'activités** correspondant à la leçon sont **aux pages 54 à 57**.

■ Les activités du **Parcours digital®**.

Classe inversée

Avant la leçon 16 :
Demander aux apprenants de :
- lire le document 1 page 66 ;
- faire les activités 1 et 2 page 66.

Avant la leçon 17 :
Demander aux apprenants de :
- regarder la page d'ouverture de l'unité 5 page 75 ;
- regarder le document 1 et faire l'activité 1 page 76.

... écrire une newsletter 1 h

Cette tâche consiste à travailler sur un type de document qui inonde les utilisateurs d'Internet : la newsletter. Savoir rédiger efficacement ce document peut s'avérer utile si un apprenant souhaite informer ou faire la promotion d'un produit ou d'un événement. Il existe d'ailleurs beaucoup de sites qui proposent des aides à la rédaction : *Comment rédiger facilement et efficacement une newsletter ? Quelles astuces pour créer une bonne newsletter ?*

LIRE DOC. 1

Activité 1 10 min

[Découverte]

En classe entière Faire réfléchir collectivement sur ce qu'est une newsletter (contenu, objectifs, émetteurs, récepteurs, avantages). Préciser que la traduction française *Infolettre* est très rarement utilisée.

Seul puis **En classe entière** **a.** et **b.** Faire parcourir la lettre pour répondre rapidement aux questions.

Corrigés

1 a. C'est une invitation à une activité collective. **b.** C'est la direction des ressources humaines (DRH) de l'entreprise Technobuzz qui l'a envoyée aux employés de l'entreprise.

Culture(s) +

■ **Une newsletter** ou lettre d'information est un e-mail qui est envoyé de façon périodique à une liste d'abonnés (également appelée liste de diffusion). Il s'agit souvent d'un e-mail promotionnel destiné à mettre en avant l'actualité d'une marque et de ses produits. Les maires utilisent également ce document pour informer leurs administrés de l'actualité de la commune.
Les newsletters sont devenues indispensables pour les sites de e-commerce et de tourisme pour communiquer auprès de clients. C'est un outil marketing et commercial très utilisé. Ce type de communication a pour avantage d'être envoyé en masse à un grand nombre de destinataires et d'être instantané.

Activité 2 5 min

En classe entière Les apprenants seront probablement capables de sélectionner l'objectif de la lettre sans avoir à la lire totalement.

Corrigés

2 Technibuzz organisent cet atelier pour renforcer les liens entre les employés.

Activité 3 10 min

À deux Faire lire plus précisément la lettre et répondre au Vrai/Faux. Mettre en commun.

a	F	N'hésitez pas à vous inscrire ! Nous espérons que vous viendrez nombreux.
b	V	une activité ludique
c	F	Ce sera l'occasion d'accueillir dans notre équipe Jeanne et Adel, nos nouveaux stagiaires.
d	V	Cliquez ici pour la recette et la liste des ingrédients.
e	V	Nous commencerons à 14 h. La séance se terminera vers 17 h.
f	F	Ils ont donné leur avis. Atelier « verrines » de février.

Corrigés

3 *Voir la grille ci-dessus.*

Activité 4 20 min

[Analyse]

À deux **a.** Faire faire l'appariement et mettre en commun.

b. Pour effectuer le relevé, il est préférable de suivre l'ordre de composition de la lettre pour mettre en évidence sa structure et sa cohérence. Inviter les apprenants à se reporter à l'encadré mémo de la page 67 pour récapituler les informations.

1	Thème de l'activité	Atelier de patisserie
2	Date	27 avril 2023
3	Résumé de l'activité	préparez ensemble des tartes
4	Salutations	Bonjour à toutes et à tous,
5	Objectifs de l'activité	Grace à cet atelier, vous pourrez vous retrouver Ce sera l'occasion d'accueillir...
6	Déroulement de l'activité	Nous commencerons à 14 h. Les préparations dureront à peu près une heure. Il faudra compter 45 minutes... Nous aurons le plaisir de goûter... et d'échanger... La séance se terminera vers 17 h.
7	Encouragements	N'hésitez pas à vous inscrire !
8	Prise de congé	À mardi.
9	Informations pratiques	Quelques précisions Rendez-vous + adresse Pour vous inscrire, suivez ce lien... Cliquez ici pour...
10	Témoignages	Merci pour... C'était très sympa. On a passé un super moment...

Corrigés

4 a. 1. C ; 2. H ; 3. G ; 4. B ; 5. I ; 6. J ; 7. A ; 8. D ; 9. F ; 10. E.
b. *Voir la grille ci-contre.*

ÉCRIRE

Activité 5 (15 min)

En petit groupe a., b. et **c.** Chaque groupe suit les étapes de l'activité et rédige une newsletter sur le modèle du document travaillé. La rédaction pourra se faire de façon manuscrite ou sur un ordinateur pour favoriser la mise en valeur du document (couleur, tableaux...). Circuler pour apporter de l'aide.

En classe entière d. Les lettres sont échangées et lues. La classe choisira l'activité la plus motivante.

Corrigés

5 Production libre.

... la médiation : expliquer une recette (1 h)

La tâche de médiation proposée a pour objectif de renforcer la compétence consistant à expliquer quelque chose à quelqu'un qui ne sait pas et donc à mettre en pratique les techniques appropriées (traduction, explication, définition...) travaillées à l'unité 3.

DOC. 2 057

Activité 6 (10 min)

En classe entière Faire lire la recette et répondre à la question. Attirer l'attention sur le nom du gâteau : *pouding* est l'orthographe francisée du mot anglais *pudding* ; faire expliciter pourquoi « du chômeur » (*parce que c'est un gâteau simple, pas cher*).

Corrigés

6 Production libre.

Activité 7 (051) (20 min)

Seul puis **En classe entière a., b.** et **c.** – Faire lire les trois consignes et faire écouter la conversation plusieurs fois afin que les apprenants puissent répondre. Mettre en commun. Apporter quelques précisions :
• La francisation du mot s'explique car Zack est québécois. Les Québécois sont très attachés à la langue française.
• Le quatre-heures fait référence au milieu de l'après-midi (16 heures), heure de sortie des enfants de l'école ; c'est l'heure du goûter (= petite collation).
• L'érable est un arbre très répandu au Canada. La feuille d'érable est l'emblème du pays et se trouve sur le drapeau national.

– Demander à la classe comment sont présentées les recettes de cuisine dans leur pays.

Transcription 057

Zack : Tiens, voilà une recette de gâteau que je te conseille. On peut le prendre pour le dessert ou pour le quatre-heures.
Sami : Chouette !... « Pouding du chômeur ». Pourquoi ça s'appelle pouding du chômeur ?
Zack : « Pouding » c'est comme l'anglais, « pudding », et chômeur parce que c'est simple à préparer, les ingrédients ne sont pas chers. On dit que ça date de la crise de 29.
Sami : Ingrédients pas chers ? Mais le sirop d'érable, c'est pas donné.
Zack : Tu sais, chez nous on le trouve partout. C'est vraiment pas cher. On pourrait peut-être le remplacer par du miel.
Sami : Non, on va trouver ça... C'est quoi la poudre à pâte ?
Zack : Tu sais. Pour faire gonfler la pâte.
Sami : Ah la levure ? C'est drôle, les unités de mesures sont en tasses et en cuillères ! Vous n'utilisez pas les grammes au Canada ?
Zack : En fait, on utilise les deux mais pour la vie de tous les jours, c'est plutôt les tasses.
Sami : Mais ça fait combien en grammes ?
Zack : Je crois qu'une tasse et demie, c'est 170 grammes à peu près.
Sami : OK. Et une cuillère à thé ?
Zack : En France, vous dites « cuillère à café ».
Sami : D'accord... bon on a les ingrédients. Tu me dis comment on fait ?
Zack : Eh bien, d'abord tu préchauffes ton four à 325 degrés.
Sami : 325 ? Mais c'est énorme !
Zack : Mais c'est des Fahrenheit !

Corrigés

7 a. 1. Il a été inventé lors d'une crise économique (celle de 1929) ; il ne nécessite pas d'ingrédients chers. 2. Au dessert ou au quatre-heures. 3. Le sirop d'érable. **b.** le nom du gâteau, la quantité exprimée en tasses et en cuillères, un ingrédient (la poudre à pâte, la levure), la température du four (degrés Fahrenheit/Celsius). **c.** 1. 170 grammes. 2. une cuillère à café. 3. la levure.

Activité 8

30 min

En classe entière Cette activité peut demander un petit temps de préparation : chaque apprenant ou groupe d'apprenants de même nationalité réfléchit à une recette simple de son pays, prend quelques notes et la présente à la classe.

Il est possible de consacrer davantage de temps à cette activité interculturelle :

- chaque apprenant rédige une recette sur son ordinateur avec photo, ingrédients et déroulé de la préparation ;
- chaque recette est présentée à la classe sur papier ou projetée ;
- la classe réagit et demande des explications ;
- chaque recette peut-être envoyée sur le groupe de la classe.

S'entraîner

pages 67-71

Cf. Introduction (C.1.3), page 23.

- **Corrigés** des activités 1 à 11 : pages 187-188 du livre de l'élève.
- **Parcours digital®** : toutes les activités des pages 68 à 71 sont proposées en version autocorrective.

Faites le point

page 72

Cf. Introduction (C.1.3), page 23.

Évaluez-vous !

Corrigés

› *Réponse libre.*

› *Exemple de production :* On polluerait moins si c'était possible d'aller partout en train.
Si je m'installais à la campagne, je pourrais faire de longues promenades dans la nature.

› *Exemple de production :* Quand les cours de yoga ont-ils lieu ?
Est-il possible de fumer ?
Où peut-on laver son linge ?

› En classe, j'écoute toujours, j'échange avec tout le monde et j'apprends quelque chose.

Classe inversée

Avant la leçon 17 :

Demander aux apprenants de :

- regarder la page d'ouverture de l'unité 5 page 75 ;
- regarder le document 1 et faire l'activité 1 page 76.

Préparation au DELF B1

Corrigés des pages 73-74 du manuel

I COMPRÉHENSION DES ÉCRITS

8 points

Lire pour s'orienter

Document 1

1. Oui (0,5 point) ; 2. Non (0,5 point) ; 3. Non (0,5 point) ; 4. Oui (0,5 point)

Document 2

1. Non (0,5 point) ; 2. Oui (0,5 point) ; 3. Oui (0,5 point) ; 4. Non (0,5 point)

Document 3

1. Oui (0,5 point) ; 2. Oui (0,5 point) ; 3. Non (0,5 point) ; 4. Non (0,5 point)

Document 4

1. Non (0,5 point) ; 2. Oui (0,5 point) ; 3. Oui (0,5 point) ; 4. Oui (0,5 point)

II PRODUCTION ORALE

6 points

Entretien dirigé

Pour se présenter, l'apprenant donne des informations sur :

- son identité : *Je m'appelle* (prénom / nom), *j'ai* (âge), *je suis* (profession), *je m'occupe de* (secteur d'activité) / *je travaille dans* (secteur d'activité), *je fais des études de marketing / médecine* ;
- sa situation familiale : *Je suis célibataire / marié(e) / divorcé(e) / pacsé(e), j'ai* (nombre) *enfants, j'ai* (nombre) *frères et/ou sœurs, ma famille est composée de* (nombre) *personnes, nous habitons à* (nom de ville), *nous vivons dans une maison / un appartement, je m'entends bien avec mon frère / ma sœur / mes parents* (1 point) ;
- son type de spectacle préféré et sa participation récente à un événement culturel : *J'aime le cinéma / le théâtre / le ballet / l'opéra, j'aime aller au stade voir jouer mon équipe préférée, je vais souvent visiter des expositions d'art classique / contemporain, je suis passionné(e) de photo, je vais visiter les musées car j'adore la peinture et la sculpture, je voyage souvent pour aller voir de grandes expositions. Le mois dernier, j'ai visité une grande exposition de photos sur l'Amazonie, j'assiste souvent à des conférences sur...* (1 point) ;
- Le loisir ou l'activité envisagé ces prochains mois : *J'aimerais faire de l'escalade / du rafting car j'aime les sensations fortes / le calme et le contact avec la nature / parce que je voudrais être en contact avec la nature / découvrir des paysages différents* (1 point) ;
- Le loisir ou l'activité conseillé à un(e) ami(e) : *Si je devais conseiller une activité à un(e) ami(e), je lui conseillerais de faire du..., de la... parce que c'est une activité accessible à tous / parce que c'est une activité qui ne demande pas beaucoup d'effort physique / parce que cela permet de connaître ses propres limites* (1 point) ;
- Ses achats en ligne : *Je fais quelquefois / souvent / régulièrement du shopping en ligne sur des sites de vêtements / produits esthétiques / objets pour l'intérieur. J'achète surtout des appareils électroniques. C'est pratique / confortable, on ne perd pas de temps dans les magasins. On peut acheter depuis chez soi / on ne doit pas se déplacer. C'est souvent moins cher que dans les magasins. On trouve de tout sur les sites en ligne / on trouve souvent des produits qui ne sont pas dans les magasins, par exemple.*

Je trouve le shopping en ligne trop risqué, on ne peut pas toucher les vêtements et apprécier les matières. On ne peut pas essayer les vêtements / les chaussures. Les tailles ne sont pas précises. C'est compliqué pour échanger le produit si on n'est pas satisfait. Les paiements en ligne sont risqués. Dans les magasins, les vendeurs peuvent donner des conseils, nous aident à choisir. Les achats en ligne réduisent les emplois dans les magasins. (1 point) ;

• Les sondages : *Je trouve que les sondages sont utiles et informent bien sur les tendances / les phénomènes de société. Grâce aux sondages, on peut mieux comprendre la société / le monde qui nous entoure. Les sondages informent sur les personnes et leurs préférences / leur façon de penser...*

Je ne pense pas que les sondages soient utiles car ils présentent une vision partielle du thème abordé. Les questions des sondages ne sont pas toujours objectives. C'est facile d'orienter les réponses des gens. Les questions sont trop standardisées. Pour qu'un sondage soit utile et efficace, les questions doivent être bien formulées / doivent permettre aux personnes de répondre le plus précisément possible. Je n'ai jamais répondu à un sondage / J'ai participé à un sondage sur les habitudes alimentaires. (1 point).

Comment améliorer son cadre de vie ?

UNITÉ 5

› Livre de l'élève p. 75-88

Page d'ouverture

page 75

En classe entière 10 min

Suivre la démarche proposée en Introduction (C.1.1), page 22.

Corrigés

Exemples de production :

- C'est l'unité 5.
- Elle s'appelle *Comment améliorer son cadre de vie ?*
- Sur la photo, on voit un couple de personnes, un homme et une femme qui sont en train de rénover leur logement donc, améliorer leur lieu de vie.
- Les objectifs sont : *proposer un projet, faire visiter un lieu, parler de son lieu de vie.*
- Les points de grammaire sont : le gérondif ; le plus-que-parfait ; les marqueurs temporels ; l'accord du participe passé avec *avoir*.
- Dans la leçon 20, on va travailler les *Techniques pour* faire un exposé oral et la *Médiation* pour réaliser une carte mentale.
- La vidéo ▶ 14 a pour titre *Ville ou campagne ?*

LEÇON 17 Proposer un projet

pages 76-77

PROPOSER UN PROJET 3 h 50

Savoir-faire et savoir agir : parler de la ville · donner des précisions sur une action · situer dans l'espace

COMPRENDRE	DOC. 1			DOC. 2 (072)		
	10'	15'	30'	5'	15'	15'
	Act. 1	Act. 2	Act. 3	Vocabulaire 077-078	Culture(s)	Act. 4
	· Comprendre un tweet	· Comprendre les objectifs d'un projet de réaménagement urbain	· Préciser un projet de réaménagement urbain	· La localisation (1) · La ville (2)	· Les rues de Paris	· Donner son avis sur un projet

COMPRENDRE	DOC. 3					
	15'	5'	15'	5'	25'	15'
	Act. 5	Act. 6	Act. 7	Vocabulaire 079-080-081	Act. 8 Grammaire	Act. 9
	· Décrire un logo et une photo	· Repérer le sujet d'une page de site	· Comprendre une procédure	· Les espaces verts · Le logement (1) · La loi	· Le gérondif	· Choisir un projet
AGIR	1 heure	Act. 10	· Proposer un projet de végétalisation pour un quartier			

COMPRENDRE

DOC. 1

Activité 1 (10 min)

→ Comprendre un tweet

Seul puis **En classe entière** **a.** Faire décrire la photo ; ceux qui connaissent Paris reconnaîtront de bas en haut de l'image : le jardin des Tuileries, la place de la Concorde et la perspective sur l'avenue des Champs-Élysées.

b. Demander aux apprenants de regarder rapidement sur Internet qui est Anne Hidalgo et réunir les informations. Insister sur sa politique environnementale : le fait que les Jeux olympiques aient lieu à Paris renforce sa détermination à faire de Paris une ville modèle.

À la fin de l'activité, encourager quelques minutes d'échange en demandant aux apprenants ce que serait pour eux « un jardin extraordinaire ».

Corrigés

1 a. Une place, des espaces verts et une longue avenue. **b. 1.** La maire de Paris. **2.** Les Jeux olympiques et paralympiques.

Culture(s) +

■ **Anne Hidalgo** est maire de Paris depuis 2014 et a été candidate à l'élection présidentielle de 2022. Elle est franco-espagnole. Une des priorités de son mandat est de promouvoir la transition énergétique et environnementale pour lutter contre le réchauffement climatique. Elle veut faire de Paris une « ville verte » en réduisant la circulation automobile, en défendant des projets de végétalisation de toit, en développant les transports en commun électriques et en créant des pistes cyclables, par exemple.

DOC. 2 072

Activité 2 (15 min)

→ Comprendre les objectifs d'un projet de réaménagement urbain

Sensibilisation

Seul puis **En classe entière** Dire aux apprenants qu'ils vont écouter une présentation du projet de réaménagement des Champs-Élysées. Avant l'écoute, il serait intéressant de projeter une photo de la place de la Concorde et des Champs-Élysées pour pouvoir suivre plus concrètement ce qui va être dit.

Compréhension globale

Seul puis **En classe entière** **a.** et **b.** Faire écouter le début de la présentation et demander de prendre des notes pour relever les objectifs déclarés. Expliquer collectivement le lexique.

bâtir la ville durable du 21e siècle

piétonisation de grands axes : interdire les grandes avenues aux voitures

promenades végétalisées

pistes cyclables

favoriser les déplacements à pied et à vélo

végétaliser la ville

centre de Paris : un véritable « poumon vert » de 78 hectares

Transcription 072

Emma Garcia : Bonjour à toutes et à tous. Je suis Emma Garcia et je fais partie de l'équipe qui travaille sur le projet de végétalisation des Champs-Élysées. Comme vous allez le voir, Paris met tout en œuvre pour bâtir la ville durable du 21e siècle : piétonisation de grands axes, promenades végétalisées, pistes cyclables. La volonté de la mairie de Paris est en effet de favoriser les déplacements à pied et à vélo et de végétaliser la ville. C'est pourquoi, à l'occasion des Jeux olympiques de 2024, la municipalité a décidé de réaménager complètement la célèbre artère parisienne. Ce projet innovant, dont le budget s'élève à 250 millions d'euros, va complètement transformer la plus belle avenue du monde. Alors, comme vous allez le voir, la réalisation du projet va offrir à Paris un véritable « poumon vert » de 78 hectares ! Car nous proposons un réaménagement complet des espaces avec, en particulier, une réorganisation des jardins qui bordent l'avenue. Commençons par la place de la Concorde. Actuellement, c'est un immense rond-point, plein de voitures, et au milieu de ce rond-point trône l'Obélisque. Eh bien comme vous le voyez, en 2024, cette place sera partiellement piétonne. L'avenue des Champs-Élysées, maintenant. Elle relie la place de la Concorde à l'Arc de Triomphe sur deux kilomètres. Aujourd'hui, 68 % des 100 000 visiteurs quotidiens de l'avenue sont des touristes, 5 % seulement sont des promeneurs parisiens. Les Parisiens trouvent l'avenue bruyante, surpolluée. Il y passe actuellement 3 000 véhicules par heure ! Le projet prévoit donc de planter plus de 360 arbres ici, le long de l'avenue, dans l'objectif de végétaliser le quartier et de créer des zones ombragées, surtout du côté des numéros pairs, c'est-à-dire le trottoir de droite quand on va vers l'Arc de Triomphe, où il y a du soleil tout le temps. L'alignement des arbres qui longeront l'avenue sur toute sa longueur et l'ajout de zones vertes à côté, avec des aires de jeux pour les enfants, protégeront les piétons de la chaleur en laissant circuler un air plus respirable. Les trottoirs seront beaucoup plus larges, et on pourra prendre un café sous les arbres. Les espaces réservés aux voitures seront ainsi réduits de moitié pour diminuer les nuisances liées à la circulation, le bruit, et bien sûr la pollution. Après 2024, il n'y aura que deux couloirs dans chaque sens de circulation et bien sûr des pistes cyclables. Comme vous le voyez, les Champs-Élysées vont devenir plus verts et plus accueillants pour les promeneurs. Y a-t-il des questions ?

Corrigés

2 a. Emma Garcia, elle fait partie de l'équipe qui travaille sur le projet. **b.** *Proposition de réponse :* privilégier les piétons et végétaliser la ville ; réaménager complètement l'avenue des Champs-Élysées (rendre l'avenue des Champs-Élysées plus verte et plus accueillante pour les promeneurs).

Activité 3 (30 min)

→ **Préciser un projet de réaménagement urbain**

Compréhension finalisée

À deux **a.** Faire écouter la présentation plusieurs fois afin que les binômes puissent prendre des notes et se concerter entre chaque écoute. Mettre en commun au tableau et expliquer collectivement le lexique.

Situation avant les travaux	Projet
Place de la Concorde	
Immense rond-point (= carrefour), plein de voitures.	Place partie piétonne.
Avenue des Champs-Élysées	
68 % des 100 000 visiteurs quotidiens de l'avenue : touristes 5 % : Parisiens Avenue bruyante, surpolluée : 3 000 véhicules/h	Réorganisation des jardins qui bordent l'avenue. Planter plus de 360 arbres le long de l'avenue. Créer zones ombragées (n° pairs). Arbres + zones vertes + des aires de jeux : protéger de la chaleur/air respirable. Trottoirs plus larges. Espace pour voitures réduit de 50 % / 2024 : deux couloirs dans chaque sens de circulation. Pistes cyclables.

b. Chaque binôme fait un schéma légendé. Le professeur peut donner la possibilité de travailler avec la transcription du document.

Demander à deux ou trois binômes de reproduire au tableau leur schéma et de le commenter oralement ; cette activité permettra de réutiliser le lexique de la localisation et de la ville *(ici, le long de..., il y a / là, les arbres bordent...).*

Corrigés

3 a. *Voir la grille ci-dessus.* **b.** Production libre.

Vocabulaire (077-078) (5 min)

La localisation (1)
La ville (2)

En classe entière Inviter les apprenants à se reporter aux listes récapitulatives *La localisation (1)* et *La ville (2)* de la page 84.

> S'entraîner activité 3 page 84

Culture(s) (15 min)

Les rues de Paris

Demander à la classe de lire les informations et de réagir. Les inviter à échanger sur la numérotation des immeubles dans leurs pays respectifs.

Culture(s) +

Cette numérotation des bâtiments a été décidée par un décret de 1805 : « une suite de numéros pour la même rue, un seul numéro placé sur la porte principale de l'habitation, les nombres pairs pour le côté droit de la rue, les nombres impairs pour le côté gauche. Pour les rues perpendiculaires ou obliques à la Seine, le côté droit sera déterminé par la droite du passant tournant le dos au fleuve et, pour les rues parallèles, par la droite du passant marchant dans le sens du cours du fleuve. »

Activité 4 15 min

→ **Donner son avis sur un projet**

En petit groupe Pour répondre à la première question, rappeler le coût du projet (250 000 d'euros) et se demander ce qu'en pensent, d'après eux, les Parisiens. Laisser échanger sur les deux autres questions. Mettre en commun.

Corrigés

4 Production libre.

DOC. 3

Activité 5 15 min

→ **Décrire un logo et une photo**

Sensibilisation

Seul puis **En classe entière** **a.** Faire observer la page du site page 77 et échanger sur le logo. Le bateau représenté est très stylisé ; projeter d'autres logos de Paris plus explicites.

b. Faire décrire la photo et demander aux apprenants si ce type d'aménagement de pied d'arbre est fréquent dans leur ville.

Corrigés

5 **a.** Un bateau. **b.** On voit le pied d'un arbre entouré de fleurs et d'arbustes, comme un petit jardin.

Culture(s) +

■ **L'emblème de Paris** date du 13e siècle : il s'agit d'un bateau flottant sur l'eau qui représente la corporation des marchands qui était très importante à cette époque. Il est associé à la devise de Paris « *Fluctuat nec mergitur* » (Flotte et ne coule pas) pour signifier que la ville résiste à tous les dangers. Le logo du document 2 est une version moderne de l'emblème stylisé et se trouve sur tous les documents officiels de la ville de Paris.

Activité 6 5 min

→ **Repérer le sujet d'une page de site**

Compréhension globale

Seul puis **En classe entière** Faire lire rapidement l'introduction et répondre à la question.

Corrigés

6 La possibilité pour les habitants de la ville de jardiner dans les espaces publics *(Comment participer à...)*.

Activité 7 15 min

→ **Comprendre une procédure**

Compréhension finalisée

À deux **a.** et **b.** Demander aux apprenants de lire la page et de répondre aux questions. Mettre en commun en expliquant collectivement le vocabulaire inconnu.

tacitement : de façon automatique, sans demande supplémentaire.

un permis : une autorisation → permettre (permis de conduire, permis de pêche...).

délivrer, accorder, obtenir un permis.

une charte : un ensemble de règles.

Corrigés

7 **a.** La ville de Paris délivre le permis pour trois ans avec reconduction tacite. **b.** Faire une demande sur le site accompagnée d'un projet qui est analysée par les services techniques de la ville.

Vocabulaire

079-080-081 5 min

- **Les espaces verts**
- **Le logement (1)**
- **La loi**

En classe entière Inviter les apprenants à se reporter aux listes récapitulatives *Les espaces verts*, *Le logement (1)*, *La loi* de la page 84.

Culture(s) +

■ **La mairie de Paris**

Chaque arrondissement de Paris a une mairie et un maire élu. Les vingt maires élisent le maire de Paris. Ce statut particulier concerne aussi les villes de Marseille et de Lyon.

Activité 8 25 min

Grammaire

Le gérondif

Conceptualisation

À deux puis **En classe entière** **a.** Demander aux binômes de relever les phrases répondant à la question et mettre en commun. Attention à ne pas relever le quatrième gérondif de l'introduction qui ne répond pas à la question. Demander à la classe si certains connaissent cette structure grammaticale et mettre en commun les informations.

b. Poursuivez la tâche de conceptualisation en faisant repérer la morphologie du gérondif.

c. – Faire faire le dernier relevé et conceptualiser les utilisations du gérondif.

en mettant de fleurs sur son balcon
en végétalisant sa rue ou sa cour
en créant un jardin partagé

en + base du verbe à la 1re personne du pluriel du présent + ant
Jardinez en habitant en ville.

Utilisation :
- en réponse à *comment* + infinitif (manière)
Comment (peut-on) végétaliser ? En créant un jardin.
- pour indiquer la simultanéité / même personne que le sujet
Je jardine en habitant en ville (= je jardine et j'habite en ville).

– La classe se reportera ensuite à la page 84 pour lire l'encadré récapitulatif sur le gérondif.

Préciser que :

– pour exprimer la simultanéité, cette forme verbale est souvent utilisée quand une personne veut dire qu'elle fait deux choses en même temps : *Je travaille en écoutant de la musique.*

– pour exprimer la manière, le gérondif est souvent utilisé quand on veut proposer des solutions à un problème :

Comment progresser en compréhension orale ? – En écoutant beaucoup de documents audio. Moi j'ai progressé en écoutant des chansons.

Préciser aussi que trois verbes ont une forme irrégulière : *être (en étant), avoir (en ayant)* et *savoir (en sachant).*

Corrigés

8 a. en mettant des fleurs sur son balcon, en végétalisant sa rue ou sa cour, en créant un jardin partagé. **b.** en + base du verbe à la 1re personne du pluriel du présent + **ant**. **c.** Jardinez en habitant en ville.

> S'entraîner activités 1 et 2 page 84

Activité 9 15 min

→ **Choisir un projet**

En classe entière Faire de nouveau observer le dessin de la ville du document 3 (la coupe de la ville) ; noter les différents espaces au tableau et les expliquer.

À deux Chaque binôme choisit trois espaces qu'il aimerait végétaliser. Cette activité ne demande pas de préciser en détail le projet, tâche qui sera proposée à l'activité 10.

le jardin public

le jardin partagé

un rucher : groupe de ruches / maison des abeilles.

le toit

la ferme

la cour : espace fermé entre deux immeubles.

le mur ou la clôture : tout ce qui sert à rendre un espace clos (= fermé), un mur, un grillage...

l'arbre et le pied d'arbre

le mobilier urbain : les bancs, les lampadaires, les arrêts de bus...

le balcon ou la terrasse (différence de taille)

Corrigés

9 Production libre.

AGIR

Activité 10 1 heure

→ **Proposer un projet de végétalisation pour un quartier**

Préparation

En classe entière Présenter la tâche aux apprenants, expliquer les différentes étapes de l'activité et en vérifier la bonne compréhension : les apprenants vont établir un projet de végétalisation d'un quartier.

Production

À deux **a.**, **b.** et **c.** Chaque binôme prépare son projet. Circuler pour apporter de l'aide.

Présentation

En classe entière **d.** Les binômes présentent leurs projets qui seront discutés.

Hors de la classe, les projets sont postés sur le groupe de la classe.

Corrigés

10 *Exemple de production :* **a.** Nous avons choisi de végétaliser la cour de notre immeuble ; c'est une petite cour de 50 m^2 entre deux immeubles ; c'est un espace public et privé donc nous discuterons avec les autres habitants de l'immeuble. **b.** Actuellement, cette cour est grise, triste et des voitures viennent se garer… On a le projet de / On pourrait / Ce serait bien de mettre des bacs à fleurs au sol…

Classe inversée

Avant la leçon 18 :

Demander aux apprenants de :

– lire le document 1 page 78 ;

– faire les activités 1 et 2 page 78.

Prolongement de la leçon

> Entraînement linguistique

■ Demander aux apprenants de relire la double page et de réécouter les documents travaillés.

■ Faire compléter la fiche-lexique sur le thème *La ville* (+ *Les espaces verts*) qui a été créée à la leçon 1.

■ Faire créer une fiche-lexique sur le thème *Le logement* qui sera complétée aux leçons 18 et 19.

> Évaluation formative

■ Les activités du **cahier d'activités** correspondant à la leçon sont **aux pages 60 à 63**.

■ Les activités du **Parcours digital®**.

LEÇON 18 Faire visiter un lieu

pages 78-79

FAIRE VISITER UN LIEU 3 h 40

Savoir-faire et savoir agir : décrire les transformations d'une ville · situer dans le temps · organiser une visite guidée

COMPRENDRE — DOC. 1

15'	15'	30'	5'	25'	10'	10'	15'
Act. 1	Act. 2	Act. 3	Vocabulaire 083-084	Act. 4 Grammaire	Grammaire	Act. 6	Act. 6 13
· Décrire et interpréter des photos	· Comprendre le projet de reconstruction d'une ville	· Décrire les transformations d'une ville	· La ville (3) · Le logement (2)	· Le plus-que-parfait	· Les marqueurs temporels	· Parler d'une ville reconstruite	· Parler de sa ville

COMPRENDRE — DOC. 2 073

10'	10'	15'	20'	10'
Act. 7	Act. 8	Act. 9	Act. 10	Grammaire
· Décrire une photo	· Identifier un bâtiment	· Suivre une visite guidée	· Suivre une visite guidée	· Les marqueurs temporels (suite)

AGIR

30'	Act. 11	· Organiser la visite guidée d'un bâtiment de la ville où on étudie

COMPRENDRE

DOC. 1

Activité 1 15 min

→ **Décrire et interpréter des photos**

Sensibilisation

Seul puis **En classe entière** **a.** Faire observer l'en-tête du site et commenter les onglets et les logos : l'Unesco et le patrimoine mondial. Répondre à la question.

b. Faire observer la page, les deux photos et la légende, et répondre à la question. Noter au tableau les mots clés utilisés par les apprenants.

des ruines (f.) : restes de bâtiments après une destruction.

détruire / la destruction

reconstruire / la reconstruction

la guerre

les bombes (f.) / bombarder / le bombardement

Corrigés

1 a. Le Havre. **b.** *Proposition de réponse :* Parce que la ville fait partie du patrimoine mondial de l'Unesco. Elle est protégée car elle possède des bâtiments particuliers. C'est un modèle de reconstruction : sur la photo du haut, on voit la ville totalement détruite, en ruines, certainement à cause des bombardements lors de la Seconde Guerre mondiale, et sur la photo du bas, on voit la nouvelle ville reconstruite.

Culture(s) +

■ **L'Unesco** ou Organisation des Nations unies pour l'éducation, la science et la culture (*United Nations Educational, Scientific and Cultural Organization*) est une institution spécialisée de l'Organisation des Nations unies (ONU), créée en 1945 à la suite des dégâts et des massacres de la Seconde Guerre mondiale. Le logo de l'Unesco représente un temple grec.

■ **Le patrimoine mondial de l'Unesco** désigne un ensemble de biens culturels et naturels présentant un intérêt exceptionnel pour l'héritage commun de l'humanité. On fait la distinction entre le patrimoine matériel (objets, lieux) et le patrimoine immatériel (pratiques culturelles, connaissances et savoir-faire). Le logo du patrimoine a été dessiné par l'artiste belge Michel Olyff, et a été adopté comme emblème officiel en 1978. Le carré central symbolise les résultats de compétence humaine et d'inspiration, le cercle célèbre les cadeaux de la nature. L'emblème est rond, comme le monde, un symbole de protection globale pour le patrimoine de l'humanité.

Faire commenter les logos : le logo de l'Unesco représente un temple grec, symbole de la culture antique ; le logo du patrimoine mondial est plus difficile à définir mais on peut se demander pourquoi les inscriptions sont en trois langues (français, anglais et espagnol). Les apprenants peuvent être encouragés à se rendre sur le site pour voir la liste des biens inscrits au patrimoine mondial, notamment ceux de leur pays.

Activité 2 15 min

→ **Comprendre le projet de reconstruction d'une ville**

Compréhension globale

Seul puis **En classe entière** **a.** Faire lire les deux premiers paragraphes du texte et confirmer les hypothèses.

b. Demander de faire le repérage géographique et faire des hypothèses sur l'importance de la ville et les raisons de son bombardement (c'est un port donc une ville importante pour les échanges et le commerce ; en temps de guerre, les ports sont visés pour bloquer la vie économique d'un pays). Demander si Auguste Perret a reconstruit la ville à l'identique : non, car il est écrit *il a recréé / il souhaitait développer et valoriser*.

viser : être la cible.

valoriser : mettre en valeur.

Demander à la classe de lire le texte en entier et de résumer le sujet des trois derniers paragraphes : on explique avec précision comment l'architecte a reconstruit la ville *(il a redessiné ; il a agrandi ; il a construit)*. On parle des espaces publics (rues, bâtiments) et aussi des logements.

Corrigés

2 a. Il s'agit bien d'un modèle de reconstruction urbaine après une destruction totale. **b. 1.** C'est une ville située en Normandie au bord de la mer et à l'embouchure de la Seine. C'est un port industriel. **2.** Parce qu'elle a été bombardée pendant la Seconde Guerre mondiale *(Pendant la Seconde Guerre mondiale, plusieurs bombardements ont visé Le Havre et ont détruit en grande partie la ville)*. **3.** C'est l'architecte Auguste Perret qui l'a reconstruite entre 1945 et 1964 *(Le ministère… a confié à Auguste Perret, architecte et urbaniste, le chantier de reconstruction… Entre 1945 et 1964, il a recréé l'espace à partir de l'ancien plan de la ville)*.

Culture(s) +

La ville du Havre a en réalité été bombardée par les alliés, le 5 septembre 1944 afin d'en chasser l'occupant nazi. La ville a été détruite à 80 % et il y a eu 2 000 morts civils. En 2005, l'Unesco a décidé d'inscrire la ville du Havre sur la Liste du patrimoine mondial en retenant que « le plan de reconstruction du Havre est un exemple exceptionnel et une étape importante de l'intégration des traditions urbanistiques à une mise en œuvre pionnière des développements modernes qui se sont produits dans l'architecture, la technologie et l'urbanisme ».

Auguste Perret, né en 1874 en Belgique et mort en 1954 à Paris, est un architecte français et l'un des premiers techniciens spécialistes à avoir utilisé le béton armé (avec une structure métallique) pour la construction d'immeubles. Ce béton, il le décore, il le colore, il le traite, il l'habille grâce à différents procédés techniques.

Activité 3 30 min

→ **Décrire les transformations d'une ville**

Compréhension finalisée

À deux **a.** Demander aux binômes de faire le classement lexical demandé ; au préalable, expliciter le sens d'« aménagement urbain » (ce qui concerne la circulation, les transports...). Mettre en commun et expliquer collectivement les mots inconnus.

Aménagements urbains	Bâtiments et espaces publics	Logements
un axe de circulation une voie un plan	un parc public une église un cimetière un gratte-ciel l'hôtel de ville un front de mer (= les bâtiments devant la mer) un phare (= lampe éclairée pour informer les bateaux)	des aménagements modernes un appartement témoin (= un appartement modèle) une résidence

À deux **b.** Pour ce second relevé lexical, demander aux apprenants de noter les actions qui ont été faites comme cela est indiqué dans l'exemple. Mettre en commun et souligner les verbes utilisés, verbes indispensables lorsqu'on parle d'urbanisme. Expliquer collectivement les mots inconnus.

La circulation	Il a redessiné la ville à partir de deux axes de circulation. Il a prolongé l'axe est-ouest. Il a agrandi l'axe nord-sud en prolongeant le boulevard François Ier jusqu'au front de mer sud.
La lumière	Il a fait construire des logements avec une double orientation pour obtenir un ensoleillement maximal (= appartement traversant, des fenêtres de chaque côté).
Le confort des logements	Il a donné l'eau courante (= eau coulant des robinets). Il a également équipé les logements d'une cuisine et d'une salle de bains.
Les activités maritimes	Cette longue voie a permis de relier le front de mer au square Saint-Roch puis à la place de l'hôtel de ville.
Les activités publiques	Le square Saint-Roch a remplacé un ancien parc et un cimetière. Il a édifié d'imposants monuments tels que l'église Saint-Joseph.

Demander à la classe de visualiser le plan de la ville et d'en faire un dessin schématique ; les dessins pourront être comparés. Encourager les apprenants à se rendre sur le site de la mairie du Havre afin de voir des images de la ville. De nombreuses vidéos courtes sont présentes sur YouTube pour expliquer la reconstruction de la ville.

Culture(s) +

La reconstruction du Havre

Auguste Perret n'a pas décidé de reconstruire la ville ancienne mais de créer une ville neuve. Les bases de cette construction sont :

– la standardisation (on répète les mêmes types de logement) ;
– la préfabrication des éléments de construction (les éléments sont construits ailleurs et apportés sur le site) ;
– la création de trois grands axes : le centre-ville, la mer et le port avec de grandes voies de circulation (le « Triangle d'or » : boulevard François Ier, avenue Foch et rue de Paris). On ajoute deux monuments visibles de loin : l'hôtel de ville (72 mètres de haut) et l'église Saint-Joseph (107 mètres de haut) ; et deux bassins : le bassin du commerce et le bassin du Roy ;
– la création de voies secondaires qui délimitent des îlots de 100 mètres x 100 mètres.

L'architecture de la ville suit plusieurs principes :
– l'utilisation du béton armé ;

– l'ensemble de la ville est construit sur une sorte de grille invisible. 6,24 mètres, c'est la portée optimale d'une poutre de béton (calculé en 1946). On en déduit ensuite les proportions de tous les bâtiments avec 6,24 mètres de côté ;
– une organisation verticale similaire de tous les immeubles : un premier niveau pour les commerces, un balcon filant à partir du premier étage de logement, deux niveaux de logement, un second balcon filant (sur toute la longueur) au dernier étage de logement, un étage en retrait, une toiture terrasse ;
– le confort pour tous : de l'espace et des logements équipés avec les dernières technologies de l'époque (salle de bains, cuisine équipée).

Corrigés

3 a. *Voir la grille page précédente.* **b.** *Voir la grille page précédente.*

Vocabulaire

083-084 · 5 min

La ville (3)
Le logement (2)

En classe entière Inviter les apprenants à se reporter aux listes récapitulatives *La ville (3)* et *Le logement (2)* de la page 86.

> S'entraîner › activité 8 page 86

Activité 4

25 min

Grammaire

Le plus-que-parfait

Conceptualisation

À deux puis **En classe entière** **a.**, **b.** et **c.** Demander aux binômes de faire l'activité et mettre en commun pour faire la conceptualisation du plus-que-parfait. Amener à en expliciter la formation et l'utilisation.

il avait déjà imposé

qui avait bâti

avoir (ou être) à l'imparfait + participe passé

→ indique une action qui se passe avant le passé composé.

En classe entière Inviter les apprenants à se reporter à l'encadré récapitulatif de la page 85 pour synthétiser les informations. Attirer l'attention sur l'utilisation des marqueurs temporels souvent utilisés avec le plus-que-parfait.

Corrigés

4 a. Faux : il était déjà connu. *(Avant ce projet, il avait déjà imposé son style en construisant notamment le théâtre des Champs-Élysées à Paris).* **b.** Avec l'auxiliaire *avoir* à l'imparfait + le participe passé. **c.** en mémoire du roi qui **avait bâti** le premier port auparavant, en 1517.

> S'entraîner › activités 4, 5 et 6 page 85

Grammaire

10 min

Les marqueurs temporels

Conceptualisation (1)

En classe entière – Rappeler aux apprenants l'importance des marqueurs temporels lorsqu'on raconte quelque chose : il s'agit de clarifier le récit en situant les faits, en marquant la chronologie et la relation des faits les uns par rapport aux autres. Ce travail sur les marqueurs temporels peut commencer à cette étape de la leçon et se poursuivre après l'activité 10.

N. B. : Conserver cette première grille dans un coin du tableau.

– Demander à la classe de relire le texte et de relever tous les indicateurs de temps. Expliquer leur sens et leur utilisation grammaticale collectivement.

Marquer la chronologie	*D'abord* *Puis* *également*
Indiquer la date	*en* + année *entre* + année *et* année *aujourd'hui*
Mettre en relation les faits	*pendant* + nom *avant* + nom *Il y a* + nombre d'années

Activité 5

10 min

→ **Parler d'une ville reconstruite**

En petit groupe Laisser les groupes échanger.

N. B. : La reconstruction d'une ville est généralement due à la guerre, à une catastrophe naturelle ou à une modernisation (la leçon 19 évoquera la reconstruction de Paris par Haussmann). Les apprenants concernés par une situation de guerre ou de catastrophe naturelle peuvent être amenés à raconter des événements historiques douloureux. Le professeur anticipera selon les pays représentés dans sa classe.

Corrigés

5 Production libre.

Activité 6

13 · 15 min

→ **Parler de sa ville**

À deux Faire visionner la vidéo de Ricky, l'étudiant de Hong Kong et répondre à sa question.

Transcription ▶ 13

Ricky : J'habite à Hong Kong. Nous sommes très nombreux et nous avons peu d'espace : nous sommes environ 7 000 habitants au km², donc nous construisons en hauteur. Moi, j'habite au 35e étage et je vois la mer de ma fenêtre. J'aime beaucoup ma ville même s'il y a beaucoup de circulation et de bruit. Dans les immeubles de Hong Kong, c'est normal d'avoir un restaurant au rez-de-chaussée, un coiffeur au premier étage, quelques appartements, puis une école à l'étage au-dessus. Et votre ville ? Comment est-elle organisée ?

Corrigés

6 Production libre.

DOC. 2 073

Activité 7 10 min

→ **Décrire une photo**

Sensibilisation

Seul puis **En classe entière** a. et b. Demander à la classe de regarder la photo page 79, de la décrire et de faire des hypothèses sur la fonction des bâtiments. Notez les mots utilisés au tableau. La légende sur le bâtiment 1 « la scène » va probablement orienter les apprenants à citer des lieux culturels : salle de spectacle, musée, bibliothèque...

place carrée

bâtiments ronds et blancs / volcan

ligne blanche

Corrigés

7 a. On voit une place carrée grise avec deux bâtiments ronds et blancs au milieu. L'un des deux ressemble à un volcan. Il y a une ligne blanche qui relie les bâtiments. b. Production libre.

Activité 8 10 min

→ **Identifier un bâtiment**

Sensibilisation (suite)

En classe entière Faire observer le ticket et le décrire : on reconnaît sur la photo une partie d'un des bâtiments du document 2 ; il s'agit d'un ticket d'entrée pour une visite guidée de ce site qui s'appelle Le Volcan. C'est un lieu situé au Havre. Informer les apprenants qu'ils vont écouter une partie de cette visite guidée.

Compréhension globale

a. Faire écouter la visite guidée et vérifier les hypothèses émises précédemment.

b. et c. Faire répondre aux trois questions.

Le volcan grand et petit

Inauguration / inaugurer (ouvrir ses portes officiellement)

Scène nationale

Première maison de culture

Unesco

Oscar Niemayer

Transcription 073

Le guide : Alors nous arrivons devant Le Volcan, le grand centre culturel du Havre. On l'a inauguré en 1982, il y a plus de quarante ans aujourd'hui. Ce lieu regroupe plusieurs disciplines artistiques : le théâtre, la danse, la musique. C'est une scène nationale depuis 1991 et il fait partie du Patrimoine mondial de l'Unesco depuis 2005. Il faut savoir que c'est au Havre qu'on a créé la première maison de la culture en 1961. C'est à partir de ce moment qu'on a commencé à parler de « culture pour tous » et c'est aussi l'objectif de ce centre : accueillir des publics de tous les milieux sociaux. Revenons à l'origine de sa construction : comme vous pouvez le voir, c'est une architecture très moderne, et c'est Oscar Niemeyer, un architecte brésilien, qui l'a réalisée... Approchez-vous... Vous pouvez observer qu'il y a en réalité deux bâtiments : le grand volcan et le petit volcan. On les a construits dans les années 80, comme je vous l'ai dit, et les travaux ont duré près de cinq ans. On l'a rénové pendant quatre ans, entre 2011 et 2015. Cela a permis notamment de transformer le petit volcan en médiathèque, un lieu très apprécié des Havrais. Pendant les travaux de rénovation, toutes les équipes ont déménagé dans la gare maritime du Havre que nous avons visitée tout à l'heure. Je vous expliquerai bien entendu les grandes transformations intérieures quand nous entrerons dans le bâtiment. Mais d'abord, je vous propose de faire le tour des bâtiments. Suivez-moi. Comme vous pouvez le remarquer, les bâtiments sont uniquement composés de courbes, il y a un vrai contraste avec le reste de la ville et donc avec le style de Perret. Alors, ici, le café au cœur des deux bâtiments, c'est une des terrasses les plus fréquentées de la ville. Au-dessus, vous remarquez deux rampes qui relient les bâtiments. Vous voyez également, là-bas, un petit bassin avec une sculpture. Suivez-moi, regardez : la sculpture est intégrée au bâtiment. Et cette main, c'est en fait le moulage de la main d'Oscar Niemeyer. Je vous invite à me suivre, nous allons longer le bassin pour découvrir l'intérieur des bâtiments. Nous commencerons par la scène du grand volcan.

Corrigés

8 a. Il s'agit d'un centre culturel. b. Le centre s'appelle Le Volcan. Il a été construit par Oscar Niemeyer. c. Accueillir des publics de tous les milieux sociaux. C'est un centre culturel populaire.

Culture(s) +

■ **Oscar Niemeyer**, né en 1907 et mort en 2012 à Rio de Janeiro, est un architecte brésilien mondialement connu. Il est surtout réputé pour la construction de Brasilia, capitale administrative du Brésil, avec l'urbaniste Lucio Costa, inaugurée en 1960. Exilé en France au milieu des années 1960, il a notamment construit à Paris, le siège du Parti communiste français et la Maison de la culture du Havre dont la bibliothèque porte son nom.

■ **Le Volcan**, le centre culturel situé au Havre a ouvert en 1982 : il est composé de deux salles de spectacles, l'une de 800 places, l'autre de 125 places. D'abord nommé Maison de la Culture (la première créée par André Malraux en 1961), puis Scène nationale en 1991, le Volcan est aujourd'hui une des plus importantes scènes nationales en France. C'est un lieu de production et de diffusion artistique dans le domaine du théâtre, de la musique, de la danse, du cirque, des images et des arts numériques.

Activité 9 15 min

→ **Suivre une visite guidée**

Compréhension finalisée

À deux puis **En classe entière** **a.** et **b.** Faire écouter la suite de la visite pour légender la photo de la page 79 et flécher la visite dans l'ordre où les lieux sont vus. Demander aux binômes de prendre des notes sur les informations supplémentaires données par le guide. Mettre en commun et préciser collectivement un certain nombre de points lexicaux.

Le grand et le petit volcan	deux bâtiments : construits dans les années 1980 / travaux 5 ans / rénovation entre 2011 et 2015 / le petit volcan → médiathèque (lieu très apprécié)
Les bâtiments sont composés de courbes	contraste avec lignes du reste de ville
Ici le café	au cœur des deux batiments / terrasse très fréquentée
Deux rampes là-bas	relient bâtiments
Un petit bassin	avec sculpture intégrée bâtiment / main d'Oscar Niemeyer

ici ≠ là-bas : ici = le lieu où on est / là-bas = le lieu qui est loin de moi.

au cœur de : au milieu de, au centre de.

rénover / une rénovation : rendre neuf.

une rampe : un plan incliné qui sert de passage (une rampe d'accès) / une barre fixée sur un mur pour se tenir quand on monte ou descend un escalier.

relier : faire le lien entre.

Corrigés

9 a. 1 : la scène ; 2 : le café ; 3 : une rampe ; 4 : des courbes ; 5 : un bassin ; 6 : la médiathèque. **b.** Ordre des lieux visités : la scène, la médiathèque, les courbes, le café, les rampes, le bassin.

Activité 10 20 + 10 min

→ **Suivre une visite guidée**

Compréhension finalisée (suite)

À deux puis **En classe entière** **a.** Faire faire le classement lexical par les binômes ; la réécoute n'est pas indispensable pour cette tâche. Mettre en commun et faire des commentaires sur les expressions utilisées ; relever notamment :
- l'utilisation de l'impératif ;
- l'expression très polie : *Je vous invite à* + infinitif ;
- la structure de comparaison introduite par *comme* (= *ainsi que*) pour rappeler ce qui a déjà été dit ou vu (*comme je vous l'ai dit*) ou pour associer ce qui est vu et ce qui est dit (*comme vous pouvez le voir*).

Pour montrer un élément	Pour donner des explications	Pour déplacer le groupe
comme vous pouvez le remarquer vous voyez également regardez vous pouvez observer	il faut savoir que comme je vous l'ai dit revenons à je vous expliquerai	suivez-moi approchez-vous je vous invite à me suivre

b. Demander aux binômes de répondre et de justifier avec des phrases de la visite guidée à l'aide de la transcription.

Grammaire

Les marqueurs temporels

Conceptualisation (suite)

À deux Faire repérer tous les marqueurs temporels.

Le Volcan a ouvert ses portes il y a moins de trente ans ≠ On l'a inauguré en 1982, il y a plus de quarante ans.

L'Unesco l'a inscrit au patrimoine mondial au début des années 2000 = Il fait partie du patrimoine mondial de l'Unesco depuis 2005.

La rénovation du Volcan a duré trois ans. ≠ On l'a rénové pendant quatre ans, entre 2011 et 2015.

À deux **c.** Faire observer les phrases et répondre à la question.

Demander aux apprenants de reprendre la grille sur les marqueurs temporels faite après l'activité 4 et de la compléter avec les nouveaux éléments soulignés.

Marquer la chronologie	*D'abord* *Puis* *également*
Indiquer la date / le moment	*en* + année *entre* + année *et* année aujourd'hui *au début des années* + année *à partir de* + nom
Mettre en relation les faits	*pendant* + nom / nombre d'années *avant* + nom *il y a* + nombre d'années (verbe au passé composé) *depuis* + année (verbe au présent) *quand* + phrase

En classe entière Inviter les apprenants à se reporter à l'encadré récapitulatif de la page 85 pour synthétiser le point grammatical et ajouter si besoin des expressions à la grille.

Corrigés

10 a. *Voir la grille page précédente.* **b. 1.** Faux (*On l'a inauguré en 1982, il y a plus de quarante ans*). **2.** Vrai (*Il fait partie du patrimoine mondial de l'Unesco depuis 2005*). **3.** Faux (*On l'a rénové pendant quatre ans, entre 2011 et 2015*). **c.** On emploie *il y a* avec un verbe au passé composé. On emploie *depuis* avec un verbe au présent.

> S'entraîner > activité 7 page 86

AGIR

Activité 11 30 min

→ **Organiser la visite guidée d'un bâtiment de la ville où on étudie**

Préparation

En classe entière Faire lire la consigne pour faire comprendre la finalité de l'activité : il s'agit de faire une visite guidée d'un bâtiment de la ville.

N. B. : Cette activité demande une préparation hors de la classe (la visite sur le terrain). Le temps indiqué ne comprend pas cette visite sur le terrain ni la visite sur place pour la classe.

À deux **a.**, **b.** et **c.** Suivre les étapes pour préparer la visite.

d. Faire la visite sur le terrain.

Présentation

En classe entière **e.** Les binômes **présentent** en classe la visite qu'ils ont préparée ou emmènent leurs camarades sur le terrain.

Corrigés

11 Production libre.

Prolongement de la leçon

> Entraînement linguistique

- Demander aux apprenants de relire la double page et de réécouter les documents travaillés.
- Faire compléter la fiche-lexique sur *La ville* créée à la leçon 1.
- Faire compléter la fiche-lexique sur *Le logement* créée à la leçon 17.

> Évaluation formative

- Les activités du **cahier d'activités** correspondant à la leçon sont **aux pages 64 à 67**.
- Les activités du **Parcours digital®**.

Classe inversée

Avant la leçon 19

Demander aux apprenants de :

– regarder le document 1 et faire l'activité 1 page 80 ;

– faire quelques recherches sur le site Babelio et sur Maryam Madjidi.

LEÇON 19 Parler de son lieu de vie

PARLER DE SON LIEU DE VIE 3 h 55

Savoir-faire et savoir agir : faire un commentaire sur un roman · décrire un logement · parler des améliorations du cadre de vie

COMPRENDRE	DOC. 1			DOC. 2 074					
	10'	15'	15'	15'	30'	5'	15'	15'	10'
	Act. 1	Act. 2	Grammaire	Act. 3	Act. 4	Vocabulaire 085-086	Act. 5	Culture(s)	Act. 6
	· Identifier des informations sur la page d'un site	· Comprendre une critique de livre	· L'accord du participe passé avec *avoir*	· S'informer sur une auteure · Identifier le sujet d'un extrait de roman	· Décrire un logement	· La ville (4) · Le logement (3)	· Comprendre des implicites	· Les immeubles haussmanniens	· Donner son avis sur un livre audio

COMPRENDRE	DOC. 3 003		
	15'	15'	15'
	Act. 7	Act. 8	Phonétique 087 15
	· Identifier le sujet d'une conversation téléphonique	· Donner des informations sur un logement	· Les voyelles [y] et [u] et les semi-consonnes [ɥ] et [w]

AGIR	30'	Act. 9	· Donner son opinion sur la question « Comment améliorer son cadre de vie ? »
CULTURE(S) VIDÉO	30'	14	· Ville ou campagne ?

COMPRENDRE

DOC. 1

Activité 1 10 min

→ Identifier des informations sur la page d'un site

Sensibilisation et compréhension globale

Seul puis **En classe entière** **a.** Faire faire des hypothèses sur la fonction du site et rassembler les informations.

b. Faire répondre à la question.

Corrigés

1 a. Production libre. **b. Titre :** *Marx et la poupée*. **Auteur :** Maryam Madjidi. **Date de parution :** 2017.

Culture(s) +

Babelio est un site communautaire, une application et un réseau social consacrés à la littérature. Ce site permet d'enregistrer des bibliothèques personnelles, de les partager avec d'autres utilisateurs ; on peut écrire des critiques sur les livres et aider les utilisateurs à choisir des livres à lire.

Le prix Goncourt est un prix littéraire français attribué chaque année depuis 1903 pour récompenser « le meilleur ouvrage d'imagination en prose paru dans l'année ». Parallèlement à ce prix existent le prix Goncourt du premier roman et le prix Goncourt des lycéens.

Activité 2 15 + 15 min

→ **Comprendre une critique de livre**

Compréhension finalisée

À deux puis **En classe entière** **a.** et **b.** Demander aux binômes de faire les deux tâches de l'activité puis mettre en commun. Le professeur peut rapidement expliquer le sens du préfixe *auto-*.

autobiographie : on raconte sa propre vie.

auto < soi-même (autogestion, autodidacte, autocritique)

Points positifs	Points négatifs
c'est celle (l'histoire) qui m'a le plus touchée l'expérience... est très bien rapportée les personnages... sont très attachants j'ai bien aimé	mais le style « journal intime » m'a parfois ennuyée

Grammaire

L'accord du participe passé avec *avoir*

Conceptualisation

En classe entière **c.** – Demander à la classe d'observer les phrases du tableau et de commenter la forme des participes passés. Amener les apprenants à conceptualiser la règle d'accord.

Points positifs	Points négatifs
c'est celle (l'histoire) qui m'a le plus touchée j'ai bien aimé	mais le style « journal intime » m'a parfois ennuyée

Avec *avoir* : pas accord avec le sujet mais avec le COD (pronom personnel).

– Faire préciser la règle en écrivant au tableau :

Le livre a touché la lectrice.

Le livre l'a touchée.

Le COD doit être placé devant le verbe pour qu'il y ait accord.

– Demander à la classe dans quel cas un COD peut se placer devant le verbe : *quand c'est le pronom personnel direct ou le pronom relatif* que.

me, te, le, la, nous, vous, les → L'histoire, nous l'avons aimée.

que → C'est l'histoire que nous avons aimée.

– Inviter les apprenants se reporter à l'encadré récapitulatif de la page 86 pour une synthèse des informations.

Corrigés

2 a. La critique de Sandra concerne un roman autobiographique *(une histoire très personnelle)*. **b.** Elle a plutôt aimé mais pense que c'est parfois ennuyeux. **c.** Les deux verbes sont conjugués avec l'auxiliaire *avoir*. Dans la première phrase, le participe passé ne s'accorde pas avec le sujet *je* (= Sandra) ; dans la seconde phrase, le participe est accordé avec le COD *m'* (= Sandra).

> S'entraîner activité 9 page 86

DOC. 2 074

Activité 3 15 min

→ **S'informer sur une auteure – Identifier le sujet d'un extrait de roman**

Sensibilisation et compréhension globale

Seul puis **En classe entière** **a.** Réunir les informations biographiques sur l'auteur et demander à la classe de commenter le titre du livre.

b. Faire écouter l'extrait et répondre à la question. Demander à la classe de préciser le contenu de l'extrait : *elle décrit l'immeuble et l'appartement.*

Transcription 074

Juillet 1986 – Paris – Rue Marx Dormoy
Nous sommes devant une grande porte en bois. Mon père dépose les valises, appuie sur un petit bouton et pousse la porte. Nous montons les marches. Sur les marches coule un lourd tapis rouge avec des arabesques marron et jaunes dessinées dessus. C'est agréable de poser le pied sur ce gros tapis. À chaque étage, il y a deux grandes portes, deux appartements. Elles sont très belles ces portes, brillantes, vernies, imposantes. Je remarque aussi la sonnette, dorée ou argentée sur le côté droit. [...]
Nous montons encore et encore mais je remarque, chose étrange, que passé le quatrième étage, les portes deviennent moins belles, moins imposantes, les murs se fissurent, la

peinture tombe par endroits et au cinquième étage, d'un coup, le tapis rouge disparaît. [...] Ça commence à sentir l'humidité, la moisissure et la pauvreté. [...]
La porte ne donne que sur une seule pièce, un studio de 15 m². [...] J'observe la pièce : il y a un lavabo, une petite télé, un placard, une table, trois chaises, une plante. Une fenêtre, j'y cours. Je vois la rue, les toits parisiens, la bouche de métro. Nous sommes là tous les trois, nichés au sixième étage sans ascenseur d'un immeuble parisien dans le 18e arrondissement, enfin réunis après maintes difficultés et épreuves.

Corrigés

3 a. *Voir la rubrique* Culture+ *ci-dessous*. **b.** Elle raconte son arrivée à Paris.

Culture(s) +

- **Maryam Madjidi**, née en 1980 à Téhéran, est une écrivaine française d'origine iranienne. Ses parents communistes fuient l'Iran en 1986 et s'installent en France quand elle a six ans. Elle fait des études de Lettres et enseigne le français à des détenus, à des mineurs immigrés isolés et à l'université. Elle a vécu quatre ans à Pékin et deux ans à Istanbul.
- ***Marx et la poupée*** est un récit autobiographique où l'auteure raconte sa jeunesse iranienne puis ses premières années d'exil en France ; le roman évoque la révolution iranienne, l'abandon du pays, l'éloignement de sa famille, la difficulté de vivre entre deux cultures. Le roman est traduit dans quatorze langues. La référence à Karl Marx dans le titre évoque les idées communistes de ses parents.

Activité 4 — 10 min

→ Décrire un logement

Compréhension finalisée

À deux puis **En classe entière** **a.** Faire réécouter l'extrait et faire relever les informations sur l'immeuble et l'appartement. Ne pas hésiter à autoriser le dictionnaire pour le lexique spécifique (*verni, se fissurer, moisissure*...). Mettre en commun et vérifier collectivement le sens des mots. Faire oraliser la description : *Ils arrivent devant un immeuble qui... ; ils entrent dans l'immeuble où il y a... ; l'appartement est...*

b. Les binômes prennent des notes et dessinent le studio. Puis ils comparent leur dessin avec d'autres binômes et le complètent si besoin. L'objectif est de faire apparaître tous les éléments : 15 m², un lavabo, une télé, un placard, une table, trois chaises, une plante, une fenêtre. Les apprenants ayant un talent artistique auront peut-être dessiné en 3D et fait apparaître les toits.

Rue Marx Dormoy

Une grande porte en bois, un petit bouton pour ouvrir

Un escalier (*les marches*) avec un tapis rouge et des dessins (*arabesques*) marron et jaune

À chaque étage : 2 belles portes brillantes, vernies, imposantes avec sonnette (*dorée, argentée*) à droite

Étages 4 et + : portes moins belles / les murs et peinture sont vieux (*se fissurent / peinture tombe*)

Étage 5 : disparition du tapis / humidité / moisissure

6e étage sans ascenseur

18e arrondissement de Paris

c. Si besoin, faire réécouter pour répondre aux deux questions. Préciser que cette utilisation du présent à la place des temps du passé dans un récit est appelée le présent de narration ; il est souvent utilisé à l'intérieur d'un récit au passé pour mettre en valeur une scène en la rendant plus vivante car plus présente.

Corrigés

4 a. *Voir au tableau ci-dessus.* **b.** Production libre. **c.** **1.** Les verbes sont au présent de l'indicatif. **2.** Le récit est plus vivant car le lecteur a l'impression de voir le lieu et de vivre les événements au même moment que le narrateur.

Vocabulaire — 085-086 — 5 min

La ville (4)
Le logement (3)

À deux Inviter les apprenants à se reporter aux listes récapitulatives *La ville (4)* et *Le logement (3)* de la page 87.

> S'entraîner activité 10 page 87

Activité 5 — 15 min

→ Comprendre des implicites

Compréhension finalisée (suite)

En classe entière Demander à la classe de regarder la photo de l'immeuble page 81 et de décrire la façade : il y a six étages, des magasins au rez-de-chaussée, des balcons filants (un balcon commun à tous les appartements) aux 2e, 4e et 5e étages, des balcons privés au 3e étage, les fenêtres sous les toits au 6e étage. Faire lire les quatre sentiments, expliquer si besoin.

À deux Faire réécouter et prendre des notes sur les sentiments associés à tous les étages.

2e étage / 3e étage le plaisir	C'est agréable de poser le pied sur ce gros tapis. Elles sont très belles ces portes.
4e étage et 5e étage la surprise	je remarque, chose étrange... ... moins belles, moins imposantes, les murs se fissurent, la peinture tombe par endroits... d'un coup, le tapis rouge disparaît. Ça commence à sentir l'humidité, la moisissure et la pauvreté. [...]

6e étage la déception le soulagement	La porte ne donne que sur une seule pièce... enfin réunis...

Corrigés

5 *Voir la grille ci-dessus.*

Culture(s) 15 min

Les immeubles haussmanniens

Dire aux apprenants que la façade en photo de la page 81 est celle d'un immeuble haussmannien. Faire lire et commenter l'encadré *Culture(s)*.

Culture(s) +

■ **Le baron Haussmann** (1809-1891), préfet de Paris sous Napoléon III, va entreprendre la métamorphose de Paris à la fin du 19e siècle. La ville médiévale devenait invivable : rues étroites (problèmes de circulation), manque de lumière, manque d'hygiène (problèmes d'écoulement des eaux usées, déchets), maisons en bois (risque d'incendie) et sans confort. Paris va connaître des années de destructions et reconstructions pour voir apparaître : 137 km de voies larges et rectilignes, de nombreuses places, des jardins et des squares, 2 400 km d'égouts, des gares.

■ **L'immeuble haussmannien** va créer un esthétisme et apporter du confort. 100 000 immeubles sont construits entre 1852 et 1870. Tous les bâtiments ont la même hauteur (6 étages / 12 à 20 mètres) créant ainsi une grande harmonie de façade. Une des révolutions de ces immeubles est qu'ils feront cohabiter des classes sociales différentes au même endroit ; la hiérarchisation se manifestera dans les étages, comme l'a remarqué Maryam à son arrivée : le rez-de-chaussée et le premier étage seront occupés pas les commerçants, le deuxième étage par les familles riches (pour ne pas les faire s'épuiser dans l'ascension de l'escalier), les troisième et quatrième étages seront occupés par des employés et ouvriers. Enfin au sixième et dernier étage logeront les domestiques. Comme le remarque Maryam, cette hiérarchisation se manifestera par l'aspect : escalier très large et somptueux (tapis rouge, parquet, rampes décorées...), murs propres et décorés, appartements spacieux, grandes fenêtres, balcons privés, cheminées jusqu'au deuxième étage ; et plus on monte dans les étages, plus le luxe disparaît et la simplicité s'impose : escalier plus étroit, moins décoré, appartements étroits, fenêtres moins grandes, balcons filants ou sans balcon, toilettes sur le palier...

Activité 6 10 min

→ **Donner son avis sur le livre audio**

En petit groupe Laisser les groupes **échanger**. On peut faire un tour de table final pour comparer les arguments.

Corrigés

6 Production libre.

DOC. 3 075

Activité 7 15 min

→ **Identifier le sujet d'une conversation téléphonique**

Compréhension globale

En classe entière Faire écouter la conversation téléphonique et répondre à la question.

Transcription 075

Agent immobilier : Allô...
Agent immobilier : Allô bonjour ?
Femme : Allô, bonjour, excusez-moi. C'est moi qui viens d'appeler, j'ai fait une mauvaise manip et ça a coupé.
Agent immobilier : Pas de problème. Je vous écoute.
Femme : Je vous appelle au sujet d'un appartement qui est situé rue Joly.
Agent immobilier : Oui ?
Femme : Moi, j'habite en face, donc en face... Heu... Moi, je suis au 27 donc, attendez, je regarde par la fenêtre, c'est quoi en face ? Le 28. C'est un appartement avec un balcon, avec un panneau « à vendre ».
Agent immobilier : Oui, oui, je vois.
Femme : Est-ce que vous pouvez me renseigner ? Est-ce que...
Agent immobilier : Ah c'est...
Femme : Oui, dites-moi.
Agent immobilier : Je regrette, il vient d'être acheté. Et, en fait, c'est un studio.
Femme : Ah ! OK...
Agent immobilier : Est-ce que vous cherchez... vous avez un projet d'achat ? Que recherchez-vous ?
Femme : Oui, on cherche un deux ou trois pièces, avec possibilité de faire une cuisine ouverte et puis aussi un balcon orienté plein sud, voilà. Notre objectif, c'est d'avoir un balcon. À Toulouse, on peut vraiment profiter de son balcon.
Agent immobilier : Nous avons un autre appartement, de l'autre côté de l'immeuble. Un 57 m² qui donne sur l'avenue Alfred Duméril et sur le parc. Ça pourrait vous intéresser ?
Femme : Ah oui, si en plus on voit les arbres, ça me plaît bien ! C'est possible de visiter ?
Agent immobilier : Alors oui. C'est un bel appartement, dans un bel immeuble. Il est à 310 000 euros. On peut négocier un peu le prix. Quand seriez-vous disponible pour la visite ?
Femme : Eh bien...

Corrigés

7 Pour avoir des informations sur un appartement à vendre.

Activité 8 15 min

→ Donner des informations sur un logement

Compréhension finalisée

À deux **a.** et **b.** Faire réécouter plusieurs fois : les binômes prennent des notes et les comparent entre chaque écoute. Mettre en commun.

Toulouse

Appartement 1 À vendre	Rue Joly / 28 / balcon Studio → vendu
Appartement 2 (de la femme)	Rue Joly / en face / 27
Recherche	2/3 pièces Cuisine ouverte Balcon plein sud
Appartement 3	De l'autre côté 57 m² Alfred Duméril et parc 310 000 euros

À deux **c.** Faire compléter les phrases à partir du dessin.

En petit groupe **d.** Laisser les groupes échanger.

Corrigés

8 **a.** et **b.** *Voir la grille ci-dessus.* **c.** **1.** B ; **2.** A ; **3.** C.
d. Production libre.

Phonétique 087 15 10 min

Les voyelles [y] et [u] et les semi-consonnes [ɥ] et [w]

Faire travailler le point phonétique de la page 87 avec le tutoriel vidéo. Nous rappelons que l'enregistrement audio apporte les mêmes informations que le tutoriel vidéo mais n'est pas interactif. Il est bien sûr préférable de travailler avec le tutoriel vidéo. L'encadré phonétique et l'enregistrement audio servent de mémo.

Transcription 15

Bonjour ! Aujourd'hui nous allons travailler les sons [y], [u], [ɥ] et [w].
Regardez ces mots. Écoutez-les et classez-les dans le tableau selon que vous entendez : [y], [u], [ɥ] ([ɥi] ou [ɥe]), ou [w] ([wi] ou [wa]).
Par exemple : *sûr*, on entend [y].
situé, ou, moi, rue, oui, ouverte, suis, sud, cuisine, Toulouse, quoi, l'avenue, pour, trois, vingt-huit.
On vérifie ! Écoutez et regardez !
situé, on entend [ɥe].
ou, on entend [u].
moi, on entend [wa].
rue, on entend [y].
oui, on entend [wi].
ouverte, on entend [u].
suis, on entend [ɥi].
sud, on entend [y].
cuisine, on entend [ɥi].
Toulouse, on entend [u].
quoi, on entend [wa].
l'avenue, on entend [y].
pour, on entend [u].
trois, on entend [wa].
vingt-huit, on entend [ɥi].
Maintenant : comment est-ce qu'on prononce et comment est-ce qu'on écrit ces quatre sons ? Regardez et écoutez. Vous pouvez répéter après moi !
Le son [y] est aigu, tendu. Les lèvres ne bougent pas. Il s'écrit u : *le sud*.
Le son [ɥ] est aigu. Les lèvres bougent pour former une syllabe avec la voyelle qui suit. Il s'écrit ui (*huit*), ué (*situé*), ua (*nuage*), uin (*juin*).
Le son [u] est grave, tendu. Les lèvres ne bougent pas. Il s'écrit ou : *Toulouse*. Il s'écrit aussi « deux o » dans les mots anglais : *foot*.
Le son [w] aussi est grave. Les lèvres bougent pour former une syllabe avec la voyelle qui suit. Il s'écrit oui (*oui*), oué (*bouée*), oua (*ouate*), ouai (*ouais*). Il s'écrit aussi oi (*moi*) et oin (*loin*).
Attention ! Ne confondez pas u et ui : lu / lui.
lu – lui – lu – lui – lu – lui
Et ne confondez pas ou et oui : Lou / Louis.
Lou – Louis – Lou – Louis – Lou – Louis
Ah ! Au fait ! Ne confondez pas non plus *du* avec *de* ou *deux*.
du – de – du – de – du – de
Et enfin ne confondez pas *doux* avec *dos*.
doux – dos – doux – dos – doux – dos
Voilà ! Au revoir !

Transcription 087

Réécoutez le document 3 page 81.
a. Repérez le maximum de mots contenant les sons [y], [u], [ɥ] et [w].
b. Relevez les graphies de ces quatre sons (livret de transcriptions page 12).
→ Le son [y] est aigu, tendu. Il s'écrit u : le sud.
→ Le son [u] est grave, tendu. Il s'écrit ou : Toulouse (oo dans les mots anglais : foot).
→ Le son [ɥ] est aigu. Il forme une syllabe avec la voyelle qui suit : ui (huit), ué (situé), ua (nuage), uin (juin).
→ Le son [w] est grave. Il forme une syllabe avec la voyelle qui suit : oui (oui), oué (bouée), oua (ouate), ouai (ouais). Il s'écrit aussi oi (moi) et oin (loin).
Ne confondez pas [y] (du) avec [ə] (de) ou [ø] (deux). Ne confondez pas [u] (doux) avec [o] (dos).

> S'entraîner activité 11 page 87

AGIR

Activité 9 30 min

→ **Donner son opinion sur la question « Comment améliorer son cadre de vie ? »**

Préparation

En classe entière Présenter la tâche aux apprenants, expliquer les différentes étapes de l'activité et en vérifier la bonne compréhension. Il s'agit d'évaluer les exemples d'améliorations du cadre de vie.

En petit groupe **a.** Chaque groupe dresse la liste des exemples donnés dans l'unité. Mettre en commun pour que chaque groupe puisse ensuite se prononcer sur les mêmes points.

La végétalisation d'une ville ou d'un quartier

La modernisation des batiments

La restructuration d'une ville ou d'un quartier

La construction d'un centre culturel pour tous...

Production

En petit groupe **b.** Chaque groupe évalue les exemples.

Présentation

En classe entière **c.** Faire un tour de table final pour comparer les classements.

Corrigés

9 Production libre.

CULTURE(S) VIDÉO 14 30 min

Ville ou campagne ?

Durée de la vidéo : 2'03

Sensibilisation

En classe entière Dire aux apprenants qu'ils vont regarder une vidéo dont le titre est *Ville ou campagne ?* Faire faire des hypothèses sur son contenu : *on compare la vie à la campagne et la vie en ville...*

Compréhension

En classe entière **1. a.** Montrer le début de la vidéo sans le son (la présentation de la journaliste) avant le reportage et faire répondre à la question.

Seul puis **En classe entière** **b.** et **c.** Montrer toute la vidéo sans le son et demander de prendre des notes à partir des images ; s'arrêter régulièrement si besoin pour laisser le temps d'écrire. Mettre en commun. Demander si, à l'expression des visages quand ils sont interviewés, on peut deviner si les ados sont contents de leur vie.

Comparer deux jeunes : celui de gauche est en ville / celui de droite à la campagne / ils sont habillés pareil (avec sweat à capuche).

Léo	16 ans / Toulouse / métro / cinéma / téléphone portable / connecté
Valentin	15 ans / Saint-Sardos / moto / sport / téléphone portable / connecté

Corrigé

1. a. Un journal télévisé (on voit la présentatrice ; elle annonce un reportage). **b.** Production libre. *Voir la grille ci-dessus.*

À deux **2. a.** et **b.** Montrer la vidéo avec le son afin de vérifier les hypothèses faites à l'activité 1 et demander de renseigner la grille. Mettre en commun. Amener les apprenants à dire que chaque adolescent est apparemment très content de sa vie ; les inconvénients ne sont cités que par la voix off ou l'autre ado.

	À la ville	À la campagne
Avantages	- plein de cinémas, bars, restaurants - transports en commun (métro) - très bonne connexion Internet	- c'est paisible... (cadre bucolique) - infrastructures accessibles et gratuites (stade)
Inconvénients	- pollution sonore - pollution de l'air	- besoin de moto (clé de l'autonomie) - peu d'activités possibles en dehors du sport - réseau mobile 5 fois moins rapide que dans grande ville

À deux **c.** Laisser les binômes échanger et donner leur avis sur chaque lieu de vie.

Corrigé

2. a. Production libre. **b.** *Voir la grille ci-dessus.* **c.** Production libre.

Transcription 14

Présentatrice : Les vacances se terminent dans 48 heures. Alors dernier moment de temps libre pour nos enfants qui arrivés à l'adolescence raffolent de la frénésie des villes et fuient la tranquillité de la campagne. Mais les ados des champs s'ennuient-ils plus que les ados des villes. Dans la région de Toulouse, Matthieu Perrot et David Salmon ont fait le match.

Voix off : Ils vivent dans des environnements très différents et sont heureux dans leurs vies d'adolescent. À gauche, Léo, 16 ans, habite dans une grande ville, Toulouse. À droite, Valentin, 15 ans, réside à Saint-Sardos, un petit village d'à peine 1 200 habitants. Nous les avons suivis le temps d'une après-midi. Pour Léo, elle commence dans le métro, direction le centre de Toulouse avec son ami, Fodil.

Léo : L'avantage, c'est que on a… vraiment, il y a tout. On peut aller au cinéma, on peut aller manger, il y a des bars, il y a plein de restaurants.

Voix off : Ce mercredi, pour ces deux copains, ce sera donc cinéma. Au même moment, à 50 km de là, Valentin démarre sa moto, la clé de son autonomie. Il doit rejoindre ses amis au stade municipal, à trois minutes de son domicile.

Valentin : C'est tout le temps ouvert, il y a tout qui est ouvert. Voilà, c'est ça qui est chouette ici. C'est que tout est ouvert.

Voix off : Des infrastructures accessibles et gratuites. Quarante minutes de rugby pour commencer l'après-midi, avant d'aller retrouver d'autres amis du village, un peu plus loin, pour un match de foot improvisé. Ici, en dehors du sport, il y a peu d'activités, mais cela convient très bien à Valentin.

Valentin : Une grande ville, ça peut être intéressant pour visiter et tout mais après… heu… y vivre ? Je sais pas il y a la pollution sonore, la pollution, ça a l'air pas… pas terrible, je trouve. Voilà, moi j'aime bien ici, c'est paisible.

Voix off : Un cadre bucolique dans lequel le réseau mobile est cinq fois moins rapide que dans la grande ville. Pour Léo, le citadin, ce serait difficile de vivre aujourd'hui sans un smartphone parfaitement connecté.

Léo : Tout le temps, quand je suis dans les transports, quand je suis au lycée, quand on a une heure de trou, enfin, je suis tout le temps dessus.

Prolongement de la leçon

> Entraînement linguistique

- Demander aux apprenants de relire la double page et de réécouter les documents travaillés.
- Faire compléter la fiche-lexique sur *La ville* créée à la leçon 1.
- Faire compléter la fiche-lexique sur *Le logement* créée à la leçon 17.

> Évaluation formative

- Les activités du **cahier d'activités** correspondant à la leçon sont **aux pages 68 à 71**.
- Les activités du **Parcours digital®**.

Classe inversée

Avant la leçon 20 :

Demander aux apprenants de/d' :

– écouter l'exposé de Yuki 🎧 76 ;

– faire les activités 1 et 2 page 82.

Avant la leçon 21 :

Demander aux apprenants de :

– regarder la page d'ouverture de l'unité 6 page 89 ;

– regarder le document 1 et faire les activités 1 et 2 page 90.

... faire un exposé oral

1 h 35

Cette tâche consiste à donner des clés à tout apprenant pour faire un exposé oral en français, tâche éminemment indispensable dans le monde universitaire et professionnel.

ÉCOUTER

DOC. 1 076

Activité 1

10 min

[Découverte]

En classe entière Demander à la classe d'observer la photo de la page 82 et de dire quelle est la ville représentée ; la modernité des bâtiments et le mont Fuji en arrière-plan seront des indices.

a. Faire écouter l'exposé et répondre aux deux questions.

Transcription 076

Yuki : Bonjour à tous. Alors, aujourd'hui, je vais vous parler de Tokyo. Moi, j'habite dans la banlieue de Tokyo, à Mitaka. Je vais d'abord vous présenter la situation géographique de Tokyo, ensuite j'expliquerai l'évolution de l'organisation de la ville, puis je parlerai de la population. J'aborderai aussi les moyens de transport et enfin je vous expliquerai le rythme de vie des habitants. Quelqu'un est-il déjà allé à Tokyo ? Oui d'accord, je vois que deux d'entre vous connaissent Tokyo. Alors, tout d'abord, comme vous le voyez sur cette carte, Tokyo est une ville au bord de l'océan Pacifique, c'est la capitale du Japon. Nous avons différentes sortes de paysages : la mer d'un côté et, de l'autre, des montagnes. Connaissez-vous une montagne très célèbre près de Tokyo ?

Un étudiant : Le mont Fuji !

Yuki : C'est ça : le mont Fuji ! Bravo ! Le voici sur cette photo. Parlons maintenant de l'évolution de l'organisation de la ville. C'était à l'origine un village de pêcheurs qui s'appelait Edo et, à partir du quinzième siècle, 300 villes et villages se sont rassemblés. Edo devient Tokyo en 1868 et c'est devenu la ville qu'on connaît aujourd'hui. Il y a 23 arrondissements, comme vous pouvez le voir sur le plan et, il y a également plusieurs quartiers par arrondissement. Passons à la population. Tokyo est une des villes les plus peuplées au monde. Nous sommes un peu plus de 13 millions dans Tokyo même et 37 millions si on compte la banlieue, où j'habite. En ce qui concerne les transports, ils sont très développés. Par exemple, il y a 3,5 millions de passagers par jour à Shinjuku, la gare la plus fréquentée au monde ! Et c'est de la gare centrale de Tokyo que partent les trains Shinkansen. Vous connaissez les trains Shinkansen ?

Un étudiant : C'est comme le TGV ?

Yuki : Oui, c'est ça, ce sont les trains blancs à grande vitesse, un peu comme les TGV en France. Tous les habitants ont une carte de transport, pour le métro, le train, les bus et même des bateaux-bus. Et on circule aussi beaucoup à vélo ! Et pour finir sur le rythme de vie : la vie à Tokyo va très vite et nous avons souvent de longues journées de travail. Personnellement, je quitte la maison à 7 heures du matin et je rentre souvent à 21 heures. Comme beaucoup de voyageurs, j'en profite pour travailler dans le train. Et si j'ai faim, le soir, j'achète parfois un bento quand j'arrive à la gare de Mitaka. Voilà, j'espère que mon exposé vous a plu. Vous avez des questions ?

Corrigés

1 a. La ville de Tokyo. b. Les transports ; le rythme de vie ; l'organisation de la ville ; le nombre d'habitants ; la géographie.

Culture(s) +

- **Le bento** est un petit plat complet typiquement japonais préparé à la maison que l'on mange sur son lieu de travail ou d'étude. Il peut être assimilé au type de plateau-repas servi dans les trains ou les avions.

Activité 2

5 min

En classe entière a. et b. Faire réécouter et répondre.

Corrigés

2 a. Dans son introduction, Yuki annonce cinq parties. b. 1. Vrai (*au bord de l'océan Pacifique*). 2. Faux (*13 millions dans Tokyo même ; 37 millions si on compte la banlieue*). 3. Vrai (*il y a 23 arrondissements*). 4. Faux (*j'habite dans la banlieue de Tokyo à Mitaka*).

Activité 3

20 min

[Analyse]

À deux puis **En classe entière** a. Faire réécouter et noter les exemples. Mettre en commun. Faire échanger la classe sur l'importance de cette volonté de faire participer son auditoire : cela rend l'exposé plus vivant, plus naturel même si parfois les questions sont oratoires/rhétoriques, à savoir qu'elles n'attendent pas de réponse. Indiquer la similitude des expressions avec celles utilisées par le guide à la leçon 18.

Elle s'adresse à la classe.	Je vais vous parler, vous présenter… Comme vous le voyez sur la carte / Le voici sur la photo. Comme vous pouvez le voir sur le plan.
Elle pose des questions à la classe.	Quelqu'un est-il déjà allé à Tokyo ? Connaissez-vous une montagne très célèbre près de Tokyo ? Vous connaissez les trains Shinkansen ? Vous avez des questions ?
Elle encourage, répond, félicite.	Oui, d'accord, je vois que deux d'entre vous connaissent Tokyo. C'est ça ! Bravo ! Oui c'est ça ! J'espère que mon exposé vous a plu.

En classe entière **b.** Faire réécouter l'introduction, mettre les parties de l'exposé en ordre et demander de formuler ce que fait Yuki : *elle annonce son plan*. Faire échanger la classe sur l'importance de ce plan : *cela permet à l'auditoire de bien suivre l'exposé*.

À deux puis **En classe entière** **c.** Faire faire l'appariement et commenter collectivement.

Organiser l'introduction Annoncer le sujet et le plan - verbes spécifiques - futur proche (pour le sujet général) / futur simple (pour préciser les parties)	Je vais d'abord vous présenter Ensuite, j'expliquerai Puis je parlerai de J'aborderai aussi Et enfin, je vous expliquerai
Introduire chaque partie	Tout d'abord, Parlons maintenant de Passons à En ce qui concerne (= À propos de = Pour ce qui est de) Et pour finir sur
Donner des exemples	Par exemple, Personnellement,

En classe entière Demander à la classe de se reporter à l'encadré mémo page 83 pour compléter les informations.

Corrigés

3 a. *Voir la grille page précédente*. **b.** situation géographique ; organisation de la ville ; population ; transports ; rythme de vie. **c.** *Voir la grille ci-dessus*.

Culture(s) +

L'exposé oral

Outre les conseils donnés dans le mémo de la page 83, il est indispensable aussi de rappeler aux apprenants que l'exposé est avant tout un exercice oral interactif et non un exercice de lecture. On peut avoir des notes pour guider l'exposé mais non un texte totalement rédigé qui, contrairement à ce qu'on croit, ne sera pas une aide mais un piège car :

– un texte écrit n'a généralement pas la même syntaxe qu'une prise de parole orale et les phrases longues sont plus difficilement suivies à l'oral ;

– au moindre écart, au moindre souci de lecture, on perdra le fil de ce qu'on dit ;

– la lecture peut vite devenir monotone, ce qui rendra l'exposé ennuyeux ;

– les fautes de prononciation apparaissent plus quand on lit que lorsqu'on parle.

On rappellera aussi que si l'on accompagne son exposé d'une projection (photos, cartes, dessins…), il est important que le texte soit le plus court possible (mots clés, listes…) et non rédigé car cela parasitera le discours oral : on ne peut pas en effet lire et écouter deux discours différents.

ÉCRIRE et PARLER

Activité 4 — 1 heure

À deux **a.**, **b.** et **c.** Les binômes préparent leur exposé en dehors de la classe en respectant tous les conseils donnés. Ils peuvent aborder les mêmes thématiques que Yuko mais aussi varier les sujets en parlant d'un objet spécifique de leur ville, d'un monument très connu, d'une personnalité née dans leur ville, d'une spécialité gastronomique…

d. – Chaque binôme **présente** son exposé à la classe.

– Les exposés peuvent être filmés et partagés sur le réseau de la classe ; les apprenants font des feedbacks, donnent leur avis ; le professeur apporte des corrections et des conseils de remédiation.

Avant la présentation des exposés, faire avec la classe une grille d'évaluation avec des points précis. Les apprenants pourront réagir et donner leur avis et le professeur pourra lui apporter des évaluations plus précises, plus linguistiques (relevé d'erreurs, bonnes formulations…).

Exemple :

	☺☺☺	☺	☹
Structure de l'exposé			
Richesse des informations			
Opinion générale			

Corrigés

4 Production libre.

... la médiation : faire une carte mentale

30 min

Une carte mentale (ou heuristique, ou cognitive) est un schéma, supposé refléter le fonctionnement de la pensée, qui permet de représenter visuellement et de suivre le cheminement associatif de la pensée. Le terme anglais *mind map* est également parfois utilisé. La carte mentale est répandue dans l'enseignement et dans le milieu des affaires, et son principe est exposé dans certains cours de management. Elle a en effet de nombreuses applications potentielles comme la prise de notes et la mise en forme de ces notes, la préparation d'un exposé ou d'un discours, la structuration d'un projet. Son intérêt dans la classe pour aider l'apprentissage est donc essentiel.

DOC. 2

Activité 5

10 min

En classe entière **a.**, **b.** et **c.** Faire observer la carte mentale et demander à la classe si ce type de schéma leur est connu et s'ils l'utilisent. Rassembler les informations et faire réaliser les trois tâches de décodage.

- grand cercle vert au centre : thème de la carte
- indications au bout des flèches / cercles plus petits / couleur = sous-parties (explications supplémentaires / couleur différente pour chaque sous-partie)
- pas de phrase, pas d'article, seulement des mots-clés
- mots en majuscules et en gras : termes les plus importants

Corrigés

5 a. La ville de Tokyo. **b.** et **c.** *Voir au tableau ci-dessus.*

Culture(s) +

■ Une carte mentale se construit de la façon suivante :
– au centre, le thème ou sujet de la carte heuristique en image et en mot ;
– depuis ce centre, des branches en couleur irradient dans toutes les directions en portant les idées principales sous forme de dessins et de mots-clés ;
– ces branches irradient à leur tour vers des idées secondaires, en image et mot-clé, etc.

Activité 6

20 min

À deux puis **En classe entière** **a.** Faire réagir les binômes à la question. Mettre en commun.

À deux puis **En petit groupe** **b.** Chaque binôme fait la carte mentale de son exposé et la montre à d'autres binômes voisins.

Corrigés

7 a. et **b.** Production libre.

S'entraîner — pages 84-87

Cf. Introduction (C.1.3), page 23.

– **Corrigés** des activités 1 à 11 : page 188 du livre de l'élève.

– **Parcours digital®** : toutes les activités des pages 84 à 87 sont proposées en version autocorrective.

Faites le point — page 88

Cf. Introduction (C.1.4), page 23.

Évaluez-vous ! — page 88

Corrigés

› *Exemple de production :* en végétalisant, en limitant les voitures… / en consultant les annonces, en contactant une agence immobilière…

› *Réponse libre.*

› Quand ils **se sont installés** dans cette maison, ils **n'avaient pas encore terminé** les travaux.

› *Réponse libre.*

Classe inversée

Avant la leçon 21 :

Demander aux apprenants de :

– regarder la page d'ouverture de l'unité 6 page 89 ;

– regarder le document 1 et faire les activités 1 et 2 page 90.

L'art peut-il changer notre quotidien ?

UNITÉ 6

› Livre de l'élève p. 89-102

Page d'ouverture

page 89

En classe entière

Suivre la démarche proposée en Introduction (C.1.1), page 22.

Corrigés

Exemples de production :

- C'est l'unité 6.
- Elle s'appelle *L'art peut-il changer notre quotidien ?*
- Sur la photo, on voit une jeune femme en train de fabriquer une poterie ; elle a l'air très heureuse, elle prend du plaisir à faire cette activité.
- Les objectifs sont : *parler d'une œuvre d'art, nuancer un avis, échanger sur le rôle de l'art.*
- Les points de grammaire sont : la forme passive ; la place des adjectifs ; les pronoms *y* et *en* ; la concession ; les connecteurs pour organiser son discours.
- Dans la leçon 24, on va travailler les *Techniques pour* faire le cartel d'une œuvre d'art et la *Médiation* pour expliquer les pictos d'un musée.
- La vidéo ▶ 17 a pour titre *Avignon.*

LEÇON 21 Parler d'une œuvre d'art

pages 90-91

PARLER D'UNE ŒUVRE D'ART 4 h 15

Savoir-faire et savoir agir : décrire une œuvre d'art • donner une appréciation

	DOC. 1			DOC. 2			
COMPRENDRE	15'	15'	15'	15'	20'	5'	25'
	Act. 1	Act. 2	Act. 3 ▶ 16	Act. 4	Act. 5	Vocabulaire 094-095	Act. 6 Grammaire
	• Commenter une opinion sur l'art	• Définir ce qu'est l'art	• Faire le top 5 de ses arts préférés	• Identifier des informations sur la page d'un site • Décrire une photo	• Comprendre un article présentant un musée	• La muséologie • L'architecture	• La forme passive

COMPRENDRE	DOC. 3 089			
	20'	10'	40'	15'
	Act. 7	Act. 8	Act. 9 Grammaire	Vocabulaire 096-097-098
	• Décrire une œuvre d'art	• Identifier une situation de communication	• La place des adjectifs	• Les arts plastiques • La caractérisation (1) • La musique (1)

AGIR	1 heure	Act. 10	• Faire découvrir une œuvre qu'on aime

COMPRENDRE

DOC. 1

Activité 1 15 min

→ **Commenter une opinion sur l'art**

Seul puis **À deux** Demander aux binômes de lire la citation et de la commenter ; circuler pour proposer des pistes de réflexion. Mettre en commun en demandant à un ou deux binômes de s'exprimer devant la classe qui pourra commenter.

Pistes de réflexion :

• *Qu'est-ce qu'une œuvre d'art ?* Il est probable que seront citées les notions de beau, de créativité, d'imagination ; cette réflexion préliminaire aidera les apprenants à justifier leur choix à l'activité 2.

• *Quel est le rôle du spectateur ?* Laurence des Cars évoque la relation du spectateur avec l'œuvre d'art. Le verbe *ouvrir* suggère que le rôle du spectateur n'est pas de juger par rapport à des *a priori*, à des critères figés mais qu'il doit faire preuve d'ouverture d'esprit pour essayer de comprendre l'œuvre.

• *Pourquoi dit-elle que rencontrer une œuvre d'art, c'est « se retrouver soi-même » ?*

Corrigés

1 Production libre.

Activité 2 15 min

→ **Définir ce qu'est l'art**

En classe entière **a.** et **b.** Demander aux apprenants de se prononcer sur les activités proposées en justifiant leurs choix et de compléter la liste.

Corrigés

2 a. Production libre. **b.** Production libre (*ajouts possibles :* l'architecture, le cinéma, la peinture, la musique, le mime, le cirque, la littérature, le théâtre, la danse).

Activité 3 16 15 min

→ **Faire le top 5 de ses arts préférés**

Compréhension globale

En petit groupe Faire visionner la vidéo de Carmen, l'étudiante espagnole et répondre à sa question. Mettre en commun pour faire le top 5 de la classe.

Transcription 016

Si je devais faire le top 5 de mes arts préférés, je dirais : en premier la musique, en deuxième le cinéma, puis la photo, en quatrième la peinture, et pour finir la danse. Je peux vivre sans peinture mais je ne peux pas vivre sans musique ! Et j'aime beaucoup la photo. J'en fais moi-même en amatrice et je ne rate jamais l'exposition d'un grand photographe. Et vous ? Quel est le top 5 de vos arts préférés ?

Corrigés

3 Production libre.

DOC. 2

Activité 4 15 min

→ **Identifier des informations sur la page d'un site et décrire une photo**

Sensibilisation

Seul puis **En classe entière** **a.** Faire observer la page et faire les repérages. Le musée du Louvre est mondialement connu et associé à Paris. Amener les apprenants à se poser la question de cette ouverture d'un autre musée du Louvre dans une autre région : *quel est l'objectif ? Qu'en pensez-vous ?*

b. Faire décrire la photo et noter les éléments descriptifs proposés au tableau. Ces éléments pourront être comparés à ceux du texte lors de l'activité 5.

Corrigés

4 a. Le Louvre-Lens à Lens. **b.** On voit une salle de musée avec des œuvres présentées de façon éparpillée. Les couleurs des murs et du sol sont très claires : blanc, gris avec du verre transparent. Différents types d'œuvres sont présentés : statues, objets, tableaux.

Culture(s) +

■ **Le Louvre-Lens** a été inauguré en 2012 ; cette ouverture fait suite à l'engagement du ministère de la Culture de décentraliser la culture et de permettre à tous de voir les œuvres d'art. Le Louvre-Lens est le premier lieu de présentation des collections du Louvre en dehors de l'enceinte du musée parisien. En 2017 a été ouvert également le Louvre Abu Dhabi.

Activité 5 (20 min)

→ Comprendre un article présentant un musée

Compréhension globale

À deux **a.** Faire lire le texte et noter les informations demandées. Mettre en commun.

Compréhension finalisée

À deux **b.** Faire lire la consigne et s'assurer que la différence entre disposition (comment les œuvres sont disposées dans la galerie) et présentation (quelles œuvres sont présentées) est bien comprise avant de laisser les binômes travailler. Mettre en commun en expliquant le lexique et comparer la description avec celle faite collectivement à l'activité 3.

Présentation : comment elles sont présentées ?	Disposition : comment elles sont disposées ?
Chronologique : 4ᵉ millénaire avant J.-C. → 19ᵉ siècle	espace ouvert (pas de limite spatiale) un seul regard différents angles / différentes distances sans frontière ni hiérarchie murs en aluminium sol : béton gris mobilier monochrome (1 couleur)

En classe entière **c.** Inviter les apprenants à commenter la phrase.

Corrigés

5 a. Date d'ouverture : 2012. **Superficie :** 3 000 m². **Nombre d'œuvres exposées :** 200. **Origine des œuvres :** œuvres occidentales et non occidentales (Afrique, Océanie, Amériques) prêtées par le musée du Quai Branly-Jacques Chirac.

b. 1. La présentation des œuvres est chronologique allant du 4ᵉ millénaire avant notre ère jusqu'au milieu du 19ᵉ siècle. **2.** Les œuvres sont disposées dans un espace complètement ouvert, sans frontières ni hiérarchie et dont les murs sont recouverts d'une peau d'aluminium. Le sol est revêtu de béton gris clair et le mobilier scénographique est monochrome. Le décor clair et sobre et la disposition des œuvres permettent de mettre en valeur les œuvres et donne de la liberté au spectateur qui peut voir les œuvres sous plusieurs angles et à des distances différentes. **c.** *Proposition de production :* On peut admirer, comparer des œuvres de culture et d'époque différente qui sont présentées sur un pied d'égalité, sans jugement ni parti pris.

Culture(s) +

■ **Le musée du Quai Branly-Jacques Chirac** appelé aussi musée des Art et Civilisations d'Afrique, d'Océanie et des Amériques a été inauguré en 2006 à Paris. C'est Jacques Chirac, ancien président de la République, grand amateur des arts et civilisations non européennes qui a été à l'initiative de ce projet.

Vocabulaire (094-095, 5 min)

La muséologie
L'architecture

En classe entière Inviter les apprenants à se reporter aux listes récapitulatives *La muséologie* et *L'architecture* de la page 99.

Activité 6 (25 min)

Grammaire

La forme passive

Conceptualisation

À deux puis **En classe entière** **a.** Demander aux binômes de faire les repérages et mettre en commun en notant les phrases au tableau.

b. et **c.** Demander aux apprenants s'ils connaissent cette structure syntaxique (la forme passive) et faire collectivement la conceptualisation en mettant en évidence les points suivants :

– la forme active et la forme passive donnent les mêmes informations mais d'une façon différente : à la forme active quelqu'un fait quelque chose ; à la forme passive, le sujet de la phrase est le COD du verbe actif ; la personne qui fait l'action est introduite par *par* (seconde phrase) ; c'est le complément d'agent ;

– *être* + participe passé (première phrase : présent passif ; seconde phrase : passé composé passif) ;

– l'intérêt de la forme passive et de mettre en valeur l'objet plutôt que la personne qui fait l'action.

La classe se reportera ensuite à la page 98 pour lire l'encadré récapitulatif sur la forme passive et bien visualiser le schéma de transformation. Insister sur le fait que seuls les verbes + COD peuvent être transformés à la forme passive. On ne peut pas dire ~~J'ai été demandé de parler~~. (*demander **à** quelqu'un*). Faire observer aussi le picto (!) pour signaler que dans certaines descriptions, le complément d'agent est *de*.

On y expose des œuvres des cultures occidentales et non occidentales.

Des œuvres des cultures occidentales et non occidentales y sont exposées (présent passif).

Le musée du Quai Branly-Jacques Chirac a prêté 18 créations d'Afrique, d'Océanie et des Amériques.

18 créations d'Afrique, d'Océanie et des Amériques ont été prêtées (passé composé passif) par (complément d'agent) le musée du Quai Branly-Jacques Chirac.

Corrigés

6 a. 1. Des œuvres de la culture occidentale et non occidentale y sont exposées. **2.** 18 créations d'Afrique, d'Océanie et des Amériques ont été prêtées par le musée du Quai Branly-Jacques Chirac. **b.** Les deux phrases ont le même sens mais l'ordre des mots est différent. Dans la phrase du texte, le sujet de l'action est précédé de « par ». **c.** 2.

> S'entraîner activités 1 et 2 page 98

DOC. 3 089

Activité 7 20 min

→ Décrire une œuvre d'art

Pour ce travail, il sera judicieux de projeter les deux œuvres pour que les apprenants puissent travailler sur des images agrandies et donc préciser leur description.

À deux **a.** Demander aux binômes de décrire les deux œuvres ; autoriser le dictionnaire. Mettre en commun au tableau les mots clés qui seront conservés pour comparer les descriptions faites par les apprenants et celles faites par Jade et Gaspard à l'activité 9. Le professeur aura toujours en tête que ce travail descriptif est proposé pour conceptualiser la place de l'adjectif épithète et encouragera les apprenants à utiliser des adjectifs dans leur description. Mettre en commun au tableau les propositions.

b. et **c.** Laisser réagir les apprenants et faire un profil de la classe. Noter dans un coin du tableau les arguments avancés pour justifier les préférences ; ces arguments seront comparés à ceux de Jade et de Gaspard.

Corrigés

7 a. *Proposition de production :* La statuette Mma représente une personne avec un chapeau et des anneaux autour du cou. Le corps est disproportionné : grosse tête et petit corps, petits bras ; la personne porte quelque chose (peut-être un instrument musical). *Le portrait de Juliette Blait de Villeneuve* représente une femme debout, très bien habillée d'une robe noire ; elle a les mains posées sur une harpe ; elle est dans un salon de musique. Elle pose devant le peintre. Leur point commun est la musique et la date de création (19ᵉ siècle). **b.** Production libre. **c.** Production libre.

Activité 8 10 min

→ Identifier une situation de communication

Sensibilisation

En classe entière Dire aux apprenants qu'ils vont écouter une conversation entre Jade et Gaspard qui regardent les deux œuvres.

Compréhension

Seul puis **En classe entière** **a.** et **b.** Faire écouter la conversation et répondre aux deux questions.

Transcription 089

Gaspard : Regarde, c'est beau ça !
Jade : Ouais, enfin… c'est une sculpture quoi… C'est pas génial ! Et le personnage est effrayant.
Gaspard : Mais non ! Elle a une expression extraordinaire, cette statuette ! C'est un magnifique buste ! Regarde : c'est écrit qu'elle porte une coiffe de notable. Ça devait être une grande dame. La statue est en terre cuite. C'est vrai qu'elle est différente. Elle a un long cou, des petits bras… C'est ça qui est original.
Jade : C'est un curieux personnage.
Gaspard : Ce n'est pas un style reconnaissable pour toi et moi, mais c'est un objet fascinant. Elle a un visage paisible, ses yeux sont fermés.
Jade : Mmm… Moi, je préfère ça.
Gaspard : Quoi ? Ce tableau-là ? C'est vraiment une représentation très classique.
Jade : Eh bien moi, j'aime bien. C'est une composition harmonieuse, et les touches de blanc ça donne un effet intéressant, ça attire le regard.
Gaspard : Regarde ses mains. C'est une pose artificielle ! Par contre, il y a de forts contrastes : les lignes verticales avec la harpe et le chapeau rond, la peau blanche et l'écharpe claire, avec la robe en velours noir. Ça, c'est intéressant mais sinon, c'est une toile académique sans grand intérêt pour moi.
Jade : Écoute, c'est un joli portrait. Elle a l'air vrai. La statuette, c'est pas une œuvre réaliste. Le personnage du tableau nous regarde. La statuette ne nous regarde pas.
Gaspard : Eh oui, elle ferme les yeux, elle est envoûtée par la musique ! Elle ne pose pas. C'est ça qui me plaît.
Jade : Heu… En fait, c'est pas une femme. Regarde, c'est écrit là que c'est un tambourinaire.
Gaspard : Ah bon ? Je ne savais pas que les hommes portaient aussi des colliers comme ça. En tout cas c'est une très belle statue ! Je la mettrais bien dans mon salon.
Jade : Les deux œuvres datent de la même période. C'est étonnant ! Le style est complètement différent. Mais bon, moi je préfère le tableau.

Corrigés

8 a. Ils discutent des deux œuvres ; ils les décrivent et désignent celle qu'ils préfèrent. Ils ne sont pas d'accord. **b.** Gaspard est le plus enthousiaste : il est positif, son intonation montre cet enthousiasme (*Regarde, c'est beau ça !... c'est un objet fascinant*).

Activité 9 40 min

Grammaire

La place des adjectifs

Conceptualisation

En classe entière a. Faire réécouter afin de répondre à la question en justifiant. Laisser la classe réagir et comparer les arguments avec ceux exprimés en **7b**. Voir si la classe est plutôt de l'avis de Gaspard ou de celui de Jade.

	Gaspard préfère la statuette Mma	Jade préfère le portrait de Juliette Blait
La statuette	Elle a une expression extraordinaire, cette statuette ! C'est un magnifique buste ! ... c'est un objet fascinant. C'est ça qui me plaît. En tout cas c'est une très belle statue ! Je la mettrais bien dans mon salon.	... c'est une sculpture quoi... C'est pas génial ! Et le personnage est effrayant.
Le tableau	Quoi ? Ce tableau-là ? C'est vraiment une représentation très classique. ... c'est une toile académique sans grand intérêt pour moi.	Moi, je préfère ça. Eh bien moi, j'aime bien. C'est une composition harmonieuse... ... c'est un joli portrait. Elle a l'air vrai. Mais bon, moi je préfère le tableau.

En classe entière b. Le travail sur la place de l'adjectif épithète a été amorcé au niveau A2. Il s'agit ici d'un travail de renforcement et de découverte d'un nouveau point qui met en évidence le changement de sens de certains adjectifs selon la place qu'ils occupent par rapport au nom. Faire observer les deux phrases et répondre à la question.

À deux c. – Pour ce travail de repérage, faire réécouter la conversation plusieurs fois en s'arrêtant afin que les apprenants puissent noter les phrases ou travailler avec la transcription. Demander aux binômes de rassembler leurs connaissances sur la place de l'adjectif en français et mettre en commun la règle au tableau.

– Attirer l'attention sur la place non fixe des adjectifs d'appréciation : souligner les deux phrases (*expression extraordinaire et magnifique buste)* et faire commenter le sens des adjectifs afin d'amener les apprenants à comprendre qu'ils peuvent aussi dire *une extraordinaire expression* et *un buste magnifique*.

Après le nom : majorité des adjectifs	Avant le nom : quelques adjectifs courants (*petit, grand, joli, beau, long, jeune, vieux, large...*)
Elle a une <u>expression extraordinaire</u>... en terre cuite. un style reconnaissable un objet fascinant un visage paisible (tranquille) une représentation très classique une composition harmonieuse un effet intéressant une pose artificielle (≠ naturelle) les lignes verticales le chapeau rond la peau blanche l'écharpe claire en velours noir une toile académique (classique, pas originale) l'air vrai une œuvre réaliste	C'est <u>un magnifique buste</u> ! une grande dame un long cou des petits bras un curieux personnage de forts contrastes sans grand intérêt un joli portrait une très belle statue la même période

En classe entière d. Faire lire la phrase et en choisir le sens. Demander à la classe quelle phrase ils utiliseraient pour dire que quelqu'un pose beaucoup de questions, veut savoir des choses nouvelles (*c'est un personnage curieux*). Amener à comprendre que selon qu'il est placé avant ou après le nom, l'adjectif *curieux* a un sens différent. Demander de regarder dans la liste des expressions au tableau un autre adjectif qui pourrait appartenir à cette même catégorie : *une grande dame* (une dame socialement importante) / *une dame grande* (de grande taille).

En classe entière **e.** – Laisser la classe réagir.

– La classe se reportera ensuite à la page 98 pour lire l'encadré récapitulatif sur la place des adjectifs. Le professeur pourra donner une liste de quelques adjectifs changeant de sens selon leur place : *ancien(ne), cher/chère, curieux/curieuse, dernier/dernière, drôle, grand(e), petit(e), prochain(e), propre, seul(e).*

Corrigés

9 a. *Voir la grille page précédente.* **b. 1.** L'adjectif est placé avant le nom. **2.** L'adjectif est placé après le nom. **c.** *Voir la grille page précédente.* **d.** 2. **e.** Production libre.

> S'entraîner › activités 3 et 4 pages 98-99

Vocabulaire

096-097-098 — 15 min

- Les arts plastiques
- La caractérisation (1)
- La musique (1)

En classe entière Inviter les apprenants à se reporter aux listes récapitulatives *Les arts plastiques*, *La caractérisation (1)*, *La musique (1)* de la page 99.

> S'entraîner › activité 5 page 99

AGIR

Activité 10

1 heure

→ **Faire découvrir une œuvre qu'on aime**

Préparation

En classe entière Présenter la tâche aux apprenants, expliquer les différentes étapes de l'activité et en vérifier la bonne compréhension : il s'agit de présenter une œuvre d'art qu'on aime et d'inviter quelqu'un à aller la voir.

Production

À deux **a.** et **b.** Chaque binôme **choisit** une œuvre et prépare un commentaire pour la présenter. L'œuvre choisie sera sélectionnée sur site (une statue dans la ville, un mur tagué, un monument, une œuvre dans une expo ou un musée, une bouche de métro....) et les binômes devront en prendre quelques photos pour illustrer leur présentation.

Présentation

En classe entière **c.** Les binômes **présentent** l'œuvre d'art choisie en projetant des photos. La classe réagit.

N. B. : Inviter les apprenants à utiliser quelques expressions travaillées à la leçon 20 de l'unité 5 dans les *Techniques pour faire un exposé oral*, notamment les expressions pour faire participer le groupe.

À deux **d.** Les binômes écrivent l'e-mail à leur ami(e).

Hors de la classe, les e-mails sont postés sur le groupe de la classe.

Corrigés

10. a., **b.** et **c.** Production libre. **d.** *Proposition de production :* Bonjour Rebecca, J'espère que tu vas bien. Je t'envoie ce message pour te dire qu'il y a actuellement dans notre ville une exposition de photos de Jérémie Villet qui photographie des animaux dans la neige. C'est magique ! Il faut absolument que tu la voies. Comme tu viens la semaine prochaine, nous pourrons y aller ensemble. À très bientôt, Emma.

Prolongement de la leçon

› Entraînement linguistique

- Demander aux apprenants de relire la double page et de réécouter les documents travaillés.
- Faire créer la fiche-lexique sur le thème *La caractérisation* qui sera complétée à la leçon 22.
- Faire créer une fiche-lexique sur le thème *La muséologie et les arts plastiques.*

› Évaluation formative

- Les activités du **cahier d'activités** correspondant à la leçon sont **aux pages 74 à 77**.
- Les activités du **Parcours digital®**.

Classe inversée

Avant la leçon 22 :

Demander aux apprenants de :

– regarder la photo du document 1 et faire l'activité 1 page 92 ;

– lire le document 2 page 92.

LEÇON 22 Nuancer un avis

NUANCER UN AVIS 3 h 30

Savoir-faire et savoir agir : expliquer le travail d'un artiste · exprimer une utilité · exprimer une contradiction · exprimer une opinion (2)

	DOC. 1 090			DOC. 2		
COMPRENDRE	15'	20'	5'	10'	40'	15'
	Act. 1	Act. 2	Act. 3	Act. 4	Act. 5 Grammaire	Act. 6
	· Décrire une photo	· Comprendre la présentation d'un artiste et de ses œuvres	· Sélectionner une information	· Comprendre une appréciation	· Les pronoms *y* et *en*	· Donner son avis sur le street art

	DOC. 3				
COMPRENDRE	10'	5'	20'	20'	10'
	Act. 7	Vocabulaire 099-100	Act. 8	Grammaire	Culture(s)
	· Reformuler un thème · Faire un relevé lexical	· Les arts de la rue · La caractérisation (2)	· Comprendre des avis et des arguments	· La concession	· La gratuité des musées

AGIR	40'	Act. 9	· Donner son avis

COMPRENDRE

DOC. 1 090

Activité 1 15 min

→ Décrire une photo

Sensibilisation

Seul puis **En classe entière** **a.** et **b.** Demander à la classe de regarder la photo page 92, de décrire la mosaïque colorée et d'échanger sur l'œuvre. Noter au tableau les éléments descriptifs. Il est possible que certains apprenants connaissent l'artiste Invader (voir *Culture +* page suivante) ; le cas échéant, leur demander de donner des informations sur lui qui seront notées et comparées à celles du document audio.

Petits carrés colorés : mosaïque

Dessin de jeu vidéo / pixels

Corrigés

1 a. Production libre. **b.** Production libre.

Activité 2 20 min

→ Comprendre la présentation d'un artiste et de ses œuvres

Sensibilisation

En classe entière Informer les apprenants qu'ils vont entendre une chronique présentant l'artiste de l'œuvre de la mosaïque qui se nomme Invader. Faire un tour de table pour demander quelles informations ils aimeraient obtenir : son âge ? sa nationalité ? ses objectifs ? etc.

Compréhension globale

Seul puis **En classe entière** Faire écouter la chronique, demander de cocher les informations données et pour chacune d'elles, noter les détails. Ajouter une ligne à la grille pour noter des informations sur l'artiste. Faire faire des hypothèses sur le nom de l'artiste : Invader (= envahisseur) et du nom donné à ses œuvres : *Space Invader* (= envahisseur de l'espace).

Artiste	Street art / depuis 1998 / mosaïque en forme de crabe
Nombre de villes	79 (Paris, Malaga, Berlin, Cancun, Tokyo) 20 à 50 mosaïques par ville → 4 000
Inspirations (source, modèles)	Jeux vidéo *Space Invader*
Intention	Hacker de l'espace public / envahir les villes / rendre visible pour tous Endroits insolites (Station Spatiale Internationale)

Transcription 090

Bonjour à tous. Bienvenue dans notre émission hebdomadaire consacrée aux grandes figures du street art. Vous connaissez Invader sans l'avoir croisé. Depuis 1998, cet artiste se rend dans les plus grandes villes du monde pour y coller ses mosaïques en forme de crabes, tirées du jeu vidéo *Space Invaders*. On les trouve actuellement dans 79 villes – Paris, Malaga, Berlin, Cancún, Tokyo et bien d'autres encore... L'artiste explique qu'il en colle vingt à cinquante par ville. Résultat : il y en a près de 4 000 aujourd'hui ! Invader se définit comme un « hacker de l'espace public » qui souhaite envahir les villes du monde de ses œuvres. Il considère que les musées et les galeries d'art ne sont pas accessibles à tous, et il a donc décidé d'installer son travail dans l'espace public, pour le rendre visible par le plus grand nombre. En plus de ses collages en ville, on retrouve parfois ses œuvres dans des endroits très insolites. Peu de personnes peuvent y avoir accès comme par exemple... la Station Spatiale Internationale ! Il explique dans une interview que cela fait longtemps qu'il y pensait et qu'il est très heureux d'y être arrivé ! Afin de partager son art, le street artiste a lancé une application pour smartphone qui permet de capturer les Space Invaders. L'objectif est d'en prendre le plus possible en photo.

Corrigés

2 Le nombre de villes concernées : 79. Les inspirations de l'artiste : le jeu vidéo *Space Invaders*. L'intention de l'artiste : rendre ses œuvres accessibles au plus grand nombre.

Activité 3 5 min

→ Sélectionner une information

Compréhension finalisée

À deux **a.** et **b.** La première écoute permettra peut-être de répondre aux deux questions ; sinon faire réécouter et répondre.

Corrigés

3 a. Dans la Station Spatiale Internationale. **b.** Une application pour Smartphone.

Culture(s) +

■ **Invader**, né en 1969, est un artiste de rue. Il crée des mosaïques (petits carrelages) qu'il installe sur les murs des grandes métropoles. Ses œuvres, les *Space Invaders*, symbolisent la rencontre entre la mosaïque et les pixels des jeux vidéo. Il s'inspire d'un jeu vidéo culte, *Space Invaders*, qui représente des monstres en forme de crabe ou poulpe qui forment un mur et descendent de l'écran pour envahir la terre ; le but du joueur est de détruire ce mur à l'aide de missiles. Il a développé le concept de l'invasion à savoir qu'il implante ses œuvres sur des murs, des monuments sans en demander l'autorisation. C'est pourquoi il se définit comme le « hacker de l'espace public ». Par ailleurs, lors d'interviews, il apparaît toujours masqué pour conserver l'anonymat. Il considère que l'art doit être vu par tous et dispose ses œuvres dans des lieux très fréquentés à trois ou quatre mètres du sol.

DOC. 2

Activité 4 10 min

→ Comprendre une appréciation

Seul puis **En classe entière** Faire lire le commentaire et souligner les bonnes réponses. Faire justifier par des éléments du texte.

Corrigés

4 a. L'utilisateur fait un commentaire **positif**. (*Génial. C'est toujours une joie... J'en suis fan !*) **b.** Il donne **le mode d'emploi de l'application**. (*L'application est très bien faite : on l'ouvre, on y ajoute sa photo et on gagne des points.*) **c.** Il utilise l'application **dans le monde entier**. (*... quand je voyage.*)

Activité 5 40 min

Grammaire

Les pronoms *y* et *en*

Conceptualisation

À deux **a.** et **b.** Demander aux binômes de lire les phrases, de noter ce que remplacent les pronoms et de trouver d'autres exemples. Demander aux apprenants de s'inspirer de l'exemple donné en **5a** pour faire le travail.

y	... pour y coller ses mosaïques. → ... pour coller ses mosaïques dans les plus grandes villes du monde. Ça fait longtemps qu'il y pensait. → ... qu'il pensait à coller une mosaïque dans la Station Spatiale internationale. Peu de personnes peuvent y avoir accès comme par exemple... la Station Spatiale Internationale. → ... avoir accès à des endroits insolites... ... qu'il est très heureux d'y être arrivé. → ... d'être arrivé à coller une mosaïque dans la Station Spatiale Internationale. ... on y ajoute sa photo... → ... on ajoute sa photo dans l'application...
en	Il en colle vingt à cinquante par ville. → Il colle vingt à cinquante Space Invaders par ville. Je m'en sers souvent quand je voyage. → Je me sers souvent de l'application quand je voyage. ... il y en a près de 4 000 aujourd'hui ! → Il y a près de 4 000 Space Invaders aujourd'hui ! C'est toujours une joie d'en découvrir... → C'est toujours une joie de découvrir des Space Invaders... J'en suis fan ! → Je suis fan des Space Invaders !

En classe entière – Faire faire collectivement une conceptualisation de l'utilisation de ces deux pronoms. Les fonctions de complément de lieu pour *y* et de quantité pour *en* ont été travaillées au niveau A2 ; il s'agit ici d'un renforcement. Insister sur l'utilisation de *y* et *en* pour remplacer un complément de verbe introduit par *à* ou *de*. Pour les exemples de phrase avec *y*, demander aux apprenants de différencier les deux utilisations proposées dans les exemples de l'activité : rappeler l'utilisation de *y* pour remplacer un complément de lieu (*pour y coller ; on y ajoute*) et amener à analyser la seconde utilisation en faisant remarquer que les verbes utilisés sont construits avec *à*. Pour les exemples de phrases avec *en*, demander aux apprenants de différencier les deux utilisations proposées dans les exemples de l'activité : rappeler l'utilisation de *en* pour remplacer une quantité indéterminée (*c'est toujours une joie d'en découvrir*) ou précisée (*Il en colle vingt à cinquante ; il y en a près de 4 000*) et amener à analyser la seconde utilisation en faisant remarquer que les verbes utilisés sont construits avec *de*. Le professeur pourra rappeler la troisième utilisation de *en* pour remplacer un complément de lieu marquant l'origine (*il revient de l'espace → il en revient*).

– Inviter les apprenants à se reporter à l'encadré récapitulatif de la page 99 pour synthétiser les informations sur les pronoms *y* et *en*.

Y	En
Complément de lieu : *pour y coller ; on y ajoute* Complément de verbe introduit par **à** : *il y pensait → penser à qqch* *... peuvent y avoir accès → avoir accès à qqch* *... d'y être arrivé → arriver à qqch*	Une quantité indéterminée (*une joie d'en découvrir*) ou précisée (*Il en colle 20 à 50 par ville ; il y en a près de 4 000*) Complément de verbe introduit par **de** : *Je m'en sers → se servir de* *J'en suis fan → être fan de*

Corrigés

5 a. 1. dans les plus grandes villes du monde. **2.** à coller une mosaïque dans la Station Spatiale Internationale. **3.** Space Invaders. **4.** de cette application. **b.** *Voir la grille ci-dessus.*

› S'entraîner › activités 6 et 7 page 100

Activité 6 15 min

→ **Donner son avis sur le street art**

En petit groupe **a.** Laisser les groupes échanger. Le professeur peut permettre aux groupes d'utiliser leur téléphone pour voir d'autres images de Space Invaders sur des sites Internet.

b. Demander aux groupes de donner leur avis et surtout de lister leurs arguments. Mettre en commun et lister les arguments donnés qui pourront être comparés à ceux des intervenants du forum (document 3 page 93).

Embellir : rendre beau.

Dénaturer : enlaidir, ne pas être adapté à l'harmonie naturelle.

Corrigés

6 Production libre.

DOC. 3

Activité 7 10 min

→ **Reformuler un thème et faire un relevé lexical**

Sensibilisation

Seul puis **En classe entière** **a.** Faire lire la question posée dans le forum et demander à des volontaires de la reformuler ; la classe se met d'accord sur une reformulation.

b. Noter au tableau les trois mots du nuage et demander de lire rapidement les trois textes du forum afin d'ajouter des mots qu'ils contiennent. Demander enfin à la classe d'ajouter d'autres mots illustrant les arts de la rue.

Corrigés

7 a. *Proposition de réponse :* L'art a-t-il sa place dans la rue ?
b. cirque, hip-hop, marionnettes, festival (*en production libre :* graffiti, pochoir, musique...).

Vocabulaire

099-100 — 5 min

- **Les arts de la rue**
- **La caractérisation (2)**

En classe entière Inviter les apprenants à se reporter aux listes récapitulatives *Les arts de la rue* et *La caractérisation (2)* page 100.

Activité 8

20 + 20 min

→ **Comprendre des avis et des arguments**

Compréhension globale

À deux puis **En classe entière** **a.** Demander aux binômes de lire les avis des trois internautes et d'identifier leur position en résumant les arguments principaux. Mettre en commun dans une grille au tableau.

En classe entière **b.** L'activité précédente pourra facilement entraîner les associations. La grille sera complétée par les six arguments proposés (en bleu ci-dessous). Préciser aux apprenants qu'un même argument peut être attribué à plusieurs internautes.

Pour : Iseut_33 Que des arguments positifs	Arts de rue permettent à tout le monde d'avoir accès à la culture Gratuit Espace ouvert C'est indispensable d'encourager Les centres culturels sont difficiles d'accès. L'art doit être accessible à tous.
Contre : Marco Que des arguments négatifs	Pas du tout d'accord Contre les interdictions Imposés à tous Mauvaise qualité Dénaturent batiments Les spectacles de rue n'appartiennent pas au domaine de l'art. La population subit l'art urbain.
Mitigé (nuancé) : Maïmouna	Marco est radical (sans nuance) Lieux culturels pour élite Arts de rue pour tout le monde mais il faut des règles (respect des batiments, circulation des piétons et tranquillité) Il faut réglementer les manifestations artistiques dans la rue. Les centres culturels sont difficiles d'accès. La rue permet aux artistes de s'exprimer vraiment.

Attirer l'attention des apprenants sur le fait que, pour argumenter leur position, chaque internaute utilise des mots de liaison. Inviter la classe à les relever et à en donner le sens (ou la traduction) collectivement, dans un premier temps. Dans un second temps, il sera possible de les regrouper selon leur fonction dans le discours et leurs contraintes syntaxiques et de mieux les expliquer. On pourra également ajouter d'autres mots connus des apprenants.
car = parce que → pour expliquer
donc = alors → pour donner une conséquence
en plus = par ailleurs → pour ajouter
contrairement à = au contraire de → pour opposer
malgré = en dépit de → pour opposer
de plus = en plus → pour ajouter
alors que = tandis que → pour opposer
en ce qui concerne = au sujet de → pour introduire un sujet
bien que = même si → pour opposer
toutefois = mais, pourtant

Cause	*car = parce que* (plus formel) + phrase
Conséquence	*donc* + phrase
Opposition et contradiction	*alors que* + phrase *malgré* + nom *contrairement à* + nom *bien que* + subj. *toutefois* + phrase
Ajouter	*En plus, de plus* *en ce qui concerne* + nom

Grammaire

- **La concession**

Conceptualisation

À deux puis **En classe entière** **c.** – Faire faire le repérage et amener les apprenants à préciser que *même si* et *bien que* ont le même sens mais sont différents syntaxiquement : *bien que* est suivi du subjonctif et *même si* de l'indicatif.

Faire reformuler la première phrase avec *bien que* et la seconde avec *même si*.

Bien que les lieux culturels soient indispensables, ...

Même si l'art est essentiel pour tous, ...

– Inviter les apprenants à se reporter à l'encadré récapitulatif page 100 pour résumer les informations. Comme l'intitulé de l'encadré est « la concession », il sera peut-être important de préciser la différence entre l'opposition et la concession. Comme son nom l'indique, une opposition oppose deux choses différentes : *J'aime les arts de rue alors que je déteste les musées* (*aimer ≠ détester*). Dans l'expression de la concession, on relie deux choses contradictoires à savoir qu'un fait n'a pas la conséquence attendue : *Bien que ce soit beau, je n'aime pas.* (*Logiquement si c'est beau, j'aime mais dans ce cas, je n'aime pas.*)

À deux **d.** Demander aux binômes d'échanger sur la question en prenant modèle sur les arguments utilisés par les internautes. Pour que les échanges aient un intérêt linguistique, lorsqu'un des membres du binôme exprime un argument, l'autre peut jouer « l'avocat du diable » (utiliser un argument opposé) afin d'obliger son partenaire à nuancer son opinion.

Corrigés

8 a. Pour : Iseut_33 ; mitigé : Maïmouna ; contre : Marco. **b.** Iseut_33 : 2, 6 ; Maïmouna : 1, 2, 4 ; Marco : 3, 5. **c.** Même si ; bien que. **d.** Production libre.

> S'entraîner activité 8 page 100

Culture(s) 10 min

La gratuité des musées

Seul puis **En classe entière** Faire lire l'encadré et répondre à la question lors d'un tour de table.

AGIR

Activité 9 40 min

→ **Donner son avis**

Préparation

En classe entière Faire lire la consigne pour faire comprendre la finalité de l'activité : il s'agit de rédiger un avis sur une problématique autour de l'art.

En classe entière **a.** Faire établir une liste de problématiques et les noter au tableau.

En petit groupe puis **seul** **b.** et **c.** Chaque groupe **échange** et liste des arguments pour et contre. Chaque apprenant écrit seul son avis sur la question. Les groupes **présenteront** un document similaire au document 3 avec la question en titre et autant d'avis (pour, contre ou mitigé) que de participants au groupe.

Présentation

Les groupes postent leur document ; chaque apprenant choisit un ou deux avis et y réagit en le/les nuançant.

Corrigés

9 Production libre.

Prolongement de la leçon

> Entraînement linguistique

- Demander aux apprenants de relire la double page et de réécouter les documents travaillés.
- Faire compléter la fiche-lexique sur le thème *La caractérisation* qui a été créée à la leçon 21.

> Évaluation formative

- Les activités du **cahier d'activités** correspondant à la leçon sont **aux pages 78 à 81**.
- Les activités du **Parcours digital®**.

Classe inversée

Avant la leçon 23

Demander aux apprenants de :
– regarder le document 1 et faire l'activité 1a page 94 ;
– lire le document 2 et faire l'activité 2 page 94.

LEÇON 23 Échanger sur le rôle de l'art

ÉCHANGER SUR LE RÔLE DE L'ART 4 h 30

Savoir-faire et savoir agir : expliquer les bienfaits d'un art · organiser son discours

COMPRENDRE	DOC. 1	DOC. 2				
	10'	5'	30'	5'	35'	15'
	Act. 1	Act. 2	Act. 3	Vocabulaire 101	Act. 4 Grammaire	Act. 5 091
	• Identifier des informations	• Reformuler un sujet d'article	• Comprendre un article	• La santé (3)	• Les connecteurs pour organiser son discours	• Dire ce que l'on ressent à l'écoute de la musique
COMPRENDRE	DOC. 3					
	15'	30'	5'	15'	15'	10'
	Act. 6	Act. 7	Vocabulaire 102	Act. 8	Act. 9	Phonétique 103 18
	• Sélectionner des informations	• Faire un relevé lexical	• La musique (2)	• Exprimer des émotions	• Dire ce qu'on ressent	• L'enchaînement vocalique
AGIR	40'	Act. 10	• Donner son opinion sur la question « L'art peut-il changer notre quotidien ? »			
CULTURE(S) VIDÉO	40'	17	• Avignon			

COMPRENDRE

DOC. 1

Activité 1 10 min

→ Identifier des informations

Compréhension

Seul puis **En petit groupe** **a.** et **b.** Faire lire le document 1 et répondre aux questions puis laisser réagir les groupes.

Corrigés

1 a. Les médecins francophones du Canada. Ils proposent une visite gratuite au musée à Montréal pour se faire du bien ; c'est une prescription non pas « médicale » mais « muséale ». **b.** Production libre.

DOC. 2

Activité 2 5 min

→ Reformuler un sujet d'article

Sensibilisation

En classe entière Inviter les élèves à réfléchir sur le sujet du prochain document *(les bienfaits de l'art sur la santé, comment l'art soigne, etc.).*

Compréhension globale

Seul puis **En classe entière** Faire lire le titre de l'article et répondre à la question en le reformulant.

Corrigés

2 *Propositions de réponse :* Les effets positifs de la musique sur la santé. La musique est très bonne pour la santé.

Activité 3 30 min

→ Comprendre un article

Compréhension finalisée

À deux Demander aux binômes de lire l'article et de faire l'activité en justifiant les réponses. Prévoir une ligne supplémentaire à la fin de la grille pour noter d'autres informations perçues comme importantes, notamment pour préciser le titre et le sujet de l'article.

a	V	active = patient crée passive = patient écoute
b	F	Non seulement chez les enfants mais aussi chez leurs parents.
c	F	Pas recommandée contre maladies graves / médecine complémentaire.
d	V	Thérapeute répond de manière unique aux besoins.
e	F	Un professionnel de santé / connaissances médicales / pas encore reconnu.
Autres infos		Calmer les tensions / action sur le cerveau / pour soigner pbs psy / diminuer anxiété / douleurs chroniques / bien-être / relaxation / stimulation

Corrigés

3 *Voir la grille ci-dessus.*

Vocabulaire 101 5 min

La santé (3)

En petit groupe Inviter les apprenants à se reporter à la liste récapitulative *La santé (3)* à la page 101.

Activité 4 35 min

Grammaire

Les connecteurs pour organiser son discours

Conceptualisation

À deux puis **En classe entière** **a.** et **b.** Faire faire le relevé en lui donnant du sens. Ce travail affinera celui qui a été effectué à l'activité 8 de la leçon 22. Demander aux apprenants de souligner tous les connecteurs (les mots qui font progresser les idées, qui les relient) et de les classer dans la grille. Expliquer le sens de chaque expression non connue.

1. Expliquer un fait	en effet
2. Ajouter une idée	par ailleurs
3. Faire figurer deux idées dans une même phrase	à la fois… et… d'une part… d'autre part… non seulement… mais aussi…
4. Exprimer deux idées contradictoires	néanmoins toutefois
5. Exprimer une conséquence	ainsi
6. Exprimer une cause	car

En classe entière Inviter les apprenants à se reporter à l'encadré récapitulatif sur les connecteurs à la page 101 pour résumer les informations.

Corrigés

4 a. et **b.** *Voir la grille ci-dessus.*

› S'entraîner activité 9 page 101

Activité 5 091 15 min

→ Dire ce que l'on ressent à l'écoute de la musique

En petit groupe puis **En classe entière** Faire écouter une ou deux fois les morceaux et demander aux groupes d'écrire quelques mots décrivant le style de musique et exprimant ce qu'ils ressentent. Le morceau 1 est un morceau de jazz, le morceau 2 un morceau de musique classique, le morceau 3 un morceau de musique électro. Faire collectivement un nuage de mots au tableau : les mots seront commentés et explicités par chaque groupe. Faire un tour de table final pour établir les préférences.

Corrigés

5 Production libre.

DOC. 3

Activité 6 15 min

→ Sélectionner des informations

Compréhension globale

Seul puis **En classe entière** **a.**, **b.** et **c.** Demander à la classe de lire l'extrait et de chercher rapidement les réponses aux trois questions. Mettre en commun en notant les indices aidant à répondre. Pour la réponse à la question **a.**, le professeur peut demander aux apprenants de faire des hypothèses sur l'âge de Théo. Pour la réponse à la question **b.** dont les éléments de réponses sont aux lignes 14-16, les apprenants seront peut-être tentés de répondre « à l'extérieur » car il est fait mention des oiseaux et des voitures, mais une lecture fine montre qu'ils sont dans une salle car il est rare d'entendre les mouches en extérieur. La mention « à travers les murs » prouve que les bruits des oiseaux et de voitures sont des bruits parvenant de l'extérieur dans la salle. Ce paragraphe souligne que le jeu exceptionnel de l'enfant impose le silence et que les spectateurs sont tellement captivés qu'ils n'entendent plus aucun autre bruit.

Corrigés

6 a. Un couple marié (un homme et une femme : *son épouse*, l. 18) et leur fils Théo (*leur Théo*, l. 7 et 20 ; *son/le père*, l. 9, 11 et 17). Il y a aussi un public (*au milieu des spectateurs*, l. 4 ; *Tout le monde*, l. 9 ; *toute la salle*, l. 23). **b.** Dans une salle de spectacle. **c.** Un couple assiste au concert de leur fils Théo.

Activité 7 30 min

→ Faire un relevé lexical

Compréhension finalisée

À deux puis **En classe entière** **a.** et **b.** Demander aux apprenants de souligner tous les termes en relation avec l'ouïe (l'écoute, les bruits, les sons...) et de les classer dans la grille. Pour la mise en commun, amener les apprenants à faire la distinction entre les bruits extérieurs et réactions du public qui sont forts, stridents, confus, parfois peu agréables et l'aspect mélodieux, harmonieux et magique de la musique.

Réactions du public	Bruits extérieurs	Musique
le brouhaha (= bruits de fond confus, discussions) les applaudissements crépitaient (= bruits du feu) frappant des mains à tout rompre	vrombir (battement des ailes des mouches) piailler (cri des oiseaux) rumeur sourde (moteur des voitures)	Il a joué avec douceur. des accords inouïs (= incroyables) laisser couler la musique (= musique fluide) une langue secrète le dernier accord

Pour compléter le travail sur les sens, demander aux apprenants de dire ce que l'extrait leur donne à voir :
- une salle pleine de spectateurs avec une focalisation sur les parents ;
- le jeune musicien qui arrive derrière les spectateurs qui tournent la tête pour le regarder ;
- l'enfant qui a un visage concentré et « ailleurs » et joue ;
- les spectateurs qui écarquillent les yeux (= grands ouverts d'admiration) ou les ferment pour mieux ressentir la musique ;
- des fenêtres ;
- des mouches qui volent ;
- le père qui serre la main de sa femme ;
- l'enfant qui « lève son archet » ;
- les spectateurs debout et les yeux humides en train d'applaudir ;
- le père qui tourne la tête de tous côtés.

Le professeur peut aussi demander ce qui n'est pas décrit, ce qui manque, comme ce que fait le jeune musicien à la fin du morceau : est-ce qu'il sourit ? salue ? regarde ses parents ?

À deux **c.** Faire répondre aux deux questions. Les apprenants seront amenés à répondre qu'il s'agit d'un morceau doux, « pianissimo », religieux, entraînant une écoute recueillie. Deux indices laissent à penser que l'instrument de Théo est un violon : *Il a commencé à jouer... tout en progressant lentement* (l. 2 et 3) ; il joue en marchant donc il s'agit d'un petit instrument léger ; le texte mentionne un archet (l. 21) (il s'agit donc d'un instrument à cordes).

Corrigés

7 a. et **b.** *Voir la grille ci-contre.* **c.** Production libre.

Vocabulaire 102 5 min

La musique (2)

À deux Inviter les apprenants à se reporter à la liste récapitulative *La musique (2)* de la page 101.

Activité 8 15 min

→ Exprimer des émotions

Compréhension finalisée (suite)

À deux puis **En classe entière** Le travail des activités précédentes permettra sans difficulté d'associer les émotions et états aux différents personnages. Encourager les apprenants à en ajouter afin d'enrichir le lexique. Rappeler que pour exprimer des émotions, on utilise principalement le verbe *être* + adjectif et parfois *faire preuve de* + nom ; il est donc utile de mémoriser les noms et les adjectifs pour exprimer des émotions.

Le père	la fierté/fier - le bouleversement/bouleversé - + émotion/ému
La mère	le bouleversement/bouleversée - + émotion/émue
Théo	la concentration/concentré - l'absence/absent (seul au monde)
Le public	l'exaltation/exalté - la concentration/concentré - l'admiration/admiratif

Lire le résumé du roman aux apprenants (Voir *Culture +* ci-dessous) et leur demander de situer la scène qu'ils ont étudiée. Les encourager à aller sur le site Babelio, à découvrir les critiques et à lire le roman.

Corrigés

8 *Voir la grille ci-dessus.*

Culture(s) +

■ ***Châtelet-Lilas* de Sébastien Ortiz**

Résumé : Le narrateur, conducteur de métro sur la ligne 11 à Paris, a acquis le pouvoir de lire dans les pensées des passagers qu'il transporte. De Châtelet à la Mairie des Lilas, il écoute, observe, rêve, se souvient. Il suit les pensées des uns ou des autres, plonge dans leur univers, découvre leurs passions et pour certains leur folie. Il connaît sa ligne sur le bout des doigts, sait exactement à quelle rue son tracé correspond à la surface, commente la vie au-dessus et au-dessous de la terre, philosophe tout au long de cette ligne qui compte douze haltes. Les pensées des passagers, les slogans publicitaires croisés au passage de la rame, les chansons des mendiants mais aussi des poèmes, des scènes fulgurantes, violentes ou cocasses, se mêlent aux souvenirs du conducteur.

Activité 9 15 min

→ Dire ce qu'on ressent

En classe entière Chaque apprenant fait écouter un morceau de musique qu'il aime, explique pourquoi et laisse réagir ses camarades. La playlist de la classe est postée sur le groupe de la classe.

Corrigés

9 Production libre.

Phonétique 103 18 10 min

L'enchaînement vocalique

En classe entière Faire travailler le point phonétique de la page 101 avec le tutoriel vidéo. Nous rappelons que l'enregistrement audio apporte les mêmes informations que le tutoriel vidéo mais n'est pas interactif. Il est bien sûr préférable de travailler avec le tutoriel vidéo. L'encadré phonétique et l'enregistrement audio servent de mémo.

Transcription 18

Bonjour ! Aujourd'hui : l'enchaînement vocalique.
Écoutez les mots ou groupes de mots et comptez le nombre de syllabes. Par exemple : Théo Thé-o, 2 syllabes.
À vous ! Combien de syllabes ?
le brouhaha – néanmoins – la tension artérielle – les applaudissements ont duré
On vérifie ?
le brouhaha : 4 syllabes ; *le brouhaha*
néanmoins : 3 syllabes ; *néanmoins*
la tension artérielle : 6 syllabes ; *la tension artérielle*
les applaudissements ont duré : 8 syllabes ; *les applaudissements ont duré.*
Vous avez entendu ? Dans le groupe rythmique et entre deux groupes rythmiques, on ne s'arrête pas entre les mots : on enchaîne les mots sans couper la voix. Quand deux voyelles prononcées se suivent, on fait un enchaînement vocalique.
Attention ! On ne prononce pas la consonne muette, ici le *n* : *la tension artérielle*. On ne prononce pas le *h* : *le brouhaha*.
Maintenant, écoutez la différence : j'étais – j'ai été ; j'en veux – Jean en veut ; c'est à Line – c'est à Aline.
Les deux voyelles s'enchaînent : ai é, j'ai é, j'ai été ; ean en, Jean en, Jean en veut ; à A, c'est à A, c'est à Aline.
On respecte bien le nombre de syllabes, qui sont toutes régulières, sauf la dernière qui est plus longue : *C'est à Aline*.
Pour finir, entraînez-vous à répéter ces groupes de mots sans couper la voix : le brouhaha – néanmoins – la tension artérielle – les applaudissements ont duré.
Bravo ! À bientôt !

Transcription 103

Écoutez les mots ou groupes de mots et comptez le nombre de syllabes.
Exemple : Théo Thé-o, 2 syllabes.
a. le brouhaha ; b. néanmoins ; c. la tension artérielle ; d. les applaudissements ont duré
Dans le groupe rythmique et entre deux groupes rythmiques, on ne coupe pas la voix entre deux voyelles prononcées : c'est l'enchaînement vocalique. On respecte bien le nombre de syllabes, qui sont toutes régulières, sauf la dernière qui est plus longue. Exemples : le brouhaha. – Théo a commencé à jouer.
Attention ! On ne prononce pas la consonne muette, ni le *h*. Exemples : la tension artérielle – le brouhaha.

> S'entraîner activité 10 page 101

AGIR

Activité 10 40 min

→ Donner son opinion sur la question « L'art peut-il changer notre quotidien ? »

Préparation

En classe entière Présenter la tâche aux apprenants, expliquer les différentes étapes de l'activité et en vérifier la bonne compréhension. Il s'agit de recenser tous les arguments pouvant aider à répondre à la question et à se prononcer.

Production

En petit groupe **a.** et **b.** Chaque groupe recense les arguments, les note et y associe des exemples. Parmi les arguments à citer : *s'ouvrir l'esprit ; se cultiver, découvrir des cultures différentes ; pratiquer un art, développer une autre façon de s'exprimer ; se relaxer ; développer la créativité ; rencontrer les autres ; se soigner...*

Présentation

En classe entière **c.** Un groupe **présente** un argument et un exemple ; la classe réagit en complétant par d'autres exemples. Procéder de la même façon en changeant de groupe pour proposer un autre argument.

d. **Échanger** sur les idées les plus partagées par la classe et faire le profil de la classe.

Corrigés

10 Production libre.

CULTURE(S) VIDÉO

▶ 17 — 40 min

Avignon

Durée de la vidéo : 2'38

Sensibilisation

En classe entière Dire aux apprenants qu'ils vont regarder une vidéo dont le titre est *Avignon*. Préciser qu'il s'agit d'une ville de France et la faire repérer sur la carte à la fin du livre. Faire faire des hypothèses sur le thème de la vidéo en ayant à l'esprit un lien avec l'art.

Compréhension

En classe entière **1. a.** Montrer le générique de la vidéo avec le son (avant l'intervention de la journaliste) et faire décrire les images et le son : c'est l'été ; on voit les rues de la ville avec beaucoup de monde, des zooms sur un théâtre (*Atypik théâtre*), des affiches de spectacle, des musiciens, le titre du reportage (une journée au festival). Les apprenants peuvent en déduire qu'il y a dans cette ville un festival artistique.

Corrigé

1. Production libre.

Culture(s) +

■ **Le festival d'Avignon** est la plus importante manifestation de théâtre et de spectacle vivant du monde, par le nombre de créations et de spectateurs réunis. Fondé en septembre 1947, ce festival des arts du spectacle est considéré comme le plus ancien et le plus célèbre de France. La cour d'honneur du Palais des papes est le lieu central du festival qui se déroule aussi sur plus de trente lieux de la ville classée au patrimoine mondial de l'Unesco.

À deux **2. a.** et **b.** Montrer la première partie de la vidéo (l'introduction de la journaliste) et faire les tâches demandées. Mettre en commun.

festival de théâtre

Avignon

mois de juillet

Cité des Papes

gigantesque (très très grande) scène de spectacle

1 500 spectacles/jour

journaliste a fait programme : chanson, humour, théatre, cabaret.

Corrigé

2. a. Du festival d'Avignon. **b.** *Voir notes au tableau ci-dessus.*

À deux **3. a.** Faire visionner la seconde partie de la vidéo et faire lire le résumé sur Éric-Emmanuel Schmidt ; demander de choisir les éléments corrects ; faire réécouter si besoin et mettre en commun.

b. Faire réécouter et noter les caractéristiques demandées.

un touche-à-tout : qq'un qui essaie de faire plusieurs choses.

un homme-orchestre : qq'un qui joue de plusieurs instruments en même temps.

un dramaturge : un auteur de théâtre.

incarner (un personnage) : rendre vivant, prendre corps (*c'est dans mon corps, c'est dans ma voix. C'est avec mon énergie à moi).*

Je vois le public comme une patte de chat (qui peut se faire douce et qui peut griffer) : les réactions du public sont imprévisibles ; il aime ou déteste.

avoir la foi : avoir confiance.

Corrigé

3. a. Éric-Emmanuel Schmitt est **auteur et acteur**. C'est l'un des auteurs francophones les plus **joués** au monde. Il a eu envie de se rapprocher **du public**. Il compare le public à **une patte de chat**. Il compare l'ambiance au festival d'Avignon à **un jeu d'enfants**. **b.** L'auteur est solitaire et imagine ce que pensent, ressentent ses personnages. L'acteur vit les pensées et les émotions de son personnage.

Transcription ▶ 17

Journaliste : Venez avec moi ! Bonjour et bienvenue à Avignon ! Le temps du mois de juillet, la Cité des Papes se transforme en gigantesque scène de théâtre et – accrochez-vous ! – pas moins de 1 500 spectacles sont joués ici tous les jours. Alors, je serai votre guide dans cette épopée, pour vous frayer un chemin dans ce dédale. Je vous ai concocté un très joli programme : de la chanson, de l'humour, du théâtre, et même du cabaret. Alors, restez avec moi, ça va swinguer.

Alors, ce matin, j'ai donné rendez-vous ici, dans les jardins de la Maison de Fogasses, un endroit très calme et très agréable, à Éric-Emmanuel Schmitt, et vous allez voir, c'est un véritable touche-à-tout.
Moi, j'ai trouvé l'homme-orchestre de ce festival d'Avignon : Éric-Emmanuel Schmitt, c'est vous. Vous écrivez, vous êtes dramaturge (on vous connaît), vous êtes auteur, et il y a deux ans, vous étiez ici, au festival, pour jouer *Monsieur Ibrahim et les Fleurs du Coran*. Pourquoi on se lance là-dedans ? Pourquoi on veut s'éprouver en tant qu'acteur sur scène, alors que vous êtes l'un des auteurs francophones les plus représentés, les plus joués au monde, quand même.
Éric-Emmanuel Schmitt : Vous savez, quitter la solitude de l'écrivain qui est à sa table, qui est ému par ses personnages ou qui rit de ce que disent ses personnages, et puis qui tout d'un coup se dit « Mais, est-ce que quelqu'un d'autre rira ? Est-ce que quelqu'un d'autre sera ému ? », et là, tout d'un coup, j'incarne. C'est-à-dire que c'est dans mon corps, c'est dans ma voix. C'est avec mon énergie à moi, et je sens le public. Je le vois comme une patte de chat. Vous savez, une patte de chat qui peut se faire douce et qui peut griffer. Ce qui compte, c'est la foi ; c'est-à-dire qu'on décide d'y croire... Et à Avignon, tout d'un coup, la foule se met en cercle autour de quelqu'un dans la rue, ça devient une scène de théâtre, et le spectacle est là. Il y a un esprit de jeu, du « et si » : l'enfant qui dit « Et si, alors toi tu serais et moi je serais... » Et puis ça marche. Parce qu'on a besoin d'imaginaire, on a besoin de se raconter le monde, on a besoin d'apprivoiser le monde.

Prolongement de la leçon

> Entraînement linguistique

- Demander aux apprenants de relire la double page et de réécouter les documents travaillés.
- Faire compléter la fiche-lexique sur *La santé* créée à la leçon 9.
- Faire compléter la fiche-lexique sur *La musique* créée à la leçon 21.

> Évaluation formative

- Les activités du **cahier d'activités** correspondant à la leçon sont **aux pages 82 à 85**.
- Les activités du **Parcours digital®**.

Classe inversée

Avant la leçon 24 :

Demander aux apprenants de :
- regarder le tableau et lire le cartel page 96 ;
- faire les activités 1 et 2 page 96.

Avant la leçon 25 :

Demander aux apprenants de :
- regarder la page d'ouverture de l'unité 7 page 105 ;
- regarder l'infographie page 107 et faire l'activité 4 page 106.

LEÇON 24 Techniques pour... pages 96-97

... faire le cartel d'une œuvre d'art 2 h 15

Cette tâche consiste à aider les apprenants à analyser la composition d'un cartel d'œuvre d'art afin de pouvoir comprendre ce type de document dans les musées et les expositions. Un cartel étant un document synthétique sur une œuvre et son auteur, ce travail permettra par ailleurs de développer la compétence de sélection d'informations et de présenter rapidement toute œuvre d'art.

LIRE DOC. 1

Activité 1 20 min

[Découverte]

Seul puis **En classe entière** **a.** et **b.** Demander à la classe d'observer le tableau de la page 96, de le décrire et d'en donner le style.

c. Laisser les apprenants échanger.

Corrigés

1 a. On voit un orchestre : quatre musiciens sont debout et un est assis. Au premier plan, les deux musiciens jouent d'un instrument à vent style hautbois, clarinette ou trompette. À gauche, on ne reconnaît pas vraiment de quel instrument le musicien joue, peut-être une contrebasse. En arrière-plan, à droite, un musicien joue du violoncelle et à gauche, on devine un musicien assis derrière un piano. Les couleurs qui sont vives ne représentent certainement pas les couleurs naturelles de la scène. Les personnes ne sont pas peintes de façon précise : ce sont des à-plats de couleur laissant deviner les parties du corps ; on ne distingue pas les traits du visage. **b.** On peut dire que c'est de l'art moderne entre l'abstrait et le figuratif. **b.** Production libre.

DOC. 2

Activité 2 (5 min)

Seul puis **En classe entière** Demander à la classe de lire rapidement le document 2 et de répondre à la question. Expliquer que, dans le domaine de la muséologie, ce type de document s'appelle un cartel, à savoir qu'il s'agit d'une plaque ou étiquette posée à côté d'une œuvre qui donne des informations sur une œuvre et son auteur.

Corrigés

2 Le cartel donne des informations sur l'œuvre et l'artiste.

Activité 3 (40 min)

À deux puis **en classe entière** Faire relire le cartel et faire le *Vrai/Faux* en justifiant les réponses par des éléments du texte. Expliquer collectivement le lexique ayant trait à l'art pictural.

a	Vrai	*Il délaisse* (il abandonne) *les paysages et les natures mortes* (tableau représentant des éléments inanimés : aliments, animaux, fruits, fleurs, objets divers) *et se met à* (commence) *créer des images de concerts.*
b	Faux	*On y distingue des musiciens, des instruments de musique, mais sans détails, presque sans contours* (ligne marquant l'extérieur de la forme). L'art figuratif représente le réel. L'art abstrait ne représente pas le réel.
c	Vrai	[Les] *couleurs représentent l'ambiance du concert de jazz. Les couleurs se répètent... comme pour évoquer l'improvisation de Bechet.*
d	Faux	[Ce tableau] *est un bon exemple du style de Nicolas de Staël.*
e	Faux	C'est un *musicien de jazz.*

Corrigés

3 *Voir la grille ci-dessus.*

Culture(s) +

■ **Nicolas de Staël** (1914-1955) est un peintre français d'origine russe. Sa carrière s'étale sur une quinzaine d'années à travers un millier d'œuvres. Il travaille avec acharnement détruisant autant d'œuvres qu'il en réalise. Sa peinture a été en constante évolution et il a toujours refusé les étiquettes et les courants picturaux ; il reste une énigme pour les historiens de l'art qui ne savent pas où le classer. Il se suicide en 1941.

■ **Sidney Bechet** (1897-1959) est un des musiciens de jazz américain les plus connus de son époque. Il jouait principalement de la clarinette.

Activité 4 (10 min)

[Analyse]

À deux Faire associer les intitulés et les parties du cartel en notant les justifications. Mettre en commun.

1/g	1914, Empire Russe - 1955, France
2/c	Les Musiciens, Souvenir de Sidney Bechet [1952-1953]
3/f	Huile sur toile.
4/d	161,9 x 114,2 cm
5/a	Au début des années 1950, Nicolas de Staël découvre la musique... Il arrête de peindre les paysages et se met à créer des images de concert...
6/e	Ce tableau est particulièrement intéressant car c'est un bon exemple du style de Nicolas de Staël : l'hésitation entre l'art figuratif et l'art abstrait.
7/b	Le thème de cette œuvre célèbre est la musique... Le contraste des couleurs vives et l'alternance des zones de couleur représentent l'ambiance du concert de jazz... Les couleurs se répètent de manière régulière...

À deux Faire lire l'encadré mémo pour faire le cartel d'une œuvre d'art de la page 97.

Corrigés

4 *Voir la grille ci-dessus.*

ÉCRIRE

Activité 5 (1 heure)

À deux **a.** et **b.** Faire choisir et rédiger le cartel d'une œuvre.

Les œuvres et leurs cartels pourront être présentés à la classe et postés sur le réseau de la classe.

Corrigés

5 Production libre.

... la médiation : expliquer les pictos d'un musée

1 heure

Ce travail sur la symbolique des pictos permet d'échanger sur l'interculturel.

DOC. 3 092

Activité 6

30 min

En classe entière Demander à la classe de regarder le document 3 et de numéroter les pictos pour pouvoir échanger plus facilement (de gauche à droite de la ligne 1 à la ligne 5).

Avant de faire l'activité de compréhension orale, faire commenter et interpréter les pictos représentés. Il est possible que des pictos n'existent pas dans certains pays ou qu'un message soit symbolisé par un autre picto ; cela permettra d'échanger sur les différences culturelles.
Généralement les pictos d'un musée indiquent un lieu ou informent de ce que l'on doit/peut ou ne doit/peut pas faire (symbolisé ici par le rond rouge barré) ; il sera intéressant de redonner aux apprenants quelques structures permettant d'exprimer cet acte de langage : *on (ne) peut pas* + inf. ; *on (n')a (pas) le droit de* + inf. ; *il (n')est (pas) autorisé/permis de* + inf. ; *il est interdit de* + inf.
Exemples :
1. Il y a des cadeaux.
2. Il y a des audioguides ; on peut utiliser des audioguides.
3. Il y a un ascenseur.
4. On ne peut pas porter de short ou de T-shirt sans manche.
4. Il est interdit de prendre des photos avec un flash.
5. Il y a un distributeur d'argent.
6. Vous êtes filmés ; il y a une caméra de surveillance.
7. C'est une salle de cinéma.
8. C'est un vestiaire ; vous pouvez laisser vos affaires ici.
9. Il est interdit d'entrer.
10. Les chiens d'aveugles peuvent entrer.
11. Ici, c'est un point de rencontre.
12. On peut acheter des tickets.
13. On peut manger ; c'est un restaurant.
14. On peut recharger son téléphone.
15. On peut boire ; c'est une cafétéria.
16. Il est interdit de porter une arme.
17. Ici, c'est l'escalator.
18. Ici, on peut changer son bébé.

À deux **a.** et **b.** Faire lire les consignes et préciser que Darshan est un homme ; écouter les explications de l'agent d'accueil. Les binômes prennent des notes. Mettre en commun en commentant les notes.

c. Faire répondre à la question et échanger.

	Notes	Commentaires oraux
Famille de Darshan	grand sac, poussette, menu enfant, 4 adultes + 2 enfants	On imagine donc Darshan, son épouse, 2 autres adultes (peut-être les beaux-parents), ils ont 2 enfants, dont un bébé en poussette.
Le musée	Étages, cafétéria, restaurant (4e étage), souvenirs, comptoirs cartes postales, boutique, livres, reproductions, distributeurs argent, salle sculpture fermée, toilettes avec bébé, tarif spécial, symbole audioguide sur cartel, inscription pour visite guidée 15 minutes	Il s'agit donc d'un assez grand musée puisqu'il y a 4 étages au moins, il y a différentes salles dont certaines consacrées à la peinture puisqu'on ne peut pas utiliser de flash. Une salle est fermée. Normalement, on peut y voir des sculptures. Il y a une boutique, une cafétéria, un restaurant. Pour les visites, on peut utiliser des audioguides et il y a aussi des visites guidées (la prochaine est dans 15 minutes).
Pictos	9, 3, 18, 16, 14, 1, 6, 13, 5, 19, 2, 12, 8, 15	5 pictos ne sont pas représentés dans le commentaire : 4, 7, 10, 11, 17.

Transcription 092

Agent d'accueil du musée : Le vestiaire est derrière. Vous pouvez y laisser votre grand sac. Pour accéder aux étages vous avez soit, les escalators, soit l'ascenseur. Je vous conseille de prendre l'ascenseur, il y a assez de place pour la poussette. Vous avez ici la cafétéria et au quatrième étage il y a le restaurant. Bien sûr il y a un menu enfant. Pour les souvenirs, il y a des comptoirs à cartes postales répartis dans les différentes salles, sinon, la boutique du musée, avec livres

et petites reproductions se trouve derrière vous à gauche. Il y a aussi des distributeurs pour retirer de l'argent près de la billetterie.
Comme vous voyez, la salle des sculptures est fermée. Bien évidemment, vous pouvez prendre des photos, mais sans flash. Les toilettes sont équipées pour changer les bébés. Pour les tickets, c'est avec ma collègue à la billetterie à côté. Comme vous êtes quatre adultes et deux enfants, il y a un tarif spécial. Si vous prenez un audioguide, il y a un symbole sur le cartel de certaines œuvres. Si vous voulez une visite guidée, il faut vous inscrire ici, c'est moi qui m'en occupe. Il y en a une qui commence dans quinze minutes. Le point de rencontre est de l'autre côté, devant l'auditorium. Enfin, vous pouvez charger vos téléphones près du vestiaire. Voilà. Bonne visite !

Corrigés

6 a. et **b.** *Voir la grille page précédente.* **c.** Non. Ne figure pas dans un musée français, le picto 4 car il n'y a aucune indication sur le port des vêtements dans les lieux publics. On trouve seulement des indications de tenue correcte à l'entrée des églises. On ne peut pas voir le picto 17 car le port d'armes est interdit partout en France.

Activité 7 30 min

En classe entière Chaque apprenant cherche un picto utilisé dans son pays, le montre à la classe pour le faire **deviner**. Laisser les **échanges** se faire.

Corrigés

7 Production libre.

S'entraîner pages 98-101

Cf. Introduction (C.1.3), page 23.

– **Corrigés** des activités 1 à 10 : pages 188-189 du livre de l'élève.

– **Parcours digital®** : toutes les activités des pages 98 à 101 sont proposées en version autocorrective.

Faites le point page 102

Cf. Introduction (C.1.4), page 23.

Évaluez-vous !

Corrigés

› *Exemple de production :* C'est une histoire fascinante, un nouveau film, une belle histoire, le film est trop long...

› *Exemple de production :* Les murs sont peints en jaune. Le tableau blanc est situé derrière le bureau. Les tables ont été placées en cercle en face du tableau...

› *Exemple de production :* Je n'y vais jamais. Je préfère regarder des films chez moi. / J'en écoute tous les jours. / Oui, j'y ai déjà assisté.

› *Exemple de production :* Les graffitis sont interdits dans la rue, néanmoins on en voit partout. Certaines personnes n'aiment pas la musique, pourtant c'est bon pour la santé.

Classe inversée

Avant la leçon 25 :

Demander aux apprenants de :

– regarder la page d'ouverture de l'unité 7 page 105 ;

– regarder l'infographie page 107 et faire l'activité 4 page 106.

Préparation au DELF B1

Corrigés des pages 103-104 du manuel

I COMPRÉHENSION DES ÉCRITS

7 points

Lire pour s'informer et discuter

1. b (1 point) ; 2. b (1 point) ; 3. a (1 point) ; 4. b (1 point) ; 5. b (1 point) ; 6. a (1 point) ; 7. a (1 point)

II PRODUCTION ORALE

10 points

Exercice en interaction

Sujet 1 :

Exemple de production : Je voudrais vous proposer de mettre dans les salles du musée des fiches explicatives à la disposition des visiteurs, cela faciliterait leur visite. Il faudrait proposer des fiches en plusieurs langues car nous recevons beaucoup de touristes étrangers. C'est essentiel pour bien apprécier / comprendre les œuvres exposées. C'est plus confortable pour les visiteurs. Pour commencer, on pourrait proposer des fiches en anglais et espagnol par exemple. Il suffit de mettre les informations les plus importantes pour que les visiteurs comprennent les œuvres. Comme je parle plusieurs langues / j'ai fait des études d'interprète, je pourrais m'en occuper. Cela augmenterait la fréquentation de notre musée.

Sujet 2 :

Exemple de production : En ville, les services sont plus accessibles. Tu ne dois pas utiliser la voiture car il y a les transports publics et c'est plus écologique. Tu ne dois pas faire des kilomètres pour aller faire tes courses au supermarché ou au club de sport. En ville, on peut se déplacer en vélo ou à pied. Bien sûr, il faut habiter dans un quartier bien équipé / bien desservi par les bus / le métro / le tram. Il doit y avoir des commerces de proximité pour réduire les déplacements vers les grands magasins. Il faut des pistes cyclables et des systèmes de vélos partagés. Il ne faut pas oublier les espaces verts / d'augmenter la végétalisation des espaces urbains. Il faut encourager les fermes urbaines et les jardins partagés.

Sommes-nous tous journalistes ?

UNITÉ 7

› Livre de l'élève p. 105-118

Page d'ouverture

page 105

En classe entière 10 min

Suivre la démarche proposée en Introduction (C.1.1), page 23.

Corrigés

Exemples de production :

› C'est l'unité 7.

› Elle s'appelle *Sommes-nous tous journalistes ?*

› Sur la photo, on voit une femme en train de se filmer. On suppose que c'est une journaliste qui fait un reportage.

› Les objectifs sont : *parler des métiers de l'information, transmettre des informations, s'interroger sur l'information.*

› Les points de grammaire sont : le but ; le subjonctif (2) ; le participe présent ; le discours indirect au présent et au passé ; le conditionnel présent (3).

› Dans la leçon 28, on va travailler les *Techniques pour* écrire un fait divers et la *Médiation* pour prendre des notes.

› La vidéo ▶ 20 a pour titre *Nous sommes tous médias.*

LEÇON 25 Parler des métiers de l'information

pages 106-107

PARLER DES MÉTIERS DE L'INFORMATION 3 h 35

Savoir-faire et savoir agir : caractériser et décrire une profession • exprimer un objectif • animer un débat

COMPRENDRE — DOC. 1 — 105-106

15'	30'	10'	15'	10'	15'
Act. 1	Act. 2	Act. 3	Grammaire	Vocabulaire 111	Culture(s)
• Identifier le thème d'un débat et ses participants	• Caractériser une profession journalistique	• Comprendre des opinions • Exprimer un objectif	• Le but • La formation du subjonctif (rappel)	• Les médias (1)	• Le premier journal français

COMPRENDRE	DOC. 2			
	5'	20'	20'	15'
	Act. 4	Act. 5	Act. 6 Grammaire	Act. 7 ▶ 19
	• Repérer le thème d'une infographie	• Caractériser un métier	• Le participe présent	• Dire comment on s'informe
AGIR	1 heure	Act. 8	• Présenter un nouveau métier	

COMPRENDRE

DOC. 1 105-106

La piste 105 fait entendre la présentation du débat (première intervention de Sylvie Kauffmann) ; la piste 106 fait entendre le débat.

Activité 1 15 min

→ Identifier le thème d'un débat et ses participants

Sensibilisation

En classe entière Dire aux apprenants qu'ils vont écouter un débat sur le thème évoqué par le titre de l'unité et faire faire des hypothèses sur son contenu. Demander aussi à la classe de citer des métiers liés au journalisme ; les noter au tableau.

Compréhension globale

Seul puis **En classe entière** **a.** et **b.** – Faire écouter la présentation du débat, faire répondre à la question et remplir la fiche des intervenants. Noter les professions et les expliquer collectivement.

– Faire préciser que ce débat va être animé par Sylvie Kauffmann et que les trois journalistes invités vont répondre à des questions posées par le public (*Merci à tous d'être là ; débat consacré… aux questions que nous nous posons sur le but de notre travail. Et que vous vous posez sans doute aussi*).

la directrice éditoriale : choisit les thèmes, les articles à publier, les hiérarchise.

Le Monde : quotidien français.

la directrice de la rédaction : dirige l'équipe des journalistes.

BFM-TV : chaîne de télévision d'information en continu.

un journaliste indépendant : ne travaille pas pour un seul journal ; propose ses articles.

la rédactrice en cheffe : anime l'équipe de rédacteurs.

Transcription 105-106

Sylvie Kauffmann : Bonjour, je suis Sylvie Kauffmann, journaliste et directrice éditoriale du *Monde*. Merci à tous d'être là cet après-midi pour ce débat consacré aujourd'hui aux questions que nous nous posons sur le but de notre travail. Et que vous vous posez sans doute aussi… et bien sûr, sur l'évolution de notre métier. Je vous présente donc nos invités. Il y a Céline Pigalle qui est directrice de la rédaction de BFM-TV. Nous avons aussi David Dufresne journaliste indépendant. Et enfin Delphine Roucaute rédactrice en cheffe du monde.fr. Ce débat nous tient particulièrement à cœur. Si vous le voulez bien, nous allons commencer. Le monsieur là, qui lève la main par exemple. Allez-y, ouvrez le débat.
Homme 1 : Bonjour à tous. Avec Internet et les réseaux sociaux, les médias classiques n'ont plus le monopole de l'information. Alors, être journaliste aujourd'hui, qu'est-ce que ça veut dire ?
Sylvie Kauffmann : Oui, Delphine, allez-y.
Delphine Roucaute : Je dirais que le travail du journaliste consiste à recueillir des informations, puis à écrire des articles ou publier des reportages afin que le public ait accès à l'actualité et la comprenne. Sur Internet, il y a des personnes qui écrivent ce qu'il leur passe par la tête. Nos métiers et nos rôles à nous sont très précis. Il y a les reporters qui vont sur le terrain afin de vérifier l'authenticité des informations, et pour montrer la réalité des faits. Il y a aussi ceux qui font des enquêtes très longues, qui font ce qu'on appelle du journalisme d'investigation. Ils cherchent à révéler des informations inconnues du grand public. N'oublions pas les correspondants, les dessinateurs de presse et bien sûr les secrétaires de rédaction qui relisent et parfois réécrivent les articles pour qu'il n'y ait pas d'erreurs. Comme vous voyez, un journaliste c'est un professionnel de l'information.
Sylvie Kauffmann : Merci Delphine. La dame, là-bas, dans le fond. Je vous en prie, madame, prenez le micro.
Femme : Peut-on, selon vous, être journaliste et militant à la fois ?
Sylvie Kauffmann : Céline, vous voulez répondre ?
Céline Pigalle : Oui. Alors, à priori : non. Le journaliste a un devoir d'objectivité, il doit rester neutre, ne pas dire ce qu'il pense ni ce qu'il faut penser. C'est ça la déontologie de notre profession. Cela dit, l'éditorial explicite la position ou le point de vue de la rédaction du journal. Il y a aussi les rubriques « point de vue », où le journal donne la parole aux politiciens, aux intellectuels, etc. pour que les lecteurs, ou le public en général, puissent avoir accès à la controverse, c'est-à-dire au débat, aux différents avis.

Sylvie Kauffmann : Le jeune homme, là, devant. Allez-y monsieur.
Homme 2 : Bonjour à tous. Quelle est la différence entre une vidéo tournée par un cameraman d'une chaîne de télé, et la vidéo d'un simple individu, faite avec son téléphone, sur le vif et qu'il publie sur un réseau social ?
Sylvie Kauffmann : David...
David Dufresne : La différence, c'est que d'abord nos images sont des images professionnelles et puis nous les complétons par une mise en contexte, et par une vérification des faits. Une vidéo vue sur Internet peut être sortie de son contexte, dater de plusieurs années, ou ne pas correspondre à l'événement dont on parle.
Sylvie Kauffmann : Oui, Delphine, vous voulez intervenir ?
Delphine Roucaute : Oui, je suis tout à fait d'accord avec ce que dit David. Et je voudrais ajouter que, personnellement, je pense que ce métier est beaucoup plus difficile à exercer aujourd'hui. Sur le Net, nous sommes régulièrement attaqués ou interpellés sur la véracité des informations, sur notre neutralité. C'est légitime, ça fait partie du métier mais cette méfiance est plus importante depuis l'arrivée d'Internet. On doit répondre aux doutes du public pour qu'il y ait échanges d'idées et débat démocratique. Et puis...

Corrigés

1 a. Le journalisme, le rôle du journaliste, l'évolution du métier. **b.** Sylvie Kauffmann : journaliste et directrice éditoriale du *Monde*. Céline Pigalle : directrice de la rédaction de BFM-TV. David Dufresne : journaliste indépendant. Delphine Roucaute : rédactrice en cheffe du monde.fr.

Activité 2 30 min

→ Caractériser une profession journalistique

Compréhension globale (suite)

À deux puis **En classe entière** **a.** et **b.** Faire lire les consignes des deux premières parties de l'activité pour que les apprenants ciblent leur écoute ; il s'agira de porter son attention sur les questions des intervenants. Demander aussi de bien écouter ce que dit Sylvie Kauffmann à la fin de ses interventions pour identifier les intervenants. Faire écouter le document et répondre aux questions. Expliquer collectivement quelques mots clés.

À deux puis **En classe entière** **c.** et **d.** Faire faire le travail d'appariement intuitivement sans réécoute et faire réécouter la réponse de Delphine Roucaute pour vérification en faisant noter ses propos. Demander d'écrire également les autres métiers du journalisme évoqués ; faire définir collectivement chaque métier.

objectivité (être objectif/objective)
≠ subjectivité (être subjectif/subjective)
= ne pas donner son opinion.

être neutre : rapporter les faits objectivement.

être militant(e) : donner son opinion, défendre une cause.

un(e) reporter : va sur le terrain afin de vérifier l'authenticité des informations.

un(e) journaliste d'investigation : fait des enquêtes très longues, cherche à révéler des informations inconnues.

un(e) secrétaire de rédaction : relit et récrit pour qu'il n'y ait pas d'erreur.

un(e) correspondant(e) : donne des informations du lieu où il / elle habite (en région ou à l'étranger) à son journal.

un dessinateur/une dessinatrice de presse : illustre l'actualité avec des dessins.

Corrigés

2 a. Trois personnes : *Le monsieur là, qui lève la main par exemple. Allez-y, ouvrez le débat... La dame, là-bas, dans le fond. Je vous en prie, madame, prenez le micro... Le jeune homme, là, devant. Allez-y monsieur.* **b.** Les images filmées (*Quelle est la différence entre une vidéo tournée par un cameraman d'une chaîne de télé, et la vidéo d'un simple individu, faite avec son téléphone, sur le vif et qu'il publie sur un réseau social ?*), l'objectivité (*Peut-on, selon vous, être journaliste et militant à la fois ?*), la différence entre journalisme et réseaux sociaux (*Avec Internet et les réseaux sociaux, les médias classiques n'ont plus le monopole de l'information. Alors, être journaliste aujourd'hui, qu'est-ce que ça veut dire ?*). **c.** 1. b ; 2. c ; 3. a. **d.** Un(e) correspondant(e) : journaliste rendant compte de l'actualité d'une zone géographique pour un journal, une radio ou une télévision. Un dessinateur/Une dessinatrice de presse : dessinateur/dessinatrice illustrant l'actualité dans un journal.

Activité 3 10 + 15 min

→ Comprendre des opinions et exprimer un objectif

Compréhension finalisée

À deux puis **En classe entière** **a.** Pour faire répondre aux trois questions de compréhension de sens, faire réécouter l'une après l'autre les parties contenant les réponses et faire prendre des notes. Commenter à chaque fois collectivement les idées des trois journalistes et expliciter le lexique utilisé. Pour la question 1, réécouter la question posée par la femme (*Peut-on... être journaliste et militant à la fois ?*) et la réponse de Céline Pigalle ; pour la question 2, réécouter la question du second homme sur les vidéos et la réponse de David Dufresne ; pour la question 3, réécouter la dernière intervention de Delphine Roucaute.

1	devoir d'objectivité / rester neutre / déontologie (morale professionnelle / obligations morales à respecter) édito (éditorial) : position/point de vue. rubrique « point de vue » : parole aux intellectuels, aux hommes politiques / accès à la controverse (débat, discussion sur une question car avis différents).
2	journalisme : images pro(fessionnelles) / mise en contexte (explication des circonstances) / vérification des faits. amateur : pas obligatoirement en relation avec l'événement (hors contexte, autre événement).
3	attaques sur véracité (< vrai) des faits / neutralité légitime (logique) méfiance du public depuis Internet répondre aux doutes

Grammaire

Le but

La formation du subjonctif (rappel)

Conceptualisation

À deux puis **En classe entière** **b.** et **c.** La fin de l'activité a pour objectif de renforcer l'expression du but et d'attirer l'attention sur l'opposition entre l'utilisation de la préposition + infinitif et la conjonction + subjonctif. Faire faire l'appariement qui relève du sens par les binômes et faire répondre à la question **c**. Mettre en commun et conceptualiser collectivement la règle : demander dans quel cas on utilise *pour que / afin que* + subjonctif et dans quels autres cas on utilise *afin de / pour* + infinitif.

N. B. : Les apprenants ont déjà été sensibilisés à cette différence à la leçon 10 de l'unité 3 quand ils ont travaillé l'expression du souhait.

pour que / afin que + subjonctif → 2 sujets différents

afin de / pour + infinitif → même sujet

À deux puis **En classe entière** Inviter les apprenants à se reporter ensuite à la page 114 pour lire les encadrés récapitulatifs. Selon le niveau de connaissances de la classe, un rappel des formes du subjonctif présent pourra être réalisé.

Corrigés

3 a. 1. Un éditorial exprime le point de vue de la rédaction sur une question d'actualité. Contrairement aux autres articles, l'éditorial contient des opinions (l'éditorial explicite la position ou le point de vue de la rédaction du journal). 2. La vidéo de journaliste est de meilleure qualité et son authenticité est vérifiée. 3. Le métier est plus difficile car le public est de plus en plus méfiant et que le journaliste doit constamment prouver les informations qu'il donne. **b.** 1. c ; 2. b ; 3. a. **c.** *pour que / afin que* + subjonctif ; *afin de* + infinitif.

> S'entraîner > activités 1 et 2 page 114

Vocabulaire

111 — 10 min

Les médias (1)

À deux Inviter les binômes à se reporter aux listes récapitulatives sur *Les médias (1)* de la page 115.

> S'entraîner > activité 4 page 115

Cultures(s)

15 min

→ Le premier journal français

En petit groupe Faire lire l'encadré et répondre à la question en permettant une recherche rapide sur Internet.

DOC. 2

Activité 4

5 min

→ Repérer le thème d'une infographie

Compréhension globale

Seul puis **En classe entière** Faire lire la consigne et observer le document 2 de la page 107. Rappeler ce qu'est une infographie. Faire répondre à la question et demander de définir le rôle d'un influenceur/une influenceuse (*une personne qui, grâce à son exposition sur Internet, a une influence sur les internautes qui la suivent et sur leurs décisions d'achat*). Laisser échanger les apprenants sur cette fonction née avec Internet et les réseaux sociaux : *connaissent-ils des influenceurs/influenceuses célèbres ? Suivent-ils leurs conseils ?...*

Corrigés

4 Elle compare deux métiers : celui de journaliste et celui d'influenceur/influenceuse.

Culture(s) +

Infographie

Lors de l'introduction du concept dans la langue française vers les années 1970, le terme « infographie » désigne les graphismes produits par ordinateur : *info(rmatique) + graphie*. Puis, par confusion sur le sens du préfixe « info- » (informatique / information), le terme infographie est utilisé pour désigner tout type de schéma (carte, diagramme, dessin, tableau statistique...) explicatif destiné à mettre en image des informations.

Activité 5 20 min

→ **Caractériser un métier**

Compréhension finalisée

À deux puis **En classe entière** **a.** Faire lire l'infographie et répondre aux questions. Mettre en commun. Faire commenter tous les points de l'infographie et faire le profil de la classe pour la réponse à la question 4 ; demander de lister les arguments faisant choisir telle ou telle position.

À deux **b.** Faire lire la conclusion et répondre à la question.

fiable : en qui on peut voir confiance.

Corrigés

5 a. 1. En 1997. 2. Non, ils ne traitent pas du même contenu : l'influenceur/l'influenceuse crée différents types de contenus pour communiquer sur des produits ou événements alors que le journaliste travaille sur l'actualité. 3. Le journaliste car il respecte des règles déontologiques, les contenus de ses articles ou reportages sont contrôlés et validés, et ses sources sont vérifiées. 4. Production libre. **b.** Certains journalistes suivent parfois des influenceurs experts dans certains domaines.

Activité 6 20 min

Grammaire

Le participe présent

Conceptualisation

Les apprenants ont déjà travaillé la forme du participe présent dans la construction du gérondif (leçon 17 de l'unité 5). Il s'agit ici de leur montrer une autre utilisation de cette forme.

À deux puis **En classe entière** **a.** Demander aux binômes de faire le repérage et mettre en commun en notant les phrases au tableau et faire conceptualiser le sens du participe.

En classe entière **b.** Demander aux apprenants de rassembler leurs connaissances sur la formation du participe présent.

Il crée différents types de contenus permettant (= qui permettent) de communiquer…

Il travaille avec un seul type de contenu traitant (= qui traite) de l'actualité.

Participe présent = *qui* + verbe conjugué

Formation : radical (présent avec *nous*) + *-ant*

À deux Inviter les apprenants à se reporter ensuite à l'encadré récapitulatif de la page 114 pour résumer les explications.

Corrigés

6 a. 1. Il crée différents types de contenus **permettant** de communiquer… 2. Il travaille avec un seul type de contenu **traitant** de l'actualité. **b.** radical + *-ant*. Le radical est la forme de *nous* au présent. Le gérondif.

> S'entraîner activité 3 page 114

Activité 7 19 15 min

→ **Dire comment on s'informe**

En petit groupe Faire visionner la vidéo de Pavel, l'étudiant russe, et répondre à sa question.

Transcription 19

Pavel : En ce moment, je suis deux influenceurs. L'un pour la cuisine, l'autre pour les activités physiques. Ils donnent de bons conseils, mais bien sûr ils essaient aussi de vendre les produits dont ils parlent. Et puis, je m'informe sur les réseaux sociaux : je reçois des notifications pour les dernières nouvelles. Mais je suis aussi abonné à un journal en ligne. Et vous ? Comment vous informez-vous ?

Corrigés

7 Production libre.

Culture(s) +

- Selon un sondage Médiamétrie paru dans le quotidien *Ouest-France* le 16 mars 2022 sur la façon dont s'informent les jeunes de 15-24 ans, 77 % s'informent auprès de leur entourage proche, 75 % par les réseaux sociaux, Internet et les médias, 34 % auprès des enseignants et 19 % par les livres et revues.

AGIR

Activité 8 1 heure

→ **Présenter un nouveau métier**

Préparation

En classe entière Présenter la tâche aux apprenants, expliquer les différentes étapes de l'activité et en vérifier la bonne compréhension ; il s'agit de présenter un métier de deux façons : créer une fiche d'information et faire une présentation orale.

Production

À deux **a.**, **b.** et **c.** Chaque binôme choisit un métier, cherche des informations le concernant et rédige la fiche informative.

Présentation

En classe entière **d.** Les binômes présentent le métier choisi à tour de rôle.

Hors de la classe, les fiches métier sont postées sur le groupe de la classe.

Corrigés

8 Production libre.

Prolongement de la leçon

> Entraînement linguistique

- Demander aux apprenants de relire la double page et de réécouter les documents travaillés.
- Faire créer une fiche-lexique sur le thème *Les médias* qui sera complétée à la leçon 26.

> Évaluation formative

- Les activités du **cahier d'activités** correspondant à la leçon sont **aux pages 88 à 91**.
- Les activités du **Parcours digital®**.

Classe inversée

Avant la leçon 26 :

Demander aux apprenants de :

– regarder le dessin de presse et faire l'activité 1 page 108 ;

– réfléchir à la question de l'activité 2 page 108.

LEÇON 26 Transmettre des informations pages 108-109

TRANSMETTRE DES INFORMATIONS 3 h 50

Savoir-faire et savoir agir : alerter sur les risques d'une pratique • rapporter des propos • réagir à une information

	DOC. 1		DOC. 2				
COMPRENDRE	15'	20'	10'	15'	30'	10'	15'
	Act. 1	Act. 2	Act. 3	Act. 4	Act. 5	Vocabulaire 112-113	Act. 6
	• Décrire et interpréter un dessin de presse	• Donner son avis	• Interpréter un mot-valise	• Comprendre la structure et les thèmes d'une interview	• Sélectionner des informations • Alerter sur les risques d'une pratique	• Les médias (2) • La santé (4)	• Donner son avis

	DOC. 3 107			
COMPRENDRE	10'	15'	15'	30'
	Act. 7	Act. 8	Act. 9 Grammaire	Act. 10 Grammaire
	• Identifier le sujet d'une conversation	• Réagir à une information	• Le discours indirect au présent et au passé	• Le discours indirect au présent et au passé (suite)
AGIR	45'	Act. 11	• Rapporter une interview à l'oral	

COMPRENDRE

DOC. 1

Activité 1 15 min

→ **Décrire et interpréter un dessin de presse**

Seul puis **À deux** Faire observer le dessin de presse et demander aux apprenants de le décrire et de l'interpréter. Mettre en commun. Noter au tableau quelques éléments linguistiques permettant de réaliser ces deux actes.

Pour décrire :

Sur ce dessin, on voit...

Ce dessin montre... / représente...

Pour interpréter :

Ce dessin illustre... / évoque... / dénonce... / critique...

En marge de l'activité, consacrer une séance supplémentaire à un travail sur le dessin de presse demandant une préparation : un apprenant ou un binôme choisit un dessin de presse qu'il décrit et interprète ; il prépare également quelques mots sur le dessinateur. Les dessins sont présentés à la classe (dessin projeté et commentaire oral décrivant et interprétant le dessin). La classe choisit le dessin qu'elle préfère.

N. B. : Le professeur peut donner un thème à la recherche de dessins, ce qui circonscrira les échanges, ou laisser les apprenants choisir librement, ce qui entraînera des échanges sur des thèmes différents.

Corrigés

1 a. *Proposition de réponse :* On voit un journal papier dont les quatre coins sont déchirés par des icônes d'Internet : l'oiseau bleu de Twitter, le pouce de Facebook, le fantôme jaune de Snapchat et le bouton « marche » de Youtube. **b.** Ce dessin de presse montre que les réseaux sociaux détruisent la presse écrite ; on peut penser que l'auteur du dessin dénonce la mainmise de ces réseaux sociaux sur l'information objective qu'ils détournent.

Culture(s) +

■ ***Dans la jungle de l'info***

Ce dessin a été réalisé par Osama Hajjaj, un dessinateur de presse jordanien, et fait partie d'un livre intitulé *Dans la jungle de l'info*, regroupant 60 dessins dénonçant les dangers du métier de journaliste (*fake news*, influence des réseaux sociaux, prépondérance du marketing...). Ce livre a été publié par l'association *Cartooning for peace*, fondée par un des plus grands dessinateurs de presse français, Plantu, et rassemblant 184 dessinateurs de presse de toutes nationalités engagés à défendre la liberté d'expression.

Activité 2 20 min

→ **Donner son avis**

En petit groupe Laisser les groupes échanger en leur demandant de noter leurs arguments. Mettre en commun.

Corrigés

2 Production libre.

DOC. 2

Activité 3 10 min

→ **Interpréter un mot-valise**

Sensibilisation

Seul puis **En classe entière** Faire lire le titre et répondre à la question. Préciser ce qu'est un mot-valise : un mot formé de la combinaison de deux mots. Faire lire et interpréter la seconde partie du titre : la multiplicité des informations noie l'essentiel de l'information ; on ne sait plus distinguer le vrai du faux.

Corrigés

3 info(rmation) + obésité. C'est le fait de consommer trop d'informations (comme quand on mange trop, on devient obèse). Le fait de consommer trop d'informations pourrait rendre malade.

Activité 4 15 min

→ **Comprendre la structure et les thèmes d'une interview**

Compréhension globale

Seul puis **En classe entière** **a.**, **b.** et **c.** Demander aux apprenants de lire l'interview et de faire les trois tâches demandées. Mettre en commun en proposant de justifier par des éléments du texte, l'association des titres aux paragraphes, sans entrer dans trop de détails puisqu'une compréhension finalisée est proposée à l'activité 5.

Corrigés

4 a. Le texte confirme les hypothèses : l'accès a beaucoup d'informations a des effets sur la santé (§ 3). **b.** Elle est interviewée pour la sortie de son documentaire *Le monde, les médias et moi*. **c.** 1. Quel message souhaitez-vous faire passer dans votre documentaire ? ⟶ Elle explique comment elle a eu l'idée de faire ce documentaire et quels étaient ses objectifs (*Ce documentaire est né d'un questionnement sur... Mon idée était d'alerter...*). 2. L'infobésité, qu'est-ce que c'est ? ⟶ Elle donne une définition et un historique (*Le phénomène a commencé…*). 3. Quels sont les effets néfastes de cette surcharge informationnelle ? → Elle parle des effets sur la santé (*troubles ; souffrent ; répercussions physiques, émotionnelles et intellectuelles*). 4. Qu'est-ce qu'on peut faire pour lutter contre l'infobésité ? → Elle donne des conseils (*Pour éviter…* + impératifs).

Activité 5 30 min

→ Sélectionner des informations et alerter sur les risques d'une pratique

Compréhension finalisée

À deux **a.**, **b.**, **c.** et **d.** Demander aux binômes de réaliser les quatre tâches. Mettre en commun en commentant chaque réponse : *Qu'en pensez-vous ? Êtes-vous d'accord ? Avez-vous un exemple à donner ?*

Risques physiques : fatigue, perte de mémoire, dégradation du sommeil, épuisement, burn-out.

Risques émotionnels : addiction, stress, cyberdépendance.

Risques intellectuels : troubles de concentration, altération (dégradation) du jugement.

- Acceptez dans un premier temps de renoncer à tout savoir.
- Hiérarchisez l'information.
- Ne cédez pas (résistez, n'acceptez pas facilement) aux tentations des scoops.
- Il faut veiller à (= faire attention à) désactiver les notifications.
- Sélectionnez les sources de vos informations.
- Faites valoir (= mettez en avant) votre droit à la déconnexion auprès de votre employeur !

Afin d'enrichir le lexique, demander aux apprenants de relever les expressions utilisées pour indiquer les conséquences :
– *avoir des effets sur* + nom ;
– *conduire à* + nom / infinitif ;
– *entraîner* + nom ;
– *avoir des répercussions sur* + nom.

Corrigés

5 a. L'apparition des chaînes d'info en continu dans les années 1980-1990 puis l'accès au Web qui a proposé une grande quantité d'infos instantanément et a développé de nombreux outils de connexion (notifications, blogs, réseaux sociaux, mails, intranet…). **b.** *Voir au tableau ci-dessus.* **c.** *Voir au tableau ci-dessus.* **d.** Non, elle pense que les effets néfastes sur la santé vont augmenter *(avec la multiplication des nouveaux médias, les risques seront de plus en plus élevés).*

Vocabulaire

112-113 10 min

Les médias (2)
La santé (4)

À deux Inviter les binômes à se reporter aux listes récapitulatives *Les médias (2)* et *La santé (4)* page 116.

Activité 6 15 min

→ Donner son avis

En petit groupe Laisser les groupes échanger sur les deux questions et mettre en commun les avis sur la seconde question.

Corrigés

6 Production libre.

DOC. 3 107

Activité 7 10 min

→ Identifier le sujet d'une conversation

Sensibilisation

En classe entière Dire aux apprenants qu'ils vont écouter une conversation entre deux amis qui a une relation avec l'interview d'Anne-Sophie Novel. Faire faire des hypothèses sur son contenu.

Compréhension globale

Seul puis **En classe entière** Faire écouter la conversation et entourer les bonnes réponses en notant quelques éléments justificatifs.

Transcription 107

Thomas : Dis donc, tu n'arrêtes pas de recevoir des notifications !
Adher : Ben oui ! Comme ça je sais toujours ce qui se passe !
Thomas : Toi, tu es atteint d'infobésité !
Adher : De quoi ?
Thomas : Infobésité. Ça veut dire « excès d'informations », c'est quand une personne est hyperconnectée, quand elle veut connaître toutes les informations. Je viens de lire une interview sur ce sujet. Ils ont interrogé une journaliste pour la sortie d'un documentaire sur l'infobésité. Tu n'en as jamais entendu parler ?
Adher : Euh, non.
Thomas : Elle définit ça comme une maladie, elle parle d'addiction.
Adher : Une maladie, il faut peut-être pas exagérer !
Thomas : Détrompe-toi ! Elle a dit que les gens souffraient de plus en plus de troubles de la concentration.
Adher : Mais c'est n'importe quoi !
Thomas : Attends ! Ça ne s'arrête pas là. Elle a expliqué que ça pouvait aller jusqu'à des difficultés à prendre des décisions… et même jusqu'au burn-out !

Adher : Ah carrément ! Tout ça parce qu'on veut seulement se tenir au courant ?
Thomas : Oui et elle a précisé aussi que le pire c'était quand on cherchait certains types d'informations comme les informations sensationnelles.
Adher : On ne peut plus faire ce qu'on veut !
Thomas : Ensuite elle a expliqué que ça avait commencé avec les chaînes d'info en continu et que le problème s'était aggravé progressivement avec les applications. Elle a ajouté que, dans le futur, les risques seraient de plus en plus élevés, que ce serait de pire en pire.
Adher : C'est sûr qu'on a plus de possibilités de s'informer qu'à l'époque de la presse papier et de la radio ! Je ne vois pas en quoi c'est un problème !
Thomas : Eh bien parce qu'on multiplie les risques de souffrir de cette addiction ! Le journaliste lui a demandé ce qu'on pouvait faire pour lutter contre ça, elle a répondu qu'il fallait désactiver les notifications pour ne pas subir ces effets, elle a conseillé aussi de hiérarchiser l'information.
Adher : Mouais...
Thomas : Tu veux qu'on regarde le documentaire ensemble ?
Adher : Qu'est-ce que tu dis ?
Thomas : Je te demande si tu veux qu'on regarde le documentaire ensemble.
Adher : Non, franchement, ça ne m'intéresse pas trop, et puis je n'ai vraiment pas le temps en ce moment.

Corrigés

7 a. Thomas **a lu l'interview** d'Anne-Sophie Novel (*Je viens de lire une interview sur ce sujet*). b. Adher s'informe surtout **par Internet** (il reçoit beaucoup de notifications). c. Thomas **met en garde** Adher (il lui détaille tous les risques sur la santé).

Activité 8 — 15 min

→ **Réagir à une information**

Compréhension finalisée

Seul puis **En classe entière** **a.** Faire réécouter la conversation et relever les expressions utilisées par Adher pour réagir à ce que lui dit Thomas.

Seul puis **En classe entière** **b.** et **c.** Faire répondre aux deux questions et demander pourquoi Adher ne veut pas regarder le documentaire ; il a certainement été troublé par ce que lui a dit Thomas mais ne veut pas le reconnaître.

Il (ne) faut peut-être pas exagérer = Il ne faut pas donner une importance excessive.

C'est n'importe quoi ! = Ce sont des bêtises !

Ah carrément ! = Ah vraiment, à ce point-là !

On ne peut plus faire ce qu'on veut !

Je ne vois pas en quoi c'est un problème ! = Pourquoi c'est un problème ? / Quel est le problème ?

Corrigés

8 a. Il est sceptique. Il ne veut pas croire son ami. **b.** Il reçoit beaucoup de notifications pour toujours savoir ce qui se passe. Il est toujours connecté à l'information. **c.** Thomas lui propose de regarder le documentaire avec lui.

Activité 9 — 15 min

Grammaire

Le discours indirect au présent et au passé

Le discours indirect au présent a été travaillé au niveau A2 ; cette activité permet de revoir la syntaxe permettant de rapporter des affirmations, des questions et des conseils. L'activité 10 focalisera sur un nouveau point : les transformations de temps lorsque le verbe introducteur est au passé.

Conceptualisation

À deux puis **En classe entière** **a.** et **b.** Demander aux binômes de travailler avec la transcription afin de repérer les phrases de l'interview reprises par Thomas. Les apprenants peuvent les surligner par exemple. Pour la mise en commun, noter au tableau les différents verbes et conceptualiser collectivement les différentes formes syntaxiques.

dire, expliquer, préciser, ajouter, répondre que

demander, vouloir savoir ce que / si / pourquoi / comment / où / quand / qui...

demander, dire, conseiller de + infinitif

Corrigés

9 a. Elle a dit que les gens souffraient de plus en plus de troubles de la concentration. Elle a expliqué que ça pouvait aller jusqu'à des difficultés à prendre des décisions. Elle a précisé aussi que le pire c'était quand on cherchait certains types d'informations comme les informations sensationnelles. Elle a expliqué que ça avait commencé avec les chaînes d'info en continu et que le problème s'était aggravé progressivement avec les applications. Elle a ajouté que, dans le futur, les risques seraient de plus en plus élevés, que ce serait de pire en pire. Le journaliste lui a demandé ce qu'on pouvait faire pour lutter contre ça, elle a répondu qu'il fallait désactiver les notifications... elle a conseillé aussi de hiérarchiser l'information. **b.** dire, expliquer, préciser, ajouter, demander, répondre, conseiller. **Autres verbes introducteurs :** vouloir savoir, recommander...

Activité 10 — 30 min

Grammaire

Le discours indirect au présent et au passé

Conceptualisation (suite)

À deux puis **En classe entière** **a.** et **b.** Demander aux binômes de trouver les phrases au discours direct correspondant aux phrases de l'interview au discours indirect et de repérer les temps. Mettre en commun en conceptualisant les transformations.

Discours indirect	Discours direct
1. Elle a dit que les gens souffraient de plus en plus de troubles de la concentration. → imparfait	Les gens souffrent de plus en plus de troubles de la concentration. → présent
2. Elle a expliqué que ça avait commencé avec les chaînes d'info en continu. → plus-que-parfait	Ça a commencé avec les chaînes d'info en continu. → passé composé
3. Elle a ajouté que, dans le futur, les risques seraient de plus en plus élevés. → conditionnel présent	Dans le futur, les risques seront de plus en plus élevés. → futur simple
4. Elle a conseillé aussi de hiérarchiser l'information. → infinitif	Hiérarchisez l'information ! → impératif

À deux Inviter les binômes à se reporter à l'encadré récapitulatif page 115 pour synthétiser les informations.

Corrigés

10 a. *Voir la grille ci-dessus.* **b.** *Voir la grille ci-dessus.*

> S'entraîner > activités 5, 6 et 7 page 116

AGIR

Activité 11 45 min

→ **Rapporter une interview à l'oral**

Préparation

En classe entière Faire lire la consigne pour faire comprendre la finalité de l'activité : il s'agit de rapporter des paroles au discours indirect.

En petit groupe **a.** et **b.** Les groupes **choisissent** sur Internet une courte interview, **sélectionnent** les informations importantes et rédigent ensemble des phrases au discours indirect au passé.

c. Pour finaliser la présentation, demander à chaque groupe de contextualiser ce compte rendu en choisissant une situation de communication : soit un journaliste de radio rapporte les paroles de l'interviewé en faisant une petite introduction et conclusion ; soit deux amis conversent (comme au document 3) et l'un des deux parle de l'interview à l'autre. Chaque groupe procède à l'enregistrement.

Présentation

Les groupes postent leur enregistrement sur le groupe de la classe.

Corrigés

11 Production libre.

Prolongement de la leçon

> Entraînement linguistique

- Demander aux apprenants de relire la double page et de réécouter les documents travaillés.
- Faire compléter la fiche-lexique sur le thème *Les médias* qui a été créée à la leçon 25.
- Faire compléter la fiche-lexique sur le thème *La santé* qui a été créée à la leçon 9.

> Évaluation formative

- Les activités du **cahier d'activités** correspondant à la leçon sont **aux pages 92 à 95**.
- Les activités du **Parcours digital®**.

Classe inversée

Avant la leçon 27

Demander aux apprenants de :

– regarder le document 2 page 110 et faire l'activité 4 page 111 ;

– lire le document 3 page 110 ;

– lire l'encadré *Culture(s)* page 111 et répondre à la question.

LEÇON 27 S'interroger sur l'information

S'INTERROGER SUR L'INFORMATION 4 h 00

Savoir-faire et savoir agir : parler des médias • exprimer une information non vérifiée

COMPRENDRE	DOC. 1 108					DOC. 2
	10'	10'	15'	5'	15'	10'
	Act. 1	Act. 2	Grammaire	Vocabulaire 115	Act. 3	Act. 4
	• Identifier le thème d'un podcast	• Sélectionner des informations • Exprimer une information non vérifiée	• Le conditionnel présent (3)	• La technologie	• Donner son avis sur l'intelligence artificielle	• Décrire une photo

COMPRENDRE	DOC. 3						
	10'	10'	30'	5'	10'	15'	15'
	Act. 5	Act. 6	Act. 7	Vocabulaire 116-117	Culture(s)	Act. 8	Phonétique 118 21
	• Sélectionner des informations	• Sélectionner des informations	• Sélectionner des informations • Repérer des éléments stylistiques	• La rumeur • La caractérisation (3)	• Guy de Maupassant	• Décrire une salle de rédaction	• Les consonnes [s], [z], [ʃ] et [ʒ]

AGIR	40'	Act. 9	• Donner son opinion sur la question « Sommes-nous tous journalistes ? »
CULTURE(S) VIDÉO	40'	20	• Nous sommes tous médias

COMPRENDRE

DOC. 1 108

Activité 1 10 min

→ **Identifier le thème d'un podcast**

Compréhension globale

Seul puis **En classe entière** Faire écouter le podcast et répondre à la question.

Transcription 108

Bonjour, c'est Élisabeth Gibert. Vous écoutez le podcast de 28 minutes sur Arte radio. Bonne écoute. Grâce à l'intelligence artificielle – ou IA – on peut faire écrire des articles à des « robots rédacteurs », ou bien concevoir de manière automatique des micro-reportages, des vidéos de 15 secondes. L'intelligence artificielle monte ses vidéos toute seule, c'est-à-dire qu'elle repère les points importants d'un discours, ou d'une séquence en images, et peut les assembler pour qu'on les diffuse en continu. Selon nos informations, des sites d'information régionale seraient sur le point d'utiliser ce dispositif. Ajoutons que les informations sont ciblées en fonction du profil du spectateur. Des géants du commerce en ligne seraient prêts à financer ces dispositifs. Encore plus étonnant, des chaînes d'information en continu pensent remplacer leurs présentateurs par un avatar, un personnage fictif généré par le logiciel. Il parle, il bouge, il est complètement convaincant. Ce présentateur virtuel n'est jamais malade et travaille vingt-quatre heures sur vingt-quatre. Certaines télés privées réfléchiraient à la possibilité d'utiliser un jour ces journalistes gratuits et toujours opérationnels. Mais ce n'est pas tout : ces algorithmes peuvent automatiser, du moins en partie, la vérification de l'information : par exemple détecter des images retouchées et des vidéos manipulées. Bref, même si l'intelligence artificielle peut faire peur, elle n'a pas que des inconvénients.

Corrigés

1 L'intelligence artificielle appliquée aux médias.

Activité 2 (10 + 15 min)

→ Sélectionner des informations et exprimer une information non vérifiée

Compréhension finalisée

À deux puis **En classe entière** **a.** Faire réécouter une ou plusieurs fois le podcast et demander de lister les tâches des logiciels d'IA. Mettre en commun au tableau et commenter chacune d'entre elles.

b. Faire réécouter une nouvelle fois en demandant de noter les phrases justifiant les réponses.

écrire des articles

concevoir des micro-reportages

monter des vidéos

repérer les points importants d'un discours ou d'une séquence en images et les assembler

créer des avatars

vérifier les informations et l'authenticité des images

1. Vrai. Des sites d'information régionale serajent sur le point d'utiliser ce dispositif.

2. Faux. Des géants du commerce en ligne seraient prêts à financer ces dispositifs.

3. Faux. Certaines télés privées réfléchiraient à la possibilité d'utiliser un jour des journalistes gratuits.

Grammaire

Le conditionnel présent (3)

Conceptualisation

À deux puis **En classe entière** **c.** Demander de comparer les temps des phrases données en **2b** et celles relevées dans le podcast. Faire interpréter les différences : les premières sont au présent et présentent les informations comme réelles ; les phrases relevées sont au conditionnel présent, elles présentent les informations comme des éventualités, des possibilités.

À deux Inviter les apprenants à se reporter à l'encadré récapitulatif *Le conditionnel présent (3)* à la page 116 pour résumer les informations.

Corrigés

2 a. *Voir au tableau ci-dessus.* **b.** *Voir au tableau ci-dessus.* **c.** Non, elles ne sont pas confirmées : ce sont des hypothèses, des éventualités. Elles sont au conditionnel présent.

> S'entraîner activité 8 page 117

Vocabulaire (115) (5 min)

La technologie

À deux Inviter les binômes à se reporter à la liste récapitulative *La technologie* à la page 117.

> S'entraîner activité 9 page 117

Activité 3 (15 min)

→ Donner son avis sur l'intelligence artificielle

En petit groupe Laisser les groupes échanger sur les deux questions en se référant aux éléments donnés dans le podcast.

Corrigés

3 Production libre.

DOC. 2

Activité 4 (10 min)

→ Décrire une photo

Sensibilisation

Seul puis **En classe entière** Faire observer la photo et la décrire.

Corrigés

4 On voit des hommes en costume noir, certains debout, certains assis. Ils forment des petits groupes de discussion. Il n'y a pas vraiment de bureau. Un des journalistes lit un journal, celui pour lequel il travaille ou celui d'un concurrent. On voit aussi des feuilles de journal froissées au sol.

DOC. 3

Activité 5 (10 min)

→ Sélectionner des informations

Compréhension globale

Seul puis **En classe entière** **a.**, **b.** et **c.** Faire lire la présentation de l'extrait et répondre aux questions.

Corrigés

5 a. et **b.** La corruption (*les relations secrètes entre la politique et la presse*) et l'ambition (*jeune homme ambitieux, parvenu au sommet de la pyramide sociale grâce à ses maîtresses*). **c.** Il s'appelle Georges Duroy et son surnom est Bel-Ami. Il est beau et il a des maîtresses. Il travaille dans le domaine du journalisme ou de la politique. Il est ambitieux.

Activité 6 10 min

→ **Sélectionner des informations**

Compréhension globale (suite)

À deux puis **En classe entière** **a.** et **b.** Demander aux binômes de lire rapidement l'extrait afin de répondre aux deux questions. Faire expliquer le contenu de la rubrique intitulée « Les échos ». Amener les apprenants à expliciter la présence de ces verbes exprimant l'obligation : *le narrateur explique ce que doit être une bonne rubrique des échos.*

Les échos < un écho : un bruit répété

→ La rubrique consiste à répéter des infos entendues.

Corrigés

6 a. 1. **b.** *Il faut (que)* : 4 fois et *il doit* : 2 fois. Ces verbes expriment l'obligation.

Activité 7 30 min

→ **Sélectionner des informations et repérer des éléments stylistiques**

Compréhension finalisée

À deux puis **En classe entière** **a.** Faire relire l'extrait et répondre aux trois questions. Autoriser l'utilisation du dictionnaire. Mettre en commun : noter les mots clés et les expliquer collectivement.

être en éveil : ouvrir ses yeux et ses oreilles ; être attentif.

être en garde : faire attention.

méfiant : ne pas faire confiance.

prévoyant → prévoir : anticiper.

rusé : malin.

alerte et souple : vif et apte à s'adapter.

astucieux : ingénieux, habile.

avoir un flair infaillible : être perspicace, clairvoyant.

le flair : odorat très développé d'un animal.

À deux **b.** Faire faire l'appariement et lister les autres catégories de public citées dans l'extrait correspondant à *tout le monde*.

À deux **c.** Faire répondre à la question.

À deux puis **En classe entière** **d.** Faire faire le relevé. Puis mettre en commun les réponses de **b.**, **c.** et **d**.

faire courir un bruit

glisser la chose importante : insérer une info « sans avoir l'air de rien ».

insinuer : faire croire qqch sans le dire vraiment, par allusions.

un sous-entendu : un sens caché, implicite.

démentir : dire que ce n'est pas vrai.

laisser deviner : faire comprendre sans vraiment dire la fausse nouvelle.

1. Proposer un échange oral en demandant à la classe ce qu'elle pense d'une telle rubrique.
2. Demander à la classe de retrouver dans le texte des expressions indiquant le but (travaillé à la leçon 25) : *de telle sorte que* (l. 6), *de telle manière que* (l. 7), *afin que* (l. 10), *de telle façon que* (l. 21) + subjonctif. On notera que ces expressions de but se justifient puisque le narrateur explique ce qu'il faut faire pour que cette rubrique soit bonne.

Corrigés

7 a. 1. *Voir au tableau ci-contre.* 2. à tout le monde (l. 10). 3. Son rôle est de lancer les rumeurs, de manipuler l'opinion. **b.** 1. c ; 2. b ; 3. a. **c.** Dans chaque phrase, le son « p » est répété trois fois. *Proposition de réponse :* Ce sont des coups de poing, des coups de clairon assénés sur le public. **d.** *Voir au tableau ci-dessus.*

Vocabulaire 116-117 5 min

La rumeur

La caractérisation (3)

À deux Inviter les binômes à se reporter aux listes récapitulatives *La rumeur* et *La caractérisation (3)* à la page 117.

Cultures(s) 10 min

Guy de Maupassant

En petit groupe Faire lire l'encadré de la page 111 et répondre à la question. Les romanciers pouvant être cités sont : Honoré de Balzac, Gustave Flaubert, Victor Hugo, Stendhal, Émile Zola.

Le professeur pourra recommander aux apprenants de regarder le film *Illusions perdues* réalisé par Xavier Giannoli en 2021. Ce film est l'adaptation du roman de Balzac, autre roman du 19e siècle décrivant l'ambition d'un jeune homme et son évolution dans le monde journalistique et politique.

Activité 8 15 min

→ **Décrire une salle de rédaction**

En petit groupe Laisser les groupes échanger. On peut imaginer que cette salle de rédaction sera vue avec plus de technologie.

Corrigés

8 Production libre.

Phonétique

118 · 21 · 15 min

Les consonnes [s], [z], [ʃ] et [ʒ]

En classe entière Faire travailler le point phonétique de la page 117 avec le tutoriel vidéo. Nous rappelons que l'enregistrement audio apporte les mêmes informations que le tutoriel vidéo mais n'est pas interactif. Il est bien sûr préférable de travailler avec le tutoriel vidéo. L'encadré phonétique et l'enregistrement audio servent de mémo.

Transcription 21

Bonjour ! Aujourd'hui, nous allons étudier les consonnes [s], [z], [ʃ] et [ʒ].
Regardez ces mots ou groupes de mots. Écoutez-les et classez-les dans le tableau, selon que vous entendez le son [s], [z], [ʃ] ou [ʒ] :
chaînes – bonjour – discours – Élisabeth – artificielle – secondes – réfléchiraient – reportages – vous écoutez – assembler – exemple – régionale – retouchées – vérification – spectateur – concevoir.
Vous avez trouvé ? Vérifions ensemble !
Chaînes, on entend [ʃ] ; *bonjour*, on entend [ʒ] ; *discours*, on entend [s] ; *Élisabeth*, on entend [z] ; *artificielle*, on entend [s] ; *secondes*, on entend [s] ; *réfléchiraient*, on entend [ʃ] ; *reportages*, on entend [ʒ] ; *vous écoutez*, on entend [z] ; *assembler*, on entend [s] ; *exemple*, on entend [z] ; *régionale*, on entend [ʒ] ; *retouchées*, on entend [ʃ] ; *vérification*, on entend [s] ; *spectateur*, on entend [s] ; *concevoir*, on entend [s].
Maintenant, observez les mots et relevez les graphies. Comment s'écrivent les sons [s], [z], [ʃ] et [ʒ] ?
Vous avez fini ? On vérifie !
Le son [s] s'écrit : « s », « deux s », « tion » ou « c + e ». [s] s'écrit aussi : « tie » (démocratie) et « x » (dix, taxi).
Le son [z] s'écrit « s » entre deux voyelles, « s » dans la liaison, « ex + voyelle » sauf Mexique. Il s'écrit aussi « x » dans la liaison (dix amis), « z » (dizaine).
Le son [ʃ] s'écrit « ch ».
Le son [ʒ] s'écrit « j ». Il s'écrit aussi g + e, i ou y (reportage, régionale, gymnase).
Pour prononcer ces sons :
[s] et [z] sont souriants : sot – zoo.
[ʃ] et [ʒ] sont arrondis, la langue recule et se relève un peu : chaud – Jo.
Répétez avec moi ! sot – chaud / c'est – chez / zoo – Jo / Zazie – J'agis.
[s] et [ʃ] sont tendus, les cordes vocales ne vibrent pas : sot – chaud.
[z] et [ʒ] sont relâchés, les cordes vocales vibrent. Sentez les vibrations dans votre cou : zoo – Jo.
Répétez encore avec moi ! sot – zoo / chaud – Jo.
Entraînez-vous à bien différencier [s] et [ʃ], [z] et [ʒ]. À vous !
Mais aussi : [s] et [z] ; [ʃ] et [ʒ]. À vous !
Bonne journée ! Tchao !

Transcription 118

Réécoutez le document 1 page 110.
a. Repérez le maximum de mots contenant les sons [s], [z], [ʃ] et [ʒ].
b. Relevez les graphies de ces quatre sons (livret de transcriptions page 16).
Le son [s] est souriant. Il s'écrit s (sa) ; ss (assez) ; tion (attention) ; tie (démocratie) ; c + e, i (ceci) ; x (dix, taxi).
Le son [z] est souriant ; les cordes vocales vibrent. Il s'écrit z (dizaine) ; s entre deux voyelles (cousin) ; s dans la liaison (les amis) ; x dans la liaison (dix amis) ; ex + voyelle sauf Mexique (examen).
Le son [ʃ] est arrondi. Il s'écrit ch (chez).
Le son [ʒ] est arrondi ; les cordes vocales vibrent. Il s'écrit j (je) ou g + e, i, y (girafe).

> S'entraîner > activité 10 page 117

AGIR

Activité 9

40 min

→ **Donner son opinion sur la question « Sommes-nous tous journalistes ? »**

Préparation

En classe entière Présenter la tâche aux apprenants, expliquer les différentes étapes de l'activité et en vérifier la bonne compréhension. Il s'agit de donner son avis sur des questions en lien avec le journalisme et les médias.

Production

En petit groupe **a.**, **b.** et **c.** Chaque groupe échange sur les trois questions posées.

Corrigés

9 Production libre.

CULTURE(S) VIDÉO

20 · 40 min

Nous sommes tous médias

Durée de la vidéo : 2'12

Compréhension

En classe entière **1. a.**, **b.** et **c.** Montrer la première partie de la vidéo sans le son et faire répondre aux trois questions.

d. Faire faire les hypothèses. Le fait que ce soit une vidéo d'animation amène à penser qu'elle vise les jeunes. L'objectif réel de la vidéo peut ne pas être perçu clairement à ce moment de l'activité ; laisser les hypothèses se faire librement.

Corrigé

1. a On voit des personnes dans un kebab, de la fumée et des flammes au premier plan ; on pense qu'il y a un incendie dans le kebab. **b.** Les trois personnes s'approchent du feu et l'une d'entre elles prend des photos. **c.** Il y a un média qui permet de partager des photos et un autre qui permet de rédiger des commentaires, des articles. **d.** *Proposition de réponse :* La vidéo vise les jeunes. Elle cherche à montrer les dangers des réseaux sociaux.

En classe entière **2. a.** et **b.** Faire regarder la vidéo avec le son et réaliser les deux tâches. Reprendre les questions de la première activité et les affiner : en fait, l'incendie n'a pas lieu au kebab mais au café des Sports en face, de l'autre côté du boulevard ; les trois jeunes sortent, Cindy prend des photos et les poste, ce qui fait augmenter le nombre de ses abonnés. Les témoins avec qui ils discutent, leur parlent d'un homme suspect et aussitôt Fama accuse cet homme d'être le coupable sur un réseau social. Demander de résumer ce qui s'est passé ensuite : Fama a été à son tour attaquée et accusée d'avoir diffusé une fausse information par un garçon de son collège. L'homme qu'elle a accusé a passé la soirée au poste de police. Il s'est plaint auprès des parents de Fama.

c. Répondre à la question et résumer ce que dit la voix off pour mettre en garde : avant de publier une info, il faut avoir des preuves car un réseau social est public et les infos se répandent très vite.

d. et **e.** Faire répondre aux deux questions.

Corrigé

2. a. la photo : partager un scoop ; le post : gagner des abonnés. **b.** L'incendie est **un accident**. Fama a **accusé quelqu'un à tort**. **c.** Le journaliste est venu au collège mettre en garde les jeunes du danger des réseaux sociaux qui permettent de transmettre de l'information très vite et sans qu'elle soit vérifiée. **d.** provoquer de nombreuses réactions. **e.** Elle est diffusée sans preuves et dans la précipitation.

En petit groupe puis **En classe entière** **3.** Laisser échanger les groupes et lister les arguments sur l'efficacité de cette vidéo. Faire une mise en commun ensuite et noter les arguments au tableau.

Corrigé

3. Production libre.

Transcription ▶ 20

La fumée était impressionnante. Dimanche soir, Cindy, Léonard et Fama étaient réunis au kebab du coin lorsqu'un incendie a pris dans le café des Sports de l'autre côté du boulevard. Aussitôt, les trois copains se sont précipités sur place. Cindy a pris des photos avec son portable, elle les a aussitôt postées sur Photogram, son réseau social préféré. Gros succès, son compte a gagné plein d'abonnés au fil de la soirée. Les deux autres ont discuté avec les gens qui sortaient affolés du café des Sports. Ils étaient les premiers à recueillir les témoignages et un témoin parlait d'un client qui était parti précipitamment avant les autres alors qu'on sentait à peine l'odeur du feu. Et Fama a tout raconté sur les réseaux sociaux, elle pensait avoir un scoop, l'article de Fama était intitulé : « On tient le coupable ». Le lendemain, en arrivant au collège, elle s'est fait alpaguer par Romain :
– Dis donc, t'as raconté n'importe quoi, hier ! Le suspect dont tu parles, c'était mon oncle, il a passé toute la fin de soirée à la police alors que l'incendie, c'était un accident ! Une flamme sur de l'huile bouillante !
D'ailleurs, l'oncle de Romain a appelé les parents de Fama pour se plaindre. Là, c'est elle qui s'est sentie coupable. Accuser quelqu'un d'avoir mis le feu, c'est grave évidemment. Avant de le faire, il faut avoir des preuves de ce que l'on dit, surtout quand on écrit un texte public. Or, tout ce qu'on diffuse sur les réseaux sociaux, c'est public ! On a l'impression de ne s'adresser qu'à quelques copains, comme une discussion dans un café, mais les propos, les photos, comme la fumée dans le café des Sports se répandent très vite. On suit un compte, on transmet son contenu et, de fil en aiguille, des milliers de personnes peuvent en avoir connaissance. C'est ce qui s'est passé pour le post de Fama. Aujourd'hui, grâce au web et à tout ce qu'il permet, nous sommes tous « médias », c'est-à-dire que nous pouvons tous être témoin d'un événement et il suffit d'un téléphone ou d'un ordinateur pour le raconter en temps réel comme de vrais journalistes, et même plus vite, trop vite parfois. Après cet épisode, un journaliste de la rédaction du *Canard boiteux* est venu expliquer tout ça au collège. Fama en a fait un récit mais elle a pris soin de ne pas mettre le feu aux réseaux sociaux.

Prolongement de la leçon

> Entraînement linguistique

- Demander aux apprenants de relire la double page et de réécouter les documents travaillés.
- Faire créer une fiche-lexique sur *La technologie*.
- Faire compléter la fiche-lexique sur *La caractérisation* créée à la leçon 21.
- Faire compléter la fiche-lexique sur *Les médias* créée à la leçon 25 avec le lexique de *La rumeur*.

> Évaluation formative

- Les activités du **cahier d'activités** correspondant à la leçon sont **aux pages 96 à 99**.
- Les activités du **Parcours digital®**.

Classe inversée

Avant la leçon 28 :

Demander aux apprenants de :
– lire le document 1 page 112 ;
– faire les activités 1, 2 et 3 page 112.

Avant la leçon 29 :

Demander aux apprenants de :
– regarder la page d'ouverture de l'unité 8 page 119 ;
– regarder le document 1 et faire l'activité 1 page 120.

... écrire un fait divers 1 h 30

Le fait divers est un article de presse relatant des événements difficilement classables dans les rubriques d'actualité ; il s'agit d'accident, de crimes, de cambriolages, de découvertes, de sauvetage... Même s'il est peu probable qu'un apprenant ait à en écrire un s'il n'est pas journaliste, il sera amené à en lire et à en résumer le contenu à quelqu'un. Analyser la structure de ce type de récit donne les clés pour résumer efficacement un événement.

LIRE DOC. 1

Activité 1 10 min

[Découverte]

Seul puis **En classe entière** **a.** et **b.** Demander à la classe de lire le titre et le chapeau et de répondre aux deux questions.

Corrigés

1 a. Deux trésors ont été trouvés dans une maison. **b.** À Morez dans le Jura.

Activité 2 10 min

Seul puis **En classe entière** Demander de faire le repérage d'informations et amener la classe à comprendre que ces questions sont les points principaux à sélectionner quand on fait le récit d'un événement.

Corrigés

2 **Où :** dans la maison Jobez, à Morez dans le Jura. **Quand :** le mercredi 14 avril 2021. **Qui :** les services municipaux de la ville de Morez. **Quoi :** la découverte de deux trésors. **Dans quelles circonstances :** en vidant une armoire et en faisant des travaux d'isolation de la cave. **Suites de l'événement :** les deux trésors ont été placés en lieu sûr.

Activité 3 10 min

Seul puis **En classe entière** Faire répondre aux deux questions.

Corrigés

3 a. La ville a acquis la maison en janvier 2020 suite à la mort des derniers descendants. **b.** Trésor 1 : 5 lingots d'or et plus de 1 000 pièces soit 500 000 euros. Trésor 2 : des pièces d'une valeur de 100 000 à 150 000 euros. Soit un total de 600 000 à 650 000 euros.

Activité 4 20 min

[Analyse]

À deux puis **En classe entière** **a.** Faire réaliser le *Vrai/Faux* et commenter les réponses.

À deux puis **En classe entière** **b.** – Faire faire l'appariement et commenter les choix syntaxiques : la voix passive est très utilisée dans les faits divers pour mettre l'accent sur l'action et non sur les personnes. Le gérondif est utilisé pour expliquer comment les découvertes ont été faites. La mise en relief *c'est... que* est utilisée pour mettre en valeur un événement.

– Inviter les apprenants à lire l'encadré mémo pour écrire un fait divers, page 113.

Corrigés

4 a. 1. Faux : il est écrit sous forme nominale (pas de verbe). 2. Vrai : c'est la fonction du chapeau d'un article. Il répond aux questions principales Quoi ? Où ? Quand ? Qui ? 3. Faux : on a seulement des informations sur leur fonction : la municipalité, le maire, les Moréziens, les derniers propriétaires, la ville, les élus, le personnel municipal, le conseil municipal. 4. Vrai : achat de la maison par la ville, découverte du premier trésor puis du second (*Mais l'histoire ne s'arrête pas là*), mise en lieu sûr des trésors. **b.** 1. b ; 2. a et c.

ÉCRIRE

Activité 5 40 min

À deux puis **En classe entière** **a.** et **b.** Laisser les binômes imaginer un fait divers à partir de la photo et le rédiger en suivant les consignes et les indications de l'encadré mémo de la page 113. Les faits divers seront lus à la classe et les récits comparés car il est probable que la photo aura été interprétée de différentes façons.

Corrigés

5 *Proposition de production :* Sauvetage inattendu.
Un gorille vient au secours de trois passagers et les sauve de la noyade.
En plein centre de Lyon, ce jeudi 21 mars 1889, une voiture transportant le directeur de la banque, sa mère et son fil a été accidentée et est tombée dans le fleuve. Les trois passagers ont été expulsés de la voiture et ont essayé de nager pour rejoindre la rive. Soudain est apparu un gorille qui, l'a-t-on appris par la suite, s'était échappé du zoo. Le singe est monté dans la voiture et les trois personnes accidentées ont cru qu'il allait les attaquer et ont paniqué au risque de se noyer. Contre toute attente, le gorille leur a tendu la main et les a remontés dans la voiture. C'est en sa compagnie qu'ils ont attendu les secours. Notre sauveteur a été reconduit au zoo et depuis, le directeur de la banque lui a fait construire un enclos beaucoup plus grand et confortable.

... la médiation : prendre des notes

40 min

Depuis le début du travail sur ***Inspire 3***, les apprenants sont amenés à prendre des notes pour les activités de compréhension en utilisant un certain nombre de techniques : symboles, abréviations, suppression des articles... Cette tâche de médiation a pour objectif de faire des mises au point et de renforcer ces techniques.

DOC. 1 109

Activité 6

5 min

En classe entière Faire écouter la conversation et choisir le titre du flash info.

Le professeur peut faire lire les notes de Sacha avant de faire écouter la conversation et demander à la classe de les décoder afin de restituer les faits. L'écoute de la conversation servira de vérification et amènera les apprenants à réfléchir sur la clarté des notes de Sacha. En effet, on remarque souvent que les notes prises par quelqu'un peuvent ne pas transmettre un message clair et que souvent les notes ne sont comprises que par celui qui les a prises.

Transcription 109

Julie : Bonjour Sacha, ici Julie Bertaud, tu peux prendre des notes ?
Sacha : Bonjour Julie. Oui, je t'écoute.
Julie : Il faudrait ajouter l'info au flash de 10 heures. OK ?
Sacha : OK, c'est noté.
Julie : Voilà ce que je sais. Il s'agit d'un jeune homme de 17 ans, lycéen à Reims. Il devait passer son bac de français. Il est parti en train de Paris et a oublié de descendre à Reims. Quand il s'est aperçu de son erreur, complètement paniqué, il a prévenu le contrôleur du train. La SNCF a mis à sa disposition un taxi à son arrivée en gare de Nancy pour le conduire à son centre d'examen. Le chauffeur a roulé à toute allure pour permettre au jeune d'arriver à l'heure. J'ai une interview du chauffeur. Le taxi s'est fait arrêter par les gendarmes pour excès de vitesse. Et c'est finalement eux qui ont conduit le jeune homme au centre d'examen, où il a pu passer son épreuve.

Corrigés

6 b *(Et c'est finalement eux qui ont conduit le jeune homme au centre d'examen, où il a pu passer son épreuve.)*

DOC. 2

Activité 7

15 min

À deux **a.** et **b.** Demander aux binômes de faire les repérages puis mettre en commun.

symbole : → / ⟹ / ++

abréviation : ms / desc^{te} / rapidem^{t} / arrestat^{o}

résumé : desc^{te} Reims ⟹ Nancy / centre d'examen → OK

mise en valeur : les majuscules, le soulignement

Corrigés

7 a. Sacha a noté les informations principales (qui ? où ? qui ? quand ?) dans l'ordre chronologique. Seuls les mots principaux figurent, il n'y a pas d'article, le sujet du verbe n'est pas toujours exprimé. **b.** *Voir au tableau ci-dessus.*

Activité 8

110 20 min

Seul puis **À deux** **a.** et **b.** Faire écouter la conversation. Chaque apprenant prend des notes et les compare avec son voisin. Les notes sont optimisées lors de la mise en commun au tableau.

Transcription 110

Secrétaire : Bonjour, école de journalisme de Bordeaux. Je vous écoute.
Anna : Bonjour monsieur, j'aimerais obtenir des informations sur votre master de journalisme.
Secrétaire : Alors il se fait en deux ans et il est accessible sur concours. Il y a une partie théorique et une partie pratique puisqu'on propose deux stages pendant la période d'études.
Anna : Combien de temps durent les stages ?
Secrétaire : Le premier est un stage court de deux mois non rémunéré. Le second est un stage plus long qui se déroule de mai à août. Il dure quatre mois. Le salaire, enfin je veux dire l'indemnité de stage, est en général d'environ 600 euros par mois.
Anna : D'accord. Et quel est le tarif de l'école ?
Secrétaire : Il faut compter 6 000 euros par an.
Anna : Et, dites-moi, que faut-il faire pour s'inscrire ?
Secrétaire : Vous envoyez votre dossier via notre site, nous faisons une première sélection. Si vous êtes retenue, nous vous convoquerons à un concours. On a en général 500 demandes pour 40 places disponibles.
Anna : Ah, c'est très sélectif !
Secrétaire : Oui mais vous avez des modules d'entraînement sur notre site, n'hésitez pas à les consulter.
Anna : Merci beaucoup pour toutes ces informations. Je vais préparer mon dossier.
Secrétaire : Je vous en prie. Bonne journée.
Anna : Bonne journée, au revoir.

Corrigés

8 a. *Proposition de production :*
école Journalisme Bordeaux
Master / 2 ans (concours)
théorie + pratique
2 stages → 2 mois / pas payé → 4 mois (juin → septembre) payé 600 €
6 000 € / an
Inscript° : sélect° dossier (ligne) + concours (entraînemt / site)
40 places / 500 demandes !

S'entraîner pages 114-117

Cf. Introduction (C.1.3), page 23.

– **Corrigés** des activités 1 à 10 : page 189 du livre de l'élève.

– **Parcours digital®** : toutes les activités des pages 114 à 117 sont proposées en version autocorrective.

Faites le point page 118

Cf. Introduction (C.1.4), page 23.

Évaluez-vous !

Corrigés

› *Exemple de production :* J'apprends le français pour m'installer en France. / Je vais en cours afin d'améliorer mon niveau. / Le/La professeur(e) nous fait parler de nous pour que nous progressions plus vite.

› Je regarde les influenceurs **ayant** une vraie expertise. Les influenceurs **n'étant pas formés** ne sont pas très fiables.
Les personnes **consultant** différents types de médias sont mieux informées.

› *Réponse libre.*

› *Réponse libre.*

Classe inversée

Avant la leçon 29 :
Demander aux apprenants de :
– regarder la page d'ouverture de l'unité 8 page 119 ;
– regarder le document 1 et faire l'activité 1 page 120.

Quelle place réserver au vivant ?

UNITÉ 8

> Livre de l'élève p. 119-132

Page d'ouverture

page 119

En classe entière 10 min

Suivre la démarche proposée en Introduction (C.1.1), page 22.

Corrigés

Exemples de production :

- C'est l'unité 8.
- Elle s'appelle *Quelle place réserver au vivant ?* Le titre de l'unité n'est pas évident à interpréter. Le mot « vivant » est généralement opposé à « mort » ; le mot « être vivant » est connu pour nommer les êtres humains, les animaux et les plantes. Associé à l'expression « réserver une place », cela paraît énigmatique car il va de soi que l'on s'occupe prioritairement des vivants dans notre monde. Pourquoi poser cette question ? On reprendra l'interprétation du titre à la fin de l'unité.
- Sur la photo, on voit un homme, probablement un chercheur qui fait une expérience scientifique à l'aide d'un dispositif. Il tient une pomme de terre avec un instrument, dans laquelle il injecte un produit à l'aide d'une seringue. On peut penser aux manipulations génétiques.
- Les objectifs sont : *parler des changements climatiques, prendre position sur les droits des animaux, agir pour l'avenir.*
- Les points de grammaire sont : l'hypothèse (3) ; le conditionnel passé pour exprimer un regret ou un reproche ; les adjectifs et les pronoms indéfinis ; le subjonctif (3) ; les élisions dans les phrases au registre familier ; les doubles pronoms.
- Dans la leçon 32, on va travailler les *Techniques pour* participer à un débat et la *Médiation* pour gérer un désaccord.
- La vidéo ▶ 23 a pour titre *Biomimétisme.*

LEÇON 29 Parler des changements climatiques

pages 120-121

PARLER DES CHANGEMENTS CLIMATIQUES 3 h 40

Savoir-faire et savoir agir : exprimer des regrets • faire des reproches • faire des hypothèses (3)

COMPRENDRE	DOC. 1 📖			DOC. 2 🎧 120				
	15'	10'	10'	10'	10'	30'	10'	15'
	Act. 1	Vocabulaire 🎧 128	Act. 2 💬 ▶ 22	Act. 3	Act. 4	Act. 5 Grammaire	Culture(s)	Act. 6 💬
	• Décrypter une infographie	• L'écologie (1)	• Présenter des mesures pour l'environnement	• Identifier le thème d'un flash info radiophonique	• Sélectionner des informations	• L'hypothèse (3)	• L'accord de Paris pour le climat	• Raconter un événement climatique : une vague de chaleur

COMPRENDRE	DOC. 3 121		
	10'	20'	20'
	Act. 7	Act. 8	Act. 9 Grammaire
	• Comprendre le thème d'une conversation	• Sélectionner des informations	• Le conditionnel passé pour exprimer un regret ou un reproche

AGIR	1 heure	Act. 10	• Commenter les causes et les conséquences des changements climatiques

COMPRENDRE

DOC. 1

Activité 1 15 min

→ **Décrypter une infographie**

Seul puis **En classe entière** Demander à la classe de regarder l'infographie et de décrire la façon dont elle est structurée ; les apprenants seront amenés à observer que/qu' :

– le thème central est illustré par une bulle rouge et sa légende « Changements climatiques » placés au centre de l'infographie ;
– des flèches partent (→) à cette bulle centrale et arrivent (←) à celle-ci ;
– les flèches qui arrivent expriment des causes ;
– les flèches qui partent expriment des conséquences ; il y a des conséquences en chaîne.
– causes et conséquences sont imbriquées les unes aux autres.

a. Faire répondre à la question en identifiant les bulles reliées par les flèches qui arrivent (←) à la bulle centrale. Expliquer collectivement les légendes.

b. Faire répondre à la question en identifiant les bulles reliées par les flèches qui partent (→) de la bulle centrale et celles de second niveau qui expriment une conséquence en chaîne. Expliquer collectivement les légendes.

Corrigés

1 a. La dégradation des écosystèmes, l'appauvrissement de la couche d'ozone, la déforestation, la désertification. **b.** Pour toutes les espèces : le manque d'eau, la dégradation de la qualité de l'air. Pour l'homme : l'insuffisance de l'approvisionnement alimentaire, les problèmes de santé publique. Pour les animaux : la perte de la biodiversité. Pour les végétaux : la disparition d'espèces (déforestation, désertification).

Culture(s) +

■ **L'ONERC** (Observatoire national sur les effets du réchauffement climatique) est un organisme français créé en 2001 dans le but d'aider à informer sur les risques du réchauffement climatique et à proposer des solutions.

Vocabulaire 128 10 min

L'écologie (1)

En classe entière Inviter les apprenants à se reporter aux listes récapitulatives sur *L'écologie (1)* de la page 129.

> S'entraîner activité 4 page 129

Activité 2 22 10 min

→ **Présenter des mesures pour l'environnement**

À deux Faire visionner la vidéo de Kyria, l'étudiante allemande et répondre à sa question.

Transcription 22

Kyria : Chez moi, en Allemagne, l'écologie est une question importante. On produit des énergies renouvelables grâce aux panneaux solaires ou aux éoliennes et on est très attentifs au tri des déchets. Et puis on a l'habitude de se déplacer à vélo. Dans les grandes villes, il y a beaucoup de pistes cyclables et de nombreux espaces verts ! Et dans votre pays, quelles mesures ont été mises en place pour l'environnement ?

Corrigés

2 Production libre.

DOC. 2 120

Activité 3 10 min

→ Identifier le thème d'un flash info radiophonique

Sensibilisation

En classe entière Dire aux apprenants qu'ils vont écouter un flash info en relation avec le thème de l'infographie. Faire faire des hypothèses sur son contenu : *un expert donne une information, alerte sur le réchauffement climatique ; un journaliste parle d'une catastrophe liée au réchauffement climatique...*

Compréhension globale

Seul puis **En classe entière** Faire écouter le flash et répondre à la question. Il est probable que les apprenants n'auront pas les moyens linguistiques pour exprimer l'hypothèse du passé ; les laisser s'exprimer avec les moyens qu'ils possèdent et les éléments repérés (*vagues de chaleur... pas été si fortes ; 1,5 à 3 degrés moins chaude...*). On peut demander à un apprenant de venir schématiser au tableau ce qu'il a compris.

activités humaines très fortes → vagues de chaleur très fortes

si activités humaines moins fortes → vagues de chaleur moins fortes

Transcription 120

Un rapport d'experts présenté ce jour révèle que les vagues de chaleur de ces dernières années n'auraient pas été si fortes si les activités humaines n'avaient pas été aussi importantes. Météo France et l'Institut Pierre-Simon Laplace ont présenté les relevés des températures depuis 1947 en France, en Allemagne, aux Pays-Bas et au Royaume-Uni. Ils montrent des températures extrêmes ces dernières années. En effet, à Paris par exemple, il a fait 42,6 degrés le 25 juillet 2019, contre 40,4 degrés en 1947, qui représentait le précédent record de chaleur. C'est avec la canicule de 2003 que les experts ont pris conscience de ces vagues de chaleur.
D'après le rapport, si le climat n'avait pas été modifié par les activités humaines, la canicule qui s'est abattue sur plusieurs pays d'Europe en 2019 aurait été de 1,5 à 3 degrés moins chaude. Les chercheurs veulent interpeller le grand public. Ils soulignent que les États ne semblent pas mesurer l'urgence de la situation, et précisent que les accords de Paris, qui visent à contenir le réchauffement planétaire en dessous de 2 degrés, ne sont pas respectés par les pays qui en sont pourtant membres.

Corrigés

3 Un rapport de scientifiques explique que les vagues de chaleur des dernières années pouvaient être évitées ou du moins atténuées.

Activité 4 10 min

→ Sélectionner des informations

Compréhension finalisée

À deux **a.**, **b.**, **c.** et **d.** Faire lire les quatre questions qui complètent la compréhension faite à l'activité 3 et faire réécouter le flash. Faire répondre aux questions sans s'attarder sur les phrases hypothétiques. Les apprenants auront probablement déjà entendu ces phrases hypothétiques commençant par *si* et le conditionnel. Intuitivement, ils auront compris le point grammatical travaillé dans la leçon.

Corrigés

4 a. Les activités humaines. **b.** 2003. **c.** Oui, elle était évitable avec des activités humaines moins importantes. **d.** Parce que les États ne respectent pas leur engagement contre le réchauffement climatique.

Activité 5 30 min

Grammaire

L'hypothèse (3)

Conceptualisation

À deux puis **En classe entière** **a.**, **b.** et **c.** – Faire lire les phrases et répondre aux questions. Écrire les phrases au tableau. Mettre en commun et procéder à la conceptualisation. C'est la première fois que les apprenants travaillent le conditionnel passé : leur faire décrire la formation de ce temps composé.

Les vagues de chaleur de ces dernières années n'auraient pas été si fortes si les activités humaines
conséquence : cond. passé
n'avaient pas été aussi importantes.
condition : plus-que-parfait

Si le climat n'avait pas été modifié par les activités
condition : plus-que-parfait
humaines, la canicule aurait été de 1,5 à 3 degrés moins chaude.
conséquence : cond. passé

Si + plus-que-parfait + conditionnel passé

Conditionnel passé = auxiliaire au conditionnel présent + participe passé

– Demander à la classe de se reporter à l'encadré récapitulatif de la page 128 pour synthétiser les informations. Attirer l'attention sur un point qui n'aura pas été vu lors de la conceptualisation faite à l'activité 5 : la conséquence peut également être dans le présent et donc on utilisera le conditionnel présent.

Le professeur peut choisir un moment pour synthétiser la structure et le sens des phrases hypothétiques en demandant aux apprenants de se reporter au *Précis grammatical* de la page 178.

Corrigés

5 a. Ce sont des hypothèses sur le passé. **b.** *Voir au tableau ci-dessus.* **c. 1.** Le plus-que-parfait ; **2.** Le conditionnel passé.

> S'entraîner > activités 1 et 2 page 128

Culture(s) 10 min

L'accord de Paris pour le climat

Seul puis **En classe entière** Demander à la classe de lire les informations et de réagir par rapport notamment aux inquiétudes exprimées par les chercheurs.

Activité 6 15 min

→ Raconter un événement climatique : une vague de chaleur

En petit groupe Laisser les groupes échanger.

Corrigés

6 Production libre.

DOC. 3 121

Activité 7 10 min

→ Comprendre le thème d'une conversation

Sensibilisation

En classe entière Faire observer la photo et annoncer aux apprenants qu'ils vont écouter une conversation entre Lucas et sa grand-mère. Faire faire des hypothèses sur le contenu de cette conversation : le fait que ces deux personnes soient de génération différente peut amener à imaginer qu'ils vont comparer leurs époques, qu'ils vont parler de la dégradation de l'environnement et des responsabilités.

Compréhension globale

Seul puis **En classe entière** **a.** et **b.** Faire écouter la conversation et répondre aux deux questions. Noter au tableau l'exclamation de Lucas et commenter la structure de la phrase exclamative. Demander aux apprenants s'ils connaissent d'autres façons de s'exclamer.

Qu'est-ce qu'il fait chaud ! : structure de la question

Comme il fait chaud ! Ce qu'il fait chaud ! Quelle chaleur !

Transcription 121

Lucas : Qu'est-ce qu'il fait chaud ! J'en peux plus ! T'as entendu ? Ils prévoient 38 et même 40 degrés la semaine prochaine… et on est seulement en juin !
Françoise : Oui, j'ai entendu ça. C'est de pire en pire ! Il ne faisait pas si chaud quand j'étais jeune !
Lucas : Tu dis toujours que c'était mieux avant !
Françoise : Mais c'est vrai. Tu ne te rends pas compte : regarde, un peu partout dans le monde il y a des tornades, des incendies de forêts, des inondations ! Et même ici, en France, il y a de plus en plus de sécheresses et on est obligé de mettre en place des restrictions d'eau et de réduire l'arrosage des champs…
Lucas : Tu sais, moi, j'ai toujours connu ça !
Françoise : Je sais bien. En fait, ça fait des années qu'on aurait dû agir ! Les scientifiques ont commencé à nous alerter dans les années 70 ! Ils disaient qu'il fallait limiter les gaz à effet de serre…
Lucas : Et qu'est-ce que vous avez fait ?
Françoise : Eh bien, en fait… on ne les a pas pris au sérieux, c'était un peu pareil pour tout le monde. On ne parlait pas vraiment d'écologie à l'époque ! Moi, j'avais 20 ans, et je reconnais que ça ne m'intéressait pas beaucoup.
Lucas : Je trouve ça fou ! Tu sais Mamie, c'est pas contre toi mais, puisque vous saviez, il aurait fallu faire quelque chose ! Vous auriez pu penser aux générations futures ! On n'en serait pas là aujourd'hui…
Françoise : C'est vrai ! Je regrette sincèrement, Lucas. Je sais qu'on aurait dû consommer moins, se montrer plus responsables. Et puis, si les grandes industries avaient réduit leur activité, ou au moins si elles avaient produit de façon plus raisonnée, ça aurait réduit la pollution ! On a tous pris de mauvaises habitudes !
Lucas : Oui, bon, mais, d'un autre côté, la vie est plus facile que quand tu étais jeune…
Françoise : Tu dis ça pour être gentil mais je sais bien que si on avait fait ce qu'il fallait, on respirerait mieux aujourd'hui !

Corrigés

7 a. Parce qu'il fait trop chaud (38 et 40 degrés). **b.** Ils parlent de la forte chaleur, du réchauffement climatique, des catastrophes et des responsabilités.

Activité 8 20 min

→ Sélectionner des informations

Compréhension finalisée

À deux puis **En classe entière** – Faire réécouter la conversation plusieurs fois si besoin et faire réaliser le *Vrai/Faux*. Mettre en commun en structurant oralement les notes :
a) Françoise cite quatre catastrophes : les tornades, les incendies de forêt, les inondations et les sécheresses. b) Elle dit que les scientifiques ont alerté dans les années 1970. c) Les scientifiques disaient qu'il fallait limiter les gaz à effet de serre. d) Françoise dit qu'elle avait 20 ans et avoue que l'écologie ne l'intéressait pas. e) Lucas dit qu'il a toujours connu les problèmes liés au réchauffement. f) Elle dit qu'au contraire, sa génération n'a pas agi, qu'elle est responsable. g) Lucas reproche aux générations précédentes de n'avoir rien fait et d'avoir été égoïstes.

– Les apprenants n'auront probablement pas relevé les formes de conditionnel passé pour exprimer les reproches et les regrets. Ne pas insister à cette étape de compréhension de sens.

a	V	Tornades / incendies forêts / inondations / sécheresses
b	V	Scientifiques / ont alerté / années 1970
c	F	Limiter gaz effet de serre
d	V	20 ans / pas d'intérêt
e	F	Toujours connu ça
f	F	Pas pris au sérieux / je regrette / consommer moins / être plus responsable / mauvaises habitudes
g	V	Je trouve ça fou / faire qqch / penser aux générations futures

Corrigés

8 *Voir la grille ci-dessus.*

Activité 9 20 min

Grammaire

Le conditionnel passé pour exprimer un regret ou un reproche

Conceptualisation

En petit groupe puis **En classe entière** **a.** et **b** – Demander aux groupes de lire les phrases et de faire les deux parties de l'activité. Mettre en commun et conceptualiser. Amener les apprenants dans un premier temps à observer que : le reproche est exprimé avec le verbe *pouvoir* au conditionnel passé, le sujet du verbe exclut la personne qui parle ; le regret est exprimé avec le verbe *devoir* au conditionnel passé, le sujet du verbe inclut la personne qui parle.

Lucas	Vous auriez pu penser aux générations futures.
Françoise	On aurait dû se montrer plus responsables.

– Faire réécouter la conversation et noter d'autres phrases exprimant les mêmes actes de communication et compléter la conceptualisation en ajoutant l'utilisation de l'expression *il faut* au conditionnel passé. Les apprenants remarqueront que les expressions du regret et du reproche sont très proches car le regret est parfois un reproche que l'on se fait à soi-même. Souvent, c'est l'intonation qui peut exprimer la différence, le reproche étant un peu plus agressif.

Lucas	Vous auriez pu penser aux générations futures. Il aurait fallu faire quelque chose.
Françoise	On aurait dû se montrer plus responsables. Ça fait des années qu'on aurait dû agir. On aurait dû consommer moins.

Pour compléter le travail sur l'hypothèse, faire réécouter la fin de la conversation et noter les hypothèses exprimées par Lucas et Françoise. Une d'entre elles est incomplète ; la faire compléter par les apprenants.

On n'en serait pas là aujourd'hui (si on avait fait quelque chose).
Si les grandes industries avaient réduit leur activité, ou au moins si elles avaient produit de façon plus raisonnée, ça aurait réduit la pollution !
Si on avait fait ce qu'il fallait, on respirerait mieux aujourd'hui !

– Inviter la classe à se reporter ensuite à la page 128 pour lire l'encadré récapitulatif sur cette utilisation communicative du conditionnel passé. Rappeler aux apprenants que ces mêmes verbes (*devoir*, *pouvoir* et *falloir*) sont utilisés au conditionnel présent pour exprimer des conseils.

Corrigés

9 a. Lucas fait des reproches. Françoise exprime des regrets.
b. Le conditionnel passé.

> S'entraîner > activité 3 page 129

AGIR

Activité 10 1 heure

→ Commenter les causes et les conséquences des changements climatiques

Préparation

En classe entière Présenter la tâche aux apprenants, expliquer les différentes étapes de l'activité et en vérifier la bonne compréhension : il s'agit de rédiger un commentaire écrit de l'infographie de la page 120, sur les causes et les conséquences du réchauffement climatique puis de donner son avis. Avant de rédiger le commentaire, les apprenants devront structurer des phrases qui seront ensuite intégrées dans le texte final. Les binômes pourront s'inspirer du travail effectué sur les documents 2 et 3. Produire collectivement quelques exemples avant de laisser les binômes travailler : *S'il n'y avait pas eu de déforestation, il n'y aurait pas de dégradation des sols ; on aurait dû agir plus tôt pour préserver la couche d'ozone…*

Production

À deux **a.**, **b.** et **c.** Chaque binôme structure des phrases à l'oral et rédige son commentaire. Circuler pour apporter de l'aide.

Présentation

Hors de la classe, les commentaires sont postés sur le groupe de la classe.

Corrigés

10 *Exemple de production :* Si les activités humaines n'avaient pas dégradé les écosystèmes et appauvri la couche d'ozone, les changements climatiques ne seraient pas si sérieux aujourd'hui, on n'assisterait pas à la désertification, à la déforestation, et la biodiversité animale aurait pu être préservée. Il aurait fallu penser à toutes les conséquences catastrophiques du développement et se montrer plus responsable ! On aurait dû réfléchir !

Prolongement de la leçon

> Entraînement linguistique

- Demander aux apprenants de relire la double page et de réécouter les documents travaillés.
- Faire créer la fiche-lexique sur le thème *L'écologie (1)* qui sera complétée à la leçon 31.

> Évaluation formative

- Les activités du **cahier d'activités** correspondant à la leçon sont **aux pages 102 à 105**.
- Les activités du **Parcours digital®**.

Classe inversée

Avant la leçon 30 :

Demander aux apprenants de :
– regarder le document 1 et faire l'activité 1 page 122 ;
– lire le document 2 et faire l'activité 2 page 122.

LEÇON 30 Prendre position sur les droits des animaux pages 122-123

PRENDRE POSITION SUR LES DROITS DES ANIMAUX 3 h 45

Savoir-faire et savoir agir : comprendre des articles de loi • exprimer un doute • participer à un débat

COMPRENDRE	DOC. 1		DOC. 2	
	15'	10'	10'	15'
	Act. 1	Act. 2	Act. 3 Grammaire	Act. 4
	• Décrire et interpréter la couverture d'un livre	• Comprendre des articles de loi	• Les adjectifs et les pronoms indéfinis	• Donner son avis sur le statut des animaux

COMPRENDRE	DOC. 3 122-123						
	5'	15'	20'	5'	30'	25'	15'
	Act. 5	Act. 6 122	Act. 7 123	Vocabulaire 132-133-134	Act. 8 Grammaire	Act. 9 Grammaire	Phonétique 130 24
	• Comprendre la présentation d'une émission radiophonique	• Sélectionner des informations	• Sélectionner des informations	• Le droit • Les animaux • La science	• Le subjonctif (3) pour exprimer le doute	• Les adjectifs et les pronoms indéfinis (suite)	• La semi-consonne [j]

AGIR	1 heure	Act. 10	• Participer à un débat

COMPRENDRE

DOC. 1

Activité 1 15 min

→ **Décrire et interpréter la couverture d'un livre**

Sensibilisation

Seul puis **En classe entière** **a.**, **b.**, **c.** et **d.** Faire observer la couverture du livre et répondre aux questions. Laisser les apprenants échanger quelques instants sur le thème de la leçon et de ce livre : *Est-ce que ce thème vous intéresse ? Si oui, pourquoi ? Si non, pourquoi ?*

Si la classe semble intéressée par le thème animal, proposer plusieurs activités d'échange comme :
- un tour de table pour que chaque apprenant dise s'il a un animal de compagnie, lequel et parler de sa relation avec cet animal ;
- chercher des expressions imagées avec des noms d'animaux ;
- présenter un animal sauvage ou une espèce menacée.

Corrigés

1 a. On voit la moitié de la tête d'une vache blanche. **b.** Aurélien Barrau qui est philosophe et astrophysicien et Louis Schweitzer qui est président de la fondation « Droit animal, éthique et sciences ». **c. Titre :** L'animal est-il un homme comme les autres ? **Sous-titre :** Les droits des animaux en question. **d.** *Proposition de réponse :* Réfléchir sur le statut des animaux, sur la façon dont les hommes les traitent ; parler des droits des animaux.

DOC. 2

Activité 2 10 min

→ **Comprendre des articles de loi**

Compréhension globale

Seul puis **En classe entière** **a.** Faire observer le document et répondre à la question.

b. Faire lire le document et cocher les bonnes réponses.

Compréhension finalisée

c. Faire répondre à la question en justifiant par des passages des articles de loi.

Corrigés

2 a. La Déclaration universelle des droits de l'homme. **b.** 1. Cette déclaration concerne les animaux de compagnie, les animaux d'élevage et les animaux sauvages. 2. Les articles font référence au bien-être des animaux et aux besoins des animaux. **c.** L'homme ne doit pas être cruel avec les animaux (art. 3). Il doit développer ses connaissances pour respecter les animaux et leurs besoins, y compris dans les élevages (art. 5 et 10).

Activité 3 10 min

Grammaire

Les adjectifs et les pronoms indéfinis

Conceptualisation

Il s'agit d'une révision des deux adjectifs indéfinis *aucun(e)* et *tout(e)(s)/tous* indiquant la quantité nulle et la totalité.

N. B. : Le travail sur les autres adjectifs indéfinis et les pronoms indéfinis sera proposé à l'activité 9.

À deux **a.** et **b.** Demander aux binômes de faire l'activité et mettre en commun pour faire la conceptualisation. Rappeler que l'adjectif *aucun(e)* n'existe qu'au singulier.

Corrigés

3 a. a. 2 ; b. 1. **b.** *toutes* + *les* + nom féminin pluriel ; *tous* + *les* + nom masculin pluriel ; *toute* + *la* + nom féminin singulier ; *tout* + *le* + nom masculin singulier.

Activité 4 15 min

→ **Donner son avis sur le statut des animaux**

En petit groupe Laisser les groupes échanger et faire un tour de table final.

Corrigés

4 Production libre.

DOC. 3 122-123

N. B. : Le document 3 est enregistré comme suit : le début de l'interview est enregistré sur la piste **122** pour l'activité 6 ; la piste **123** propose l'interview intégrale.

Activité 5 5 min

→ **Comprendre la présentation d'une émission radiophonique**

Sensibilisation

Seul puis **En classe entière** **a.** et **b.** Faire lire la présentation et faire les deux parties de l'activité. Demander aux apprenants de commenter la citation ; les amener à évoquer son aspect polémique : la référence au mot *jouet* indique que beaucoup de personnes ne considèrent pas l'animal comme un être vivant mais comme un objet (sans sentiment, sans douleur…) qui est soumis à leur volonté ; ils peuvent en faire ce qu'ils veulent pour leur plaisir.

Corrigés

5 a. Nom de l'émission : Question de société. **Personne interviewée :** Jean Viard. Il est sociologue. **b.** La relation entre l'homme et l'animal.

Activité 6 15 min

→ Sélectionner des informations

Compréhension globale

Seul puis **En classe entière** **a.** et **b.** Faire écouter le début de l'interview et répondre aux trois questions. Laisser les apprenants commenter et raconter leurs expériences s'ils ont des animaux domestiques. Faire commenter également l'interdiction des animaux sauvages dans les cirques. Demander si leur pays a adopté cette loi.

Seul puis **En classe entière** **c.** La première écoute aura certainement amené les apprenants à comprendre que Jean Viard était sceptique. Faire réécouter pour faire préciser et noter ce qu'il dit.

Oui, je pense que c'est un progrès. Il y a une évolution… Mais je doute que cela suffise.

Transcription 122

Journaliste : Une loi a été adoptée cette semaine en France, elle interdit les animaux sauvages dans les cirques et les delphinariums, et encadre l'adoption des animaux de compagnie. Alors, où en sont les Français avec les animaux ? Le sociologue Jean Viard nous aide à y voir clair. Jean Viard, pensez-vous que cette loi soit une réelle avancée pour les espèces animales ?
Jean Viard : Oui, je pense que c'est un progrès. Il y a une évolution du rapport à l'animal qui est considérable. Mais je doute que cela suffise. On sait que plus de 50 % des Français ont un animal de compagnie ! Certains choisissent même d'avoir une maison avec jardin pour en avoir un. Mais un chien, il faut le promener au moins deux fois par jour, il faut aller courir avec lui parce qu'il s'ennuie. Parmi les propriétaires d'animaux, tous ne sont pas prêts à s'impliquer autant ! Résultat, les abandons d'animaux sont toujours aussi nombreux !

Corrigés

6 Il parle des animaux sauvages et des animaux de compagnie. **b.** Une loi interdit les animaux sauvages dans les delphinariums et les cirques. **c.** Il émet des doutes (*Oui, je pense que c'est un progrès. Il y a une évolution… Mais je doute que cela suffise*). Les exemples de la fin montre qu'il est sceptique : les propriétaires d'animaux ne sont pas prêts à accorder beaucoup de temps aux animaux et il y a toujours beaucoup d'abandons.

Activité 7 20 min

→ Sélectionner des informations

Compréhension finalisée

À deux puis **En classe entière** **a.**, **b.** et **c.** – Faire lire les questions et demander de définir le mot *nuisible*.

N. B. : La notion d'*animal nuisible* n'a de sens qu'au regard du droit. En termes biologiques, il n'y a pas d'animaux nuisibles ; simplement des animaux qui, lorsqu'ils sont trop nombreux, causent des dommages aux activités humaines et des déséquilibres au sein de la faune sauvage.

– Faire écouter l'interview et prendre des notes en réponse aux questions. Mettre en commun en structurant les notes à l'oral et en commentant les propos de Jean Viard :

a) Il pense que beaucoup de propriétaires ont une relation immature, ils considèrent leur animal comme un objet (ils le teignent et l'habillent). Ils ne pensent pas à l'animal mais à eux, à leur confort, à leur plaisir. Interroger les apprenants : *Vous êtes d'accord ? Vous avez des exemples ?*

b) Il faut revoir les conditions d'élevage et d'abattage pour qu'elles soient moins cruelles, plus « humaines ». Interroger les apprenants : *Vous avez des exemples de conditions d'élevage indécentes ?*

c) Il dit que c'est tragique de tuer les animaux considérés comme nuisibles. Il parle aussi des insectes qui sont très importants. L'homme veut trop dominer les animaux. Interroger les apprenants : *Vous êtes d'accord ? Pourquoi les insectes sont si importants ?*

a	Relation immature (= enfantin) / pas les besoins de l'animal / propre confort Animal = objet ; teindre (= changer la couleur des poils) / habiller
b	Conditions d'élevage décentes (= pas cruelles) / changer conditions d'abattage (= tuer)
c	Tuer loups, hérissons, ours : progrès ? Non. Tragique / insecte très important / domination sur les animaux trop grande

Transcription 123

Journaliste : Une loi a été adoptée cette semaine en France, elle interdit les animaux sauvages dans les cirques et les delphinariums, et encadre l'adoption des animaux de compagnie. Alors, où en sont les Français avec les animaux ? Le sociologue Jean Viard nous aide à y voir clair. Jean Viard, pensez-vous que cette loi soit une réelle avancée pour les espèces animales ?
Jean Viard : Oui, je pense que c'est un progrès. Il y a une évolution du rapport à l'animal qui est considérable. Mais je doute que cela suffise. On sait que plus de 50 % des Français ont un animal de compagnie ! Certains choisissent même d'avoir une maison avec jardin pour en avoir un. Mais un chien, il faut le promener au moins deux fois par jour, il faut aller courir avec lui parce qu'il s'ennuie. Parmi les propriétaires d'animaux, tous ne sont pas prêts à s'impliquer autant ! Résultat, les abandons d'animaux sont toujours aussi nombreux !
Journaliste : Comment expliquez-vous cela ?
Jean Viard : Il y a plusieurs raisons à cela. Je pense que de nombreux propriétaires ont un rapport immature à l'animal : ils pensent d'abord à leur propre plaisir. Quelques-uns traitent même leur animal comme un objet : ils le teignent, ils l'habillent… Mais l'animal n'est pas un jouet, c'est un être vivant qui a des besoins ! Chaque animal a droit au respect.
Journaliste : Comment expliquer, alors que les êtres humains ont des animaux de compagnie et des animaux d'élevage depuis la nuit des temps, que ce débat sur le bien-être animal n'émerge qu'aujourd'hui ?

Jean Viard : Je ne crois pas que nous parlions du même rapport à l'animal quand nous parlons des éleveurs. D'abord, je pense qu'ils respectent beaucoup leurs animaux en général. Ils font appel à des abattoirs pour les tuer. Mais bien sûr, l'objectif, c'est malgré tout de vendre de la viande !
Journaliste : Justement, croyez-vous qu'il faille également réglementer les conditions de vie des animaux dans les élevages ?
Jean Viard : Bien sûr ! C'est indispensable non seulement de garantir des conditions d'élevage décentes, mais aussi de revoir les conditions d'abattage.
Journaliste : De manière générale, pensez-vous que notre rapport au monde animal évolue ?
Jean Viard : Je n'en suis pas convaincu personnellement. Certains prétendent qu'on a progressé en tuant les nuisibles. On s'est débarrassés des loups, puis des ours. Maintenant, on pleure les hérissons... On se rend compte qu'on est allé beaucoup trop loin dans la domination des animaux. Regardez les insectes, il n'y en a presque plus. C'est tragique, l'insecte est un enjeu absolument majeur !

Corrigés

7 a., **b.** et **c.** *Voir la grille page précédente.*

Vocabulaire

132-133-134 5 min

- **Le droit**
- **Les animaux**
- **La science**

En classe entière Inviter les apprenants à se reporter aux encadrés récapitulatifs *Le droit*, *Les animaux* et *La science* de la page 130.

Activité 8

30 min

Grammaire

- **Le subjonctif (3) pour exprimer le doute**

Conceptualisation

En petit groupe **a.** et **b.** Demander aux groupes de classer les phrases et de les décrire.

1. Je doute que cela suffise.	doute	*douter que* + subjonctif
2. Je pense que de nombreux propriétaires ont un rapport immature à l'animal.	certitude	*penser que* + indicatif
3. Je ne crois pas que nous parlions du même rapport à l'animal.	doute	*ne pas croire que* + subjonctif
4. Croyez-vous qu'il faille réglementer les conditions de vie des animaux dans les élevages ?	doute	Question inversion / *croyez-vous que* + subjonctif

En petit groupe puis **En classe entière** **c.** Demander aux apprenants de faire le relevé demandé à l'aide de la transcription page 18. Mettre en commun et continuer la description menant à la conceptualisation.

Doute :

Pensez-vous que cette loi soit une réelle avancée pour les espèces animales ?

Pensez-vous que notre rapport au monde animal évolue ?

Certitude :

Je pense que c'est un progrès.

On sait que plus de 50 % des Français ont un animal de compagnie.

Je pense qu'ils respectent beaucoup leurs animaux en général.

Certains prétendent qu'on a progressé en tuant les nuisibles.

On se rend compte qu'on est allé beaucoup trop loin dans la domination des animaux.

Doute → subjonctif

douter que

question avec *penser que / croire que* + inversion

Certitude → indicatif

penser que

prétendre que

se rendre compte que

savoir que

En classe entière Inviter les apprenants à se reporter à l'encadré récapitulatif de la page 130 pour synthétiser les informations.

Corrigés

8 a. et **b.** *Voir la grille ci-contre.* **c.** *Voir au tableau ci-dessus.*

> S'entraîner > activité 7 page 130

Activité 9

25 min

Grammaire

- **Les adjectifs et les pronoms indéfinis (suite)**

Conceptualisation

À deux puis **En classe entière** – Dire aux apprenants que le travail de cette activité est la suite de celui effectué à l'activité 3. Faire faire l'appariement et mettre en commun. Faire remarquer que deux de ces mots sont suivis d'un nom (*chaque animal* ; *plusieurs raisons*) : ce sont des adjectifs ; et que les deux autres sont utilisés seuls (*Certains* ; *Quelques-uns*) : ce sont des pronoms.

– Demander aux apprenants s'ils connaissent le nom de cette catégorie grammaticale de mots sinon la leur donner : il s'agit d'adjectifs et de pronoms indéfinis. Demander d'expliciter le sens de ce type d'adjectifs et de pronoms : ils expriment une quantité qui n'est pas précisée, plutôt un ensemble.

– Inviter les apprenants à se reporter à l'encadré récapitulatif de la page 129 pour synthétiser les informations et les commenter.

Le sens de ces indéfinis n'est pas toujours évident à comprendre car il introduit une subjectivité ; pour aider les apprenants, on peut leur demander de trouver les équivalents dans leur langue maternelle et de commenter.

Corrigés

9 Certains : quantité imprécise. Quelques-uns : petite quantité. Chaque : totalité. Plusieurs : quantité importante.

> S'entraîner > activités 5 et 6 pages 129-130

Phonétique

130 · 24 · 15 min

La semi-consonne [j]

Faire travailler le point phonétique de la page 130 avec le tutoriel vidéo. Nous rappelons que l'enregistrement audio apporte les mêmes informations que le tutoriel vidéo mais n'est pas interactif. Il est bien sûr préférable de travailler avec le tutoriel vidéo. L'encadré phonétique et l'enregistrement audio servent de mémo.

Transcription 24

Bonjour ! Aujourd'hui nous allons parler de la semi-consonne [j]. Pour prononcer [j], souriez, laissez la pointe de la langue en bas : [j] ; comme dans *yes* en anglais ou *ja* en allemand ou *aïe* !

La semi-consonne [j] a besoin d'une voyelle pour former une syllabe. C'est cette voyelle qu'on entend le plus.

Attention ! [j] s'écrit « y » mais peut aussi s'écrire « il » ou « ill ». Écoutez ces formes du subjonctif et répétez. Allongez la voyelle, exagérez-la et faites un tout petit [j]. Ne changez pas la prononciation de la voyelle ! On y va !

[fɑ] / faille ; [ɑ] / aillent ; [vœ] / veuille ; [kœ] / cueilles ; [bri] / brilles ; [bu] / bouille ; [pɛ] / paye ; [ɛsɛ] / essayent ; [asɛ] / asseye.

[j] s'écrit aussi « i » + voyelle prononcée. Écoutez encore ces mots et répétez-les. Prononcez une seule syllabe ! Ne changez pas la prononciation de la voyelle !

[ɛ], [ɛl], [mɛl] / miel. À vous ! [o], [bo] / bio ; [ɛ̃], [bɛ̃] / bien ; [ɔ̃], [lɔ̃] / lion ; [ɑ], [ɑbl], [dɑbl] / diable ; [ø], [mø] / mieux ; [ɑ̃], [ɑ̃s], [sɑ̃s] / science ; [u], [su] / sioux ; [y], [yr], [syr] / sciure.

Super ! À bientôt !

Transcription 130

La semi-consonne [j] a besoin d'une voyelle pour former une syllabe. C'est cette voyelle qu'on entend le plus.

a. Écoutez ces formes du subjonctif et répétez ; allongez la voyelle, exagérez.

faille – aillent – veuille – cueilles – brilles – bouille – paye – essayent – asseyes.

b. Écoutez ces mots et répétez. Prononcez une seule syllabe.

miel – bio – bien – lion – diable – mieux – science – sioux – sciure

> S'entraîner > activité 8 page 130

AGIR

Activité 10

1 heure

→ **Participer à un débat**

Préparation

En classe entière Faire lire la consigne pour faire comprendre la finalité de l'activité : il s'agit d'organiser un débat.

À deux **a.** et **b.** Suivre les étapes pour préparer le débat.

N.B. : Afin de préparer l'organisation du débat, demander deux volontaires pour animer le débat : ils préparent leurs interventions, les questions ; ils circulent dans la classe pour écouter les groupes et voir quels thèmes ont été choisis.

Le professeur peut décider de faire travailler en amont la leçon 32 *Techniques pour participer à un débat* afin de donner aux apprenants des outils linguistiques et méthodologiques supplémentaires.

Présentation

En classe entière **c.** Les apprenants débattent.

Corrigés

10 Production libre.

Prolongement de la leçon

> Entraînement linguistique

- Demander aux apprenants de relire la double page et de réécouter les documents travaillés.

> Évaluation formative

- Les activités du **cahier d'activités** correspondant à la leçon sont **aux pages 106 à 109**.
- Les activités du **Parcours digital®**.

Classe inversée

Avant la leçon 31

Demander aux apprenants de :

– lire le document 1 et faire l'activité 1 page 124 ;

– lire le document 3 et faire les activités 7, 8 et 9 pages 124-125.

LEÇON 31 Agir pour l'avenir

AGIR POUR L'AVENIR 4 h 20

Savoir-faire et savoir agir : faire une proposition • comprendre le registre familier

	DOC. 1	DOC. 2 124				
COMPRENDRE	20'	5'	15'	35'	30'	15'
	Act. 1	Act. 2	Act. 3	Act. 4 Grammaire	Act. 5 Grammaire	Act. 6
	• Comprendre le langage familier	• Comprendre le thème d'une conversation	• Sélectionner des informations	• Les doubles pronoms	• Les élisions dans les phrases au registre familier	• Parler de ses actions en faveur de l'environnement

	DOC. 3			
COMPRENDRE	10'	20'	15'	5'
	Act. 7	Act. 8	Act. 9	Vocabulaire 136-137
	• Décrire et interpréter une couverture de livre	• Sélectionner des informations	• Faire un relevé lexical	• L'écologie (2) • La solidarité

AGIR	1 heure	Act. 10	• Donner son opinion sur la question « Quelle place réserver au vivant ? »
CULTURE(S) VIDÉO	30'	23	• Biomimétisme

COMPRENDRE

DOC. 1

Activité 1 20 min

→ Comprendre le langage familier

Un des savoir-faire de l'unité est la compréhension et l'utilisation du registre familier : ce point est abordé à l'activité 1 et à l'activité 5.

Seul puis **En classe entière** **a.** et **b.** Demander à chaque apprenant de faire l'activité d'appariement à l'aide du dictionnaire si besoin, et la réécriture. Mettre en commun et comparer les productions avec le tweet d'origine. Faire remarquer que le style familier est également marqué par l'élision du sujet (*y a = il y a ; t'es = tu es*) et la suppression du *ne* de la négation (*t'es pas = tu n'es pas*).

Corrigés

1 a. un pote : un ami ; une caisse : une voiture ; bosser : travailler ; trop : très. **b.** L'ami qui m'a dit il y a un an : « Tu n'es pas tolérant avec ton écologie » vient de revendre sa voiture et de s'acheter un vélo pour aller travailler. Je suis très content !

DOC. 2 124

Activité 2 5 min

→ Comprendre le thème d'une conversation

Compréhension globale

À deux **a.** et **b.** Faire écouter la conversation et demander de répondre aux deux questions.

Transcription 124

Rémi : Tiens, il y a des tomates en promo, on pourrait en prendre pour l'apéro, non ?
Pierre : Attends, on est en janvier, c'est pas du tout la saison !
Rémi : Bon, OK, d'accord. T'as une autre idée ?
Alice : On n'a qu'à prendre du saucisson !
Pierre : Prenez-en si vous voulez. Moi, j'en mangerai pas, je vous rappelle que je suis végétarien. Je vous en ai parlé l'autre jour, vous vous souvenez ?
Rémi : Oui, oui, inutile de nous le répéter ! Bon, ça va pas être fastoche !
Pierre : Mais si, tu vas voir !
Alice : Bon et pour le plat principal, vous avez une idée ?
Rémi : Ben, moi j'aurais bien mangé de la viande, mais bon j'ai compris que c'était pas ton truc, Pierre !
Alice : Attends, y a des steaks végétariens. T'en mangeras ?
Pierre : Oui, pas de problème…
Rémi : Non mais, moi, j'en mangerai pas ! Pas question ! Si je mange un steak, je mange de la vraie viande !
Alice : Bon, ben, je propose qu'on fasse autre chose parce qu'on va pas s'en sortir…
Pierre : Et si on faisait des crêpes ? Chacun peut y mettre ce qu'il veut, non ?
Rémi : Moi, des crêpes, je suis toujours d'accord !
Pierre : OK. Je vais chercher du lait, de la farine et des œufs. Vous vous occupez du reste ?
Alice : Ça marche !
Rémi : Tu mets quoi d'habitude sur tes crêpes ?
Alice : On peut prendre du fromage : du comté et un chèvre frais, ça te va ? Et des champignons ?
Rémi : Bonne idée, mais je sais pas si c'est de saison. Faudrait peut-être voir avec Pierre ?
Alice : Ah non, ne le lui demande pas… c'est pas la peine, on a qu'à prendre une boîte ! Je m'en occupe, tu regardes pour le reste ? OK, j'ai pris les fromages et les champignons.
Rémi : Donne-les-moi, je les mets dans le panier. Tiens, voilà Pierre.
Pierre : J'ai trouvé des œufs de poules élevées en plein air. J'en ai pris en plus pour mettre sur les crêpes ! J'ai pris de la salade aussi.
Rémi : Hé ! Pierre, j'ai pris des chips de légumes pour l'apéro !
Pierre : Trop bien ! Merci ! Et vous avez pensé aux ingrédients pour les crêpes sucrées ?
Alice : Citron, miel, confiture, pâte à tartiner, ça te va ?
Pierre : Top ! On va les chercher…
Alice : T'inquiète ! Rémi me les a déjà donnés !
Pierre : Rémi, pour la pâte à tartiner, tu as vérifié qu'il n'y avait pas d'huile de palme ?
Alice : J'étais sûre que tu le lui demanderais !
Rémi : Moi aussi !… Regarde, c'est écrit sur l'étiquette « sans huile de palme » !
Pierre : Cool, il reste plus qu'à passer en caisse !

Corrigés

2 a. Ils font des courses. **b.** Ils sont au supermarché.

Activité 3 — 15 min

→ Sélectionner des informations

Compréhension finalisée

Seul puis **En classe entière** **a.**, **b.** et **c.** Faire réécouter et faire répondre aux trois parties de l'activité. Mettre en commun. Permettre l'utilisation du dictionnaire pour comprendre le nom de certains produits.

En petit groupe **d.** Laisser les groupes échanger.

Lors de la mise en commun de la liste des produits achetés, rappeler brièvement d'utiliser les articles partitifs.

Corrigés

3 a. Ils vont préparer des crêpes car Pierre est végétarien et ne veut pas manger de viande et Rémi ne veut pas manger de steak végétarien. **b.** De la farine, des œufs, du comté, des champignons, des chips de légumes, du citron, du miel, de la confiture, de la pâte à tartiner. **c.** Il ne veut pas acheter de tomates, parce que ce n'est pas la saison ; il ne mange pas de viande ; il achète des œufs de poules élevées en plein air et il vérifie qu'il n'y a pas d'huile de palme dans la pâte à tartiner. **d.** Production libre.

Activité 4 — 35 min

Grammaire

Les doubles pronoms

Au niveau A2, les apprenants ont appris à utiliser les pronoms personnels compléments. Il s'agit ici de leur montrer que deux pronoms peuvent être utilisés en même temps et de conceptualiser l'ordre de ces pronoms.

Conceptualisation

À deux puis **En classe entière** **a.** Cette première partie de l'activité a pour but de justifier l'utilisation des pronoms COD et COI dans la phrase. Écrire la première phrase au tableau et faire le travail de décryptage avec les apprenants (les COD sont en vert et les COI en rouge). Les binômes font le même travail sur les quatre autres phrases. Mettre en commun et justifier l'utilisation des pronoms. Amener les apprenants à observer que quand il y a deux pronoms, l'un représente une personne, c'est le COI et l'autre un inanimé, c'est le COD ; que le pronom *le* peut remplacer une phrase.

Ne le lui demande pas. = Ne demande pas à Pierre si les champignons sont de saison. → demander qqch (COD) à qq'un (COI)

Rémi me les a déjà donnés. = Rémi m'a déjà donné les ingrédients. → donner qqch (COD) à qq'un (COI)

Je vous en ai parlé. = Je vous ai déjà parlé de mon végétarisme. → parler de qqch (COD) à qq'un (COI)

Donne-les-moi. = Donne-moi le fromage et les champignons. → donner qqch (COD) à qq'un (COI)

J'étais sûre que tu le lui demanderais. = J'étais sûre tu demanderais à Rémi s'il y avait de l'huile de palme.
→ demander qqch (COD) à qq'un (COI)

À deux puis **En classe entière** **b.** Faire relire les phrases par les binômes et réfléchir sur l'ordre des pronoms. Mettre en commun. Le corpus ne permet d'observer que quatre cas à partir desquels la règle générale ne peut être tirée mais quelques hypothèses posées. Laisser les apprenants échanger.

le lui → COD + COI → la lui, les lui ? → la leur, le leur, les leur ?

me les → COI + COD → me le, me la ? → te le, te la ?

vous en → COI + COD → m'en, t'en, nous en, vous en ? → lui en, leur en ?

les-moi → COD + COI → le-moi, la-moi ?

En classe entière Inviter les apprenants à se reporter à l'encadré récapitulatif de la page 131 pour compléter les informations de la conceptualisation et donner la règle sur l'ordre des doubles pronoms. Les apprenants observeront que l'ordre « normal » est COI + COD sauf avec *lui* et *leur* (COD + COI). Le professeur pourra également renvoyer les apprenants au *Précis grammatical* pages 167 et 168 qui propose des tableaux plus détaillés avec tous les cas de figure.

Corrigés

4 a. 2. me = à moi (Alice) = COI ; les = les fromages et les champignons = COD. 3. vous = à vous (Alice et Rémi) = COI ; en = que je suis végétarien. 4. les = le fromage et les champignons = COD ; moi = à moi (Rémi) = COI ; 5. le = s'il n'y a pas d'huile de palme = COD ; lui = à Rémi = COI. **b.** *Voir au tableau ci-dessus.*

› S'entraîner activités 10 et 11 page 131

Activité 5 30 min

Grammaire

Les élisions dans les phrases au registre familier

Conceptualisation

En classe entière puis **En petit groupe** **a.** – Faire lire la consigne et faire tracer une grille de relevé avec les trois entrées déjà vues à l'activité 1 ; ajouter l'entrée « Mot tronqué ».

– Faire réécouter pour que les binômes renseignent la grille ; le relevé étant conséquent, le professeur doit trouver une astuce pour arrêter l'enregistrement afin de laisser le temps d'écrire : soit il décide d'arrêter périodiquement, soit il demande aux apprenants de crier « stop » lorsqu'ils veulent écrire quelque chose. Mettre en commun au tableau.

Mot familier	fastoche = facile C'était pas ton truc… = Tu n'aimes pas ; ça ne te plaît pas. On va pas s'en sortir. = On ne va pas trouver de solution. Trop bien ! = Très bien ! Top ! = Super ! Cool ! = Très bien ! Super !
Élision du pronom sujet	T'as une autre idée ? Y a des steaks… T'en mangeras ? Faudrait peut-être…
Disparition de « ne »	C'est pas du tout… J'en mangerai pas… Ça va pas être… C'était pas… On va pas s'en sortir. Je sais pas. C'est pas la peine… On a qu'à… T'inquiète ! → Ne t'inquiète pas ! Il reste plus qu'à passer en caisse.
Mot tronqué (coupé)	promo = promotion apéro = apéritif

En petit groupe **b.** Ajouter les propositions dans la grille.

En classe entière Inviter les apprenants à se reporter à l'encadré récapitulatif de la page 131 pour résumer les informations.

Demander aux apprenants comment est marqué le langage familier dans leur langue maternelle en donnant quelques exemples.

Corrigés

5 a. *Voir la grille ci-dessus.* **b.** Production libre.

› S'entraîner activité 9 page 131

Activité 6 15 min

→ Parler de ses actions en faveur de l'environnement

En petit groupe Laisser les groupes échanger. On peut faire un tour de table final pour comparer les actions.

Corrigés

6 Production libre.

DOC. 3

Activité 7 ⏱ 10 min

→ **Décrire et interpréter une couverture de livre**

Sensibilisation

Seul puis **En classe entière** **a.** et **b.** Faire observer la couverture et répondre aux questions.

Corrigés

7 a. Ce qu'ils ressentent. Comment ils communiquent. **b.** Ils sont assimilés à des humains. Production libre.

Activité 8 ⏱ 20 min

→ **Sélectionner des informations**

Compréhension globale et finalisée

À deux **a.**, **b.**, **c.** et **d.** Faire lire l'extrait et répondre aux questions en autorisant l'utilisation du dictionnaire. Mettre en commun.

Corrigés

8 a. L'entraide. **b.** Ils sont attaqués par le vent, la pluie et les maladies (*livrés sans défense ; les éléments malades*). **c.** Ils se regroupent, partagent leur nourriture, s'entraident. **d.** Ils permettent de réguler les températures et l'humidité de l'atmosphère : *les arbres forment un écosystème qui modère les températures extrêmes, froides ou chaudes, emmagasine de grandes quantités d'eau et augmente l'humidité atmosphérique.*

Activité 9 ⏱ 15 min

→ **Faire un relevé lexical**

Compréhension finalisée (suite)

À deux puis **En classe entière** **a.** et **b.** demander aux apprenants de souligner dans le texte les mots ou expressions associés aux êtres humains puis de les classer. Mettre en commun et commenter.

La faiblesse	il est livré sans défense être maintenu en vie malades jusqu'à ce qu'ils aillent mieux ils meurent
Le partage	un comportement social partager la nourriture avec des congénères vivre en sécurité la communauté être soutenu et approvisionné l'empathie la serviabilité les collègues être lié
L'amitié	deux véritables amis veiller le domaine du partenaire ces couples liés intimement

Corrigés

9 a. et **b.** *Voir la grille ci-dessus.*

Vocabulaire

136-137 ⏱ 5 min

- **L'écologie (2)**
- **La solidarité**

À deux Demander aux binômes de se reporter aux listes récapitulatives *L'écologie (2)* et *La solidarité* de la page 131.

AGIR

Activité 10 ⏱ 1 heure

→ **Donner son opinion sur la question « Quelle place réserver au vivant ? »**

Préparation

En classe entière Présenter la tâche aux apprenants, expliquer les différentes étapes de l'activité et en vérifier la bonne compréhension. Il s'agit de faire une carte mentale et de la commenter. Faire préciser le titre de l'unité qui avait pu sembler énigmatique.

Production

À deux **a.** et **b.** Chaque binôme parcourt l'unité 8 afin de constituer sa carte mentale. Demander aux apprenants de se reporter au travail effectué à la leçon 20 lors de la tâche de médiation.

Présentation

En classe entière **c.** Chaque groupe **présente** et **commente** sa carte mentale.

Corrigés

10 Production libre.

CULTURE(S) VIDÉO ▶ 23 30 min

Biomimétisme

Durée de la vidéo : 2'45

Sensibilisation

En classe entière Dire aux apprenants qu'ils vont regarder une vidéo dont le titre est *Biomimétisme.* Faire faire des hypothèses sur son contenu et définir le mot à partir de son étymologie : *mimétisme* = imitation ; *bio* = vivant.

Compréhension

Seul puis **En classe entière** **1. a.**, **b.** et **c.** Montrer le début de la vidéo avec le son et faire répondre aux questions.

Un requin, des poissons, des papillons, un champ de fleurs, des abeilles, des manchots, des êtres humains.

Biomimétisme : imitation du monde vivant.

Corrigé

1. a. *Voir au tableau ci-dessus.* **b.** Une scientifique, directrice du CEEBIOS (Centre d'étude et d'expertise en biomimétisme de Senlis). **c.** Le biomimétisme est l'étude du monde vivant pour s'en inspirer.

À deux **2. a.** et **b.** Montrer la suite de la vidéo avec le son et faire répondre aux questions. Pour préciser ce qu'est l'économie circulaire, attirer l'attention sur le mouvement des bras du scientifique qui forment un cercle. Faire résumer, reformuler ce qu'explique la scientifique pour l'exemple de la colle : si on veut trouver un substitut à la colle (produit chimique et donc polluant), il faut observer les *différentes stratégies d'assemblage dans le vivant* et les reproduire (exemple du gecko qui se colle à la vitre).

Corrigé

2. a. C'est aussi un scientifique. Il est directeur du pôle biomimétisme à l'Institut des futurs souhaitables. Il parle d'économie circulaire car les déchets d'un être vivant ne sont pas inutiles puisqu'ils deviennent des ressources naturelles utiles ; il s'agit d'un cercle vertueux. **b.** De la colle. **c.** Les capacités de vol d'un papillon.

À deux **3. a.** et **b.** Faire visionner à nouveau la vidéo et répondre à la question.

Corrigé

3. *Proposition de production :* Le biomimétisme permet de développer de nouveaux produits moins polluants (exemple de la colle), réduire le coût de production et limiter les déchets. Il permet aussi de protéger la biodiversité et de replacer l'homme dans un milieu naturel.

Transcription ▶ 023

Voix off : Lorsque nous regardons des paysages naturels, lorsque nous contemplons la beauté de toutes sortes d'organismes vivants, nous ne devinons pas les avancées technologiques que ces organismes ont développées ni leur fonctionnement en écosystèmes parfaitement équilibrés. La démarche qui étudie le monde vivant pour mieux s'en inspirer s'appelle le biomimétisme. Dans quel but l'homme cherche-t-il à comprendre la nature aujourd'hui et pourquoi s'inspirer du vivant ?
Kalina Raskin : Le vivant va regrouper l'ensemble des espèces qui vivent à la surface de la planète. Et donc ça va des bactéries jusqu'à l'être humain. Les espèces qu'on observe aujourd'hui, elles sont le résultat de près de 4 milliards d'années d'évolution.
Tarik Chekchak : Par exemple, il y a des déchets dans le vivant mais c'est toujours une ressource pour d'autres organismes. La feuille qui est un magnifique panneau solaire fabriquée à température et pression ambiantes avec des éléments abondants, une fois qu'elle se fane, elle devient ressource qui va créer de l'humus. Et donc on n'est pas dans une économie linéaire, on est dans une économie circulaire où le déchet devient une ressource pour quelqu'un d'autre.
Voix off : C'est grâce aux progrès récents de la science que nous pouvons explorer la richesse du vivant et en découvrir les prouesses. La transposition de ces connaissances à nos sociétés humaines pourra-t-elle les transformer de façon durable et nous inciter à mieux préserver la biodiversité ?
Kalina Raskin : Imaginons par exemple qu'un concepteur se pose la question de substituer, trouver un nouvel adhésif. La juste façon de se poser la question lorsqu'on veut faire du biomimétisme, c'est pas de se dire : qu'est-ce qu'il y a comme colle dans le vivant ? Ça va être de se dire : quelles sont les différentes stratégies d'assemblage dans le vivant et peut-être qu'à ce moment-là on pourra tomber sur d'autres stratégies que de la colle, on pourra tomber par exemple sur la façon dont un gecko peut s'accrocher sur une vitre et qui n'est pas dépendant d'une colle. C'est un système physico-chimique complètement différent. Ce biomimétisme, il offre une opportunité de repenser nos systèmes de conception, de repenser le cahier des charges des différents produits et services que nous allons développer de façon à les rendre compatibles avec la biosphère et donc de façon à les rendre durables.
Voix off : Le biomimétisme propose des réponses concrètes aux enjeux à la fois du développement durable, de la lutte contre le réchauffement climatique et de la protection de la biodiversité. Apprendre de la nature et se réconcilier avec elle est une promesse pleine d'espoirs pour une humanité consciente des changements dans lesquels elle doit s'engager.

Prolongement de la leçon

> Entraînement linguistique

- Demander aux apprenants de relire la double page et de réécouter les documents travaillés.
- Faire compléter la fiche-lexique sur *L'écologie* créée à la leçon 29.

> Évaluation formative

- Les activités du **cahier d'activités** correspondant à la leçon sont **aux pages 110 à 113**.
- Les activités du **Parcours digital®**.

Classe inversée

Avant la leçon 32 :

Demander aux apprenants de/d' :
- écouter le débat sur la mode 125 ;
- faire les activités 1 et 2 page 126.

Avant la leçon 33 :

Demander aux apprenants de :
- regarder la page d'ouverture de l'unité 9 page 135 ;
- lire le document 1 et faire les activités 1 et 2 page 136.

LEÇON 32 Techniques pour... pages 126-127

... participer à un débat 1 h 40

Les apprenants ont été entraînés pendant toutes les unités de la méthode à échanger leurs opinions et à argumenter. Des discussions informelles voire des débats leur ont été proposées. Cette activité de *Techniques pour* renforcera la compétence en faisant analyser un débat authentique.

ÉCOUTER

DOC. 1 125

Activité 1 15 min

[Découverte]

En classe entière Expliquer aux apprenants qu'ils vont écouter un débat sur la mode et que les activités proposées vont les aider à renforcer leurs compétences pour participer eux-mêmes à un débat.

Seul **a.** et **b.** Faire écouter la première intervention de l'animateur et répondre aux deux questions.

Seul puis **En classe entière** **c.** Écouter le débat en entier et faire répondre à la question en notant les expressions utilisées par l'animateur. Dire aux apprenants de se concentrer sur les interventions de l'animateur. Mettre en commun. Demander à la classe de proposer d'autres rôles que peut avoir un animateur : résumer, reformuler, couper la parole, demander de préciser...

Il introduit et conclut le débat.	Bonjour à tous. Bienvenue dans notre émission « 5 minutes pour débattre ». Les cinq minutes sont écoulées ! Merci à tous les trois pour votre participation.
Il présente le sujet.	Aujourd'hui, notre débat portera sur la mode.
Il présente les invités.	Pour en parler, nous accueillons...
Il distribue la parole.	Nous allons commencer avec vous, Carmen Baron... Emmanuel Gonzague, vous voulez réagir ? Justement, à ce propos, nous allons laisser la parole à Sidonie Mirabeau. Monsieur Gonzague, vous voulez intervenir ?
Il pose des questions pour demander l'opinion de qq'un, pour relancer le débat.	Pouvez-vous nous dire quel type de vêtements vous vendez ?

Transcription 125

Animateur : Bonjour à tous. Bienvenue dans notre émission « 5 minutes pour débattre ». Aujourd'hui, notre débat portera sur la mode. Peut-on encore acheter des vêtements neufs ? Pour en parler, nous accueillons Sidonie Mirabeau, créatrice de mode, Emmanuel Gonzague, influenceur et enfin Carmen Baron, responsable de boutique. Nous allons commencer avec vous, Carmen Baron : pouvez-vous nous dire quel type de vêtements vous vendez ?
Carmen Baron : Je travaille dans une friperie, c'est-à-dire que je ne vends que des vêtements de seconde main. Mes clients sont des personnes de tous les âges qui ont décidé d'avoir une consommation plus responsable des vêtements et qui ont donc de vraies motivations écologiques. Pour moi, c'est vraiment ça l'avenir de la mode !
Animateur : Emmanuel Gonzague, vous voulez réagir ?
Emmanuel Gonzague : Je ne suis pas du tout d'accord avec ce qui vient d'être dit ! Au contraire, la mode doit se renouveler, elle ne se trouve pas dans les friperies !
Animateur : Justement, à ce propos, nous allons laisser la parole à Sidonie Mirabeau.
Sidonie Mirabeau : Merci, je tiens à dire que je partage l'avis de monsieur. La mode a toujours besoin de nouvelles inspirations ! Je ne suis, bien sûr, pas contre les friperies mais il doit y en avoir pour tout le monde !
Emmanuel Gonzague : Tout à fait !
Sidonie Mirabeau : J'aimerais ajouter qu'il existe d'autres solutions. Aujourd'hui, certaines boutiques proposent des bons d'achat en échange de vos anciens vêtements. C'est une autre façon de s'engager pour l'environnement !
Carmen Baron : Absolument !
Emmanuel Gonzague : Si je vous comprends bien, on ne peut plus acheter un vêtement simplement parce qu'il nous plaît et qu'on aime la mode ?
Sidonie Mirabeau : Ça n'est pas ce que j'ai dit. Mais, comme l'a souligné madame Baron, de plus en plus de gens cherchent à consommer de manière plus raisonnée, et ils ont raison : on ne peut plus se permettre aujourd'hui de consommer sans réfléchir à ses achats.
Emmanuel Gonzague : Vous allez trop loin ! Pour moi, c'est aux créateurs et aux enseignes d'être responsables, pas aux clients !
Sidonie Mirabeau : C'est vrai ! Pour ma part, j'utilise beaucoup de textiles recyclés dans mes créations. Mais ça ne suffit pas ! Les consommateurs doivent être attentifs aux marques qu'ils choisissent.
Carmen Baron : Je suis entièrement d'accord !
Animateur : Monsieur Gonzague, vous voulez intervenir ?
Emmanuel Gonzague : Moi, je ne suis vraiment pas convaincu ! Le problème, c'est que les marques qui affichent leur engagement écologique sont souvent des marques chères et tout le monde ne peut pas se permettre d'acheter ce type de produits !
Carmen Baron : Vous permettez ? Vous avez en partie raison, mais aujourd'hui il existe de plus en plus de marques éthiques accessibles à tous. En réalité, je crois que la solution c'est vraiment de mettre en place des règles strictes dans la production des vêtements. Ça aiderait aussi les consommateurs !
Animateur : Les cinq minutes sont écoulées ! Merci à tous les trois pour votre participation.

Corrigés

1 a. Faut-il arrêter d'acheter des vêtements neufs ? **b.** Sidonie Mirabeau est créatrice de mode ; Emmanuel Gonzague est influenceur ; Carmen Baron est responsable de boutique. **c.** Il présente le sujet du débat, les invités, il distribue la parole et il conclut le débat.

Activité 2 15 min

Seul puis **En classe entière** **a.** Faire réécouter le débat et faire attribuer chaque argument aux trois invités en prenant des notes pour justifier les réponses.

b. Faire résumer la position de chaque intervenant par rapport à la question initiale.

1	Carmen	Friperie = l'avenir de la mode !
2	Sidonie	∃* d'autres solutions
3	Emmanuel	créateurs et enseignes doivent être responsables
4	Sidonie	consommateurs attentifs au choix des marques
5	Emmanuel	marques avec engagement écologique : chères
6	Carmen	aujourd'hui ∃ + de marques éthiques
7	Carmen	la solution : mettre en place règles strictes dans production vêtements

* ∃ : il existe.

Corrigés

2 a. 1. Carmen ; 2. Sidonie ; 3. Emmanuel ; 4. Sidonie ; 5. Emmanuel ; 6. Carmen ; 7. Carmen. **b.** Carmen Baron est pour les vêtements d'occasion. Sidonie Mirabeau n'est ni pour ni contre les vêtements de seconde main. Elle propose d'autres solutions écologiques. Emmanuel Gonzague est contre les vêtements d'occasion.

Activité 3 40 min

[Analyse]

À deux puis **En classe entière** **a.** Faire réécouter, vérifier que les actes listés sont compris et faire noter les expressions par les binômes. Préciser qu'il ne s'agit pas de noter toutes les phrases mais seulement les expressions permettant de formuler les actes de parole. Mettre en commun.

Prendre la parole	J'aimerais ajouter que... Vous permettez ? J'aimerais intervenir. Je voudrais revenir sur...
Dire qu'on est d'accord	Je partage l'avis de monsieur. Tout à fait ! Absolument ! C'est vrai ! Je suis entièrement d'accord ! Je suis du même avis.
Dire qu'on n'est pas d'accord	Je ne suis pas du tout d'accord avec ce qui vient d'être dit ! Moi, je ne suis vraiment pas convaincu ! Je ne suis pas du même avis. Mon opinion est toute autre. Vous avez (tout à fait) tort ! Vous vous trompez ! Je suis en (total) désaccord (avec vous) !
Reformuler	Si je vous comprends bien... Comme l'a souligné madame Baron...
Émettre des réserves ou contredire	Au contraire, la mode doit se renouveler. Vous allez trop loin ! Vous avez en partie raison, mais... Ce que vous dites est faux, absurde...
Se défendre	Ça n'est pas ce que j'ai dit. Vous m'avez mal compris(e) Ne me faites pas dire ce que je n'ai pas dit ! Vous interprétez mes propos !

À deux puis **En classe entière** **b.** Les binômes cherchent d'autres expressions puis partagent avec la classe. Ajouter les expressions proposées à la liste (ci-contre, en vert, des propositions qui ne sont pas dans l'encadré mémo de la page 127). Inviter les apprenants à se reporter à l'encadré mémo de la page 127 pour compléter les listes.

N. B. : Si les apprenants ont déjà créé une fiche « Donner son opinion et débattre », les expressions seront ajoutées à la fiche.

Corrigés

3 a. *Voir la grille ci-contre.* **b.** *Propositions de réponse en vert dans la grille ci-contre.*

PARLER

Activité 4 — 30 min

En petit groupe **a.** et **b.** Les groupes **choisissent** un thème et **formulent** une problématique (une question précise et polémique sur un thème qui limite ainsi le sujet). Exemples : *Il faut interdire la consommation de viande ; L'homme est plus important que l'animal.* Circuler pour aider les apprenants à formuler leur problématique.

c. Chaque apprenant détermine sa position et liste quelques arguments.

d. Les groupes **débattent** pendant cinq minutes.

Si le professeur dispose de davantage de temps, les mini-débats peuvent se faire devant la classe entière qui réagit à chaque débat.

Corrigés

4 Production libre.

... la médiation : gérer un désaccord 35 min

Le désaccord est inhérent aux échanges, aux interactions. Un désaccord peut conduire à des situations négatives : les personnes se disputent, se fâchent. Gérer un désaccord n'est pas évident car l'émotion est souvent forte dans ce type de situation et les personnes ne veulent pas perdre la face. Analyser une situation de désaccord (*Pourquoi il y a désaccord ? Les participants sont-ils ouverts à trouver une solution ou bornés ? Est-il facile de trouver une solution ? Quelles sont les conditions pour trouver une solution ?...*) permet d'analyser son propre comportement dans une situation de conflit et d'essayer d'en sortir de façon positive.

DOC. 2 126

Activité 5 15 min

Seul puis **En classe entière** **a.** et **b.** Faire écouter l'échange et répondre aux questions. Faire résumer la situation, lister les arguments ; demander aux apprenants de réagir et de prendre partie pour l'un(e) ou l'autre.

Exposé : intro + 2 parties + conclusion

Sebastian	Katarzyna
Il veut parler autant que Katarzyna. Il ne veut pas faire seulement l'intro et la conclusion. Il veut présenter la partie préparée. Il y avait accord.	Elle ne veut pas commencer. Elle conteste le fait qu'il y avait l'accord. Les deux parties ont été travaillées en commun donc peuvent être présentées par l'un ou l'autre.

Transcription 126

Katarzyna : Comme on a deux parties, je propose de les présenter, et toi tu fais l'introduction et la conclusion.
Sebastian : Ça me semble pas logique, c'est toi qui as écrit l'introduction, c'est quand même plus simple si c'est toi qui commences.
Katarzyna : Non mais j'ai pas envie de commencer.
Sebastian : Je ne trouve pas ça juste. Et puis on était d'accord : on présente la partie qu'on a rédigée, et moi, j'ai écrit la première partie. Je veux bien commencer, c'est pas le problème mais pas question que je ne fasse que l'introduction et la conclusion.
Katarzyna : C'est pas du tout ce qu'on avait dit et puis on a fait toutes les recherches ensemble, on maîtrise bien le sujet tous les deux !
Sebastian : Oui d'accord mais moi j'aimerais qu'on parle autant l'un que l'autre !
Katarzyna : C'est vraiment pas facile de travailler avec toi... Tu n'as qu'à demander à quelqu'un d'autre de présenter l'exposé avec toi !

Corrigés

5 a. Ils parlent de la répartition de la parole à l'oral. **b.** Katarzyna ne veut plus présenter l'exposé car elle n'est pas d'accord avec Sebastian sur la répartition de la présentation.

Activité 6 20 min

En classe entière **a.** Faire répondre à la question. Faire préciser qu'il s'agira de comprendre, par exemple, pourquoi Katarzyna ne veut pas commencer (par peur ?) et l'aider à surmonter le problème ; de comprendre aussi pourquoi Sebastian veut parler autant que son amie : a-t-il peur qu'on pense qu'il a moins travaillé ? ou qu'elle présente moins bien que lui la partie qu'il a préparée ?

b. et **c.** Faire répondre aux deux questions.

d. Laisser la classe échanger.

Corrigés

7 a. Demander à chacun d'expliquer son point de vue et aider les personnes à identifier le problème. **b.** *Proposition de production :* bien clarifier les problèmes en posant des questions précises et trouver ensemble des solutions ; ne pas s'enfermer dans une position et trouver un terrain d'entente. **c.** et **d.** Production libre.

S'entraîner pages 128-131

Cf. Introduction (C.1.3), page 23.

– **Corrigés** des activités 1 à 11 : pages 189-190 du livre de l'élève.

– **Parcours digital®** : toutes les activités des pages 128 à 131 sont proposées en version autocorrective.

Faites le point page 132

Cf. Introduction (C.1.4), page 23.

Évaluez-vous !

Corrigés

› *Exemples de production :* Si je n'avais pas appris le français, j'aurais appris une autre langue / je n'aurais pas pu vivre en France. Si nous n'avions pas inventé les nouvelles technologies, nous n'utiliserions pas Internet.

› *Exemple de production :* Je doute que cela soit suffisant. / Je pense que c'est une bonne chose mais je ne crois pas que tous les pays respectent les accords...

› *Exemples de production :* Je n'aurais pas dû acheter cette nouvelle voiture. J'aurais dû réfléchir avant d'acheter tous ces vêtements.

› *Exemples de production :* Tous les déchets doivent être triés. Chacun doit faire des efforts. Il ne faut pas trop consommer.

› *Exemples de production :* Oui, je les lis. / Non, je ne les lis pas. Oui, j'en consomme. / Non, je n'en consomme pas. Oui, je m'y intéresse. / Non, je ne m'y intéresse pas.

Classe inversée

Avant la leçon 33 :

Demander aux apprenants de :
- regarder la page d'ouverture de l'unité 9 page 135 ;
- lire le document 1 et faire les activités 1 et 2 page 136.

Préparation au DELF B1

Corrigés des pages 133-134 du manuel

I COMPRÉHENSION DE L'ORAL

7 points

Comprendre des émissions de radio et des enregistrements

138 **Transcription**

Journaliste : Dans un appel à la lutte contre la désinformation sur les réseaux sociaux, l'Agence de la Santé Publique du Canada (l'ASPC) a salué les efforts actuels de Facebook, de Twitter et de YouTube visant à supprimer les fausses informations au sujet du COVID 19. En effet, au début de la crise sanitaire, nous avons assisté à la diffusion de nombreuses informations, souvent contradictoires, sur le virus et ses effets et sur la validité des vaccins proposés. Selon l'ASPC, les principaux médias sociaux ont beaucoup contribué à cette surabondance d'informations. Cependant, dans une note diffusée dimanche, l'administratrice en chef de la Santé Publique du Canada, Madame Theresa Tam, estime aujourd'hui que les efforts mis en place par Facebook, Google et Twitter pour réduire les fausses informations présentes sur leurs plateformes sont encourageants. Ainsi, le réseau social Facebook a annoncé qu'il ne tolérerait plus, à partir du mois de février, le partage de fausses informations sur de nombreux sujets touchant le coronavirus et les vaccins contre le COVID 19. Toutes les informations selon lesquelles le virus serait de fabrication humaine ou les vaccins ne seraient pas efficaces, ou seraient toxiques, seront supprimées.

L'ASPC considère que le partage de fausses informations, volontaire ou non, crée de la confusion et de la méfiance et empêche les usagers de prendre librement des décisions vitales au sujet de leur santé. L'Agence fait aussi la promotion de sites spécialisés dans la vérification des faits comme le site gouvernemental vraioufauxenligne.ca, ou bien celui du collectif scientifique LaScienceD'abord ou encore le site destiné aux enfants HabiloMédias.ca. « J'aimerais que tous les Canadiens soient attentifs, qu'ils fassent une pause et vérifient soigneusement l'information avant de la retransmettre sur les réseaux sociaux, afin d'interrompre la chaîne de fausses informations », a souligné Madame Tam.

1. a (1 point) ; 2. c (1 point) ; 3. c (1 point) ; 4. a (1 point) ; 5. c (1 point) ; 6. b (1 point) ; 7. c (1 point)

II PRODUCTION ÉCRITE

8 points

Expression d'un point de vue

Exemple de production :

Cher Maxime,

Comme toi, je pense que les animaux doivent être respectés et que nous devons changer notre relation avec eux. Nous oublions trop facilement qu'ils sont essentiels à notre vie et à notre environnement. Certaines espèces, grâce à leur force physique, accompagnent et aident l'homme dans sa vie quotidienne et dans son travail depuis des siècles, mais dans quelles conditions ?

De plus, les animaux sont à la base de notre nutrition mais je crois qu'il est nécessaire de modifier nos habitudes alimentaires. Le massacre de milliers de bêtes élevées dans des conditions insupportables pour finir dans nos assiettes doit cesser.

Les animaux sont les premières victimes de notre égoïsme. Quelle tristesse de voir des centaines de chiens et de chats abandonnés au bord des routes quand les vacances arrivent ! Ou bien comment peut-on encore tolérer l'existence des zoos où des animaux sauvages vivent en cage ?

Il est urgent de redonner aux animaux leur dignité et la place qu'ils méritent dans notre environnement en les protégeant. Nous contribuerons ainsi à la préservation de notre planète. Je suis d'accord avec toi, Maxime, pour dire que l'animal n'appartient pas à l'homme !

À bientôt pour un autre débat sur ce forum.

Charlotte

III PRODUCTION ORALE

8 points

Expression d'un point de vue

Sujet 1 – Les influenceurs

Éléments pour la présentation :

• Dégager le thème de l'article : *les influenceurs et l'importance qu'ils ont dans la vie des adolescents.*

• Résumer son contenu : *Le texte présente les éléments pris en considération pour établir un classement des influenceurs les plus suivis : nombre d'abonnés sur Instagram, leur taux d'engagement et les commentaires qui apparaissent sur leur profil. Il précise aussi que ces personnes appartiennent souvent au monde de la mode ou du spectacle. Ils parlent de leur vie privée et donnent des conseils de mode et de beauté. Ils sont aussi promoteurs de marques célèbres.*

• Présenter la situation dans son pays : *Qui sont les influenceurs les plus suivis ? Quels types de conseils donnent-ils ? Sont-ils importants et ont-ils une réelle influence sur les choix des adolescents en matière de mode ?*

• Élargir la réflexion : *Doit-on limiter la présence des influenceurs sur les réseaux sociaux ? Pourquoi ? Comment ? Pourquoi ont-ils tant de succès ? Ont-ils une réelle influence sur les habitudes des « followers » ?*

Sujet 2 – Le véganisme

Éléments pour la présentation :

• Dégager le thème de l'article : *Origine du véganisme et en quoi cela consiste.*

• Résumer son contenu : *Les principes du véganisme (le refus de l'exploitation des animaux sous toutes ses formes et conséquences sur l'alimentation) et le style de vie véganes (nourriture 100 % végétale, respect des animaux, achat de vêtements en coton ou synthétique et refus des produits testés sur les animaux).*

• Présenter l'importance du véganisme dans son pays : *Est-ce un phénomène présent et en parle-t-on ? Quelle place les véganes occupent-ils dans la société ? Existe-t-il des mouvements similaires ?*

• Élargir la réflexion : *Peut-on considérer l'alimentation végane comme l'alimentation du futur ? Quels en sont les principes que l'on peut partager ? Et ceux qui sont critiquables ? Quelles sont les conséquences positives et négatives d'une alimentation 100 % végane ?*

Pourquoi voyage-t-on ?

UNITÉ 9

› Livre de l'élève p. 135-148

Page d'ouverture

page 135

En classe entière 10 min

Suivre la démarche proposée en Introduction (C.1.1), page 22.

Corrigés

Exemples de production :

› C'est l'unité 9.

› Elle s'appelle *Pourquoi voyage-t-on ?*

› Sur la photo, on voit un homme entre 20 et 30 ans qui fait de l'auto-stop sur une route en plein désert. Il voyage seul avec son sac à dos. La photo illustre une façon de voyager.

› Les objectifs sont : *raconter une expérience, parler du tourisme, réfléchir au voyage.*

› Les points de grammaire sont : les temps du récit au passé ; l'antériorité, la simultanéité et la postériorité ; les pronoms relatifs composés ; le futur antérieur ; le subjonctif (4).

› Dans la leçon 36, on va travailler les *Techniques pour* écrire une lettre de motivation et la *Médiation* pour interpréter des gestes.

› La vidéo ▶ 26 a pour titre *Un port normand.*

LEÇON 33 Raconter une expérience

pages 136-137

RACONTER UNE EXPÉRIENCE 3 h 45

Savoir-faire et savoir agir : raconter au passé · expliquer une motivation

COMPRENDRE — DOC. 1

5'	10'	30'	10'	30'	15'
Act. 1	Act. 2	Act. 3	Vocabulaire 142-143-144-146	Act. 4 Grammaire	Act. 5 ▶ 25
· Interpréter un titre et une photo	· Sélectionner des informations	· Sélectionner des informations · Expliquer une motivation	· Les animaux sauvages · La randonnée (1) · L'aventure · La psychologie	· Les temps du récit au passé	· Parler d'une phobie

COMPRENDRE	DOC. 2 139					
	5'	10'	5'	10'	35'	15'
	Act. 6	Act. 7	Vocabulaire 145	Act. 8	Grammaire	Act. 9
	· Comprendre une annonce	· Expliquer un projet	· La mer (1)	· Situer dans le temps des faits les uns par rapport aux autres	· L'antériorité, la simultanéité et la postériorité	· Donner son avis

AGIR			
	45'	Act. 10	Raconter un événement important de sa vie

COMPRENDRE

DOC. 1

Activité 1 5 min

→ **Interpréter un titre et une photo**

Sensibilisation

Seul puis **En classe entière** **a.** et **b.** Demander à la classe de regarder le titre et la photo et de faire les deux tâches. Donner du sens aux deux éléments : on imagine que cette jeune femme a fait ce trail et a été prise en photo sur le parcours par un autre concurrent.

Corrigés

1 a. Rubrique : Récits. **Titre :** *Le Pacific Crest Trail au féminin, à pied du Mexique au Canada*. **b.** Une jeune femme souriante pose au sommet d'une montagne. C'est très haut.

Activité 2 10 min

→ **Sélectionner des informations**

Compréhension globale

Seul puis **En classe entière** **a.** et **b.** – Faire lire le chapeau et faire des hypothèses sur le récit : *Sophie Jacob (la femme de la photo) raconte son trail.* Demander à la classe de lire rapidement son récit pour répondre aux deux questions. Rappeler que la lecture rapide peut consister à ne lire que le début des paragraphes.

– Demander à un apprenant de donner oralement les informations en structurant ses énoncés (voir *Corrigés*). Faire réagir et demander aux apprenants si certains d'entre eux sont amateurs de ce type de course appelée *ultra-trail*.

Corrigés

2 a. Elle raconte son trail : sa préparation, sa vie quotidienne, ses rencontres, ses difficultés. **b.** Cette course se nomme le PCT (le Pacific Crest Trail) ; c'est l'un des plus longs sentiers de randonnée des États-Unis. Les concurrents parcourent 4 260 km de marche avec 131 km de dénivelé. La course traverse trois États : la Californie, l'Oregon et le Washington. Elle passe par le désert de Mojave et deux chaînes de montagnes : la Sierra Nevada et la chaîne des Cascades. Sa durée est de 105 jours.

Activité 3 30 min

→ **Sélectionner des informations et expliquer une motivation**

Compréhension finalisée

À deux puis **En classe entière** **a.** et **b.** Faire réaliser les deux tâches et mettre en commun en faisant relever les phrases du texte. Lors de la mise en commun, ne pas faire immédiatement réagir aux motivations de Sophie, travail qui sera effectué en **c.**, mais demander de commenter les deux autres questions. Faire réagir aux peurs évoquées par Sophie et demander quelles autres peurs / risques il y a dans ce type d'expérience : *tomber, se blesser, se perdre...* Faire réagir à l'avantage évoqué par Sophie.

À deux puis **En classe entière** **c.** Faire ajouter à la liste des motivations de Sophie, celles de Sauer et répondre à la question. Faire réagir aux motivations évoquées ; parmi les commentaires possibles, les apprenants peuvent estimer que ce type de défi est fou, insensé, absurde, dangereux.

En classe entière **d.** Laisser la classe répondre librement et commenter. Demander aux apprenants si l'un d'entre eux a tenté une aventure de ce type et le faire raconter, le cas échéant.

Tester les limites.

Affronter la solitude.

Comprendre ce qui nous lie à la nature.

Tester sa force mentale et sa détermination.

Accomplir un défi physique. → défi = une chose difficile à réaliser.

Retrouver une sensation de liberté.

Corrigés

3 a. 1. Faux *(Je m'étais longtemps préparée)*. **2.** Vrai *(mon rêve a réellement pris forme, quand j'ai obtenu le permis)*. **3.** Faux *(j'ai rencontré Sauer… on a marché ensemble jusqu'à l'arrivée au Canada)*. **b. 1.** *Je voulais tester mes limites, affronter la solitude, comprendre ce qui nous lie à la nature et enfin tester ma force mentale et ma détermination.* **2.** Elle avait peur de rencontrer des animaux sauvages notamment des ours et des serpents à sonnette *(Ma plus grande crainte était… de… Ma deuxième crainte, c'était…)*. **3.** Être une femme et étrangère car elle a reçu beaucoup d'aide *(L'avantage de voyager seule, d'être une femme et en plus étrangère, c'est que j'ai reçu beaucoup d'aide)*. **c.** Production libre. **d.** Production libre.

Vocabulaire

142-143-144-146 — 10 min

- **Les animaux sauvages**
- **La randonnée (1)**
- **L'aventure**
- **La psychologie**

En classe entière Inviter les apprenants à se reporter aux listes récapitulatives *Les animaux sauvages*, *La randonnée (1)*, *L'aventure* et *La psychologie* de la page 145.

Activité 4

30 min

Grammaire

- **Les temps du récit au passé**

Conceptualisation

Ce travail sur les temps du passé est un rappel des points étudiés à la leçon 5 (L'imparfait et le passé composé / L'accord du participe passé), à la leçon 18 (Le plus-que-parfait) et à la leçon 19 (L'accord du participe passé avec *avoir*).

À deux puis **En classe entière** **a.** et **b.** – Faire réaliser les activités et mettre en commun. Demander à la classe de justifier les temps de la troisième phrase : l'imparfait pour décrire une motivation et le plus-que-parfait pour exprimer une action antérieure à un temps du passé.

Je m'étais longtemps préparée à ce challenge et c'est
plus-que-parfait = action passée avant autre action passée

le 12 novembre que mon rêve a réellement pris forme.
passé composé = action ponctuelle du passé

Je voulais tester mes limites.
imparfait = description état psychologique

Il voulait retrouver la même sensation de liberté
qu'il avait eue…
COD

– Demander à la classe de se reporter à l'encadré récapitulatif de la page 144 pour résumer les informations.

Le professeur peut aussi demander aux apprenants de se reporter au *Précis grammatical* pages 175-176 pour une synthèse.

Corrigés

4 a. 1. Le plus-que-parfait est utilisé pour exprimer une action antérieure à une autre action passée et le passé composé est utilisé pour exprimer une action passée ponctuelle. **2.** L'imparfait est utilisé pour décrire un état psychologique. **b.** Parce que le complément d'objet direct au féminin *(la même sensation de liberté)* est placé avant le verbe.

> S'entraîner activités 1 et 2 page 144

Activité 5

25 — 15 min

→ Parler d'une phobie

En petit groupe Faire visionner la vidéo de Xasia, l'étudiante mexicaine et répondre à sa question qui peut se faire en deux étapes : 1) Citer une peur. Expliquer que chaque peur porte un nom et demander aux apprenants de chercher le nom de leur peur dans un dictionnaire. Parmi les peurs (les phobies), les plus citées sont : la phobie des araignées (l'arachnophobie), la peur du vide (le vertige), la peur d'être enfermé (la claustrophobie), la peur de la foule (l'agoraphobie), la peur de l'orage (la brontophobie), la peur du noir (la nyctophobie). Linguistiquement, encourager les apprenants à utiliser les structures de mise en relief étudiées à la leçon 6 qui seraient naturellement employées par les francophones : *Ce qui me fait peur, c'est… Ce dont j'ai peur, c'est…* 2) Raconter une expérience où cette peur a été surmontée.

En classe entière Faire un tour de table pour échanger et enrichir le vocabulaire.

Transcription

25

Xasia : L'altitude me fait peur, prendre l'avion a toujours été un problème pour moi. Mais ma meilleure amie s'est mariée avec un Néo-zélandais et j'étais sa témoin. J'ai d'abord dit que 15 heures d'avion, ce n'était pas possible pour moi ! Puis j'ai réfléchi et j'ai décidé de faire un effort. Ça a été très difficile, mais je l'ai fait pour mon amie. Pour moi, ça a été un vrai exploit. Et vous, avez-vous réussi à affronter une peur ?

Corrigés

5 Production libre.

DOC. 2 — 139

Activité 6

5 min

→ Comprendre une annonce

Sensibilisation

Seul puis **En classe entière** Faire lire l'annonce et répondre aux deux questions.

Corrigés

6 Elle propose une rencontre informelle de voyageurs et d'auteurs à la librairie Ulysse pour échanger sur des expériences et projets de voyage.

Activité 7 10 min

→ Expliquer un projet

Sensibilisation (suite)

En classe entière Dire aux apprenants qu'ils vont écouter une conversation en relation avec l'annonce et faire faire des hypothèses sur son contenu : *des gens racontent leurs expériences de voyage, parlent de leurs projets de voyage, parlent d'un livre…*

Compréhension globale

Seul puis **En classe entière** **a.** Faire écouter la conversation et choisir le résumé.

b. Faire faire l'appariement et expliquer le vocabulaire si besoin.

c. Faire relever les motivations et les deux questions amenant les réponses de Pepe et de Cécile *(Pourquoi tu veux faire le tour du monde ? Et toi, pourquoi tu veux partir ?)*. Commenter les motivations.

Transcription 139

Cécile : C'est vous Pepe ?
Pepe : Oui, c'est moi ! Bonsoir.
Cécile : Bonsoir. Je m'appelle Cécile. J'ai vu votre annonce sur le panneau de la librairie. Je voudrais faire un voyage de plusieurs mois. Je suis étudiante en droit mais je vais faire une année de césure.
Pepe : Heu… une année de quoi ?
Cécile : De césure, c'est-à-dire que je veux faire une pause d'un an pendant mes études.
Pepe : Ah ! OK.
Cécile : Donc, vous cherchez des personnes pour partir en mer avec vous. Vous pouvez m'en dire plus ?
Pepe : Avec plaisir. On se tutoie ?
Cécile : D'accord.
Pepe : Alors moi j'ai acheté un voilier, qui est dans le port de Lisbonne. Là, je suis à Paris pour vendre mon appartement et régler quelques affaires personnelles avant de partir pour un an autour du monde. Un bateau de 12 mètres, c'est assez grand et donc je cherche des équipiers et des équipières. Et dès que j'ai trouvé l'équipage, c'est-à-dire trois personnes, je retourne à Lisbonne et je mets le cap sur les Açores, puis la Guadeloupe, etc.
Cécile : Et vous avez… enfin… tu as déjà fait un aussi long voyage ? Et tu sais naviguer ?
Pepe : Autrefois, quand j'étais très jeune, j'ai longé la Patagonie à la voile. Ça fait deux ans que je me prépare et j'ai aussi suivi une formation en Bretagne.
Cécile : Et pourquoi tu veux faire le tour du monde ?
Pepe : J'ai décidé d'arrêter de travailler après que mon médecin m'a alerté : il m'a dit que je risquais le burn-out. Comme j'avais 59 ans, j'ai démissionné. Je veux profiter du temps que j'ai, m'échapper de la ville, être proche de la nature.
Cécile : Wouah ! Quelle décision !
Pepe : Au moment où j'ai décidé de tout plaquer, je me suis senti libéré. Avant que le boulot devienne vraiment stressant, j'étais plutôt heureux. J'ai beaucoup travaillé et j'ai gagné beaucoup d'argent mais aujourd'hui ça ne m'intéresse plus. Et toi, pourquoi tu veux partir ?
Cécile : J'ai envie de voyager, mais sans faire du tourisme. Je veux découvrir le monde et savoir de quoi je suis capable. Mais, avant de me décider, j'ai besoin d'un peu plus d'infos. Je connais rien à la navigation. Est-ce qu'il faudrait que je suive une formation ? Est-ce qu'on est payé ?
Pepe : T'as pas besoin de formation. Et personne n'est payé. Tout le monde participe au travail : cuisiner, réparer, manœuvrer et nettoyer. Il y a beaucoup à faire sur un bateau et quand quelque chose casse, il faut réparer avant qu'il fasse nuit. Pendant que les uns travaillent, les autres dorment, on n'arrête jamais. Et pendant les escales, on fait les courses, on visite un peu, et on repart.
Cécile : Tu penses que ce serait difficile pour moi ?
Pepe : Je ne sais pas. Ça dépend de toi.
Cécile : J'aimerais tellement me retrouver au milieu de l'océan. Mais j'ai un peu peur en même temps. Et puis…

Corrigés

7 a. Résumé 2. **b.** 1. a ; 2. d ; 3. c ; 4. b. **c.** **Motivations de Pepe :** *Je veux profiter du temps que j'ai, m'échapper de la ville, être proche de la nature.* **Motivations de Cécile :** *J'ai envie de voyager, mais sans faire du tourisme. Je veux découvrir le monde et savoir de quoi je suis capable.*

Vocabulaire 145 5 min

La mer (1)

En classe entière Inviter les apprenants à se reporter à la liste récapitulative *La mer (1)* de la page 145.

Activité 8 10 + 35 min

→ Situer dans le temps des faits les uns par rapport aux autres

Compréhension finalisée

À deux **a.** Faire lire la consigne et les événements ; cette activité n'est pas facile compte tenu du nombre d'événements à mettre en ordre. Mettre en commun.

Donner quelques astuces méthodologiques :
– demander de noter les événements sur une feuille et les numéroter dans l'ordre chronologique au fur et à mesure ;
– indiquer aux apprenants que dans ce type de classement, il est possible de commencer par le présent et de remonter vers le passé ;
– faire commencer à mettre en ordre quelques événements avant la réécoute. Mettre en commun en notant l'ordre des événements au tableau. On sait par exemple qu'au moment de la conversation, Pepe est à Paris pour vendre son appartement et que donc la constitution de l'équipage, le retour à Lisbonne et le départ vers les Açores se feront après.

1. Voyage en Patagonie

2. Vie professionnelle

3. Prise de conscience de son état de santé

4. Démission

5. Sentiment de libération

6. Achat d'un voilier

7. Vente de son appartement

8. Constitution de l'équipage

9. Retour à Lisbonne

10. Départ vers les Açores

Grammaire

L'antériorité, la simultanéité et la postériorité

Conceptualisation

À deux puis **En classe entière** **b.** – Demander aux apprenants comment ils ont pu mettre en ordre les événements listés : certains répondront que c'est grâce à la logique, d'autres qu'ils ont entendu des indications de temps. Faire lire les six phrases et les classer dans le tableau. Bien expliciter les trois notions d'antériorité, de simultanéité et de postériorité. Mettre en commun et faire paraphaser les phrases en remettant tous les événements dans l'ordre chronologique.

Exemples :

1. J'étais heureux et après le boulot est devenu stressant.

2. Mon médecin m'a alerté et après j'ai décidé d'arrêter de travailler.

3. J'ai décidé de tout plaquer et en même temps (ou juste après), je me suis senti libéré.

4. Je voudrais vendre mon appartement et après partir.

5. Tout le monde fait des choses différentes au même moment.

6. Je trouve l'équipage et juste après je retourne à Lisbonne.

– Faire tirer des conclusions : amener les apprenants à expliquer qu'il est rare de raconter des faits de façon chronologique (*d'abord, puis, ensuite*…) mais que l'on donne du sens à ces faits, on en met en valeur certains en les reliant de façon plus subtile.

– Faire réécouter la conversation et noter les autres expressions (en vert ci-après).

Antériorité (l'événement de la subordonnée se passe avant celui de la principale)	**Simultanéité** (les deux événements se passent en même temps)	**Postériorité** (l'événement de la subordonnée se passe après celui de la principale)
avant que avant qu'(il fasse nuit) avant de avant de (me décider)	au moment où pendant que pendant mes études pendant les escales	après que dès que

À deux puis **En classe entière** **c.** – Faire observer les phrases, faire l'appariement et mettre en commun. Amener les apprenants à conceptualiser que les conjonctions indiquant la simultanéité et la postériorité sont suivies de l'indicatif alors que *avant que* exprimant l'antériorité est suivie du subjonctif.

– Demander pourquoi l'antériorité de la phrase 4 est exprimée par *avant de* + infinitif et non *avant que* + subjonctif : *parce que le sujet des deux verbes est le même et que dans ce cas, la conjonction suivie du subjonctif est remplacée par la préposition + infinitif.* Ce phénomène syntaxique a déjà été étudié à la leçon 25 pour exprimer le but.

avant que + subjonctif

après que, pendant que, au moment où, dès que + indicatif

avant de + infinitif

pendant + nom

– Demander à la classe de se reporter à l'encadré récapitulatif des pages 144-145 pour résumer les informations. Attirer l'attention sur la précision apportée quand on utilise *dès que*. Inviter les apprenants à chercher des équivalents dans leur propre langue.

Le professeur peut choisir un moment pour synthétiser le sens et l'utilisation de tous les marqueurs temporels en demandant aux apprenants de se reporter au *Précis grammatical* pages 170-171.

Corrigés

8 a. *Voir au tableau ci-dessus.* **b.** *Voir la grille ci-dessus.* **c.** *Voir au tableau ci-dessus.*

> S'entraîner activité 3 page 145

Activité 9 15 min

→ Donner son avis

À deux Laisser les binômes échanger ; leur demander de justifier leur point de vue. Mettre en commun.

Corrigés

9 Production libre. La motivation et l'envie de Sophie sont un peu refroidies par sa méconnaissance de la mer et de la navigation *(avant de me décider, j'ai besoin d'un peu plus d'infos. Je connais rien à la navigation)* et sa peur d'une telle entreprise, de l'inconnu (*j'ai un peu peur en même temps*).

AGIR

Activité 10 45 min

→ **Raconter un événement important de sa vie**

Préparation

En classe entière Présenter la tâche aux apprenants, expliquer les différentes étapes de l'activité et en vérifier la bonne compréhension : il s'agit de raconter oralement une expérience de vie.

Production

Seul **a.** et **b.** Chaque apprenant choisit un événement de sa vie, prend des notes pour mettre en ordre les faits (voir l'activité 8).

Présentation

À deux **c.** et **d.** En binôme, chaque apprenant raconte oralement son expérience à partir de ses notes en s'efforçant de relier temporellement les faits les uns par rapport aux autres avec les marqueurs travaillés. Son partenaire évalue la production et aide à l'améliorer. Lorsque chaque récit est prêt, il est enregistré.

Hors de la classe, les récits sont postés sur le groupe de la classe.

Corrigés

10 Production libre.

Prolongement de la leçon

> Entraînement linguistique

- Demander aux apprenants de relire la double page et de réécouter les documents travaillés.
- Faire créer la fiche-lexique sur le thème *La randonnée* qui sera complétée à la leçon 34.
- Faire créer la fiche-lexique sur le thème *La mer* qui sera complétée à la leçon 35.

> Évaluation formative

- Les activités du **cahier d'activités** correspondant à la leçon sont **aux pages 116-119**.
- Les activités du **Parcours digital®**.

Classe inversée

Avant la leçon 34 :

Demander aux apprenants de :
– lire le document 1 et faire les activités 1 et 2 page 138 ;
– lire l'encadré *Culture(s)* page 139.

LEÇON 34 Parler du tourisme

pages 138-139

PARLER DU TOURISME 3 h 30

Savoir-faire et savoir agir : décrire une tendance · faire des prévisions (2)

COMPRENDRE	DOC. 1	DOC. 2						
	5'	10'	10'	10'	5'	15'	30'	15'
	Act. 1	Act. 2	Act. 3	Culture(s)	Vocabulaire 148	Act. 4	Grammaire	Act. 5
	· Comprendre la Une d'un journal	· Comprendre l'objectif d'un article	· Décrire une tendance	· L'Hexagone	· La randonnée (2)	· Sélectionner des informations	· Les pronoms relatifs composés	· Parler de la pratique de la randonnée

COMPRENDRE			DOC. 3 140		
	5'	15'	10'	15'	5'
	Act. 6	Act. 7	Act. 8	Grammaire	Vocabulaire 149
	· Comprendre un titre d'actualité	· Sélectionner des informations	· Faire des prévisions	· Le futur antérieur	· L'espace
AGIR	1 heure	Act. 9	· Imaginer le tourisme de demain		

COMPRENDRE

DOC. 1

Activité 1 5 min

→ **Comprendre la Une d'un journal**

Sensibilisation

Seul puis **En classe entière** **a.** et **b.** Faire observer la Une du journal et expliquer le jeu de mots.

Corrigés

1 a. La randonnée. **b.** *Proposition de réponse : Ça marche !* est une expression signifiant *Ça a du succès !* ou *Ça fonctionne !* Il y a jeu de mots puisqu'on parle de la randonnée, de la marche.

DOC. 2

Activité 2 10 min

→ **Comprendre l'objectif d'un article**

Compréhension globale

Seul puis **En classe entière** **a.** Faire lire l'édito et définir le mot. Rappeler si besoin le travail effectué sur la presse à la leçon 25 de l'unité 7.

Seul puis **En classe entière** **b.** Faire sélectionner l'intention de l'auteur. Certains apprenants pourraient avoir sélectionné la phrase 3. Expliquer que l'édito n'analyse pas mais décrit ; il n'explique pas les raisons, les motivations des marcheurs.

Corrigés

2 a. Un éditorial est un article qui donne l'avis du journal sur une question importante ou qui introduit le thème d'un dossier. **b.** 2.

Activité 3 10 min

→ **Décrire une tendance**

Compréhension finalisée

À deux **a.** et **b.** Faire sélectionner les informations et mettre en commun.

un citadin : habitant de la ville (< cité)

un refuge de montagne : un abri pour promeneur en cas d'intempérie ou pour dormir / une cabane au confort minimal.

Corrigés

3 a. **Qui ? :** des personnes de tous les âges (*toutes les générations*) ; des jeunes citadins ; les familles. **Où ? :** dans toute la France (partout dans l'Hexagone ; en montagne (*sur les sommets*) ; en bord de mer ; à la campagne (*en pleine campagne*) ; en ville. **b. 1.** une carte de la région, des bâtons de marche, de bonnes chaussures. **2.** un refuge de montagne, une tente, des fermes.

Culture(s) 10 min

L'Hexagone

En classe entière La note de renvoi en bas du document 2 aura entraîné les apprenants à lire l'encadré de la page 139. Leur demander si leur pays a, comme la France, un surnom dû à sa forme ou à une autre raison (sa situation géographique, son histoire…). On peut penser notamment aux surnoms suivants :

– l'Italie : *la botte* en raison de sa forme ;

– les États-Unis : *le pays de l'oncle Sam*. Samuel Wilson fournissait des caisses de viande aux militaires. Les Américains parlaient alors de la viande d'Uncle Sam ;

– le Japon : *le pays du soleil levant* ;

– l'Angleterre : *la perfide Albion*. Albion est l'ancien nom de l'Angleterre. L'adjectif *perfide* (dangereux, traître) a été ajouté par les Français qui ont été opposés militairement à ce pays à plusieurs reprises.

Vocabulaire 148 5 min

La randonnée (2)

En classe entière Inviter les apprenants à se reporter à la liste récapitulative *La randonnée (2)* de la page 146.

Activité 4 15 + 30 min

→ **Sélectionner des informations**

Compréhension finalisée (suite)

À deux **a.** Demander aux binômes de faire le *Vrai/Faux* en notant scrupuleusement les phrases justifiant leurs réponses. Ces phrases serviront à la conceptualisation sur les pronoms relatifs composés. Mettre en commun.

1	Vrai	C'est l'été des randonneurs, grâce auxquels nos campagnes revivent.
2	Faux	Les refuges de montagne, dans lesquels on ne croisait généralement que peu de touristes...
3	Faux	C'est l'occasion d'échanger avec l'inconnu à côté de qui on marche.
4	Vrai	On va aussi à la rencontre des agriculteurs, chez lesquels on s'installe pour quelques jours...

Grammaire

Les pronoms relatifs composés

Conceptualisation

À deux puis **En classe entière** **b.** – Demander aux binômes de faire l'activité et mettre en commun pour faire la conceptualisation. Si besoin, demander à la classe ce qu'est un pronom relatif : en rappeler le rôle et citer les pronoms connus (*qui, que, où, dont*) que l'on nomme pronoms simples puisqu'ils sont formés d'un seul mot. Il est possible aussi de demander aux apprenants de se reporter au *Précis grammatical* page 169.

– Faire lire les phrases et demander de les déstructurer pour mettre en évidence les prépositions. Faire relever une autre phrase contenant un pronom relatif composé (*D'autres transportent leur tente, qu'ils montent en pleine nature et sous laquelle ils se reposent*) pour avoir une forme au singulier et permettre la conceptualisation complète.

– Continuer la conceptualisation :

- en demandant comment est structuré le pronom relatif composé : préposition + adjectif *lequel* au genre et nombre de l'antécédent ;
- en faisant déduire les formes de féminin singulier et pluriel ;
- en amenant les apprenants à donner les formes contractées avec *à* et *de* ;
- en faisant déduire de la phrase 3 que *qui* peut remplacer l'adjectif *lequel* quand l'antécédent est une personne.

C'est l'été des randonneurs, grâce auxquels nos campagnes revivent. → nos campagnes revivent grâce aux randonneurs.

Les refuges de montagne, dans lesquels on ne croisait généralement que peu de touristes... → on ne croisait généralement que peu de touristes dans les refuges.

C'est l'occasion d'échanger avec l'inconnu à côté de qui on marche. → on marche à côté d'un inconnu.

On va aussi à la rencontre des agriculteurs, chez lesquels on s'installe pour quelques jours... → on s'installe chez des agriculteurs.

D'autres transportent leur tente, qu'ils montent en pleine nature et sous laquelle ils se reposent.

Préposition + *lequel, laquelle, lesquels* et *lesquelles* (genre et nombre de l'antécédent)

à (penser à) + préposition avec *à (grâce à)* → *grâce auquel, à laquelle, auxquels, auxquelles* ou + préposition avec *à* + *lequel, laquelle, lesquelles*

Préposition avec *de (près de, à côté de...)* → *à côté duquel, de laquelle, desquels, desquelles*

qui pour une personne → *chez qui, à côté de qui, avec qui...*

En classe entière Inviter les apprenants à se reporter à l'encadré récapitulatif page 145 pour résumer les informations et au *Précis grammatical* page 170. Si besoin, préciser la différence d'utilisation entre *dont* et *de* + *lequel*.

Corrigés

4 a. *Voir la grille ci-contre.* **b. 1.** Les pronoms relatifs composés se construisent avec une préposition. **2.** Ils s'accordent avec un nom.

> S'entraîner activité 4 page 146

Activité 5 15 min

→ **Parler de la pratique de la randonnée**

En petit groupe Avant de laisser les groupes échanger, demander aux apprenants de relire la fin de l'éditorial et de citer les aspects positifs de cette activité de loisir. Laisser les groupes échanger.

- Échanger avec un inconnu.
- Aller à la rencontre des agriculteurs.
- Activité presque gratuite *(coût modeste)*.
- S'évader *(Elle libère l'horizon aux télétravailleurs)*.
- C'est bon pour la santé.
- C'est bon pour l'environnement *(zéro émission carbone)*.
- Formidable lieu de rencontre, de discussion et de partage *(on salue... les gens que l'on croise)*.

Corrigés

5 Production libre.

DOC. 3 140

Activité 6 (5 min)

→ **Comprendre un titre d'actualité**

Sensibilisation

Seul puis **En classe entière** **a.** et **b.** Regarder la page de France Info et répondre aux questions. Demander aux apprenants s'ils ont déjà entendu parler de tourisme spatial. Certains d'entre eux auront certainement entendu parler d'Elon Musk et de son projet SpaceX.

Corrigés

6 a. Chroniques du ciel. **b.** Le tourisme spatial.

Activité 7 (15 min)

→ **Sélectionner des informations**

Compréhension globale

Seul puis **En classe entière** **a.** et **b.** Faire écouter le début de la chronique (jusqu'à *au large des côtes de la Floride*) et répondre aux questions.

Seul puis **En classe entière** **c.** Faire écouter la suite de la chronique et choisir la phrase qui résume le mieux l'intention du journaliste. Faire justifier : *il parle du futur, pose des questions sur les conséquences mais ne dénonce pas.*

Transcription 140

Journaliste : Aujourd'hui, je ne vous parlerai pas d'avions mais de tourisme spatial. Demain, à 20 heures (2 heures du matin, heure française), le premier vol touristique de SpaceX décollera des États-Unis. Quatre touristes passeront trois jours dans l'espace. Des tests seront effectués avant et après le vol pour étudier l'effet du voyage sur leur corps. L'idée est d'accumuler des données pour les futurs passagers privés. Après ces trois jours en orbite à 540 km d'altitude, les astronautes devraient amerrir dans l'océan Atlantique, au large des côtes de la Floride.
Alors, en 2049, les touristes enverront sans doute à leurs proches des cartes postales depuis des hôtels « tout compris » : « Bises de la station orbitale ! » En tout cas, dans trente ans, nous ne voyagerons plus comme aujourd'hui, c'est certain. Les moins riches auront fait l'expérience de l'apesanteur et le tourisme spatial sera entré dans les habitudes.
Mais quel sera le coût écologique de ces voyages dans l'espace ? Il est encore difficile d'estimer précisément l'impact environnemental de ce tourisme. Mais en se basant sur l'empreinte carbone des récents vols commerciaux dans l'espace, les scientifiques alertent sur les conséquences pour l'environnement. Alors : vivre l'extase de l'apesanteur, avec vue sur la Terre et sans penser au futur : le tourisme spatial a-t-il un bel avenir devant lui ?

Corrigés

7 a. Demain, à 20 heures (2 heures du matin, heure française), le premier vol touristique de SpaceX décollera. **b. 1.** 4 passagers ; **2.** 3 jours ; **3.** 540 km d'altitude. **c.** 2.

Culture(s) +

- **Elon Musk** (né le 28 juin 1971 à Pretoria, Afrique du Sud) est un entrepreneur américain d'origine sud-africaine qui a cofondé la société de paiement électronique PayPal et créé SpaceX, fabricant de lanceurs et d'engins spatiaux.
- **Le voyage spatial** annoncé dans le document 3 a eu lieu le 15 septembre 2021. C'est le premier voyage spatial effectué sans astronaute professionnel. Il a été affrété par le milliardaire américain Jared Isaacman (38 ans). Les trois autres touristes sont Hayley Arceneaux (29 ans) assistante médicale et possédant une prothèse de fémur, Chris Sembroski (42 ans), ancien militaire de l'armée de l'air et travaillant dans l'aéronautique et Sian Proctor (51 ans) professeure de sciences de la Terre. Le voyage s'est déroulé sans incident.

Activité 8 (10 + 15 min)

→ **Faire des prévisions**

Compréhension finalisée

À deux **a.** Faire réécouter, prendre des notes et répondre aux trois questions. Mettre en commun.

Grammaire

Le futur antérieur

Conceptualisation

À deux puis **En classe entière** **b.** et **c.** Faire mettre les deux faits dans l'ordre chronologique et justifier : les apprenants savent que les temps composés qu'ils ont déjà étudiés (passé composé et plus-que-parfait) expriment une action qui s'est déroulée avant un autre temps (le présent pour le passé composé ; l'imparfait et le passé composé pour le plus-que-parfait). Ils déduiront logiquement que ce futur antérieur est utilisé pour parler d'une action précédant une autre action au futur simple.

futur antérieur : *être* ou *avoir* au futur simple + participe passé

action avant futur simple

En classe entière Inviter les apprenants à se reporter à l'encadré récapitulatif de la page 146 pour résumer les informations. Ajouter que l'on utilise souvent les marqueurs temporels tels que *quand*, *dès que*, *après que*, *une fois que* avec le futur antérieur : *Je partirai sur la Lune quand j'aurai terminé mon entraînement.*

Corrigés

8 a. 1. Oui, pour étudier l'effet du voyage sur le corps des quatre membres d'équipage. L'idée est d'accumuler des données pour les futurs passagers privés. 2. Oui (*le tourisme spatial sera entré dans les habitudes*). 3. Non (*Mais en se basant sur l'empreinte carbone des récents vols commerciaux dans l'espace, les scientifiques alertent sur les conséquences pour l'environnement*). b. Dans l'ordre : 1. Les moins riches auront fait l'expérience de l'apesanteur. 2. Dans trente ans, nous ne voyagerons plus comme aujourd'hui. c. Il est formé de l'auxiliaire *avoir* au futur simple + le participe passé.

> S'entraîner > activité 5 page 146

Vocabulaire

149 · 5 min

L'espace

En classe entière Inviter les apprenants à se reporter à la liste récapitulative *L'espace* de la page 146.

> S'entraîner > activité 6 page 146

AGIR

Activité 9

1 heure

→ **Imaginer le tourisme de demain**

Préparation

En classe entière Faire lire la consigne pour faire comprendre la finalité de l'activité : il s'agit de rédiger une chronique sur le tourisme de demain.

À deux a., b., c. et d. Suivre les étapes pour rédiger la chronique.

Présentation

En classe entière Chaque binôme lit sa chronique à la classe.

e. Laisser la classe **échanger**.

Corrigés

9 Production libre.

Prolongement de la leçon

> Entraînement linguistique

- Demander aux apprenants de relire la double page et de réécouter les documents travaillés.

> Évaluation formative

- Les activités du **cahier d'activités** correspondant à la leçon sont **aux pages 120 à 123**.
- Les activités du **Parcours digital®**.

Classe inversée

Avant la leçon 35

Demander aux apprenants de :

– lire le document 1 et faire l'activité 1 page 140 ;

– lire le document 3 page 141.

LEÇON 35 Réfléchir au voyage

pages 140-141

RÉFLÉCHIR AU VOYAGE 3 h 35

Savoir-faire et savoir agir : exprimer des sentiments · comprendre un texte poétique · échanger sur le voyage

COMPRENDRE	DOC. 1				DOC. 2 (141)			
	15'	20'	15'	10'	10'	15'	10'	5'
	Act. 1	Act. 2	Act. 3 Vocabulaire 151-155	Act. 4	Act. 5	Act. 6	Grammaire	Vocabulaire 153-154
	· Définir une expression	· Définir des types de voyages	· Le voyage · La localisation (2)	· Conseiller un voyage immobile	· Justifier un choix de voyage	· Parler des activités quotidiennes · Exprimer des sentiments	· Le subjonctif (4)	· Les sentiments · Le sacré

	DOC. 3			
COMPRENDRE	15'	5'	20'	15'
	Act. 7	Vocabulaire 152	Act. 8	Phonétique 156 27
	• Comprendre un texte poétique	• La mer (2)	• Exprimer des sentiments	• Les accentuations et les intonations
AGIR	30'	Act. 9	• Donner son opinion sur la question « Pourquoi voyage-t-on ? »	
CULTURE(S) VIDÉO	30'	26	• Un port normand	

COMPRENDRE

DOC. 1

Activité 1 15 min

→ **Définir une expression**

Sensibilisation

Seul puis **En classe entière** **a.** Noter les propositions au tableau.

Compréhension globale

Seul puis **En classe entière** **b.** Faire lire l'article et ajouter les autres exemples de voyage immobile.

Corrigés

1 a. *Proposition de production :* un voyage que l'on fait en lisant, en rêvant, en imaginant, en regardant un film ou un documentaire. **b.** L'article évoque le voyage réel, le déplacement mais à un seul endroit sans visites touristiques ; il parle aussi de lecture, de philosophie, de cinéma, de théâtre, de musées, d'imagination et de méditation.

Activité 2 20 min

→ **Définir des types de voyages**

Compréhension finalisée

En classe entière Avant de faire relire l'article, amener les apprenants à regarder sa structure : une intro et quatre paragraphes ; le premier a un sous-titre, les trois autres non.

À deux puis **En classe entière** **a.** Faire lire le premier paragraphe et répondre à la question. Mettre en commun. Le sens de l'expression aura été évoqué lors du remue-méninges de l'activité 1. Faire préciser en travaillant collectivement sur le lexique utilisé. Commenter ce type de voyage.

Partir et se poser (= rester à un endroit, ne plus se déplacer).

Découvrir un aspect de soi en profondeur → réfléchir, méditer.

Laisser venir (= ne rien faire, laisser le temps s'écouler, les idées et émotions arriver).

À deux puis **En classe entière** **b.** Faire placer les sous-titres en justifiant et en travaillant sur le lexique collectivement. Faire commenter.

§2 Voyager vers d'autres lieux et d'autres époques sans se déplacer : guides et récits de voyages.

§3 Voyager vers un lieu imaginé : l'esprit vagabonde (= pense sans but) ; voyager en rêve.

§4 Prendre son temps : avoir du temps à perdre ; contempler (= admirer) ; méditer ; laisser derrière soi (= abandonner) ; quitter les habitudes et les certitudes ; tracer des chemins vers l'inconnu.

Le professeur pourra attirer l'attention des apprenants sur les métaphores utilisées dans l'article en faisant relever les images qui donnent une idée de mouvement (*explorer, tracer des chemins, laisser son esprit vagabonder, laisser derrière soi, quitter les rivages*) et celles qui donnent une idée d'immobilité (*aller nulle part, se poser, sans se déplacer, laisser venir*).

Corrigés

2 a. On part à un endroit et on y reste. **b. 1.** 3e paragraphe ; **2.** 4e paragraphe ; **3.** 2e paragraphe.

Activité 3 15 min

Vocabulaire 151-155

- Le voyage
- La localisation (2)

Conceptualisation lexicale

À deux puis **En classe entière** Les binômes font le relevé demandé. Mettre en commun. Ces adverbes de lieu auront probablement déjà été rencontrés par les apprenants. Cette activité permettra de synthétiser leur sens et leur utilisation. Les apprenants remarqueront que plusieurs adverbes sont formés avec *part* qui étymologiquement signifie « une partie de l'espace ».

nulle part : négation → *ne… nulle part*

n'importe où → voir aussi *n'importe quand, n'importe quoi, n'importe lequel* = indifférence

ailleurs : autre part

En classe entière Inviter les apprenants à se reporter aux listes récapitulatives *Le voyage* et *La localisation (2)* à la page 147.

Corrigés

3 a. quelque part ; b. partout ; c. n'importe où ; d. ailleurs ; e. nulle part.

Activité 4 10 min

→ **Conseiller un voyage immobile**

En petit groupe Laisser les groupes échanger.

Corrigés

4 Production libre.

DOC. 2 141

Activité 5 10 min

→ **Justifier un choix de voyage**

Sensibilisation

En classe entière Dire aux apprenants qu'ils vont écouter une interview de la femme en photo, Ariane Mnouchkine. Faire faire des hypothèses sur son contenu : *elle va parler d'un voyage immobile qu'elle a fait…*

Compréhension globale

À deux a., b. et c. Faire écouter l'interview et demander de répondre aux trois questions.

une vie quotidienne sans aucune activité

Cette vie oisive (= sans rien faire) était supportable…

… je travaillais spirituellement.

Transcription 141

Journaliste : Bonjour Ariane Mnouchkine. Vous êtes la fondatrice du Théâtre du Soleil, et vous avez choisi d'évoquer pour nous votre « voyage immobile » à Bodnath, un sanctuaire bouddhiste situé à Katmandou, au Népal. Pourquoi êtes-vous partie seule au Népal ?
Ariane Mnouchkine : Je souhaitais m'éloigner de Paris, du travail. Je suis alors partie à Bodnath, lieu profondément bouddhiste. Je suis heureuse que des visiteurs puissent profiter de cet endroit extraordinaire. Je suis arrivée juste après Noël. Il faisait un temps sublime. Je me suis installée dans la guest-house du monastère où j'ai passé quinze jours. Là, je n'ai rien fait d'autre que de me lever le matin, tourner autour du grand stupa vingt ou trente fois par jour. Le stupa, c'est le monument religieux autour duquel on tourne, toujours par la gauche. Je m'arrêtais pour manger un bol de nouilles et boire du thé préparé par les moines.
Journaliste : Comment vos journées étaient-elles rythmées ?
Ariane Mnouchkine : Par les tours autour du stupa. Je me suis autorisée une vie quotidienne sans aucune activité. Cette vie oisive était supportable, je crois, parce je travaillais spirituellement.
Journaliste : C'est la première fois que vous séjourniez à Bodnath ?
Ariane Mnouchkine : Non. D'ailleurs, la dernière fois que j'y étais allée, les pots et les bassines pour laver la vaisselle étaient en cuivre. Aujourd'hui, ils sont en plastique. Je suis triste qu'on fasse disparaître les choses du passé. Je me suis posé la question du progrès véritable. Et je regrette qu'on soit obligés de choisir entre traditions et progrès.
Journaliste : L'un de vos plus beaux voyages a donc été… immobile.
Ariane Mnouchkine : C'est vrai. J'ai davantage voyagé sans bouger à Bodnath que si j'avais parcouru 150 kilomètres dans la région. J'observais les gens, je cherchais des regards. En fait, je n'ai plus envie de passer trois jours quelque part puis de vite m'en aller. Je veux rester. Quand j'ai quitté Bodnath, j'ai eu envie de pleurer. J'aurais pu, j'aurais dû rester plus longtemps.

Corrigés

5 a. C'est la fondatrice du Théâtre du Soleil. b. Elle est allée à Bodnath au Népal dans un sanctuaire bouddhiste. Elle voulait s'éloigner de Paris et de son travail. c. Le voyage géographiquement immobile (*J'ai davantage voyagé sans bouger à Bodnath que si j'avais parcouru 150 kilomètres dans la région. J'observais les gens, je cherchais des regards*).

Activité 6 15 + 10 min

→ **Parler des activités quotidiennes et exprimer des sentiments**

Compréhension finalisée

À deux **a.** et **b.** Faire réécouter, noter les activités et cocher les sentiments exprimés en justifiant par des expressions entendues.

Le bonheur : *Je suis heureuse que…*

La tristesse : *Je suis triste que… / j'ai eu envie de pleurer.*

Le regret : *Et je regrette que… J'aurais pu, j'aurais dû rester plus longtemps.*

Grammaire

Le subjonctif (4)

Conceptualisation

À deux puis **En classe entière** **c.** – Faire lire les phrases complètes et répondre à la question. Faire faire des hypothèses pour justifier le mode utilisé, et amener les apprenants à expliquer que toutes les expressions indiquant des sentiments sont suivies du subjonctif.

– Inviter les apprenants à se reporter à l'encadré récapitulatif de la page 146 pour résumer les informations.

Reprendre les catégories de sentiments listés dans l'activité 6b et les compléter, puis demander aux binômes de trouver des expressions pour chaque catégorie. Mettre en commun.

Le bonheur / La joie	Je suis content(e) que… Je suis heureux/heureuse que… Ça me plaît que…
La peur	J'ai peur que… Je crains que… Ça me fait peur que…
La tristesse	Je suis triste que… Je suis désolé(e) que…
La colère	Ça m'énerve que… Je suis furieux/furieuse que… Je déteste que…
L'espoir	J'espère que… (+ indicatif)
Le regret	Je regrette que… Je suis déçu(e) que… Dommage que…

C'est le dernier travail sur le subjonctif proposé dans ***Inspire 3***. Le professeur peut demander aux apprenants de synthétiser toutes les informations qu'ils ont sur l'utilisation du subjonctif et les inviter à se reporter au *Précis grammatical* page 177.

Corrigés

6 a. Se lever le matin, tourner autour du grand stupa vingt ou trente fois par jour, manger un bol de nouilles et boire du thé. **b.** Le bonheur, la tristesse, le regret. **c.** Le subjonctif.

> S'entraîner activités 7 et 8 page 147

Vocabulaire

153-154 5 min

Les sentiments
Le sacré

En classe entière Inviter les apprenants à se reporter aux listes récapitulatives *Les sentiments* et *Le sacré* à la page 147.

DOC. 3

Activité 7 15 min

→ **Comprendre un texte poétique**

Compréhension globale

Seul puis **En classe entière** Faire lire le poème et répondre aux questions. La source est *Le Spleen de Paris (Les Petits poèmes en prose)*.

Corrigés

7 a. Un poème en prose est un texte bref avec certaines caractéristiques de la poésie, notamment les images et les sonorités, mais qui n'a ni vers ni rime. **b.** *Voir* Culture + *ci-dessous*. **c.** Il explique pourquoi il aime regarder les ports (*un séjour charmant pour une âme fatiguée des luttes de la vie*) ; ça le repose. Il décrit ses émotions, ce que cela lui apporte. **d.** Le choix des mots, les métaphores, les énumérations, le rythme.

Le professeur peut proposer un travail stylistique sur le poème, notamment sur les images :
– *Que voyez-vous à la lecture du poème ?* Recherche d'expressions en relation avec la vue : un ciel immense avec des nuages, les couleurs de la mer, les lumières des phares qui brillent, des reflets, des bateaux (*colorations, prisme, phares, amuser les yeux, contempler*).
– *Ce que vous voyez bouge ou est immobile ?* Recherche d'expressions en relation avec le mouvement : *l'architecture mobile des nuages, les colorations changeantes, la houle* (mouvement des vagues), *les oscillations, le rythme, mouvements de ceux qui partent et de ceux qui reviennent.*

Vocabulaire

152 — 5 min

La mer (2)

En classe entière Inviter les apprenants à se reporter à la liste récapitulative *La mer (2)* à la page 147.

Culture(s) +

■ **Charles Baudelaire** (1821-1867) est l'un des plus grands poètes français. Son œuvre poétique principale s'intitule *Les Fleurs du Mal*. C'est un recueil très structuré qui raconte que l'homme est en proie au désespoir sur terre car il a perdu son monde idéal. Il souffre du spleen, illustré par la première et la dernière phrase du poème (*une âme fatiguée des luttes de la vie ; ... celui qui n'a plus ni curiosité ni ambition*), dont il cherche à s'échapper par des plaisirs divers tels que le vin, le bruit de la ville, la beauté, l'amour, le sexe, le voyage ; mais finalement seule la mort lui permettra de fuir son mal-être. Le *Spleen de Paris*, également connu sous le titre *Petits Poèmes en prose*, est un recueil posthume de poèmes en prose.

Activité 8

20 min

→ **Exprimer des sentiments**

Compréhension finalisée

À deux **a.** et **b.** Laisser les binômes échanger et mettre en commun.

Corrigés

8 a. Il exprime un mélange de plaisir et de tristesse, plus exactement de mélancolie, de spleen (*Voir* Culture + *ci-dessus*).
b. *Proposition de production :* Le tableau de Monet illustre bien le mouvement à travers les ondulations de la mer et les bateaux à voile qui entrent et sortent ; on imagine le vent. En revanche, ce tableau n'est pas aussi lumineux que le port décrit dans le poème : pas de phare, pas de scintillement. Je pense qu'un tableau de nuit illustrerait mieux le poème.

Phonétique

156 — 27 — 15 min

Les accentuations et les intonations

Faire travailler le point phonétique de la page 147 avec le tutoriel vidéo. Nous rappelons que l'enregistrement audio apporte les mêmes informations que le tutoriel vidéo mais n'est pas interactif. Il est bien sûr préférable de travailler avec le tutoriel vidéo. L'encadré phonétique et l'enregistrement audio servent de mémo.

Transcription 156

L'accent de base : la dernière syllabe du groupe rythmique est accentuée : elle est plus longue. Si la phrase n'est pas finie, l'intonation monte sur cette syllabe ; quand la phrase est finie, elle descend. Exemple : *Je regrette qu'on soit obligés de choisir entre tradition et progrès.*
L'accent d'insistance : si on veut mettre en valeur un mot, on intensifie la première syllabe de ce mot. Mais la dernière syllabe du groupe rythmique garde son allongement (accent de base). Exemple : *Je regrette qu'on soit obligés de choisir entre tradition et progrès.*

Transcription 27

Bonjour ! Aujourd'hui, les accentuations et les intonations.
Vous vous souvenez de l'accent de base ? La dernière syllabe du groupe rythmique est accentuée : elle est plus longue. Si la phrase n'est pas finie, la voix monte sur cette syllabe ; quand elle est finie, elle descend. *Je regrette qu'on soit obligés de choisir entre tradition et progrès. Je regrette qu'on soit obligés de choisir entre tradition et progrès.*
Si on veut mettre en valeur un mot, si on veut faire ressortir ce mot, alors on intensifie la première syllabe de ce mot, c'est l'accent d'insistance. Mais la dernière syllabe du groupe rythmique garde son accent d'allongement : l'accent de base demeure. *Je regrette qu'on soit obligés de choisir entre tradition et progrès.*
J'ai mis en valeur les mots : *regrette, obligés, tradition, progrès.*
Finissons avec un autre exemple. Écoutez et repérez les syllabes accentuées : *Finalement, la musique rythmique du français est facile à imiter.*
Vous avez entendu l'accent de base ? *Finalement, la musique rythmique du français est facile à imiter. Finalement, la musique rythmique du français est facile à imiter.*
Repérez maintenant les accents d'insistance ; les mots sur lesquels j'insiste. *Finalement, la musique rythmique du français est facile à imiter.*
On vérifie ? *Finalement, la musique rythmique du français est facile à imiter.*
Répétez après moi ! *Finalement, la musique rythmique du français est facile à imiter.*
Voilà, bravo ! À bientôt !

AGIR

Activité 9

30 min

→ **Donner son opinion sur la question « Pourquoi voyage-t-on ? »**

Préparation

En classe entière Présenter la tâche aux apprenants, expliquer les différentes étapes de l'activité et en vérifier la bonne compréhension. Il s'agit de réfléchir à tous les types de voyages et de donner son point de vue sur l'effet des voyages sur la personnalité.

Production

À deux **a.**, **b.** et **c.** Suivre les étapes pour permettre l'échange dans les groupes.

Corrigés

9 Production libre.

CULTURE(S) VIDÉO ▶ 26 30 min

Un port normand

Durée de la vidéo : 1'08

Sensibilisation

En classe entière Dire aux apprenants qu'ils vont regarder une vidéo dont le titre est *Un port normand.* Faire faire des hypothèses sur son contenu : *une publicité pour le tourisme dans ce port, une présentation de la ville...*

Compréhension

En classe entière **1. a.**, **b.**, **c.** et **d.** Montrer la vidéo sans le son et répondre aux questions. Les apprenants vont devoir décrire les images et lire les incrustations. Les incrustations donneront des indices importants : *Boîtier à remonter le temps. Téléportés au Moyen Âge. Des visites à valeur ajoutée.* Les apprenants férus de réalité virtuelle comprendront immédiatement de quoi il s'agit.

Corrigé

1. a. C'est à Honfleur dans le Calvados. On voit une famille (un homme, une femme et un garçon). Ils ont un objet dans la main. On voit une employée de l'office du tourisme. **b.** Une petite boîte, des jumelles, un appareil photo... **c.** Des images de la ville du passé, créées par l'ordinateur, et des images d'aujourd'hui. **d.** Aux deux époques, certains bâtiments sont pareils, les rues sont au même endroit. Les différences se situent au niveau des habitants, des moyens de transport.

À deux **2. a.**, **b.** et **c.** Montrer la vidéo avec le son et répondre aux questions.

Proposer un échange oral en posant quelques questions sur ce nouveau type de découverte des lieux : *Que pensez-vous de ce type de visite virtuelle ? Avez-vous déjà fait des expériences similaires ? Pour quelle ville de votre pays aimeriez-vous créer un boîtier à remonter le temps ? Expliquez.*

Corrigé

2. a. C'est un port situé sur la côte normande. **b.** Faire des visites plus ludiques et originales (sortir la culture hors des murs ; expliquer de manière ludique...). **c.** La marine à voile.

Transcription ▶ 26

Présentateur : Le petit boîtier se monte en 10 secondes et vous emmène il y a très longtemps.
Petit garçon : Un pommier, des maisons...
Présentateur : *Les Visiteurs*, version tourisme à Honfleur. Le petit port normand revenu au Moyen Âge, en 3D et à 360 degrés, la promenade est tout de suite moins ennuyeuse.
La mère : À cinq ans, c'est compliqué de faire des visites guidées avec lui. Et le fait que ce soit... qu'il y ait des choses à regarder, c'est très bien. Les enfants, ça leur permet de voir aussi comment était une ville au Moyen Âge. Et puis, ça permet que ce soit un petit peu plus interactif.
Présentateur : Honfleur s'est fait une spécialité de ces visites guidées, enjolivées d'images de synthèse et de jeux.
Clémence Frémont : Un des projets dans le cadre de la réhabilitation, c'est de sortir un petit peu la culture hors des murs, et d'expliquer de manière ludique la ville d'Honfleur, son histoire, son patrimoine, son architecture.
Présentateur : En préparation : un second voyage dans le temps. Il évoquera la marine à voile.

Prolongement de la leçon

› Entraînement linguistique

- Demander aux apprenants de relire la double page et de réécouter les documents travaillés.

› Évaluation formative

- Les activités du **cahier d'activités** correspondant à la leçon sont **aux pages 124-127**.
- Les activités du **Parcours digital®**.

Classe inversée

Avant la leçon 36 :

Demander aux apprenants de :

– lire la lettre de motivation et faire les activités 1 et 2 page 142 ;

– chercher une offre d'emploi dans un pays francophone.

... écrire une lettre de motivation

1 heure

La lettre de motivation est un des outils indispensables à la recherche de stage ou d'emploi. Selon les pays, elle se présente différemment. En connaître la structure, la présentation et le contenu informatif permettra aux apprenants de gagner du temps et de l'efficacité. Pour rappel, le CV, l'autre outil indispensable à ce type de situation, a été travaillé dans ***Inspire 2***, dans les *Techniques pour* de la leçon 16 ; si besoin le professeur pourra y renvoyer les apprenants.

LIRE

DOC. 1 DOC. 2

Activité 1

5 min

[Découverte]

Seul puis **En classe entière** Faire lire l'offre d'emploi, relever les informations et demander à un apprenant d'en rendre compte à l'oral en structurant son énoncé (*Voir Corrigés*).

Corrigés

1 Le Parc naturel régional du Golfe du Morbihan recherche un gardien ou une gardienne de l'île d'Ilur, dans le golfe du Morbihan le plus tôt possible. Le candidat doit avoir des connaissances naturalistes (qui concernent la nature), savoir faire des prélèvements biologiques, savoir jardiner, savoir s'occuper des moutons ; le permis bateau est obligatoire.

Activité 2

10 min

Seul puis **En classe entière** Faire lire la lettre, relever les informations et demander à un apprenant d'en rendre compte à l'oral en structurant son énoncé (*Voir Corrigés*).

Corrigés

2 Elle s'appelle Carole Le Roux ; elle a fait des études de gestion et de protection de la nature ; elle a effectué des stages à l'étranger, notamment en Irlande et elle a été garde du littoral pendant trois ans. Parmi ses qualités, on peut citer son dynamisme, son autonomie/indépendance et son souci de la protection de l'environnement.

Activité 3

15 min

[Analyse]

À deux **a.** Faire répondre à la question et justifier. Mettre en commun.

À deux puis **En classe entière** **b.** – Faire faire l'appariement et mettre en commun.

– Demander à la classe de se reporter à l'encadré mémo page 143 pour récapituler les informations. Le professeur pourra également revenir sur plusieurs éléments : la présentation de la lettre ; l'importance des paragraphes pour la lisibilité de chaque information (un thème par paragraphe) ; des formulations claires et précises ; la formule de politesse (celle donnée en exemple est très généraliste et peut être utilisée dans toutes les situations).

Corrigés

3 a. Oui, Carole est une bonne candidate pour le poste à plusieurs niveaux. On demande une formation bac +2, et Carole a fait des études. Le/La gardien(ne) doit assurer la protection du patrimoine écologique et la gestion des visiteurs, et Carole a travaillé dans le domaine de l'écologie (collecte d'informations sur la faune et la flore, inventaire des espèces) ; elle a assuré l'accueil des visiteurs ce qui est aussi demandé ; de plus, elle a de bonnes qualités relationnelles. Carole sait faire du bateau, et elle est autonome, comme demandé dans l'annonce. Les seuls éléments dont elle ne parle pas : ses connaissances médicales pour assurer les prélèvements biologiques et sa connaissance de la population ovine, mais on peut imaginer que travaillant en Irlande, elle dispose de ces connaissances.
b. 1. G ; 2. D ; 3. J ; 4. I ; 5. B ; 6. H ; 7. E ; 8. F ; 9. A ; 10. C.

ÉCRIRE

Activité 4

30 min

Seul **a.** et **b.** Rédiger une lettre de motivation pour répondre à l'offre d'emploi sélectionnée.

À deux **c.** Les binômes échangent leur lettre et s'aident à l'améliorer.

Corrigés

4 Production libre.

... la médiation : interpréter des gestes

1 heure

Le langage non verbal est un élément inhérent à la communication et aux interactions. Savoir interpréter un mouvement du corps, un geste, une expression du visage est au cœur de l'interculturel. Le travail proposé permet de rassembler toutes les observations faites par les apprenants de façon ludique.

DOC. 3

Activité 5

15 min

En classe entière **a.** et **b.** Faire regarder les quatre photos et répondre aux questions : il s'agit de dire si ces gestes sont faits par les apprenants et le cas échéant avec quelle signification. Il est possible en effet que le même geste ait une signification différente d'un pays à l'autre. Demander aux apprenants de mimer les gestes, de leur donner du mouvement.

Linguistiquement, la description de gestes demande à connaître un lexique spécifique : le nom des parties du corps, des verbes décrivant les mouvements. S'assurer préalablement que ce lexique est connu.

Corrigés

5 a. Production libre. **b.** *Proposition de production :* Dans mon pays, on fait le même geste que le 1 mais avec la main plus près de la tête. Pour moi, le geste 4 est très étrange et je n'en comprends pas la signification. Nous faisons le geste 3 mais avec d'autres doigts. Ce geste est très impoli dans mon pays...

Activité 6

15 min

À deux Faire l'appariement en expliquant le sens de chaque geste. Lors de la mise en commun, mimer les gestes.

Corrigés

6 1. a. La main au-dessus de la tête avec un mouvement d'avant en arrière indique la limite du supportable, la limite à ne pas dépasser. *Le bol* = la tête. D'autres expressions synonymes peuvent accompagner ce geste : *J'en ai marre. J'en ai ras la casquette.* 2. d. Le dos de la main repliée frotte la joue ; *la barbe !* signifie l'agacement, le mécontentement, l'ennui. 3. c. Le bout du pouce et celui de l'index sont joints et touchent les lèvres ; généralement la personne embrasse le bout de ses doigts. 4. b. L'index tire la peau se trouvant sous l'œil. Ce geste et cette expression signifient que l'on ne croit pas ce que dit la personne. Une autre expression a la même signification : *À d'autres ! (dis ça à d'autres personnes plus crédules mais pas à moi).*

Activité 7

30 min

En petit groupe Laisser les groupes présenter les gestes de leur pays et les expliquer. Mettre en commun et commenter.

Pour conclure l'activité, demander aux apprenants de raconter des anecdotes évoquant des situations où ils ont commis des gaffes, où ils ont vécu ou vu des malentendus dus à des erreurs d'ordre culturel.

Corrigés

7 Production libre.

S'entraîner

pages 144-147

Cf. Introduction (C.1.3), page 23.

– **Corrigés** des activités 1 à 9 : page 190 du livre de l'élève.

– **Parcours digital®** : toutes les activités des pages 144 à 147 sont proposées en version autocorrective.

Faites le point

page 148

Cf. Introduction (C.1.4), page 23.

Évaluez-vous !

page 148

Corrigés

› *Exemple de production :* J'étais dans la cour de mon école primaire. Nous attendions la maîtresse. Dans la classe, il y avait Céline Dion et Harry Potter. La maîtresse est arrivée mais, en fait, c'était mon patron. Il était en colère. Il disait que nous étions en retard. J'ai regardé autour de moi, mais mes camarades avaient disparu.

› *Exemple de production :* J'ai quitté la maison à sept heures et demie. J'ai bavardé avec mes amis avant que le cours commence. Pendant le cours, j'ai répondu à mes e-mails. Au moment où le prof m'a vu, j'ai arrêté.

› Je te conseille ce livre grâce auquel j'ai découvert les voyages immobiles.
Dans ce parc, il y a de beaux arbres sous lesquels nous pourrions faire un pique-nique.

› *Réponses libres.*

Épreuve blanche DELF B1

Corrigés des pages 150-158 du manuel

I COMPRÉHENSION DE L'ORAL

25 points

Exercice 1. Comprendre une interaction entre locuteurs natifs

7 points

158 **Transcription**

Vous allez écouter plusieurs documents. Il y a deux écoutes. Pour répondre aux questions, cochez la bonne réponse.
Vous écoutez une conversation. Lisez les questions. Écoutez le document puis répondez.

Baptiste : Salut Camille, je suis content de te voir !
Camille : Salut Baptiste ! Oui, moi aussi !
Baptiste : Dis donc, tu as l'air en forme...
Camille : Oui, je vais très bien. Tu sais, j'ai changé de travail.
Baptiste : Ah, super ! Je me souviens que la dernière fois qu'on s'est vus, tu étais très stressée, justement à cause de ton travail, non ?
Camille : Oui, à la fin de mes études de journalisme, j'ai travaillé au journal de ma ville : je m'occupais des faits divers. Au début, je trouvais ça passionnant d'être tout le temps au cœur de l'actualité ! Mais il fallait être toujours joignable, à n'importe quelle heure... Je n'avais plus de vie privée...
Baptiste : Oui, je comprends ! Et alors, tu as abandonné le journalisme ?
Camille : Non, pas du tout ! Tu sais qu'au lycée, je m'intéressais déjà beaucoup à la question des personnes handicapées. Un jour, dans la rue, j'ai rencontré Monsieur Garaud...
Baptiste : Monsieur Garaud, notre prof de philosophie ?
Camille : Oui, exactement ! Il venait de fonder une revue en ligne sur le handicap. Il m'a proposé d'y collaborer. Évidemment, j'ai accepté tout de suite ! Être en contact avec des spécialistes de ces questions mais aussi avec des médecins, des avocats, des éducateurs, c'est ça qui me plaît ! Et je découvre toujours de nouveaux sujets d'enquête. La revue propose une grande variété d'articles et de points de vue très différents sur ces questions...
Baptiste : Mais, étant donné toutes les difficultés rencontrées par les personnes handicapées au quotidien, tu n'es pas trop découragée ?
Camille : Parfois si, un peu ! Mais je pense qu'il faut alerter sur l'urgence d'agir. Et écrire dans un journal en ligne permet de sensibiliser toujours plus de monde...
Baptiste : Oui, tu as raison ! Tu pourras m'envoyer l'adresse du site de ta revue ? Ça m'intéresse !
Camille : Oui, bien sûr !

1. c (1 point) ; 2. b (1 point) ; 3. a (1,5 point) ; 4. b (1 point) ; 5. c (1 point) ; 6. b (1,5 point)

Exercice 2. Comprendre une émission de radio (domaine public)

9 points

159 **Transcription**

Vous écoutez la radio. Lisez les questions. Écoutez le document puis répondez.

Journaliste : Bonjour à toutes et à tous ! Aujourd'hui, nous vous présentons l'association internationale « Planète Urgence » qui est engagée dans la préservation de l'environnement et qui vient de lancer l'opération « Un euro = un arbre planté ». Son objectif : financer son programme « Environnement et Développement » afin de préserver les forêts et leur biodiversité. Le concept est simple : pour chaque euro versé, l'association s'engage à planter un arbre dans des zones très fragilisées par l'action humaine et menacées par la déforestation. Nous savons tous qu'un arbre produit de l'oxygène, stocke du carbone, contribue au maintien des espèces animales et végétales, régule le cycle de l'eau, protège les sols et favorise l'équilibre climatique. Préserver les forêts est donc un moyen de participer à la sécurité alimentaire et économique des populations les plus vulnérables. Car les forêts représentent une source d'énergie renouvelable pour des millions de personnes, un matériau de construction et engendrent des revenus durables pour de nombreux artisans et leurs familles. Donc, absolument essentielle pour la planète, la forêt joue un rôle important dans la régulation du climat, abrite une biodiversité exceptionnelle et constitue une ressource alimentaire essentielle pour les populations rurales. Pourtant, malgré la mise en garde de différents rapports officiels appelant à une gestion durable de ces écosystèmes, la déforestation avance à un rythme très rapide. Les forêts sont en danger ! Grâce à des projets de préservation en collaboration avec les populations locales au Cameroun, en Indonésie et à Madagascar, Planète Urgence a le pouvoir de lutter concrètement et durablement contre la déforestation. Et, derrière chaque arbre planté, il y a une aventure humaine, une histoire de collaboration entre les communautés locales et les équipes de Planète Urgence. En effet, ces hommes et ces femmes travaillent ensemble pour restaurer et préserver les forêts en danger. Un arbre planté, c'est toute une filière économique durable qui est soutenue, et c'est aussi tout un réseau d'enfants et d'adultes sensibilisés et impliqués dans la préservation de leur environnement.

1. c (1 point) ; 2. a (1,5 point) ; 3. b (1 point) ; 4. b (1,5 point) ; 5. c (1 point) ; 6. a (1,5 point) ; 7. a (1,5 point)

Exercice 3. Comprendre une émission de radio (domaine professionnel) — 9 points

160 **Transcription**

Vous écoutez la radio. Lisez les questions. Écoutez le document puis répondez.

Journaliste : Faire en sorte qu'il y ait plus de femmes scientifiques : c'est la mission que se donne depuis presque 20 ans la Fondation L'Oréal avec son programme « Pour les femmes et la science ». Nous en parlons avec Alexandra Palt, avocate de formation, spécialiste des droits de l'homme et actuellement directrice de la Fondation L'Oréal. Alors, Alexandra Palt, où en sommes-nous dans ce domaine ?
Alexandra Palt : La présence des femmes dans les sciences progresse. En France, il y a aujourd'hui 28 % de chercheuses, contre 25 % en 2010. C'est une évolution positive, mais insuffisante. Par ailleurs, les postes de décision au plus haut niveau académique sont occupés par seulement 14 % de femmes. De plus, elles sont encore minoritaires dans certains domaines comme les mathématiques, le numérique et l'ingénierie.
Journaliste : Comment cela s'explique-t-il ?
Alexandra Palt : D'abord, ces métiers sont peu connus des femmes en général. Car peu de femmes scientifiques parlent de leur expérience. Ensuite, les clichés sont nombreux. À l'école, les matières scientifiques sont considérées comme exigeantes et les professions scientifiques apparaissent comme peu compatibles avec une vie équilibrée. Ainsi, dans une enquête menée auprès de femmes scientifiques, elles déplorent d'une part la difficulté à concilier vie privée et vie professionnelle, d'autre part la culture sexiste très présente dans les milieux scientifiques. Donc, très tôt, les petites filles s'éloignent de ces matières.
Journaliste : Alors, que faudrait-il faire ?
Alexandra Palt : D'abord, je dirais qu'il faut arrêter de présenter la science comme trop abstraite, et sans lien avec la vie de tous les jours, sans engagement. Au contraire, il faut expliquer que c'est un moyen de se rendre utile à la société. La science dessine le monde de demain et il faut que les femmes en fassent partie ! Et, aujourd'hui, les femmes scientifiques sont trop modestes, elles ne prennent pas assez la parole.
Journaliste : Vous dites que la science émancipe ?
Alexandra Palt : Oui, elle permet de développer l'esprit critique et donc la capacité de choisir. Elle permet une émancipation financière et une libération personnelle. Les femmes peuvent avoir un rôle déterminant dans ce domaine, surtout qu'il y a beaucoup d'emplois intéressants. Il est clair qu'une science qui s'ouvre à la différence est une meilleure science pour le monde...

1. b (1 point) ; 2. c (1 point) ; 3. c (1,5 point) ; 4. a (1,5 point) ; 5. c (1,5 point) ; 6. b (1 point) ; 7. a (1,5 point)

II COMPRÉHENSION DES ÉCRITS

25 points

Exercice 1. Lire pour s'orienter

8 points

Document 1

1. Oui (0,5 point) ; 2. Oui (0,5 point) ; 3. Non (0,5 point) ; 4. Oui (0,5 point)

Document 2

1. Oui (0,5 point) ; 2. Non (0,5 point) ; 3. Oui (0,5 point) ; 4. Oui (0,5 point)

Document 3

1. Oui (0,5 point) ; 2. Non (0,5 point) ; 3. Oui (0,5 point) ; 4. Oui (0,5 point)

Document 4

1. Non (0,5 point) ; 2. Non (0,5 point) ; 3. Oui (0,5 point) ; 4. Non (0,5 point)

Exercice 2. Lire pour s'informer et discuter

8 points

1. c (1 point) ; 2. a (1 point) ; 3. b (1,5 point) ; 4. c (1 point) ; 5. b (1 point) ; 6. b (1,5 point) ; 7. a (1 point)

Exercice 3. Lire pour s'informer et discuter

9 points

1. a (1,5 point) ; 2. a (1 point) ; 3. b (1,5 point) ; 4. a (1 point) ; 5. c (1,5 point) ; 6. c (1,5 point) ; 7. b (1 point)

III PRODUCTION ÉCRITE

25 points

Expression d'un point de vue

Exemple de production :

Chère Lucie,

Je viens de lire ton mail et je te réponds sans attendre. Je pense que tu dois accepter la proposition de ton directeur. Tu te rends compte : la Chine !? Bien sûr, je comprends tes hésitations mais je suis sûre que c'est une chance unique et qui sera déterminante pour ta carrière. C'est vrai, c'est un pays très différent du nôtre mais tu pourrais consulter des sites sur Internet pour commencer à découvrir ce pays et ses habitants. Il y a aussi des sites qui t'aideront à préparer ton séjour.

Et puis, quand tu arriveras en Chine, tu pourras contacter une association d'expatriés français. Elle t'aidera pour ton installation et dans tes premières démarches administratives. On t'y donnera des conseils pour mieux comprendre le style de vie et les habitudes chinoises. Tu pourras aussi t'inscrire à un cours de mandarin, la langue la plus diffusée. Et ça, c'est très important pour tes premiers contacts avec les Chinois !

Crois-moi Lucie, tu ne regretteras pas cette expérience !

Réponds-moi pour me dire ce que tu décides.

À très vite, j'espère !

Camélia

Respect de la consigne Peut mettre en adéquation sa production avec le sujet proposé. Respecte la consigne de longueur minimale indiquée.*	0	0,5	1	1,5	2				
Capacité à présenter des faits Peut décrire des faits, des événements ou des expériences.	0	0,5	1	1,5	2	2,5	3	3,5	4
Capacité à exprimer sa pensée Peut présenter ses idées, ses sentiments et / ou ses réactions et donner son opinion.	0	0,5	1	1,5	2	2,5	3	3,5	4
Cohérence et cohésion Peut relier une série d'éléments courts, simples et distincts en un discours qui s'enchaîne.	0	0,5	1	1,5	2	2,5	3		

Compétence lexicale / Orthographe lexicale

Étendue du vocabulaire Possède un vocabulaire suffisant pour s'exprimer sur des sujets courants, si nécessaire à l'aide de périphrases.	0	0,5	1	1,5	2
Maîtrise du vocabulaire Montre une bonne maîtrise du vocabulaire élémentaire mais des erreurs sérieuses se produisent encore quand il s'agit d'exprimer une pensée plus complexe.	0	0,5	1	1,5	2
Maîtrise de l'orthographe lexicale L'orthographe lexicale, la ponctuation et la mise en page sont assez justes pour être suivies facilement le plus souvent.	0	0,5	1	1,5	2

Compétence grammaticale / Orthographe grammaticale

Degré d'élaboration des phrases Maîtrise bien la structure de la phrase simple et les phrases complexes les plus courantes.	0	0,5	1	1,5	2
Choix des temps et des modes Fait preuve d'un bon contrôle malgré de nettes influences de la langue maternelle.	0	0,5	1	1,5	2
Morphosyntaxe – Orthographe grammaticale Accord en genre et en nombre, pronoms, marques verbales, etc.	0	0,5	1	1,5	2

* Si la production fait entre 113 et 143 mots, on attribuera 0,5 point sur 1 au critère de longueur. Si la production fait 112 mots ou moins, on attribuera 0 point sur 1 au critère de longueur.

IV PRODUCTION ORALE

25 points

Exercice 1. Entretien dirigé

Réponses possibles :

Pour se présenter, l'apprenant :

- parle de soi : *sa famille, ses études / son emploi (la médecine, l'économie, l'architecture, les sciences sociales, le théâtre). Les raisons : pourquoi ? Pour comprendre notre société / aider, soigner les personnes, lutter contre les maladies / construire des bâtiments beaux et utiles, contribuer à l'esthétique de la ville / parce que l'art est important / offrir des moments de partage aux spectateurs.*

- parle de ses centres d'intérêts : *le sport d'équipe / individuel / extrême ; avec qui ? Quand ? En quelle saison ? La peinture / le street art / le cinéma / les jeux de société.*

- parle de son engagement *: importance de l'engagement pour une cause humanitaire / commune ; être actif ; contribuer à l'amélioration de la société ; donner de son temps pour les autres ; lutter contre l'indifférence et l'égoïsme. Avec quels projets ? Aide aux personnes âgées / aide aux devoirs pour les enfants scolarisés / distribution de repas chauds aux personnes sans domicile fixe / clowns dans les hôpitaux. Partir pour une action humanitaire en Afrique / s'occuper d'enfants dans un orphelinat / construire un puits pour donner accès à l'eau / s'occuper de l'instruction des jeunes filles pour favoriser leur émancipation.*

- parle des vacances pleines d'aventures : *adorer les défis ; aimer découvrir des régions lointaines ; rechercher le contact avec la nature ; découvrir ses propres limites ; vivre comme les habitants du lieu visité ; refuser le confort, détester le tourisme de masse.*

- parle d'un séjour à l'étranger : *expérience intéressante et formatrice ; sortir de sa zone de confort ; découvrir de nouvelles cultures et apprendre de nouvelles langues ; faire de nouvelles connaissances et visiter des lieux inconnus…*

- parle de son usage des réseaux sociaux : *rester en contact avec les ami(e)s malgré la distance ; suivre l'actualité et la commenter avec d'autres personnes ; échanger des opinions ; risque de dépendance ; difficulté de communiquer avec les personnes en face à face ; perte de la spontanéité dans les relations ; on ne peut pas tout dire, raconter sur les réseaux sociaux, atteinte à la vie privée ; les « ami(e)s » sont souvent des inconnus ; risque de faire de mauvaises rencontres ; difficulté de vérifier l'information, circulation de fausses nouvelles…*

- donne son opinion sur l'avenir de la planète *: il y a urgence ; les gouvernements doivent prendre des décisions drastiques en matière d'écologie ; chacun de nous a un rôle à jouer au quotidien ; la situation est grave ; de nombreuses espèces animales disparaissent, sont en danger ; il faut se mobiliser, agir ; avec des mouvements de jeunes comme Youth for future et Fridays for future.*

L'enseignant(e) utilisera la grille d'évaluation de la production orale à l'attention des examinateurs correcteurs de DELF B1.

L'entretien dirigé					
Peut parler de soi avec une certaine assurance en donnant informations, raisons et explications relatives à ses centres d'intérêt, projets et actions.	0	0,5	1	1,5	2
Peut aborder sans préparation un échange sur un sujet familier avec une certaine assurance.	0	0,5	1		

Exercice 2. Exercice en interaction

Sujet 1

Exemple de production : Les étudiants passent beaucoup de temps sur les écrans : recherches sur Internet, prise de notes sur la tablette, messagerie WhatsApp. Cela porte à un isolement croissant ; on a de plus en plus de mal à communiquer en face à face. Il faut proposer aux étudiants des moments de rencontre et de partage pour les forcer à communiquer autrement. Pourquoi ne pas organiser une soirée « jeux de société » ? Il y a beaucoup d'applications qui proposent des jeux en réseau mais cela reste virtuel. Les jeux de société obligent les personnes à sortir de chez elles, à se rencontrer vraiment, à rire et à s'amuser toutes ensemble. Cela permet de consolider les relations et de former une communauté joyeuse et solidaire.

Sujet 2 :

Exemple de production : On vient d'inaugurer une grande exposition sur Van Gogh au musée de la ville. L'impressionnisme est ma peinture préférée et Van Gogh est un peintre emblématique. C'est une occasion unique d'admirer ses œuvres les plus connues qui appartiennent à différents musées étrangers, et pour cela difficiles d'accès. Les expositions virtuelles permettent de voir l'œuvre entière d'un artiste et autant de fois que l'on veut : il suffit d'aller sur les sites spécialisés d'histoire de l'art. Mais quand on est devant un tableau « vrai », on peut apprécier les formes et les couleurs de l'œuvre, le style de l'artiste. Les expositions virtuelles sont un bon moyen pour un premier contact avec un artiste et son œuvre mais elles ne remplacent pas la découverte de chacun de ses tableaux en présence.

L'enseignant(e) utilisera la grille d'évaluation de la production orale à l'attention des examinateurs correcteurs de DELF B1.

Exercice en interaction					
Peut faire face sans préparation à des situations même un peu inhabituelles de la vie courante (respect de la situation et des codes sociolinguistiques).	0	0,5	1		
Peut adapter les actes de parole à la situation.	0	0,5	1	1,5	2
Peut répondre aux sollicitations de l'interlocuteur (vérifier et confirmer des informations, commenter le point de vue d'autrui, etc.).	0	0,5	1	1,5	2

Exercice 3. Expression d'un point de vue

Sujet 1 – Le journalisme citoyen

Exemple de production : Le journaliste citoyen, qu'est-ce que c'est ? C'est la tendance selon laquelle tout citoyen peut faire circuler et commenter l'information et cela grâce à la rapidité et à la facilité de circulation de l'information elle-même.

Les réseaux sociaux témoignent de l'intérêt des personnes pour l'actualité. Ils ont facilité considérablement la circulation de l'information et chaque utilisateur choisit les sujets qui l'intéressent. Il a aussi la faculté de relater et de commenter des faits, contribuant ainsi à la diffusion et au partage d'opinions les plus diverses sur un même sujet. Le journalisme « citoyen » permet à tout le monde de choisir des contenus, de produire de l'information et de la diffuser activement.

Il ne s'agit pas de combattre cette nouvelle forme de journalisme. Mais on peut s'interroger sur la valeur de ce type de journalisme et sur l'avenir du journalisme professionnel. Le journalisme « citoyen » ou « participatif » contribue à la pluralité de l'information : autant d'opinions qu'il y a de journalistes. Chacun peut se forger sa propre opinion. Mais n'est-ce pas aussi une limite ? Sommes-nous sûrs que les sources, les faits ont été suffisamment vérifiés ? Ce qui est le b.a.-ba du journalisme n'est pas forcément appliqué dans cette forme de journalisme où chacun est acteur et producteur d'information. La circulation de fausses nouvelles est un danger réel dans ce nouveau contexte et on le constate tous les jours.

Quelles solutions doit-on envisager ? Défendre la transparence de l'information : elle doit être bien documentée et viser à informer correctement et honnêtement les lecteurs. Elle doit s'appuyer sur des faits facilement vérifiables et permettre une amélioration de l'information et de la culture de chacun.

On peut aussi souligner l'importance d'opérer un choix parmi les informations pertinentes et utiles à la communauté, de privilégier des contenus porteurs de culture et d'amélioration pour la vie de chacun et de limiter et vérifier ses contacts sur les réseaux sociaux.

Pour conclure, vu que les utilisateurs des réseaux sociaux sont de plus en plus jeunes, il est urgent de mettre en place une éducation aux médias pour développer leur esprit critique, et faire en sorte qu'ils s'interrogent sur les informations reçues et qu'ils les analysent avant de les faire circuler.

Sujet 2 – L'extinction des espèces animales

Exemple de production : La sixième extinction de masse est déjà sous nos yeux : tous les jours, on nous parle de la disparition de certaines espèces animales et de l'urgence d'agir pour en sauvegarder d'autres réduites à quelques individus. Même s'il est vrai que notre planète a connu à plusieurs reprises ce phénomène, il faut souligner la rapidité de cette sixième extinction, jamais vue auparavant.

La responsabilité de ce phénomène est avant tout humaine : l'homme a exploité les ressources de manière inconsidérée, provoquant des désastres énormes sur la nature et les animaux.

Il est donc urgent d'agir car notre propre survie est en jeu. La disparition de certaines espèces animales met en danger l'équilibre des écosystèmes où elle se vérifie par un effet « boule de neige » aujourd'hui incontrôlable. Il est déjà trop tard pour certaines espèces et on peut se demander si nous parviendrons à sauver celles qui sont actuellement les plus menacées. La lenteur des décisions, les intérêts économiques, les politiques contradictoires représentent des obstacles presque insurmontables face à l'urgence d'agir...

L'enseignant(e) utilisera la grille d'évaluation de la production orale à l'attention des examinateurs correcteurs de DELF B1.

Expression d'un point de vue										
Peut présenter d'une manière simple et directe le sujet à développer.	0	0,5	1							
Peut présenter et expliquer avec assez de précision les points principaux d'une réflexion personnelle.	0	0,5	1	1,5	2	2,5				
Peut relier une série d'éléments en un discours assez clair pour être suivi sans difficulté la plupart du temps.	0	0,5	1	1,5						

Pour l'ensemble des 3 parties de l'épreuve										
Lexique (étendue et maîtrise) Possède un vocabulaire suffisant pour s'exprimer sur des sujets courants, si nécessaire à l'aide de périphrases ; des erreurs sérieuses se produisent encore quand il s'agit d'exprimer une pensée plus complexe.	0	0,5	1	1,5	2	2,5	3	3,5	4		
Morphosyntaxe Maîtrise bien la structure de la phrase simple et les phrases complexes les plus courantes. Fait preuve d'un bon contrôle malgré de nettes influences de la langue maternelle.	0	0,5	1	1,5	2	2,5	3	3,5	4	4,5	5
Maîtrise du système phonologique Peut s'exprimer sans aide malgré quelques problèmes de formulation et des pauses occasionnelles. La prononciation est claire et intelligible malgré des erreurs ponctuelles.	0	0,5	1	1,5	2	2,5	3				

Notes

Notes

Notes

Notes

Notes

Achevé d'imprimer en Mai 2022 en France par Dupli-Print
Dépôt légal : Mai 2022 - Édition 01 - N° d'impression : 2022050558
79/8938/8